대마도의 눈물

케오샤

신용우 장편소설
대마도의 눈물

© 신용우, 2017

1판 1쇄 인쇄__2017년 03월 20일
1판 1쇄 발행__2017년 03월 30일

지은이__신용우
펴낸이__양정섭
펴낸곳__작가와비평
　　　　등록__제2010-000013호
　　　　블로그__http://wekorea.tistory.com
　　　　이메일__mykorea01@naver.com

공급처__(주)글로벌콘텐츠출판그룹
　　　　대표__홍정표　편집디자인__김미미　기획·마케팅__노경민 이종훈
　　　　주소__서울특별시 강동구 천중로 196 정일빌딩 401호
　　　　전화__02) 488-3280　팩스__02) 488-3281
　　　　홈페이지__http://www.gcbook.co.kr

값 13,800원
ISBN 979-11-5592-197-5 03810

대마도의 눈물

게이샤

신용우 장편소설

작가와비평

차 례

* 현재의 중요한 등장인물

김성우: <평화를 위한 영토 연구회> 총무. 구인회와 함께 인류의 평화를 지키기 위해서 영토의 주권이 어떻게 설립되어야 하는가를 연구한다. 그러던 중 갑자기 벌어진 구인회와 다나까, 핫도리의 살인사건으로 인하여 전혀 예측하지 못한 상황에 맞닥뜨리게 되는데….

시미즈: 류큐의 후손으로 오키나와 출신. 류큐민에 대한 차별정책으로 인해서 도쿄대학 전임교수 자리에 어렵게 올랐다. 류큐의 독립운동에 헌신하는 다나까의 후배로 다나까의 뒤를 이어 한국 유학에서 문화인류학을 전공하고, <평화를 위한 영토 연구회>에서 김성우와 함께 영토를 연구했다. 다나까의 갑작스런 죽음으로 피할 수 없는 상황에 부딪히는데….

일조식당 주인: 겐요샤의 암살 단원이었던 아버지가 명령받은 암살을 수행하지 않았다는 이유로 어렸을 때 부모님이 겐요샤에 의해 무참히 암살당하고 이웃의 도움으로 겨우 목숨을 건진다. 신분 세탁과 온갖 고생 끝에 일조식당을 운영하던 중에 핫도리의 휴대폰을 충전해 준 것을 계기로 하야시를 만나게 되고, 겐요샤의 끊이지 않는 추악한 잔혹성을 전달해주는데….

박종일: 대한민국의 총경으로 서울 경찰청 강력1팀장. 5년 전 우리 영토의 진실을 밝힌다는 유병권 교수 피살 사건을 담당하면서 대한민국 영토의 진실을 밝히기 위해 태영광과 함께 노력하지만 아픔만 남긴다. 대마도의 구인회 살인사건을 담당하면서 영토문제로 인한 겐요샤의 추악한 잔혹성을 다시 대면하게 되는데….

최기봉: 박종일과 동기이자 친구인 대한민국의 총경. 5년 전에도 박종일을 도와 태영광 사건의 진실을 밝히기 위해서 노력했으나, 일본에서의 수사는 겐요샤라는 넘지 못할 벽이 있다는 것을 체득한다. 그 후 겐요샤에 대해서 많은 연구를 했고

영토사건에는 항상 겐요샤가 개입된다는 사실을 알게 되는데….

하야시: 도쿄 경시청의 일본 순사장. 강직한 성격으로 외압에 굴복하지 않아서 진급은 못했지만 수사에 대한 뛰어난 촉을 소유한 말단 경찰. 도쿄에서 일어난 핫도리의 살인사건을 수사하다가 대마도의 구인회와 다나까의 죽음이 핫도리 사건과 연관된 것으로 일련의 조직에 의한 것이라는 심증을 갖게 된다. 사건을 밝히던 중 다시 한 번 겐요샤의 실체에 맞닥뜨리는데….

토다: 도쿄경시청의 수사계장. 하야시의 상관으로 1종 공무원시험에 합격해서 경부가 된 까닭에 수사 경험도 부족하고 겐요샤에 대해서도 전혀 모르지만, 하야시를 신뢰하며 경찰이라는 자부심을 갖고 공정하게 수사하려고 노력하는데….

조원익: 대(大)기자. 테러당할 각오를 하고 대마도가 대한민국 영토임으로 수복해야 하는 당위성과 류큐 및 아이누의 독립운동을 정리해서 일간지에 게재하는데….

* 역사상 중요한 등장인물

이토 히로부미: 일본 1, 5, 7, 10대 수상 및 초대 대한제국 통감. 본명은 하야시 리스케. 농노의 신분인 아버지 하야시 주조가 이토 가문의 양자로 들어가면서 개명하고, 신분이 상승되어 군에서 잡역을 하는 임무를 맡으면서 테러 등에 가담한 덕분에 승승장구한다. 일본의 제후인 자신만의 왕국을 건설할 곳으로 대한제국의 영토인 한반도와 만주를 선택하고 일을 진행하는데….

기도 다카요시: 메이지 유신 3걸 중 하나. 이토 히로부미와 같은 조슈번 출신. 메이지 유신을 성공시키는데 지대한 역할을 한다. 이토를 총애해서 중용하여 권력 경쟁자인 사이고 다카모리를 제거하기 위해서 정한론 연기를 주창하는데….

사이고 다카모리: 메이지 유신 3걸 중 하나로 사무라이들의 대부. 사쓰마번 출신으로 기도 다카요시와 밀약을 맺고 메이지 유신을 성공시킨다. 그러나 밀약 당시 맺은 정한론의 무기한 연기로 인해서 세이난 전쟁을 일으키는데….

도야마 미쓰루: 일본 우익의 대부. 겐요샤의 창립멤버로 한일병탄 및 청·일전쟁, 러·일전쟁 등에 겐요샤를 투입해서 온갖 야비한 행위를 저지르는데….

* 그 외에 실질적인 행동보다는 기억해야 할 인물들

아비류: 대마도 성씨 중 가장 많이 분포한 성씨의 장손. 고구려 고주몽의 아들 비류의 후손임을 자부한다. 대마도가 대한민국의 영토라는 것을 증명할 수 있는 새로운 문서를 발견하여 구인회 씨에게 전달하려다가 살해당하는데⋯.

핫도리: 아이누족의 땅 에조치인 홋카이도 출신의 아이누족으로 홋카이도 독립운동에 투신하다가 도쿄에서 살해당하는데⋯.

다나까: 류큐족으로 오키나와 독립운동에 투신하다가 구인회를 만나러 대마도에 왔다가 살해당하는데⋯.

구인회: <평화를 위한 영토 연구회> 회장으로 대마도가 우리 영토라는 증거가 되는 문서를 가지러 대마도에 갔다가 살해당하는데⋯.

한지수, 오원규, 오세복, 김동명 등의 대한민국 경찰들.

사토, 무라다, 오오모리, 다나하시 등의 일본 경찰들.

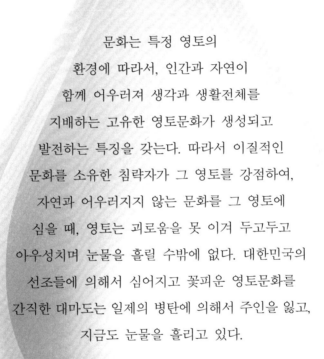

문화는 특정 영토의
환경에 따라서, 인간과 자연이
함께 어우러져 생각과 생활전체를
지배하는 고유한 영토문화가 생성되고
발전하는 특징을 갖는다. 따라서 이질적인
문화를 소유한 침략자가 그 영토를 강점하여,
자연과 어우러지지 않는 문화를 그 영토에
심을 때, 영토는 괴로움을 못 이겨 두고두고
아우성치며 눈물을 흘릴 수밖에 없다. 대한민국의
선조들에 의해서 심어지고 꽃피운 영토문화를
간직한 대마도는 일제의 병탄에 의해서 주인을 잃고,
지금도 눈물을 흘리고 있다.

1. 의문에 싸인 핫도리 살인사건

도쿄 경시청.

화요일 아침 8시가 조금 지난 시간이지만, 시끌벅적한 풍경은 어느 나라 경찰서든 대개가 비슷했다.

범법자를 잡았다고 생각하는 경찰과 자신은 죽어도 죄가 없고 결백하다고 우겨대는 용의자들의 한 판 혈전은 취조실에서만 이뤄지는 게 아니다. 잡혀 들어오는 이와 잡아들이는 이들의 기 싸움은 경찰서 문을 들어서는 순간 이미 시작된다. 경찰 입장에서는 수사의 주도권을 잡기 위해서라도, 취조실의 카메라도 피할 겸 취조실에 들어가기 전에 손에 들린 서류뭉치로 두어 번 내려치는 것은 기본이다.

그 뿐만이 아니다. 정보를 제공하겠다고 찾아온 이들이나, 사건을 고발하러 온 이들도 자신의 주장을 내세우기 위해서 큰 소리를 내는 것은 마찬가지다. 옆자리에서 큰 소리가 나니까 그 소리에 자신의 목소리가 묻히지 않게 하기 위해서 더 큰 소리를 낸다. 경찰은 경찰대로, 그 맞은편에 앉은 이는 범죄자가 되었든 증인이나 참고인이 되었든 서로 목소리 자랑을 하다 보니 당연히 시끌벅적할 수밖에 없다.

전 세계 그 어느 법전에도 없는 유전무죄 무전유죄라는 법의 원칙이 의외로 광범위하게 적용되는 현실이다 보니, 없는 이들은 피해 의식에 사로잡혀 억울함을 호소하고, 법을 집행하는 이들은 공정하게 다루고 싶은 마음은 있지만 자신도 모르게 저울이 기운다. 설령 자신은 저울이 절대 기울지 않도록 아무리 저울추를 바로 놓으려 해도 한쪽을 찌그려 누르는 외압에 기울어만 가는 저울을 보면서 안타까운 마음에라도 서로 목소리를 높이게 되어 있는 게 실제 상황이다. 그렇다고 조용히 하라고 할 사람도 없이 매일이 그렇게 지나가고 있다.

매일 벌어지는 똑같은 상황을 보면서 출근하던 토다 경부는, 커피 한 잔을 가지고 자신의 자리로 향하기 위해 자판기 앞으로 향했다. 자판기 앞에서 동전을 넣고 버튼을 누르는데 하야시 순사장 역시 출근을 하면서 커피가 필요한지 다가왔다.

나이로 보면 토다 경부에게는 큰 형님뻘도 더 될 수 있는 하야시 순사장이다. 자신은 1종 공무원 시험에 합격해서 경부가 되기까지 1년이라는 시간밖에 걸리지 않았지만 순경 공채를 통해서 경찰에 발을 딛고 번번이 진급이 누락되면서 겨우 순사장이라는 명예직급을 가지고, 머지않은 정년을 앞에 두고 있는 하야시 순사장이다. 그나마 통찰력이 있어서 사건을 해결하는 데 나름대로 기여를 하는 덕분에 경시청 강력1팀에 배속되어 있지만, 나이 먹은 그를 반기는 곳이 없기에 이곳에 머물러 있다는 표현도 틀리는 표현은 아니다.

토다가 보기에는, 수사에 관해서는 배울 점이 많은 사람이다. 원칙을 중시하면서 세세한 부분까지 놓치지 않고 상황을 판단하는 것도 나름대로의 경험에 의해 적립된 노하우인 만큼 정확했다. 정말 부지런하고 성실한 수사관이다. 다만 과학적인 수사의 필요성을 인정하면서도 아직도 구세대적인 직감을 중요시하고, 자신이 범인으로 지목하면 그 사건이 해결될 때까지 용의자를 집요하게 물고 늘어지는 습성 때문에 민원이 급증해서 벌점 받기가 일쑤였다. 심한 경우에는 범인을 검거하고 종결된 사건까지 자신이 지목했던 범인에 대한 미련을 버리지 못하고 물고 늘어지는 바람에 몇 번 실직 위기를 맞기도 했다.

게다가 상사들에게 아부하거나 듣기 좋은 말을 입에 바르고 지나가는 경우가 절대 없었다. 비록 상사의 판단이 잘못된 경우라고 할지라도, 그냥 알았다고 한마디 해도 대세에 큰 지장이 없는 일도 자신이 아니라고 생각하면 절대 아닌 사람이다. 그렇다고 대인관계가 나쁜 사람은 아니다. 동료들과 어울리거나 후배들을 다독이고 함께 일하는 것은 참 잘한다. 윗사람들이 원하는 대로 따라주지 못하는 것이 문제라면 문제였다. 스치는 바람에 왼쪽 눈 한 번 질끈 감아주면 될 일도, 후배가 저지르면 감아주지만 상사가 저지르면 절대 감아주지를 못 한다. 적어도 상사에게는 '그냥'이라는 단어가 존재하지 않는다. 그런 이유에 대해서 누군가가 지적하면 그의 대답은 한결 같다.

"나보다 후배 요원들은 몰라서 실수를 저지를 수 있으니 가르쳐야 할 의무가 있고, 미처 그것을 가르치지 않은 내 잘못도 간과할 수 없는 일이다. 하지만 나보다 상사라면 적어도 보편적으로 아닌 것을 그렇다고 우기는 모습을 비춰서는 안 된다. 그렇게 빤히 잘못된 것을 우기는 데도 누군가가 지적을 안 하고 묻어 두려 한다면 문제가 발생할 수 있다.

우선 상사의 잘못을 지적하지 않는다면, 그것을 보는 후배들은 그것이 옳은 것으로 알 수 있다. 그것을 배운 후배들이 똑같은 실수를 할 수도 있고, 그렇게 저지른 한 번의 작은 실수가 더 큰 실수를 낳을 수도 있다. 또한 잘못하는 것임을 알면서도 상사라고 해서 지적을 안 할 때, 상사의 잘못은 지적을 하지 않는 것이 당연한 것으로 후배들의 눈에 비춰지면, 상사인 내가 잘못 판단하고 행동할 때 아무도 지적해 줄 사람이 없게 된다. 그렇게 된다면 나도 모르게 실수를 연발할 것이고, 그런 실수는 또 다른 과오로 남게 될 것이다.

죄인을 잡아들이고 벌을 받도록 해야 하는 경찰이 범한 실수는, 억울한 사람을 잡아들여 그를 평생 어둠의 깊은 나락으로 떨어트릴 수 있다는 것을 명심해야 한다."

말은 그렇게 하면서도 자신은 자신이 정한 촉이라는 범위 안에서 집요하게 수사를 하곤 했다. 그 바람에 조사과정에서 피해를 보는 사람들의 민원이 발생하지만, 중요한 것은 그의 촉이라는 수사방식에 의해서 억울한 사람을 잡아들인 적은 없다는 것이다. 오히려 그 덕분에 범인으로 오인을 받았다가 누명을 벗은 사람은 있다. 그렇다고 세상이 그로 인해서 발생한 민원이나 기타 불협화음을 덮어주고 지나가지는 않는다. 잘한 것은 당연한 것이고 실수로 인해서 벌어지는 민원은 책임져야 하는 것이, 직위가 낮은 사람들이 공통적으로 져야 하는 책임으로 당연시 되는 것이 세상이다.

그러니 일을 잘하면서도 민원의 대상이 될 행동을 연발하고, 그 민원을 덮어줄 상사들의 마음을 사지 못하는 바람에 공을 세우면 벌점으로 다 까먹고 진급과는 거리를 두고 사는 사람이다.

토다는 그런 하야시를 인정하는 터이기에 순사장이라는 명예계급으로 정년을 맞게 하고 싶지는 않아서 그가 자신의 부서에 있을 때, 어떻게든 순사부장으로 진급할 수 있게 해주리라고 마음먹고 있었다.

"일찍 나오셨습니다."

"아, 예. 저야 오늘이 정례회의하는 날이니 당연히 일찍 나와야죠. 그런데 순사장께서는 어제 늦게 들어가시고도 일찍 나오셨네요. 커피 필요해서 오신 거면 이거 먼저 드십시오. 저는 또 빼면 되니까요."

토다 경부는 자신이 주문했던 잔을 자판기에서 꺼내 하야시에게 전했다. 그리고 주머니에서 다시 동전을 꺼내 자판기에 넣는데, 하야시가 잔을 받아 들면서 고맙다는 인사 대신 한 마디 했다.

"나이를 먹으면 잠도 없어지는 가 봅니다. 뭔가 할 일이 있으면 그 일을 해야 한다는 생각에 잠도 안 와요. 젊을 때는 잠이 와서 일을 미루고 싶었는데 이제는 잠이 안 와서 일을 만든다니까요!"

농담처럼 한마디 해놓고는 토다의 얼굴 표정을 보던 하야시가 주저하며 다시 말을 이었다.

"저…, 계장님. 이게 아직은 확실한 게 아니라…,

그렇지만 미리 말씀을 드려야 할 것 같기도 해서…,

그렇지 않아도 아침 회의 시간에 보고 드릴까 했는데….”

말을 뒤섞으며 이말 저말 하던 하야시가 결국은 말끝을 흐리면서 말을 잇지 않았다. 자판기에서 다시 주문한 커피 잔을 꺼낸 토다는 무슨 말이냐고 물어보려다가 그런다고 말할 사람이 아니라는 것을 알기에 아무 말도 하지 않고 커피만 한 모금 넘겼다. 그런데도 말을 하지 않는다.

“하실 말씀이 뭔지 모르겠지만 여기서 말씀하시기가 그러면 자리로 가서 이야기할까요?”

“아, 아닙니다. 아직 반장한테도 보고를 안 했고, 또 확실한 것도 아니고 해서 조금 더 확실해지면 말씀드리지요.”

‘조금 더 확실해지면’이라는 하야시의 말을 듣자 토다는 또 뭔가 직감으로 일을 해결하려 한다는 생각이 들었다. 그리고 지금 하야시가 담당하고 있는 사건을 떠올려 봤다. 혼자 담당한 것은 없고 지난 토요일, 오늘이 화요일이니까, 3일 전 긴자 뒷골목에서 일어난 총기 살인사건을 진행하고 있는데 그에 대한 무엇일 것 같았다.

“핫도리 씨 총기 살해 사건에서 뭐가 나왔습니까?”

“새로운 것은 아니지만 이상한 게 있어서 말입니다.”

“이상한 거요? 그럼 일단 자리로 가면서 말씀하시지요. 아니면 회의실로 갈까요?”

“아닙니다. 정례회의에 들어가셔야 한다니 저희 반장님을 통해서 보고 드리겠습니다. 그전에 우선 짧게 말씀드리자면, 희한하게 핫도리 씨가 살해되던 3일 전 거의 같은 시간에 희생자의 가장 절친한 친구도 살해당했다는 겁니다.”

“희생자의 가장 절친한 친구가요? 우리 도쿄에서는 그런 일이 없었잖습니까?”

“그렇죠. 우리 도쿄가 아니라 대마도에서 그랬습니다. 나가사키 현에 속한 대마도 말입니다.”

“대마도에서요? 피해자의 친구가?”

“예. 피해자의 친구가 대마도에서 당했습니다. 그것도 낚시터에서 당했는데, 낚시터라면 얼마든지 실족사한 것으로 위장할 수 있는데도 불구하고 적나라하게 타살임을 드러냈다는 말씀입니다.”

“그럼 역시 총기사건입니까?”

“그렇죠. 바로 그겁니다. 낚시터라면 바다로 밀어 넣어 죽이면 실족사로 판명이 날 수도 있는 사건을 보라는 듯이 총으로 쏴서 죽였습니다. 그리고 시신을 바다에 던진다거나 하지도 않고 그냥 그 자리에 방치했습니다. 내가 이렇게 죽였다는 것을 눈으로 확인하라는 듯이 말이죠. 두 사람이 앉아서 낚시를 하고 있는데 등 뒤에서 쏜 거죠. 현장을 들키지 않기 위해서 소음기를 사용하는 바람에 주변에 있던 낚시꾼 누구도 총소리를 듣지 못했다는 것이 일단은 우리 측 사건과 동일한 점이기도 합니다.”

“방금 두 사람이라고 하셨나요?”

“예. 두 사람이요. 하나는 핫도리 씨의 절친한 친구고 다른 한 사람은 한국 사람이었습니다. 의자의 위치나 시신의 위치를 볼 때 두 사람은 같이 낚시를 하고 있던 것으로 보인답니다.”

“그래요? 거의 동일한 시간에 절친한 친구가 한국 사람과 함께 대마도에서 변을 당했다? 그런데, 그 사건이 우리 사건하고 뭐가 연관되는 거죠? 우리 사건은 일단 강도사건에 무게를 두고 수사를 진행하는 것 아닙니까?"

"그렇죠. 나가사키 정찰청도 역시 살인강도사건으로 단정 짓고 수사하고 있었습니다. 물론 대마도 현지에서 하고 있지만요."

"그쪽도 지갑을 비롯한 모든 소지품을 털어갔나요?"

"예. 그렇습니다. 휴대폰까지 탈탈 털어 간 것을 보면 우리 쪽 사건과 전혀 무관하지는 않은 것 같습니다. 물론 아직까지 연관된다는 확증은 없습니다. 그래서 나중에 보고 드린다고 했던 건데, 뭔가 찜찜한 게 전혀 관계가 없지는 않을 것 같다는 생각이 자꾸 듭니다."

"또 감이 오십니까?"

"예, 바로 그겁니다. 육감이 확 꽂히는 게 분명히 이건 서로 관련이 있는 사건이라는 생각이 듭니다. 살인강도사건이라는 게 언제 어디서든 발생할 수는 있는 겁니다만, 총기를 사용했다는 것도 그렇고 몸에 지녔던 물품이라는 물품은 모조리 털어갔다는 것이 너무나도 동일한 수법으로 보입니다. 더더욱 거의 같은 시간에 범행이 일어났고, 피해자 중 한 사람이 우리 도쿄 사건의 피해자와 절친한 친구라는 점 등등을 볼 때 무언가 석연치가 않습니다."

"글쎄요. 우연이라고 본다면 우연이고 관련이 있다고 보자면 관련이 있을 것도 같기는 한데 우리 사건에 집중하시죠?

우리가 잠정적으로 강도사건이라고 결론을 내리고, 그것에 초점을 맞춰서 수사를 한다고 해서 하는 이야기가 아닙니다. 강도사건이라는 게 원래 몸에 있는 돈 될 물건은 모조리 털어 가는 것 아닙니까? 그냥 우리 사건에만 집중해서 우리 사건이나 빨리 마무리 짓는 것이 나을 것 같은데요? 공연히 헛다리짚었다가는 거꾸로 우리들이 사건 속에 휘말리게 될 수도 있잖습니까?

이번 사건 월말 전에 해결하고 그 공을 순사장님께 돌려서 다음 달에 있는 금년도 진급에는 순사장 딱지 떼고 하야시 순사부장을 달게 하는 것이 저와 팀원들 모두의 생각인데 공연히 방향 틀지 마시고 범인이나 빨리 잡자고요.

이번 기회가 절호의 찬스입니다. 이번 기회 놓치면 또 진급에서 누락되실 수도 있습니다."

"당연히 우리 사건을 마무리 짓기 위해서 여러 가지로 검토를 하다 보니 연관된 사건에 대한 정보가 터지는 것 아닙니까? 그래서 말씀드린 거구요. 진급도 중요하겠지만, 그보다는 제대로 수사를 해서 진짜 범인을 잡는 것이 더 중요하지 않겠습니까?"

토다는 하야시가 이미 두 사건이 연관된 사건이라고 단정 짓고 있다는 것을 느꼈다. 그가 말하는 내용이나 표정을 보면 나름대로 확신을 갖고 있는 것이 틀림없었다. 진급보다 정확한 수사가 더 필요하다는 것을 강조하는 걸 보면 확실하다. 하야시를 한두 번 겪은 토다가 아니다.

"순사장께서 어떻게 생각하시던 그건 자유입니다만, 수사에 방해가 될 수 있는 생각이나 정보라면 선택 안 하시는 게 어떨지요?"

"아닙니다. 이건 분명히 연관이 있는 사건입니다. 그 연관의 고리를 밝히면 우리 쪽에서 일어난 사건을 해결하는 데에도 상당한 도움이 될 겁니다. 아니, 단순한 도움이 아니라 이게 바로 사건의 열쇠일 수도 있습니다."

"알겠습니다. 순사장께서 그리 생각하시고 검토하는 것은 제가 말리지는 않겠습니다. 어차피 다각도로 방향을 맞춰야 오리무중인 수사를 진척시킬 수 있으니까요. 다만 거기에 너무 초점을 맞춰서 다른 각도의 수사에 대한 방해가 되어서는 안 된다는 겁니다. 무슨 말씀인지 아셨죠?"

토다는 적당한 선에서 하야시가 멈추기를 바라면서 공연한 일로 수사를 어렵게 만들지 말라는 이야기를 점잖게 전했다.

"예, 알겠습니다. 하지만 방금 계장님께서 말씀하신 대로 저는 저 나름대로 의문이 가는 점에 대해서 알아보겠습니다."

토다는 하야시의 마지막 말이 무슨 의미인지 잘 알고 있다. 자신이 뭐라고 말해도 하야시는 이 사건이 해결될 때까지 자신이 의문을 갖고 있는 두 사건 간의 연관성에 관해서 절대로 미련을 버리지 않을 것이다. 그게 하야시의 단점이자 장점이다. 남들은 단점이라고 볼지 모르지만 토다가 보기에는 하야시에게 그마저 없다면 그의 존재 이유가 사라질 것 같았다. 그렇다고 자신이 해놓은 말을 부정하는 말도 하기 싫어서 아무런 대답도 하지 않은 채 자리를 향해 발걸음을 떼었다.

토다가 자리에 앉아 회의 준비를 하려고 자신의 수사노트를 펴는데 순간적으로 방금 하야시가 했던 말이 머리를 스쳤다.

'대마도의 살인사건과 연관의 고리를 밝히면 그게 바로 사건의 열쇠가 될 수도 있다.'

그렇다면 이 사건이 단순강도사건이 아니라 대마도와 도쿄에서 동시에 벌어진 조직적인 테러 사건이라는 이야기다. 하지만 조직에 의한 테러로 보기에는 너무나도 빈약하다.

피해자가 테러를 받을 정도로 유명한 인사라거나 중요한 요직을 차지하고 있는 인물이 아니다. 일반 직장인이다. 물론 그의 직장이 아주 일반적이지는 않다. 그렇다고 방위산업이나 최첨단 장비 등을 생산하여 기밀을 요하는 직책이 있거나 보안을 철저히 요구하는 등의 회사가 아니라는 것이다. 일본 전체에서 유가지 발행부수로는 상위권에 드는 주간지인 ≪시사와 경제≫를 발행하는 잡지사에서 중요한 기사의 취재를 겸하는 편집기자다. 어떤 기사를 어떻게 다루었는지는 모르지만 원한을 사서 테러를 당할 정도로 기사를 다루었다고 보기에는 무리가 있을 것 같다.

다만 두어 가지 마음에 걸리는 것이 있다면, 아직 일본이라는 곳이 총기로 강도짓 하는 사건이 거의 일어나지 않다 보니 단순한 강도라고 보기에는 뭔가 이상하기는 했다. 또한 지갑과 손에 차고 있던 손목시계와 휴대폰은 물론, 주머니에 무엇이 있었는지 정확하게는 모르겠지만, 주머니에 있는 모든 것을 털어가고 아무것도 남겨 놓지 않은 것을 보면 단순히 금품을 노린 강도사건이라고 보기에는 무언가 이상한 점이 있기는 했다.

그런데 비슷한 시간에 대마도에서도 똑같은 수법의 살인사건이 일어났다. 그것도 이곳 도쿄에서 일어난 살인사건 피해자의 가장 절친한 친구가 그곳에서 살해당한 것이다. 대마도에서 살해당한 사람의 직업이 무엇인지는 모르지만, 만일 그가 테러를 당할 정도의 지위나 원한관계에 얽매일 수 있는 직업의 소유자가 아니라면 좀 더 신중하게 확인해볼 필요는 있을 것 같았다. 대마도에서 테러를 당한 사람 역시 직업에 의한 테러가 아니라면, 두 사람이 절친한 친구다 보니 두 사람이 동시에 연루된 어떤 일로 누군가가 원한을 품고 동시에 테러를 감행할 수도 있는 일이다. 원한을 품은 사람이 개인이라면 그 사람 혼자서 두 사람을 동시에 서로 멀리 떨어진 곳에서 제거한다는 것은 불가능한 일이다. 만일 한 쪽만 먼저 죽이면 곧바로 나머지 하나가 상황을 판단하고 잠적할 수도 있다는 생각에서 동시에 두 곳에서 일을 저지른 것이라면, 살인을 의뢰했다고 볼 수밖에 없다. 원한을 갚는 효율성을 높이기 위해서라면 동시에 진행할 필요성을 느끼고 어떤 조직이나 개인을 고용해서 일을 맡겼을 것이다.

생각이 거기에 미치자 정말로 뭔가 이상하다는 생각이 들었다. 하야시가 이야기할 때는 별로 관심을 기울이지 않았었는데, 대마도에서 살해당한 사람은 두 사람이 낚시를 하고 있었다는 말도 생각났다. 그중 한 사람은 한국 사람이라고 했다. 한국 사람이 왜 등장한 것인지도 궁금했다.

토다는 토요일 밤 12시가 넘어서, 그러니까 이미 일요일로 접어든 시점에 집에서 곤히 잠을 자던 중에 살인사건이 발생했다는 전화를 받고 출동했었다.

긴자라고는 하지만 번화가가 아니라 뒷골목이다. 예전에는 도쿄의 판자촌이라고 불리던 곳이다. 도로정비는 물론, 집들도 낮에 밖에서 보면 엉망이다. 겨우 물 새지 않고 바람 들어오지 않는 정도지만 안에 들어가면 각각의 집들이 나름대로 특색 있게 꾸며 놓고, 파는 음식과 술도 특색을 갖추어 장사를 하는 곳이다. 좋게 표현하자면 전후 시대부터 지금까지의 추억이 서린 술집들이 모여 있는 곳이고, 눈에 보이는 그대로 표현하자면 낡은 집들을 개조해서 장사를 하는 싸구려 선술집들이 모인 곳이다. 주 고객층은 일용직 근로자들과 대학생들이고, 지갑이 가벼운 직장인들과 가끔 그런 분위기를 즐기며 추억 속에서 한잔하고 싶은 중년층들이 덤으로 찾는 곳이라 술값은 싸고 음식은 푸짐한 집들이 모여 있는 곳이었다.

원체 오래된 집들이 모여 있는 곳이다 보니 여러 가지로 정리가 되지 않은 곳이다. 집들 간의 경계로 담이 쌓인 것이 아니라, 두 집 사이에 약 1m의 간격을 두고 담이 쌓인 곳도 있었다. 그렇다고 그 1m가 통행로로 이용되는 것도 아니다. 원래는 그 길이 큰길에서 대문으로 향하는 통행로 역할을 함으로써 골목 안에서 마주보는 두 집의 출입문이 있었을 것이다. 하지만 지금은, 큰길이라고 해야 폭이 3m 정도의 좁은 길이지만 죽 이어져서 사람들의 통행이 빈번한 까닭에, 큰길 쪽으로 술집 출입문을 만들다 보니 그 길은 그저 죽은 골목일 뿐이다. 그 골목은 두 집의 담이 끝나는 곳에서는 아무런 효용가치도 없는 막다른 골목으로 바뀐다. 이쪽을 보고 있는 집을 기준으로 보자면 저쪽을 보고 있는 집의 뒷벽이 그 길의 끝을 막고 있다.

바로 그런 막다른 골목, 즉 과거에는 두 집의 대문으로 들어가기 위해서 만들었지만 현재는 큰길 쪽으로 출입문을 만들고 내부도 개조해서 선술집으로 장사를 하는 바람에 통행로도 아니고 골목도 아닌 'ㄷ'자 형태의 아무 쓸모없는 공간으로 남아 있는 곳이 여러 곳에 있다. 그런 골목의 안쪽은, 가로등이 켜져 있고 폭이 3m 정도 되는 큰길을 지나가면서는 잘 보이지 않는다. 큰길에 켜진 가로등의 불빛이 새어드는 1m 정도까지는 보일지 모르지만 더 안쪽은 보이지 않는 것이다.

그날 살해당한 핫도리의 시체를 처음 발견한 것도 지나가던 사람이 아니다. 근처 선술집에서 술을 마시고, 11시가 넘어 술집이 영업을 끝내면서 밖으로는 나왔지만 헤어지기가 섭섭해서 길가에 앉아 사랑을 속삭이던 대학생 남녀가, 단순히 키스와 애무로는 가슴의 애욕이 풀리지 않아 짙은 애정행각을 하기 위해 천연의 요새라고 판단한 골목 안쪽 끝으로 들어갔다가 발견한 것이다. 골목 안쪽 끝이라봐야 큰길에서 5~6m 정도지만 아무도 보이지 않는 곳이니 애정행각을 하기에는 충분한 곳이라고 생각하고 선택한 명소였다.

골목에서 4m가 조금 넘게 들어가자 아무도 보이지 않고, 12시가 다 되어가는 시간이다 보니 지나다니는 사람도 거의 없는데다가 제 갈 길이 바쁘니 남의 일에 신경 쓸 틈이 없다는 것에 안심하고 짙은 사랑의 행각으로 주저함 없이 빠져 들어가기 시작했다.

남학생이 바지춤과 팬티를 내리고 여학생이 스커트 속의 팬티를 벗은 후, 불안한 자세로 깊은 수렁 속으로 들어가서 최대한 소리를 자제하며 꽉 막혔던 물꼬를 터트려 한바탕 쏟아내고 났을 때였다.

팬티를 다시 입기 위해서 고개를 숙이던 여학생이 갑자기 남학생 품으로 달려들면서 미처 다시 입지 못한 팬티를 들고 있는 손으로 가리키는 곳을 쳐다 본 남학생도 기겁을 했다.

"사, 사람 같은데…?"

아까 큰길에서 이곳으로 들어왔을 때는 이곳이 상대적으로 어

두워서 아무 것도 보이지 않았으나 수렁 속에서 공사를 하는 동안 꼭 감았던 눈 덕분에, 어둠에 익숙해진 동공에 골목 막다른 벽에 기대앉듯이 앉아 있는 사람의 모습이 보인 것이다.

어둠 속에서 밀려오는 무서움을 한 번 더 털어내듯이 고개를 좌우로 세게 흔들고 눈을 부라려 뜬 남학생이 한 걸음 더 안쪽으로 다가섰다.

"사람 맞아. 그런데 꼼짝도 안 하는데? 우리 하는 거 다 봤을 텐데?"

"창피해."

그 와중에도 여학생은 창피하다고 하면서 남학생의 가슴에 얼굴을 묻었다. 그러다가는 무언가 생각이 난 듯이 얼른 떨어져서 허리를 굽히고 급히 팬티를 다시 입기 시작했다.

"아냐. 본 건 아닌 것 같아. 만약 봤다면 저렇게 가만히 있지 않았을 거야."

남학생은 용기를 내서 몇 걸음 더 옮겼다.

"자는 것 같아."

"잔다고? 그럼 술에 취해서 자는 걸 테니 우리 빨리 여기를 뜨자. 창피해 죽겠어."

여학생은 창피하다는 말만 하면서 빨리 뜰 것을 원했지만 남학생은 뭔가 이상한 느낌이 들면서 설령 술에 취해 잠든 사람일지라도 저대로 놓아둔 채 모르는 척 도망가기에는 마음이 내키지 않았다.

"그래. 그래야 되지만 뭔가 이상한 것 같아. 술에 취했어도 저렇게 안쪽 깊이 들어가서 잘 이유가 없잖아. 큰길가에서 자도 되고 이 골목 입구에서 자도 되는데.

이 기온에 얼어 죽지는 않겠지만 오늘 한밤중에 비가 많이 온다는 예보도 있었는데 그냥 놓아두고 가기에는 그렇다. 일단 깨워보고 안 되면 경찰에 연락이라도 해주자. 저 사람 우리가 하는 건 못 본 게 확실해. 아직까지 꿈쩍도 안 하잖아. 그러니까 창피할 것도 없다니까!"

남학생이 정의의 사도인 양 행세라도 할 기세로 그 앞으로 다가갔다. 그리고 흔들어 볼 요량으로 어깨를 툭 건드리는 순간 그 사람은 힘없이 무너졌다. 그때 남학생의 손끝으로 전해져 오는 섬뜩한 기운에 온몸이 얼어붙듯이 굳어옴과 함께 이건 보통일이 아니라는 생각이 들어서 경찰에 전화를 했다.

토다가 현장에 도착했을 때는 새벽 한 시가 조금 넘어서였다.

두 학생은 최초 발견자이자 목격자 신분으로 아직 거기에서 경찰의 보호를 받고 있었다. 이미 신원확인도 끝나고 혐의점도 전혀 없기에 상황정리가 끝난 학생들이지만 혹시 하는 마음에 동의를 구한 후 순찰차를 타고 경시청에 가서 기다려 줄 것을 부탁하고 시체를 살펴보면서 이미 확보된 초동수사 보고를 받기 시작했다.

머리 뒤쪽 목으로 이어지는 부분에 총을 맞고 죽어 있다는 것 이외에 특이한 점이 피해자의 상하의에 달려 있는 주머니라는 주머니는 마치 세탁 직전에 일부러 주머니를 비운 것처럼 텅 비어있었다. 글자 그대로 먼지 한 톨 없었다. 아무리 강도라고 하지만 그렇게까지 털어가지는 않는다. 대개는 지갑과 함께 금반지나 고가의 시계 등 돈 될 물건들만 챙기고 황급히 그 자리를 떠나는 것이 강도 행각이다. 그런데 이건 주머니 속이 뒤집혀서 밖으로 나와 있는 주머니가 있을 정도로 주머니를 탈탈 털었다. 주머니에 있는 것은 귀중품이던 아니든 간에 주변에 버려진 것 하나도 없이 모조리 털어갔다.

토다는 혹시 최초 목격자들이 털어간 것이 아닌가 하는 의심까지 들 정도였다.

"그럼 신분확인도 안 되고 지금 이 자리에서 할 수 있는 것은 아무것도 없다는 말 아닙니까? 일단 신분확인이라도 돼야 뭘 해도 할 텐데?"

"그렇습니다. 이 부근 술집들이 대개 10시 30분에서 11시면 영업을 끝내는 곳들이다 보니 탐문 수사도 할 방법이 없습니다. 그리고 내일은 일요일이니 이 근처 술집들은 대부분이, 아니 전부 쉰다고 보아야 합니다. 평일 일용직 근로자들과 주머니가 얇은 직장인과 대학생들이나 소일거리 없는 중년들을 상대하는 곳이다 보니 일요일에는 손님이 없어서 다들 영업을 안 하거든요."

"그럼, 일단 시체를 검시소로 옮겨 사인을 정확히 밝히고, 사망시간 추정하고, 신원파악하면서 다음 단계로 넘어가 봅시다."

토다는 현장보존을 철저하게 지시하고, 과학수사팀에게는 증거를 더 확보할 것을 지시하는 한편 자신은 이미 나와서 초동수사를 지휘한 하야시 순사장을 자신의 차에 타게 한 후 경시청으로 향했다. 하야시 순사장은 아직 자신의 차도 없이 필요하면 지하철과 택시 등으로 이동하면서 수사를 하는 사람이다. 토다의 차에 동승하자 하야시에게서 술 냄새가 났다.

"약주 하셨어요?"

"예, 오랜만에 친구 만나서 진하게 한잔하고 잠자리에 들었는데 전화가 왔지 뭡니까? 그래서 잽싸게 튀어나온 거지요. 나와 보니까 신고한 학생들은 완전히 겁먹어서 떨고 있더라고요. 눈은 겁에 잔뜩 질려서 초점도 제대로 못 맞추는 것 같았고, 말도 더듬더라고요. 그 골목에 왜 들어갔는지 뻔히 알지만 그래도 혹시 하는 마음에 왜 그 골목에 들어갔느냐고 묻자 겁에 질려서 그냥 다 불더라고요. 창피한 것도 모를 정도로 겁에 질린 거죠.

남학생은 여학생 궁에 들어가서 똘똘이 목욕 한번 시키고 그동안 가둬뒀던 봇물 한 번 터뜨리려다가 평생 악몽을 꿀 사건을 맞닥뜨린 겁니다. 여학생은 더 심하게 놀란 것 같았어요. 창피한 건 잊은 지 오래고 자신들은 아무 죄도 없다는 것을 강조하면서 사랑하는 오빠랑 같이 있고 싶어서 그런 죄밖에 없다고 그러데요. 자신의 궁궐 문을 열고 사랑하는 오빠를 환영해서 궁 안에 단비 한 번 세차게 쏟아 준 죄밖에 없다는 거죠. 자신도 단비를 맞으면서 흥에 겨웠겠지만, 아마 그 여학생 다시는 노상에서 단비 맞을 일 없을 겁니다. 평생 놀란 가슴 잠재우기 힘들 거예요. 어쩌면 이후로도 자신의 궁궐 문만 열면 이 사건이 생각날 수도 있습니다. 두 학생 모두 정신적으로 안정치료를 받아 볼 필요가 있을지도 몰라요."

하야시는 마치 미리 준비한 대본을 읽기라도 하듯이 두 사람이 벌인 애정행각을 말로 풀어내고 있었다.

"순사장께서는 참 말씀도 그럴 듯하게 하십니다그려. 분명히 뭘 뜻하는 말인지 알겠는데 전혀 음탕하거나 유치하게 들리지 않고 마치 한 편의 옛날이야기를 듣는 기분입니다.

그건 그렇고, 아직 아무 것도 드러나지 않은 상황이기는 합니다만 이 사건은 어떻게 보세요?"

"글쎄요? 아직은 피해자 신원도 모르고 아무 것도 손에 쥔 것이 없지만 주머니 속이 밖으로 빠져 나올 정도로 주머니를 뒤진 것이라면 단순히 강도라고 보기에는 힘들지 않나 하는 생각입니다. 강도라면 주머니를 탈탈 털기야 하겠지만, 총을 외상으로 사고 총 값을 지불하기 위해서 벌인 강도 행각이 아니라면 주머니 속까지 뒤집지는 않겠죠? 무언가 찾아내려던 것이 아닌가 하는 생각도 들고요."

"저도 그런 생각을 해 봤습니다. 하지만 딱히 무언가를 찾으려고 했다고 가정하자니 너무 비약된 것이 아닌가 하는 생각도 들고요?"

"아까 과학수사팀에서 하는 말로는 피가 응고된 상태로 보자면 길어야 두세 시간 전에 총에 맞은 걸로 추정된다고 했어요. 그렇다면 그 근처 술집들이 영업을 끝낼 시간에 임박해서라는 이야기고, 신원을 확인할 수 있는 모든 것을 가져갔습니다. 막말로 옷 안 벗겨 간 게 이상할 정도입니다.

휴대폰이 얼마나 좋은 것을 가지고 있었는지는 모르지만 중고 휴대폰 얼마나 간다고 그것까지 가져갔겠습니까? 지갑도 마찬가지지요. 요즈음 중고도 몇 십만 엔씩 간다는 지갑이 아니라면, 대개는 현금만 빼 가는데 이건 지갑을 통째로 들고 갔어요. 그 안에 신분증은 고사하고 카드 한 장만 들어 있어도 신분확인은 금방 된다는 것을 알고 그런 거라는 생각입니다. 신분확인이 금방 되는 것을 최대한 늦춰보자는 것 아니겠습니까? 피해자의 지문을 채취해서 그걸로 신분확인을 하자면, 전과자가 아닌 이상 시간이 걸린다는 것을 알고 한 짓이지요."

"그렇다면 시신을 유기하거나 훼손할 수도 있지 않겠습니까? 굳이 그런 방법을 쓸 이유가 있을까요?"

"시신은 보여줄 필요가 있었겠지요. 우리가 이렇게 죽였노라고 과시해야 할 사정이 있었는지도 모릅니다. 피해자를 죽인 것이 세상에 알려져야 되는 까닭이 있었을지도 모른다는 이야기입니다. 그렇다면 시신을 유기하거나 훼손하면 안 되지요. 다만 수사에 혼선을 주면서도 시간을 끌 수 있도록, 단순강도사건처럼 보이게 하면서도 아닌 것처럼 보이게 하고 싶었던 것일지도 모릅니다.

그런 까닭에 토요일 저녁 늦은 시간을 택한 것 같기도 합니다. 그 근처 술집들의 영업시간과 요일을 계산한 거지요. 주변에 대한 탐문수사도 최대한 늦출 수 있거든요. 주변 탐문 수사는 이제 빨라야 월요일에나 할 수 있을 것 아닙니까?

그리고 권총으로 강도 행각을 벌이기에는 장소도 안 어울립니다. 아시다시피 싸구려 술집 골목에 돈 많은 사람들이 얼마나 온다고 거기에서 권총으로 강도 행각을 벌였겠습니까? 솔직히 그 골목은 대부분 주머니 사정이 여유롭지 못하면서도 푸짐한 안주에 배부르게 술 마시며 적당하게 기분 내고 싶은 사람들이 가는 곳 아닙니까? 권총강도까지 하려고 마음먹은 사람이 그런 곳을 택한다? 뭔가 안 맞는 것 같다는 생각입니다."

"짧은 시간에 참 많은 것도 생각하셨습니다. 게다가 정황적으로도 상당한 근거가 있는 말씀입니다. 어쨌든 날이 밝으면 근처를 다시 한 번 뒤지죠. 혹시 지갑이나 기타 필요 없는 물건들을 버렸을 수도 있지 않습니까?"

하야시가 짧은 시간이나마 생각해 낸 것들을 들으면서 토다는 내심 놀랐다. 사건이 생길 때마다 느끼는 거지만 하야시의 추리력은 정말 대단하다. 그럼에도 불구하고 그 능력을 인정받기는커녕 오히려 그를 짐으로 생각하는 사람들이 더 많은 현실이다. 참 불합리하지만, 토다의 힘으로는 어쩔 수 없는 일이라는 것이 안타까울 뿐이었다.

경시청에 도착하자 피살자의 신원을 알아내는데 주력했다. 그러나 일요일이라는 단점이 겹쳐서 피살자가 시사와경제라는 잡지사의 편집기자로 근무하고 있는 핫도리 쇼지라는 것까지는 밝혀냈지만 더 이상은 손쓸 방법이 없었다. 피살자 신원만 밝혀내면 무언가 금방 성과를 낼 수 있을 것 같았지만, 요일도 일요일인데다가 피살자의 휴대폰마저 없다보니 주변 인물에 대한 탐색을 할 수가 없었다.

결국 어렵게 알아낸 신원으로 핫도리가 살고 있던 집을 수색해서 PC를 비롯해 참고가 될 만한 것들을 확보한 것을 제외하고는 이렇다 할 소득을 올릴 수 없었다. 주변인물과 살해 장소 주변 술집에 대한 탐문 수사는 월요일로 미루고 혹시 범인이 버리거나 빠트리고 갔을 지도 모르는 증거물을 확보하기 위해서 총력을 기울였지만 그마저 헛수고였다.

거기까지 생각을 정리하던 토다 경부는 하야시 순사장을 불러서 자세히 들어보고 싶었다.

그날 함께 경시청으로 돌아오면서 하야시의 말을 듣고 자신도 그럴 수 있다고 생각했지만 대부분의 팀원들이 강도사건에 초점을 맞추고 수사를 진행하는 것이 옳다는 의견을 냈고 극적으로는 수사과장이 그 의견에 동조하는 바람에 잠정적으로는 강도사건으로 보고 수사를 진행하기로 했었다. 그 원칙에 따라서 자신은 조금 전 하야시의 말을 들으면서 부정적인 견해를 보였던 것이다.

그러나 사건이 발생하던 날 자신에게 해 주었던 말들을 다시 상기해 보면서 대마도에서 거의 동시에 비슷한 사건이 생겼다는 것을 대입해 보니 무언가 연결고리가 있을 것 같기도 했다. 비록 짧은 시간에 해낸 추측이지만 하야시의 추론을 들으면서 자신도 단순강도가 아닐 수 있다고 인정했던 사실도 새삼 떠올랐다.

토다는 자리에서 일어나 자신이 이끌고 있는 강력1팀에서 하야시가 속해 있는 1반쪽을 쳐다봤다. 모두 자리를 비우고 있었다. 회의를 하러 간 모양이었다. 그 순간 토다 자신도 회의에 들어가야 한다는 생각이 났다. 시계를 보니 늦었다. 부랴부랴 노트를 들고 회의실로 향했다.

회의를 마치고 자리로 돌아오자 1반 반장인 다나하시 경부보가 다가왔다.

"계장님. 보고 드릴 일이 있습니다."

"예, 말씀하시죠."

자리에 앉자마자인지라 노트를 내려놓으며 쳐다보지도 않은 채 보고하라고 했다.

"아침 회의 시간에 나온 이야기입니다만, 이미 계장님께도 대략적인 것은 말씀을 드렸다고 하더라고요?"

순간 토다의 머릿속에는 하야시가 스쳐지나갔다.

"하야시 순사장 말씀이군요? 그렇지 않아도 저도 하야시 순사장 이야기를 다시 들어보고 싶습니다만 현장 나갔습니까?"

"예. 아무리 생각해도 그 주변에서 답을 찾는 방법밖에는 없다고 하면서 다시 나갔습니다. 어제 문을 열지 않았던 집들도 있고, 또 어제 핫도리의 직장에 가서 그가 다니던 단골집들도 알아냈으니 다시 한 번 가보고 반드시 한 가지라도 건져 올 것이라고 하면서 나갔습니다."

"그래요? 그 양반이 한 가지라도 건지겠다고 했으면 건져 올 겁니다. 그건 그렇고, 하야시 순사장 이야기에 대해서 다나하시 경부보는 어떻게 생각하시는데요?"

"저는 충분히 일리가 있는 말이라고 생각합니다. 처음에 저희들이 수사방향을 잡으려고 회의를 했을 때부터 하야시 순사장은 이 사건은 강도사건이 아니라고 했었습니다. 그때는 저 역시 강도사건을 공연히 다른 각도로 접근해서 힘들게 만들고 있다는 생각에 강도사건으로 밀어붙이는 쪽이었고, 수사과장님께서 강도사건으로 초점을 맞추라고 하는 바람에 잠정적으로는 강도사건으로 결론을 내고 수사의 초점을 맞춰가고 있습니다만, 아침 회의 시간에 자세히 듣고 보니 이 사건을 단순히 강도사건으로 보는 것은 무리가 있다는 생각이 들었습니다."

"그래요? 저도 비슷한 입장입니다. 아침에 자판기 앞에서 만나서 커피 한 잔 하면서 짧게 이야기할 때만 해도 하야시 순사장이 또 공연한 촉을 세워서 쓸데없는 소리한다고 생각했었어요. 그런데 막상 내 자리로 돌아와서, 사건 당일에 하야시 순사장이 제게 들려주었던 초동수사에 관한 추론을 정리하면서 거기에다가 대마도에서 일어났다는 살인사건을 대입하니까 뭔가 답이 나올 것 같더라고요. 사실은 그때 당장 1반 회의하는 곳으로 가고 싶었지만 오늘이 서장님 주재 정례회의하는 날이라 거기 다녀오느라고 참석을 못 한 겁니다.

하야시 순사장 들어오라고 해서 우리끼리 다시 한 번 수사방향을 검토해 볼까요? 아니 그 양반이 한 건 건진다고 나갔다니까 일단 점심식사를 하고 나서 들어오라고 연락을 하죠. 사건을 맡은 1반 전체회의는 내일 아침에 하고 그 전에 우리 셋이서 방향을 검토해 보자는 겁니다."

그때 다나하시 경부보의 휴대폰이 울렸다.

"아, 하야시 순사장이시군요? …. 뭐라고요? 그게 정말입니까?"

"…."

"그럼 당장이라도 들어오셔야 하는 것 아닙니까?"

"…."

"알겠습니다. 그렇지 않아도 계장님께서 수사방향을 다시 잡아야 하는 것 아니냐고 하면서 점심식사 후에 회의를 하자고 하던 중입니다. 그럼 두 시쯤에 하는 걸로 하지요."

다나하시가 전화를 받으면서 얼굴이 상기되고 목소리의 톤이 높아지자 토다 역시 무언가 기쁜 소식일 것 같아서 같아서 잔뜩 기대에 부풀어, 다나하시가 전화를 끊자 그 입만 바라봤다.

"하야시 순사장이 죽은 핫도리의 휴대폰을 찾았답니다."

"핫도리의 휴대폰을 찾아요? 그렇게 전화를 수없이 해대도 전원이 꺼져 있고 주변을 샅샅이 뒤져도 보호케이스조차 보이지 않던 전화기를 어떻게 찾았답니까? 좌우간 대단한 분인 것은 확실한데 언제 들어온답니까?"

"아주 급하게 들릴 곳이 한군데 있다고 합니다. 거기 들렀다가 곧바로 복귀하면 두 시쯤은 될 거랍니다."

"그래요? 그렇다면 두 시에 우리 세 사람이 미팅을 하는 걸로 하죠."

핫도리의 휴대폰을 찾았다는 소식에 두 사람 모두 혈색이 돌기 시작하면서 새로운 기대를 걸기 시작했다.

2. 대마도의 살인사건

하야시는 두 시가 조금 못 되어서 경시청으로 복귀했다. 하야시가 들어오자 눈이 빠지게 기다리던 토다와 다나하시가 함께 회의실에 앉았다. 하야시는 앉자마자 숨 돌릴 틈도 없이 핫도리의 휴대폰을 찾은 경위와 그가 죽기 직전의 상황에 대해서 설명했다.

사건이 나던 날 핫도리가 일조식당에 들어선 시간은 9시가 지나서였다.

그날따라 식당에는 낮부터 손님이 많았다. 그리고 핫도리가 들어서는 그 시각에도 두 명씩 팀을 이룬 세 팀과 세 명이 한 팀이 된, 도합 네 팀의 손님이 자리하고 있던 바람에 주인은 엄청나게 바빴다. 그 동네 식당들의 구조가 다 마찬가지지만, 주방을 중앙에 두고 'ㄷ'자 구조로 마련된 '다찌'라고 부르는 자리에 손님끼리는 나란히 앉게 되어 있다. 그 덕분에 특별하게 주문이랄 것도 없이 그때그때 필요한 것을 주방을 향해서 요구하면 주방에서는 요리를 해서 주거나 아니면 추가로 필요한 것을 꺼내 전달만 해주면 된다.

그렇지 않아도 정신이 없는데, 핫도리는 들어오자마자 주인에게 휴대폰을 내밀며 충전을 요구했다. 친한 단골은 아니지만 전에도 몇 번 왔던 손님이고, 설령 처음 오는 손님이라고 할지라도 얼마든지 요구할 수 있는 사항이기에 주인은 말없이 받아서 주방 한 구석에 있는 충전기에 꽂아 놓고 핫도리를 쳐다보았다. 그러자 핫도리는 알았다는 듯이 고개를 끄덕이고 한마디 했다.

"실은 제가 여기에서 9시 30분에 손님을 만나기로 했는데 이곳 위치를 잘 모른다고 해서 요 앞에서 만나서 모시고 올 겁니다. 아직 시간이 10여 분 남았으니 미리 충전을 부탁하려고 이곳에 먼저 들렀습니다. 제가 잠시 나갔다가 다시 오겠습니다."

핫도리는 그 말을 남기고 이미 배터리가 방전되어 전원이 꺼진 휴대폰을 놓아 둔 채로 밖으로 나갔다. 이곳이 자리가 없어서 손님이 도로 돌아가야 할 정도로 장사가 잘 되는 곳은 아니지만 혹시 자리가 없을 수도 있는 일이라서 미리 자리를 확보할 겸 왔다가 갈 수도 있는 일이라는 생각에 주인은 별 생각 없이 하던 일을 계속했다. 그런데 그날따라 손님들이 이것저것 주문도 많이 하고 잔심부름도 많이 요구하는 바람에 핫도리가 다녀갔었다는 사실조차 잊어버렸다. 물론 그가 휴대폰 충전을 부탁해 놓고 갔다는 사실도 까맣게 잊고 있었다.

손님들이 하나둘 자리를 뜨자 주인도 영업을 끝낼 준비를 했다. 낮부터 손님이 많던 덕분에 준비된 음식 재료도 바닥을 드러내고 있었다. 그 정도면 근래에 보기 드물게 장사가 잘된 날이다 보니 당연히 피곤했다. 게다가 정리를 하는 동안 또 손님이라도 오는 날에는 음식 재료도 없는데 피곤하기만 하고 공연히 시간만 보낼 뿐 득 될 일이 없었다. 시간을 당기기 위해서 꼭 정리해야 할 것만 대충 정리하고는 월요일에 나와서 정리를 할 마음으로 10시 30분이 채 안 되어서 문을 닫고 집으로 돌아갔다.

집에 돌아간 주인은 몸이 으슬으슬 춥기 시작하더니 온몸에 열이 펄펄 끓었다. 낮부터 무리를 해서 그런지 심한 독감에 몸살까지 겹친 것임에 틀림이 없었다. 급한 김에 집에 준비되어 있던 상비약을 먹고 자리에 누웠지만 식은땀까지 흘리면서 여간 고생을 한 것이 아니다. 그리고 몸살에 독감까지 겹친 병은 이튿날인 일요일까지 지속되었다. 휴일에 문을 열어야 하는 동네 당번 약국에 가서 약을 사다 먹고 일요일에 푹 쉬었는데도 불구하고, 월요일에도 몸이 엄청나게 무겁고 힘들기는 마찬가지였다. 무리를 해서라도 출근할까 생각도 해 봤지만 공연히 하루를 무리해서 나갔다가 열흘을 쉬게 될지도 모른다는 생각이 들어서 월요일까지 식당 문을 닫고 쉬기로 했다.

규모를 갖춘 식당들로서는 상상도 못할 일이지만 그 동네 식당들에게는 비일비재하게 일어나는 일들이다. 거의 대부분이 열두어 명이 앉으면 더 이상 손님이 앉을 자리조차 없는 작은 규모의 식당들이다 보니 주인 혼자서 주방을 맡아 요리를 하면서 손님을 맞는 서빙도 겸한다. 결국 주인이 아프거나 개인적인 사정으로 출근을 못하면 음식을 만들어서 식당을 운영해주는 것은 고사하고 당장 문을 열어 줄 사람도 없는 것이 현실이다.

그렇다고 왜 문을 열지 않았냐고 항의를 하는 사람도 없다. 마찬가지로 걱정해 주는 사람도 없다. 바로 옆에서 장사를 하는 집에서조차 옆집이 오늘 문을 열고 장사를 했는지 안 했는지에 관심도 없다. 이 지역에서 식당을 하는 사람이라면 일 년에 한두 번씩 개인사정에 의해서거나 아니면 몸이 아파서 문을 열지 못한 경험은 다 있을 것이다. 그런 것은 신경 쓸 필요도 없이, 그저 내 식당에서 내가 할 일을 하고 내 문턱을 넘어오는 손님에게 최상의 음식과 최선의 서비스를 하면 된다는 생각뿐이다. 가끔 단골로 맺어져서, 이 동네 식당을 찾을 때는 반드시 찾아주는 손님들도 있지만 그 손님들 역시 하루 문을 열지 않았다고 탓하지 않는다. 자신도 매일 오는 것도 아닌데, 어쩌다가 왔더니 닫힌 문을 가지고 이러쿵저러쿵 해봐야 아무런 의미도 없기 때문이다.

일조식당 주인 역시 그런 상황 속에서 장사해 온 사람이다. 엎드러진 김에 쉬어간다고 하루 더 쉬고 차라리 좋은 컨디션으로 손님들을 맞는 것이 손님에 대한 예의이기도 하다. 굳이 상쾌하지 못한 몸 상태로 영업을 한답시고 식당 문을 열어 봤자 조금만 마음 상하는 일이 생겨도 평소보다 두세 배 이상 짜증이 날 것은 빤한 일이다.

"그런 이유로 어제까지 쉬고 오늘 아침에 일어났는데도 몸 컨디션이 좋은 편은 아니었습니다. 그렇다고 이틀을 쉴 수도 없는 일이라, 아예 오후에 시장에 들려서 장을 봐서 나오려고 하다가 갑자기 생각난 게 이 휴대폰입니다. 충전을 맡기고 갔던 휴대폰이 아직 식당에 있다는 것이 생각난 거죠. 휴대폰 주인이 애타게 찾을지도 모른다는 생각이 들어서 단 한 시간이라도 빨리 돌려주어야겠다고 생각한 겁니다."

주인이 핫도리의 휴대폰을 하야시 앞에 내밀었다.

휴대폰 주인을 찾아 주기 위해, 장을 보려고 세웠던 계획까지
바꾸고 일찍 나와서 걸어준 전화를 받고 나타난 사람이 하야시라
는 경찰이고, 그 경찰로부터 핫도리가 죽었다는 이야기를 들었을
때 주인은 하야시의 경찰공무원 신분증을 보면서도 처음에는 믿
지 않았다. 하야시가 자신의 휴대폰을 열어 핫도리의 시체를 촬영
한 사진을 보여주면서 이 사람 휴대폰이 아니냐고 해도 믿으려고
하지 않고 핫도리의 휴대폰조차 내놓지 않았었다. 하지만 하야시
가 핫도리를 죽인 범인과 연계된 조직이 대마도에서 핫도리의 친
구도 죽이고 또 앞으로 얼마나 많은 이들을 죽일지 모른다고 하면
서 인터넷에 올라와 있는 기사들을 찾아서 보여주며 앞으로 일어
나야 할 인명사고를 막기 위해서라도 아는 것을 말해달라고 하자
겨우 마음을 열었다. 그리고 그제야 모든 것을 이야기하기 시작하
며 휴대폰을 내놓은 것이다.

일조식당 주인은 어떤 이유에서든 간에 인간이 인간을 심판한
답시고 목숨을 앗아가는 소모적인 희생은 절대 용납할 수 없는
것이라고 하면서 모든 것을 소상하게 말하기 시작했다.

"평소보다는 조금 늦은 시간이지만, 부랴부랴 식당으로 와서 문
을 열자마자 먼저 휴대폰 전원부터 켰습니다. 아니면 다를까 어제
하루 쉬는 동안 같은 번호로 전화가 이십여 통이나 와 있는 겁니
다. 이건 틀림없이 휴대폰 주인이 했던 것이라는 생각이 들었죠.

일요일에도 걸려온 전화가 있었지만 그건 전화주인이 아니고 다른 이유로 전화를 한 것이라고 생각했습니다. 전화 주인은 우리 식당에 몇 번 다녀간 손님이니 일요일에는 영업을 안 하는 것을 아는데 전화를 할 이유가 없다고 생각했죠. 전화주인은 월요일을 기다렸다가 전화를 한 것임에 틀림없다고 생각한 겁니다.

가끔 예정되지 않은 날 쉬는 적은 있지만 그렇다고 나를 믿고 자신의 휴대폰을 맡긴 손님에게 민폐를 끼칠 수 없다는 생각이 들어서 얼른 전화를 하게 된 겁니다."

하야시 입장에서는 너무나도 큰 수확임에 틀림이 없었다. 아직 단서라고는 쥐꼬리 하나도 잡지 못해서 지금까지 해온 수사의 결과라는 것 역시 하나도 없는데, 이건 다 익은 호박이 넝쿨째 굴러 들어온 것이나 다를 바가 없는 아주 커다란 수확이었다.

"그래요! 그건 제 전화번호고 저는 일요일까지는 핫도리 씨의 전화번호를 몰라서 못 했던 것이지만 아무튼 정말 고맙습니다. 덕분에 억울하게 목숨을 잃은 분의 한을 풀어줄 범인을 잡는데 한 걸음 더 가까이 가게 되었습니다. 단지 범인을 잡는 데서 그치지 않고 앞으로 벌어질 또 다른 살인을 예방할 수 있는 길이 열릴 수도 있는 열쇠를 주신 것과 진배없습니다. 이렇다 할 단서가 없어서 절절매고 있었거든요."

"그나저나 누가 그분을 죽인 거랍니까? 우리 식당에야 어쩌다가 한 번 오시는 분이지만 오실 때 보면 참 조신하고 착한 분 같던데…."

"그러게 말입니다. 저도 개인적으로는 모르는 분이지만 일본에서 구독률 기준으로 상위권에 속하는 잡지사의 편집차장이시니

모름지기 인텔리에다가 점잖은 분이셨을 겁니다. 그런 분이 왜 죽임을 당했는지는 모르겠지만 범인은 잡아야지요. 어떤 이유에서도 살인은 안 되는 거니까요. 혹시 더 제공해 주실 정보는 없으십니까?"

"있으면 당연히 드렸지요. 구체적으로 어디라고 말도 하지 않고, 그냥 요 앞에서 누구를 만나서 같이 오마 한 것이 마지막인 사람에 대한 정보가 뭐가 있겠습니까? 이 휴대폰이 전부입니다. 다만 혹시라도 이 동네에서 살인사건에 대해서 떠도는 소문이라도 듣게 되면 즉각 연락드리겠다는 약속은 할 수 있습니다. 한 번을 맺어도 인연인데 그래도 여러 번 우리 집에 손님으로 오셨던 분이니 당연히 인연 아니었겠습니까?

한 번 인연을 맺으면 내세는 물론 몇 겁을 지나서라도, 어떤 방법이나 신분으로 얽매일지는 모르지만 또 인연을 맺게 된다던데, 언제 어떤 인연으로 그분을 뵙더라도 부끄럽지는 말아야지요."

판자촌이 변하면서 생겨난 싸구려 술집을 운영하는 주인이지만 상당한 지식과 판단력을 갖춘 사람이라는 생각이 들었다. 그리고 분명히 정의를 사랑하는 사람으로 하야시 자신에게 하는 약속이 절대로 헛말이 아닐 것이라는 확신이 갔다. 고맙다는 인사를 하고 식당을 나서려고 하던 하야시는 번뜩 스치고 지나가는 생각에 다시 자리에 앉았다. 그리고 핫도리의 휴대폰을 열어서 월요일에 걸려온 전화를 유심히 살펴보았다.

"이건 정말 기우일지도 모릅니다. 하지만 조심할수록 안전한 것이니까 드리는 말씀입니다. 혹시 제가 아닌 어떤 사람, 설령 경찰이라고 하면서 신분증을 보여주는 한이 있더라도 말입니다. 피해를 당하신 핫도리 씨의 휴대폰을 찾아 주었다는 이야기는 절대로 하지 마십시오. 아니죠, 휴대폰을 찾아 준 것은 고사하고 핫도리 씨가 토요일 저녁 이곳을 다녀갔다는 말 자체도 하지 마십시오."

"그건 왜죠? 그렇게 하라면 그렇게 하는데 이유는 알아야 할 것 아닙니까?"

하야시는 식당 주인이 보기 좋게 휴대폰 화면을 돌려 보이면서 말했다.

"이걸 보십시오.

우선 토요일 전원이 꺼지기 전에 마지막으로 통화한 전화가 이것입니다. 아베라고 발신자가 되어 있네요. 그리고 일요일에도 아베는 세 차례나 전화를 했습니다. 또 월요일에 다른 사람들도 전화를 한 사람이 있기는 하지만 아베는 세 차례나 전화를 했습니다.

아베를 포함해서 여기에 통화기록을 남긴 모든 사람들을 조사해봐야겠지만, 유독 아베는 전원이 꺼지기 전, 그러니까 토요일 9시 11분에 전화를 했고 일요일에도 세 번, 월요일에도 세 번이나 전화를 했습니다. 핫도리 씨와 만나기로 했던 사람이 아베라는 사람이고 그 사람이 핫도리 씨의 휴대폰을 찾기 위해서 전화를 한 것이라고 볼 수도 있습니다. 물론 다른 이유로 전화를 한 것이라고 생각할 수도 있습니다만, 이건 제 추측을 말씀드리는 겁니다."

"그렇지만 반대로 아베라는 사람이 핫도리 씨와 유독 친해서 그럴 수도 있지 않습니까?"

"물론 그럴 수도 있죠. 하지만 제가 아는 한 핫도리 씨와 정말 친한 사람이라면 이렇게 많은 통화를 하는 동안에도 핫도리 씨가 전화를 받지 않는다면 다른 방법으로도 조치를 해서 안부를 물었을 수도 있다는 겁니다. 휴대폰을 받지 않으면 회사로라도 전화를 할 수 있었겠죠. 여기 보시면 많아야 두 번 전화를 한 것이 고작 아닙니까? 물론 저를 제외하고 말입니다. 아베를 제외한 다른 사람들은 다른 방법으로 핫도리 씨와 연락할 수 있는 방법을 알고 있던 겁니다. 그리고 제가 오늘 아침에 핫도리 씨의 회사로부터 핫도리 씨를 찾는 전화를 했던 사람들의 명단을 받은 것이 있습니다. 열 명이 조금 넘는데 그중에 아베는 없었습니다. 결국 아베가 찾기 위한 것은 전화기지 핫도리 씨가 아니라는 겁니다."

그 말을 하면서 하야시는 무언가 잊었다가 갑자기 생각난 사람처럼 핫도리의 전화 전원을 껐다.

"그건 왜 *끄세요*?"

"전원이 켜져 있으면 위치 추적이 된다는 것을 깜박했습니다. 이렇게 꺼버리면 아베 아니라 세상없는 인간이 전화를 해도 위치가 드러나지 않겠지요. 이따가 경시청에 가서 다시 켜면 됩니다."

전원을 끈 전화를 주머니에 넣고 하야시는 좀 더 구체적으로 설명했다.

"정말 혹시나 해서 드리는 말씀입니다만, 누가 핫도리 씨의 사진을 가지고 와서 토요일에 다녀갔느냐고 묻더라도 절대로 아니라고 대답하십시오. 휴대폰을 충전하기 위해서 이곳에 먼저 들렀던 사실은 모르고 있을 테니까 토요일에는 다녀가지 않았다고 해도 그대로 믿을 겁니다. 물론 전부터 이곳에 오던 손님이니까, 친하게 지내는 단골은 아니지만 얼굴은 아는 손님이라고 말씀하셔야 됩니다. 토요일에 범인과 핫도리 씨가 약속을 하면서 이곳에서 만나기로 했다는 것은 이미 이곳을 안다는 이야기거든요. 그런데 얼굴도 모른다고 하면 누가 믿겠습니까?

　토요일에 이곳에 잠시 들린 후에 다시 나갔다고 하면 휴대폰을 찾기 위해서 어떤 짓을 저지를지도 모르는 인간들입니다. 범인을 만나기로 하고 핫도리 씨가 마지막으로 들린 곳이 이곳인데 휴대폰이 몸에 없었다면 당연히 이곳에 휴대폰을 둔 것으로 지목하지 않겠습니까? 이곳에 들렸었지만 다른 곳에 휴대폰을 두었다고 판단한다면야 더 바랄 것이 없겠지만 그렇게 생각할 확률이 얼마나 되겠습니까? 공연히 수사를 도와주시고 화를 당하실까봐 드리는 말씀입니다.

　아까 말씀드린 대로 이번 살인사건은 절대로 어느 개인이 단순히 강도짓 하려고 저지른 사건이 아니라는 생각이 자꾸 듭니다. 조직에 의한 짓이라면, 조직은 자신들의 임무를 완수하기 위해서 흔적을 지우려고 할 것입니다. 당연히 핫도리 씨와 통화한 흔적은 물론 그 흔적이 내포하고 있는 증거와 기타 여러 가지 수사에 도움이 되는 자료들을 제거하기 위해서는 휴대폰을 없애야 하니 반드시 찾으려고 할 겁니다.”

　“그래요? 정말 그렇게 심각한 사건이라면 나도 위험해 지는 겁니까?”

　자신이 위험해 지는 것이냐고 묻는 주인의 얼굴은 전혀 두려워하는 기색이 없었다. 오히려 정말 궁금하다는 표정이었다.

　“그렇죠. 다만 어떻게 대답을 하느냐에 따라서 결과는 달라질 수 있으니까 제가 이렇게 말씀드리는 겁니다.”

　“좋습니다. 저는 지금 형사님이 말한 대로 대답하겠습니다. 하지만 믿고 안 믿고는 받아들이는 이들 마음대로 아니겠습니까?

만약 그들이 믿지 않으면요?"

순간 하야시는 한 대 얻어맞은 것 같았다. 아니 실제로 얻어맞은 것이다. 그들이 자신의 말을 믿지 않고 위해를 가해 온다면 어쩔 것이냐는 질문이었다.

"죄송합니다. 제가 휴대폰을 찾았다는 생각에 그만 그런 것까지는 생각하지 못했습니다."

"형사님 말씀대로 조직이 저지른 범죄라서 혹시라도 저를 찾아올 수도 있다면, 저는 그 순간 이후에는 형사님께 다시 연락을 드리지 못할 수도 있지 않겠습니까? 그들이 제게 휴대폰을 내놓으라고 고문이라도 하는 날에는 저는 경찰에 넘겼다고 불게 될 것이고, 자신들의 얼굴을 알고 있는 나를 살려 둘 까닭이 없겠지요."

하야시는 할 말을 잃었다. 구구절절 옳은 말이다. 수사를 해야한다는 생각만 했지 그 수사로 인해서 생길 또 다른 피해자에 대해서는 미처 생각하지 못했다. 처음에는 아예 생각도 못하다가 돌아가려고 하다가 겨우 생각나서 한마디 한 것이 말을 하다 보니 자신이 보기에도 정말 심각한 일이다 싶었다. 아직까지 자신의 수사를 돕는 바람에 큰 피해를 본 제보자를 보지 못했다. 보복을 당해봤자 양아치들에게 얼마간의 재산상 손해를 보는 정도였다. 나름대로는 제보자 보호를 위해서 노력해 왔었다. 하지만 이번 사건이 조직에 의한 범죄일 것이라고 주장하는 자신도 미처 제보자의 안전을 챙기지 못한 것이다.

"죄송합니다. 풀리지 않을 것 같은 사건의 단서를 손에 쥐었다고 흥분하는 바람에 미처 사장님의 안위를 생각하지 못했습니다."

하야시는 진심으로 사죄했으나 그런 사과와는 상관없이 일조식당 주인은 자신의 말을 이어갔다.

"아닙니다. 이건 형사님이 죄송할 문제가 아닙니다. 저희처럼 힘없고 돈 없는 이들이 당해야 하는 업보지요.

만일 제가 이렇게 판자촌을 개조해서 싸구려 술집을 운영하는 사람이 아니라 긴자 한 복판에서 반짝이는 네온사인 불빛아래 초호화판 술집을 경영하는 사람이었다면 이렇게 대하지는 않았을 겁니다. 먼저 보호해 줄 수 있는 방법을 연구했겠지요. 그렇다고 그 일이 형사님 책임만은 아니지 않습니까? 근본적으로 나라에서 제보자나 수사 조력자를 법으로 보호해야만 한다는 규정을 만들어 놓고 있는지는 모르겠지만, 실제로 현장에서는 힘 있고 가진 자에게나 통용되지 저처럼 가진 것 없는 이들에게는 통용되지 않는 것이 현실인데 어쩌겠습니까? 설령 형사님은 가진 자나 없는 자나 공평하게 하고 싶어도 윗사람들이 공연히 일 만들지 말라고 할 것 아닙니까? 세금 많이 내는 사람이 혜택도 많이 보아야 한다는 논리가 자본주의 논리일 테니까요."

"아…, 아닙니다. 절대로 그런 의미는 아닙니다. 사장님 말씀을 듣고 보니 솔직히 제가 부끄럽습니다.

솔직히 지금 제가 무얼 어떻게 할 수 있는 입장은 아닙니다. 단, 사장님께서 허락해 주신다면, 사장님을 보호해 줄 수 있는 한 가지 방법은 있습니다. 허락해주시죠."

"글쎄요, 무슨 방법인지는 모르겠지만 저 같은 놈 보호하느니, 범인 잡는 데 더 열심히 투자하는 게 낫지 않겠습니까?"

"아닙니다. 분명히 말씀드리지만 범인 하나를 놓치는 한이 있더라도 그로 인해서 파생할 수 있는 사건 하나 예방하는 것이 더 중요하다는 것이 제 철학입니다. 범인을 잡는 것도 중요하지만 범인이 생기기 전에 사건을 막을 수 있다면 그렇게 해야지요. 범인이 있다는 것은 이미 피해자가 발생한 것이지만 범행을 사전에 막는다면 범인도 피해자도 존재하지 않는 것 아닙니까? 허락만 해 주십시오."

"좋습니다. 허락하겠습니다. 형사님은 믿음이 가는 분이라 무엇을 할 것인지도 모르면서 허락하는 겁니다."

식당 주인은 하야시에게 무엇을 할 것인지도 묻지 않았다. 믿음이 간다고 하면서 마음대로 하라고 했다. 사실은 그게 더 무섭다. 내가 너를 믿으니 마음대로 하라는데 만일 잘못되면 그 믿음이 산산조각 난다. 믿음이 산산조각 나는 것은 사람과 사람의 관계가 부서지면서 불신이 자라고 그 불신은 종국에는 끔찍한 복수로 이어지기도 한다.

하야시는 오오모리 순사부장에게 전화를 했다. 그리고 전후 사정을 설명한 후 말했다.

"여기 사장님께는 음성 도청장치를 달아드리고, 식당에는 음성 도청과 동시에 영상까지 확보할 수 있는 카메라 한 대 설치하면 되지. 식당이 크지 않으니 손쉽게 달수는 있지만 그렇다고 실수라도 하는 날에는 정말 큰 도움을 주신 분의 목숨을 우리가 **빼앗는** 것임을 명심하고 품질 좋은 걸로, 절대 실수하지 말고."

하야시의 말이 끝나자 오오모리가 질문했다.

"좋습니다. 형님이 회의도 거치지 않고 이렇게 중대한 사정을 전화로 이야기하시는 걸 보면 아직 청에서는 결제를 못 받았다는 이야기인데, 누가 잠복을 하고, 누구 돈으로 하실 겁니까?"

"돈은 일단 먼저 외상으로 하게나. 내가 언젠가는 결제를 득해서 주도록 할게. 그리고 잠복 문제는 설치하는 오늘에 한해서는 오오모리 순사부장이 해줘. 어차피 여기에 같이 있어야 공사도 되는 거니까. 내일부터는 내가 묘안을 만들 것이고 만일 그게 힘들면 나 혼자라도 뛰어 봐야지."

"말이 되는 소리를 하십시오. 혼자 잠복을 어찌 해요?

아무튼 좋습니다. 일단 설치를 해야 뭐가 돼도 되는 거니까 설치하도록 하죠. 다른 곳 아무리 쑤셔도 실오라기 하나 보이지 않는데 그래도 그쪽이 제일 쇼부가 빠를 것 같네요. 누가 압니까? 놈인지 놈들인지 모르지만 오늘 밤이라도 덥석 물러 올지.

지금 여기서 공사하는 데 필요한 장비 준비해서 가려면 두 시가 다 될 겁니다. 기왕에 식당에 계시다니 점심 드시고 계십시오. 제가 그냥 가라고 해도 안 가실 분 아닙니까?

놈들이 오면 밤에 오지 벌건 대낮에 어디를 오겠습니까? 그러나 형님은 선량한 주민 하나 지키는 것이 범인 하나 잡는 것보다 낫다고 하시면서 저 갈 때까지 지키고 계실 분이라는 거 잘 알고 있으니 이만 끊고 빨리 준비해서 가겠습니다. 형님은 제 뒤에 누가 설 것인지 등등 후속대책이나 마련하고 계십시오.

아무리 봐도 그쪽을 파는 게 제일 나을 것 같으니까요!"

식당사장은 오오모리와 하야시가 통화하는 것을 함께 듣더니 조금 전의 평온한 것 같으면서도 분노가 섞인 말투와 목소리가 아니라 신뢰와 평화가 가득한 톤으로 말했다.

"역시 형사님은 동료들로부터도 신뢰가 깊은 분이시군요. 그렇게 보였습니다. 자, 기왕 우리 집에 오셨으니 제가 점심을 대접하겠습니다. 장도 봐오지 않았고, 아직 저녁 재료를 배달해 주는 차도 오지 않아서 마땅한 재료는 없다지만, 이 짓거리 사십여 년에 이 자리에서 십여 년이오. 냉장고에 있는 것이라면 무엇으로 무엇을 만든들 입에 들어가서 먹을 수 있게 못하겠습니까? 조금만 기다려 주십시오."

식당 주인의 마음이 많이 누그러졌지만 하야시는 당장 눈앞에 보이는 일을 해결했다고 해서 문제가 해결된 것이라고는 생각하지 않았다. 이런 일들은 언제, 어디서, 어떻게 벌어질지 모르는 일들이다. 그때를 대비해서 다시는 이런 일들이 벌어지지 않게 만드는 근본적인 대책이 필요한 것이다. 정부는 그런 것을 알고 있는지 모르겠지만 일선 현장에서 뛰고 있는 이들에게 이런 일들을 손쉽게 해결할 수 있도록 해준다면 그보다 더 좋은 활력소는 없을 것이다.

"자, 밥 먹읍시다. 나도 오랜만에 밥을 먹는 것 같습니다. 그동안 입맛도 없고 해서 죽으로 끼니를 때웠었는데 같이 식사를 하니 오히려 제가 대접을 받는 것 같습니다. 맛이야 어떨지 모르지만 어서 드시지요. 출입구에는 아직도 영업종료 간판이 걸린 상태이니 방해꾼도 오지 않을 것입니다. 그리고 놈들은 와도 밤에 온다니까 그 말이 맞는 것도 같습니다. 옳지 않은 일을 하려는 자들은 어둠이라는 것을 마치 자신들이 만들어 낸 힘인 양 착각하거든요.

정의롭지 못한 자들일수록, 조명의 밝기는 물론, 마음이 조절하는 밝기에서조차 멀어지게 마련입니다. 어둠의 힘을 빌려서 저지를 수 있는 짓이 결국은 자신을 어둠의 구렁텅이에 밀어 넣는다는 것을 깨닫지 못하는 거지요."

하야시는 맛있게 밥을 먹었다.

"정말 수고하셨습니다. 그래서 어떻게 조치하셨습니까?"

"말씀드린 대로, 나중에 제가 어떤 욕을 먹던지 간에, 우선은 오오모리 순사부장에게 장비를 설치하고 잠복에 들어가라고 했습니다. 모르면 몰라도 오늘은 범인이 오지 않을 겁니다. 저쪽에서도 우리 경찰이 일조식당을 주시할 것이라는 것 정도는 알고 있을 것이라는 판단입니다.

우리가 어제부터 근처 식당들에 대한 탐문 수사를 했으나 핫도리가 일조식당에서 약속을 했고, 일조식당은 어제 문을 닫았으니 아무것도 건지지 못한 것을 저쪽 아이들도 알고 있을 것입니다. 그리고 일조식당이 오늘 문을 열었으니, 우리가 그곳에서 무언가 건지려 한다는 것을 짐작하겠지요. 식당이 오늘 문을 열었는데 들이닥치지 않은 이유도 경찰이 지켜본다는 우려 때문일지도 모릅니다. 물론 우리가 건지려는 것이 휴대폰이라는 생각까지는 하지 않을 수도 있지만, 우리 쪽에서 감시하는 식당을 당장 쑤시지는 않겠지요. 적어도 2~3일, 길면 일주일이라도 기다려서 우리가 일조식당에 대한 기대를 포기하게 만든 후 쑤시려 들겠지요."

"말씀을 들어보니 일리가 있는 말입니다만, 그렇다고 우리도 그들이 접근하기만 기다릴 수는 없는 일 아닙니까?"

"기다리다니요? 그들이 일조식당을 쑤시기 전에 일을 끝내야 합니다. 만일 우리가 일을 질질 끌며 식당에만 매달려 있다가 저쪽에서 나타나지 않으면, 식당에서는 아무런 수확도 없으니 마냥 얽매일 수 없다고 감시를 푸는 날에는 식당 주인의 안위도 보장할 수 없는 겁니다. 그들이 원하는 게 그걸 수도 있으니까요!"

살인사건을 벌인 쪽이 접근하기를 기다릴 수도 없지 않느냐는 말이 토다 경부의 입에서 나오자마자 하야시는 깜짝 놀라며, 기다린다는 것은 절대로 안 될 일이라고 했다. 기다리자는 말이 아닌데도 불구하고 저렇게 나올 정도라면 하야시는 이번 사건을 정말 조직에 의한 살인사건으로 단정 짓고 있다는 이야기다. 다나하시 경부보 역시 고개를 주억거리면서 입을 열었다.

"저 역시 그 말씀에 전적으로 동감입니다. 그럼 이렇게 하는 것은 어떨까요?

순사장께서 말한 대로 통화한 사람들에 대한 조사를 들어가면서 통화내용은 통화내용대로 분석해 봅시다. 비단 통화내용뿐만 아니라 휴대폰에 들어 있는 여러 가지 정보들, 예를 들자면 사진이나 파일로 저장된 것은 물론 SNS에 저장되어 있는 이미지 등 모든 것을 분석해 보는 겁니다. 그러다보면 뭔가 나오겠죠. 지금 우리가 할 수 있는 일이라고는 그것밖에 없지 않습니까? 휴대폰이라는 것이 어찌 보면 아무것도 아닐 수 있지만 사실 이 안에 개인의 사생활이 거의 다 들어 있으니까 더 좋은 자료도 없을 겁니다. 일단은 휴대폰에 매달려 봅시다."

"좋아요. 일단 휴대폰부터 시작합시다."

다나하시의 말을 받아 토다 역시 휴대폰에서 실마리를 풀자고 했다. 그러자 하야시가 입을 열었다.

"일단 제가 보고도 없이 마음대로 조치한 사항에 대해 이해해 주신 점 고맙습니다. 그리고 제 의견에 동의해 주신 것 역시 고맙습니다. 두 분께서 휴대폰에 희망을 걸자고 하셔서 드리는 말씀입니다만, 토요일에 마지막으로 통화했던 아베의 전화번호는 대포폰이었습니다. 아까 식당에서 기다리면서 시간이 남아서 제가 확인한 사항입니다. 문제는 그 대포폰을 누가 사용했느냐 하는 것입니다. 아베라는 이름으로 사용을 했지만 정말 이름이 아베인지도 모를 일이고, 설령 아베라는 이름이 맞는다고 하더라도 아베가 한두 사람입니까? 당장 우리나라 수상부터 성씨가 아베니 이건 쉽게 밝혀질 일은 아닙니다만 우리 반 전체가 합심하고 팀 차원에서 도와준다면 얼마든지 가능한 일일 수도 있습니다. 우리 팀에서는 오오모리 순사부장이 대포폰 다루는 인간들에 대한 정보도 많고 또 실제로 그쪽에 대해서는 밝혀내는 능력도 있습니다. 마찬가지로 저와는 다른 반이지만 팀 전체로 본다면 오오모리 정도 능력을 가진 사람이 두어 명 더 있습니다. 계장님께서 그 사람들에게도 이번 대포폰 해결을 하는 일에 대해서만큼은 우리 반장님 지시를 받도록 조처해 주시면 고맙겠습니다.

하나만 더 말씀드리면, 휴대폰을 식당에서 습득했다는 사실은 지금까지 아는 사람만 알고 더 이상 새나가지 않도록 해야 합니다. 안 그러면 식당 주인에게 공연한 폐를 끼칠 수도 있으니까요.”

“좋습니다. 지금 의견을 나눈 대로 일단은 진행을 해 보도록 합시다.”

일단 회의를 끝내는 것 같았다. 하야시는 회의가 끝났으니 일어서려고 했다. 그러나 토다도 다나하시도 꿈쩍도 안 한다. 혹시 두 사람이 할 이야기라도 있는지 싶어서 하야시가 먼저 자리에서 일어나려고 하자 다나하시가 입을 열었다.

“그냥 나가게요?”

“회의 끝난 것 아닙니까?”

“아니요. 대마도 살인사건과 왜 연관되었는지를 설명해야 우리끼리라도 객관성 여부를 검토해 본 후 위에 보고를 하고 수사방향을 조율하죠."

"그거요? 솔직히 아직은 저도 이거다 하고 확신할 수 있는 근거는 없습니다. 다만 정황을 보면 그렇다는 겁니다. 제가 어제 입수한 정보도 그렇고 해서요."

하야시는 자신이 대마도 살인사건에 관해서 듣게 된 경위를 이야기하기 시작했다.

월요일 아침 회의를 끝내자 하야시는 시사와경제사(社)를 향했다. 자신이 맡은 임무가 주변 인물들을 탐색하는 일이었다. 피해자가 핫도리 쇼지라는 이름만 알고 있는 상황에서 가족이나 직장을 찾아야 하는데 호적상으로 그는 가족이 없었다. 부모님은 이미 사망신고가 되어 있고 형제도 없었으며 결혼도 하지 않은 상태다. 나이가 40대 중반인데도 장가도 가지 않은 것을 보면 무언가 사연이 있기는 있는 사람 같은 생각도 들었지만 원래 독신주의자들이 많이 늘어나는 세상이니 그건 그렇게 중요한 것이 아니다. 다만 주머니 속이 뒤집힐 정도로 피해자를 탈탈 털었다는 것만이 석연치 않게 마음에 걸릴 뿐이다.

하야시가 회사 입구 안내 데스크에 자신의 신분증을 보여주며 핫도리 쇼지 씨 문제로 방문했다고 하자 데스크 여직원은 자신을 안내할 생각도 하지 않고 묻지도 않은 말을 했다.

"차장님께서 강도를 당하셨다면서요? 참 착한 분이셨는데? 다정다감하시기도 하고. 그런데 TV뉴스에는 나오지도 않고 신문 인터넷판에 조그맣게 떴데요? 아침에 출근해서 누가 먼저 이야기했는지, 그렇지 않아도 회사에서는 지금 수군거리고 있어요. 총으로 쐈다는데, 요즈음에는 강도들이 총으로 쏘나보죠? 정말 무서운 세상이지 뭐예요?"

"그러게 말입니다. 저도 그게 궁금해서 온 거니까 책임자에게 안내 부탁드려도 될까요?"

말은 그렇게 했지만 핫도리의 직책이 차장이라는 것을 알 수 있었고, 여직원이 한 말을 토대로 몇 가지 확인할 사항을 정리할 수 있었다.

하야시는 대표이사에게 안내되었고, 대표는 성실하게 답을 해 줄뿐 아니라 필요하다면 누구든지 불러 드리겠다고 하면서 직접 회의실로 안내했다.

하야시가 만날 사람은 뻔했다. 우선 처음에 그 소식을 전한 사람을 만났다. 그러나 그 사람은 특별한 이유가 있어서 알게 된 것이 아니었다. 자신이 근무하는 잡지사의 특성이 독자들에게 관심거리를 만드는 것이다 보니 크게 관심거리가 되는 것은 물론, 남들이 별로 관심을 갖지 않지만 이슈거리가 될 만한 것을 찾아서 파고들거나, 인터뷰를 해서 실감나는 기사를 쓴다거나, 그것도 아니면 독자들이 올바로 알아야 할 사항에 대한 지식을 전달하는 역할을 해야 한다. 당연히 인터넷으로 기사를 검색해서 주제를 선택한 후 그것에 몰두해야 하기 때문에 작은 기사까지 세세하게 인터넷으로 검색하던 중에 알게 되었다고 했다. 하야시가 보기에도 그 말에 거짓이 없어 보였다.

다음으로 만나야 할 사람들은 핫도리와 친하게 지내던 사람들이다. 가까이 지냈던 사람들을 만났지만 대답은 모두 한결 같았다.

핫도리는 근무 중에 다정다감한 사람이었고 대인관계도 좋았다. 상사에게는 고분고분하고 부하에게는 친절한 모범사원이었다. 그런 것은 죽은 사람에게 의례히 따라 붙는 칭찬일 뿐이었고 가족이나 기타 친구 등에 관해서 아는 것은 없었다. 딱 한 사람, 핫도리의 바로 직속부하 직원인 모리가 핫도리와 가장 가깝게 지냈는데, 핫도리가 평소 친하게 지내던 다나까라는 친구가 있다는 사실과 그 사람이 도쿄여행사에 다닌다는 정보를 전해 주었다. 그 사람이 다나까를 알게 된 것은 핫도리와 같이 어울려 다나까와 술자리를 몇 번 한 적이 있다고 했다. 그때 핫도리와 다나까는 서로가 세상에서 가장 친한 친구임을 자부했다는 것이다.

"두 분 말씀에 의하면 두 분이 같은 대학을 나온 것은 물론 한국에서 같이 유학생 시절을 보냈다고 합니다. 제가 알기로는 석사학위를 받는 동안 같이 기숙을 하면서 핫도리 차장님은 4년 만에, 그리고 다나까 차장님은 5년 만에 석사학위를 받았다고 했으니까 적어도 4년 동안은 타국의 같은 숙소에서 기숙을 하신 겁니다. 당연히 친할 수밖에 없었죠. 게다가 두 분 다 전공이 문화인류학이니 서로에게 많은 도움도 됐을 테고요. 그 덕분에 차장님은 저희 회사에서도 한국통으로 인정을 받으셔서 한국에 대한 기사는 의례히 차장님 독차지였습니다. 한국어에 능통하시니까 한국 기사에 관한한 차장님이 취재와 편집을 겸하신 거지요. 저희 잡지의 특성상 현장 취재보다는 이미 이슈가 되거나 아니면 다뤄진 기사들에 관한 심층 취재니 만큼 가능한 일이기는 하지만 두 가지를 병행하신다는 것은 그만큼 능력이 있다는 말씀이지요. 그리고 제가 알기로는 다나까 차장님도 그곳 여행사에서 한국여행 전문으로 일찌감치 명성을 얻으신 것으로 알고 있습니다.

그분을 만나 보시면 무언가 정보를 얻으실 수도 있을 겁니다. 저는 거기까지밖에 드릴 말씀이 없습니다."

하야시는 모리와 더 긴 이야기를 하고 싶었다. 이야기를 하다보면 무언가 나올 것도 같았다. 하지만 모리 스스로 자기가 아는 것은 거기까지라고 선을 긋는데 더 이상 무언가를 캐내기 위해서 시간을 보내는 것보다는 빨리 다나까를 만나는 것이 더 많은 정보를 얻을 수 있다는 생각이 들어서 서둘러서 도쿄여행사를 향했다. 다만 모리와 명함을 주고받으면서 혹시라도 생각나는 것이 있으면 연락해 달라고 부탁하는 것을 잊지 않았다.

핫도리의 직장 동료들은 상하를 막론하고 핫도리의 사생활을 전혀 모르고 있었다. 그런데 유독 모리만은 핫도리의 가장 친한 친구와 술자리도 같이 했다고 한다. 그렇다면 모리는 무언가 더 알 수도 있는데 더 이상은 말을 안 하겠다고 선을 긋는다. 하야시는 궁금했지만 다나까를 만나면 그런 문제도 해결될 것 같았다.

이 사람 저 사람 만나다 보니 벌써 점심시간이 목전이다. 점심 전에 만나보고 싶었다.

하야시가 도쿄여행사에 도착해서 다나까를 만나러 왔다고 신분증을 제시하자 안내 데스크의 여직원이 말했다.

"다나까 팀장님이 그렇게 갑자기 돌아가시다니 믿어지지가 않아요."

하야시는 자신의 귀를 의심하지 않을 수 없었다.

"다나까 씨가 돌아가시다니요?"

"그 일 때문에 오신 거잖아요? 그렇지 않아도 오늘 출근 하자마자 나가사키 현 경시청에서 소식을 전해 듣고 얼마나 놀랐는데요. 그 사건을 조사하기 위해서 이곳으로 오시는 형사분들의 조사에 협조해 달라고 전화를 주신 건데 그 전화를 받고 인터넷을 뒤져 봤더니 아주 조그맣게 기사가 났더라고요. 아무리 휴일이라지만 토요일에 대마도에는 왜 가셨는지 정말 알다가도 모를 일이지 뭐예요? 우리 회사는 대마도 여행은 취급도 안 하는데."

"대마도에서 돌아가셨다고요? 나가사키 현 형사들은 왔습니까?"

하야시는 쉬지 않고 연거푸 질문했다.

"예. 채 5분도 되기 전에 나가사키 현 형사분들 두 분이 도착하셨는데, 처음에 이야기를 들었을 때는 믿기지 않더니 그분들이 오시니까 정말 실감이 나더라니까요. 인터넷에 조그맣게 난 기사를 보니 권총강도라던데 일본도 이제 권총을 들이대는 시대가 왔나 보죠? 그런데도 TV에는 뉴스조차 안 나오고….

아참, 내가 공연히 쓸데없는 소리 하느라고 시간을 보냈네요. 나가사키에서 오신 분들과 대표님께서 말씀 중이시니까 그리로 안내 해 드리겠습니다."

그러나 여직원의 이야기는 공연히 쓸데없이 주절인 말이 아니었다. 하야시는 여직원의 권총강도라는 말을 들으면서 머릿속에서 여러 가지 동영상을 동시에 돌리고 있었다. 그 동영상들 사이로 직감적으로 꽂히는 감이 온몸을 타고 흘렀다.

수사가 무엇인지도 모르는 보통 회사의 여직원들도 권총에 의한 살인사건이 TV에 보도되지 않았다는 것 자체를 이상하게 여길 정도라면 정말 이상한 거다. 그것도 두 건이나 발생했는데도 보도 될 기미조차 보이지 않았다. TV언론사가 그 일로 인해서는 경찰청에 찾아오지도 않았으니 보도할 의사도 없던 것이다. 자신이 감 잡았던 것처럼 무언가 보이지 않는 손이 이 사건에 개입되고, 그들이 언론을 통제하고 있다는 생각이 들었다. 하지만 지금으로써는 무어라 말할 수 없고 그 증거를 잡아야 한다.

회의실로 하야시를 안내한 여직원이 먼저 들어가서 양해를 구한 후 하야시가 들어갔더니 나가사키 현의 형사처럼 보이는 두 사람과 대표인 듯한 사람이 마주 앉아 있었다. 그중 형사로 보이는 두 사람 중에서 더 나이가 들어 보이는 사람이 손을 내밀며 인사를 청했다.

"저는 나가사키 현 경시청 강력팀에서 근무하는 무라다 경부보입니다."

"아, 예. 저는 도쿄 경시청 강력1팀 1반에서 근무하는 하야시 순사장입니다."

하야시가 순사장이라고 소개를 하자 무라다는 눈빛이 잠시 흔들렸다. 그 눈빛은 결코 놀라는 눈빛은 아니었다. 그 나이에 겨우 순사장이라니 무능한 사람을 또 본다고 생각한 것처럼 느껴졌다. 하야시는 그 눈빛을 보며 자신도 모르게 잠시 위축되는 기분이 들었지만 사실은 사실이니 부끄러울 것은 없었다.

"그런데 도쿄 경시청에서는 웬일로…."

이번에는 대표처럼 보이는 사람이 물었다. 하야시는 순간적으로 다나까가 죽었다는 사실조차 모르고 찾아온 사실을 어떻게 설명해야 할지 난감하기조차 했다. 하지만 사실대로 이야기하는 수밖에 없었다.

"사실은 다나까 씨도 피해를 당한 것은 모르고 찾아온 겁니다. 도쿄에서도 그저께 밤에 살인사건이 났습니다. 그래서 수사를 하던 중에 피해자와 가장 친한 사람이 다나까 씨라는 정보가 입수돼서 다나까 씨를 만나 수사에 도움을 받으러 왔는데 하필이면 이런 변을 당하셨네요. 정말 뭐라고 말씀을 드려야 하는 건지를 모르겠습니다."

"그래요? 도쿄에서 당한 사람이 다나까 씨의 친구라고요? 친구끼리 참 더럽게 운도 없습니다 그려. 마치 약속이라도 한 듯이 같은 날 당한 거 아닙니까? 도쿄에서는 어떻게 당했습니까?"

대표처럼 보이는 사람은 그저 놀라서 아무 말도 못하는데 무라다가 질문했다.

"그쪽하고 똑같이 권총강도입니다."

"권총강도라? 일본도 이제 순사 짓 해 먹기 틀린 나라구먼. 소나 개나 다 권총 들고 설치면서 주머니를 까뒤집을 정도로 털어가니 무슨 수로 경찰 짓을 해 먹나? 그것도 하필이면 토요일 밤에."

"대마도 강도사건도 주머니를 완전히 비웠습니까?"

"그렇다니까? 아예 주머니 속을 뒤집었더라구. 게다가 다나까 씨 혼자도 아니고 조선놈까지 안주로 곁다리 껴서 죽였으니 범인을 잡기는 잡아야지. 만약 못 잡으면 일본 경찰 체면이 안 서니까! 왜? 도쿄도 그랬소?"

무라다는 하야시의 계급을 듣고 나서는 거의 하대하는 말투로 바뀌었다. 그러나 하야시는 개의치 않았다.

사람이라는 것이 본디 친하게 지내는 사람들끼리는 서로 하대를 한다. 특히 나이가 더 많은 사람은 어린 사람에게 친밀도를 표시하는 방법 중 하나로 하대를 하기도 한다. 하지만 친해서 하대를 하는 것과 업무상 마주치는 경우에 자신의 권위나 직위를 뽐내기 위해서 하대를 하는 것과는 인격적인 차이가 나는 거다. 자신의 인격은 스스로 다스리는 것이니 굳이 그런 사람을 나무랄 필요는 없고 그저 할 일만 하면 된다. 퇴직하기 전에 무라다와 같이 근무할 일은 없을 것이다.

"예. 그랬습니다. 수법은 똑같네요. 다만 여기는 피해자가 한 사람이라는 것은 다르고요."

하야시는 일단 질문에 대답을 하고 잠시 무언가를 생각했다. 그리고 말을 할까 말까 망설이다가 입을 열었다.

"그렇다면 뭔가 좀 이상하지 않습니까? 일본에서 권총강도라면 생소하기조차 한 것인데, 두 군데서 거의 동시에 같은 수법의 살인사건이 나고, 둘이는 친구다? 뭔가 집히지 않습니까?"

"집히기는 뭐가 집힌다고 그래? 한 사람은 제 집인 도쿄에 있다가 당한 것이고 다른 한 사람은 오랜만에 놀러 갔다가 당한 거지. 아무리 여행사 다닌다고 하지만 업무상 하는 여행하고 그냥 놀러 가는 여행하고 같을 수가 있나? 그것도 낚시터에서 죽었으니 낚시를 엄청 좋아하는 친구라는 것은 알 수 있겠지. 공연히 쓸데없는 추측해서, 그렇지 않아도 단서도 없이 맨땅에 헤딩하고 있는 수사에 혼선만 주지 마쇼.

암튼 조선놈은 왜 거기에서 만나가지고 속을 썩이나? 옛날부터 아는 사이인지 아니면 그날 만난 사이인지는 모르겠지만 아무런 단서도 없는데 조선에 뭐라고 말을 해 줘야 될는지 원? 쪽팔리게 아직 아무런 단서도 나오지 않았다고 할 수도 없고….”

하야시가 의문을 제기했지만 무라다는 완전히 하야시를 깔보고 있다는 티를 냈다. 그 나이에 순사장밖에 못하는 사람이 뭘 촉이 있다고, 집히고 말고를 주절이냐는 식이었다. 하야시도 그런 무라다에게 더 이상 말하고 싶지 않았다.

“대표님 같은데 인사가 늦었습니다.”

하야시는 자신이 대표로 지목한 사람에게 명함을 내밀었다. 하야시는 대표에게 직원들 중 궁금한 사항이 있는 사람과 대화를 해도 좋다는 허락을 받고 자리에서 일어나는데 무라다가 걱정이 되는지 한마디 더 했다.

“혹시 청에 보고를 하더라도 우리 사건과 그쪽 사건에 연관이 있으니 어쩌느니 하는 말은 일절 하지 마쇼. 공연히 우리들까지 머리 아프니까. 그렇지 않아도 조선놈이 같이 죽는 바람에 골 아파 죽겠는데. 대충 빨리 범인이나 잡고 땡 쳐야지, 원….”

무라다는 몹시 귀찮다는 말투였다. 말끝마다 ‘조선놈’이 같이 죽어서 골이 아프다고 희생당한 한국 사람을 거론한다. 한국 사람은 엄연한 희생자다. 이유가 어찌 되었건 간에 남의 나라에 왔다가 억울한 죽음을 당한 것이다. 저건 한국 사람을 깔보면서 비하시키고자 하는 의미 이상은 없는 짓이다. 한국 사람이 같이 죽어서 범인을 잡기는 잡아야 한다고 공공연하게 떠들어 대는 꼬락서니가, 만일 한국 사람이 같이 피해를 당하지 않았다면 범인을 잡지 않겠다는 의미인지 도통 그 속을 알 수가 없었다. 범인을 잡아서 사회정의를 실현하겠다는 것인지 경찰 체면을 유지하기 위해서 범인을 잡겠다는 것인지도 묻고 싶었다. 도대체가 범인을 잡으려는 의지가 있어 보이지를 않았다. 범인을 빨리 잡고 땡 친다는 데 저런 정신 상태로 범인을 잡을 수 있을지가 궁금했다.

　도쿄여행사 직원들과의 만남 역시 시사와경제 직원들과의 대화와 별 차이가 없었다. 죽은 사람이 성실하고 친절하다는 등의 칭찬뿐이지 정작 수사에 도움이 될 말은 거의 없었다. 다나까의 사적인 것에 대한 정보는 구할 수가 없었다. 다만 여기서도 다나까와 가깝게 지낸 후배가 있다는 사실은 알아냈다. 시미즈라고 하는 사람인데 도쿄대학교에서 문화인류학을 강의하는 교수라고 했다. 정보를 전해 준 사람은 다나까와 같은 팀에서 일하는 직원으로 자신이 직접 만나 본 적도 있다고 하면서 전화번호도 알려 주었다. 그리고 참고가 될 줄도 모르겠다고 하면서, 다나까가 한국에서 유학을 한 덕분에 한국어에 능통할 뿐만 아니라 한국의 역사와 유적은 물론, 기타 상세한 것까지 다 알고 있는 덕분에 한국여행에 관한 설계를 하는 데에는 그를 따라갈 사람이 없었다는 것이다. 다른 여행사와는 차별되는 상품을 일찍부터 내놓는 바람에 이미 이 바닥에서는 능력을 인정받은 사람이라고 했다. 그리고 이번에 같이 변을 당한 한국의 구연회 씨와는 일종의 파트너 관계로, 구연회 씨는 한국여행사의 일본 담당인데 두 사람이 서로 긴밀하게 공조를 하면서 일본여행에 관한 한 한국에서는 구연회 씨도 두각을 나타내고 있는 것으로 안다는 말까지 덧붙여 주었다.
　결국 그곳에서 건져낸 것 역시 시사와경제에서 핫도리와 친한 사람을 알아내고 휴대폰 번호를 알아낸 것과 별반 다를 것이 없는 것처럼 보였다. 이렇게 힘들여서 전화번호를 알아내도 얼핏 보기에는 아무런 의미가 없는 것처럼 보인다.

핫도리의 전화번호를 알아내고 이곳으로 오는 동안 세 번이나 전화를 했지만 전원이 꺼져 있었다. 이제는 핫도리와 가장 가깝다는 다나까의 전화번호도 알아냈기에, 비록 변을 당한 것은 알지만 혹시나 하는 마음에 다나까에게 전화를 했는데 그 역시 마찬가지였다. 하야시는 은근히 오기가 발동해서 핫도리에게도 전화를 한 번 더했지만 전원은 여전히 꺼져 있었다.

그러나 하야시에게 전화번호 이상으로 중요한 정보는 바로 핫도리와 다나까와 구연회 사이에 얽힌 관계다. 특히 다나까와 구연회 두 사람은 파트너였다. 그들만의 긴밀한 협조에 의해서 나름대로는 각각의 지위를 공고히 하고 있다. 두 사람을 동시에 죽인 것이 우연이라고 보기에는 무언가 석연치 않다. 그렇다고 다나까와 구연회의 관계를 질투한 경쟁사나 또 다른 누군가의 범행으로 보기에는 살인까지 저지를 정도는 아닌 것 같다. 더더욱 다나까의 친구인 핫도리까지 당했다는 것은 업무와는 또 다른 속사정이 있음에 틀림없다는 생각만 점점 굳어져 갔다.

생각이 거기에 이르자, 조금 전에 들은 다나까의 친한 후배라는 시미즈 생각이 났다. 그 역시 문화인류학을 전공하고 연구소에 얹혀 있으면서 시간 강사를 하다가 불과 2~3년 전에 전임교수로 임용되었다고 했다. 엄밀히 말하자면 다나까 사건과 관련된 인물이니 파고들 필요는 없다. 그러나 이미 자신은 이 사건이 단순한 사건이 아니라고 감을 잡은 터였고, 문화인류학을 전공했다는 말이 환청처럼 다시 들리는 듯 했다. 하야시는 망설이지 않고 시미즈에게 전화를 했다.

시미즈의 전화도 꺼져 있었다. 우연일 수도 있다. 하지만 하야시는 불안한 마음이 앞서서 전화가 다시 켜지기를 기다릴 수 없었다. 허탕을 치는 셈치고 무조건 도쿄대학으로 향하면서 계속 전화를 했지만 시미즈의 전화는 켜질 줄을 몰랐다. 하야시는 시미즈와 다나까, 핫도리의 전화번호를 교대로 누르면서 전원이 켜지기를 바랐지만, 바람은 바람일 뿐, 세 대 중 어느 것도 전원이 켜지지는 않았다.

도쿄대학에 도착한 하야시는 시미즈가 근무하는 연구실로 찾아갔으나 대답은 허무했다.

"시미즈 박사님이요? 월요일에 출근하셨다가 점심시간이 다 되어서 어딘가와 통화를 하고 나더니 휴가를 다녀와야겠다고 휴가 신청하고 가셨는데요? 방학 중이라 특별히 휴가를 내시거나 할 일은 없지만, 적어도 우리들끼리는 알아야 하거든요. 같이 연구를 추진하는 과제도 있고 또 선배 교수님들께서 필요로 하실 수도 있고, 등등. 그래서 각자의 스케줄을 밝히고 움직이는 것이 우리들의 상식이랍니다. 선배 교수들이 막상 찾을 때 눈에 나타나지 않아서 좋을 게 없잖습니까? 그러니까 미리 예고를 하는 거지요. 나 언제까지 못 나타나니 시킬 일 있으면 다른 사람 찾아봐라? 뭐 그런 거랄까?"

하야시는 자신이 학교에 근무하지는 않지만, 일부 교수들이 후배와 제자들에게 부리는 횡포에 대해서 들은 적은 있었다. 그리고 그 심각성이 어느 정도인지는 모르지만 여자 연구원이 말하는 태도나 그 뒷줄에서 풍겨 나오는 이미지가 별로 가벼워 보이지는 않았다. 그러나 머릿속에 남는 것은 그런 말들이 아니라 전화를 받고 휴가를 내고 갔다는 말뿐이었다.

"그럼 머지않아 학교에 다시 나오겠네요?"

"그렇겠죠? 방학을 하고 나면 고참 교수님들이야 자기들 필요할 때 나오고, 안 나오고 싶으면 안 나오지만 저희 같은 쫄따구들이야 그럴 수가 없죠. 하기야 시미즈 박사님은 전임에 오르셨으니 그나마 숨은 쉬겠죠. 저랑은 다르다는 겁니다.

그래도 시미즈 박사님 생각대로 자신이 연구하는 것에 대한 자료 때문에 열흘 동안 현장에 머무르기는 쉽지 않을 겁니다. 그렇게 긴 기간 동안 자리를 비우기는 힘들 거라는 거죠. 아직 그럴 군번은 안 되거든요. 하기야 그분은 원래 나름대로 고집과 의지가 있던 분이니까 혹시 또 모르지요. 그 고집 덕분에 전임교수자리도 맡은 거니까."

"그 현장이 어딥니까? 그리고 전화도 꺼져 있던데."

"현장은 저도 모르죠. 우리끼리도 연구에 도움을 청하거나 공동으로 연구하는 것이 아니면 공연히 시시콜콜 묻지 않거든요. 그건 오히려 남의 연구를 훔쳐보려고 한다는 의심을 받을 수도 있으니까요. 그리고 전화가 왜 꺼져있는지는 저도 모르고요. 모름지기 방해받고 싶지 않다는 무언의 표현…?"

자신의 이름을 쓰기우라라고 밝힌 여자 연구원의 마지막 말이 학문을 연구하는 이들이 서로에게 지켜야 할 예의를 일깨워 주는 좋은 말이었지만 지금 그런 것에 신경을 쓸 여유도 없다. 하야시는 명함 한 장을 꺼내 쓰기우라에게 전하면서 혹시 시미즈가 연락을 해오거나, 학교에 다시 나오면 반드시 연락해 줄 것을 전해달라는 당부를 하고 자리를 떠났다.

　죽은 두 사람 모두 문화인류학을 전공했고, 시미즈는 그중 한 사람과 가깝게 지내는 선후배 사이로 역시 문화인류학을 전공했다. 그리고 시미즈는 두 사람이 죽었다는 소식이 작게나마 인터넷에 올라서 관심 있는 사람들이 알기 시작한 월요일에 출근까지 했다가 전화 통화를 하더니 휴가를 내고 자취를 감췄다. 전화까지 꺼놓고 완벽하게 잠적한 것이다.

　통화를 한 것은 휴가를 가기로 마음을 먹은 후에 우연히 일어난 일일 수도 있다. 하지만 우연이라고 하기에는 너무나 맞아 떨어진다. 기왕 내친 김에 시미즈가 자취를 한다는 곳으로 가 봤지만 그곳도 굳게 문이 잠겨 있었다. 혹시 하는 마음에 도쿄에서 두 시간 거리에 있는 시미즈의 본가까지 찾아갔다. 그러나 시미즈는 본가에도 오지 않았다. 다만 월요일에, 당분간 연구 때문에 다녀올 곳이 있으니까 연락이 안 되더라도 걱정 말라는 전화가 왔다는 말을 시미즈의 어머니에게서 전해 들었을 뿐이다.

　아무런 증거도 나타나지는 않았지만 우연이라고 하기에는 너무나도 우연인 일들이 한꺼번에 겹쳐서 나타나고 있다. 두 사건을 따로 분리하고 싶어도 엉키는 것이 너무나도 많아서 딱 분리가 되지 않는다. 이건 분명히 같이 굴러가는 덩어리 중 일부분이 두 사건으로 나타난 것이라는 생각이 자꾸 피부 속으로 꿰뚫고 들어오고 있었다.

　"암튼 이번 사건은 운도 따라주는 것 같으니 반드시 좋은 결과가 있을 겁니다. 아직은 오리무중이지만 분명히 운이 따라 주는 것은 확실합니다."

"운도 따라주다니요?"

이야기를 마치면서 하야시가 좋은 결과가 있을 것이라고 말하자 평소 눈에 보이는 사실이 아니면 믿지 않기에 운 같은 것은 전혀 믿지 않는다고 자신해 오던 토다가 되물었다.

"생각해 보세요. 일요일에 저희가 핫도리 전화로 전화를 안 한 것은 번호를 몰라서였고 월요일에 겨우 전화번호를 알아내는 바람에 전화를 했지만, 식당 사장은 일요일에 자신이 쉬는 날이라는 것을 알고 있는 핫도리가 전화를 할 이유가 없다고 생각하는 바람에 제 전화로 전화를 했습니다. 또 월요일에는 제가 시사와경제사에 들려서 이 사람 저 사람에게 탐문을 하는 바람에 도쿄여행사에 가서 나가사키 현 경시청 사람들을 우연히 만났습니다. 거기까지는 우연이라고 생각해도 좋습니다. 그런데 가는 곳마다 새로운 사실을 알 수 있게 해주는 사람들을 만났습니다. 그 모든 것이 수사에 꼭 필요한 사항들이니 운이 좋아서 그런 일들이 일어난 거죠. 어떤 단서가 되었든 하나만 튕겨 올라와 준다면 사건 해결도 손쉽게 풀릴 것만 같습니다."

"제발 그리되었으면 좋겠네요. 우선은 무엇보다 대마도 사건과의 연관성이 있느냐 없느냐 하는 것부터 명쾌하게 밝혀진다면 더 운이 좋은 거겠죠? 운을 믿고 열심히 뛰어주는 순사장 덕분에 제발 운이 좋아지면 저도 좋겠습니다.

그건 그렇고, 그렇다면 지금부터는 시미즈의 소재 파악에 주력하실 겁니까? 열쇠는 그 친구가 가지고 있는 것 같은데요."

"지금으로서는 그게 우선일 것 같습니다. 반장님 지휘 하에 대포폰이 흘러간 곳을 파악하는 동안 저는 그것에 집중할 생각입니다.

참, 지난 일요일에 저희들이 분석반에 넘긴 핫도리 씨 PC에서는 아직 이렇다 할 것이 나온 게 없답니까?"

"그러게요. 뭔가 있어주어야 하는데 '아직은'이랍니다. 제발 이 휴대폰에서라도 무언가 나와 주어야 할 텐데…."

토다는 하야시의 물음에 답을 하면서 대마도 사건과의 연관성을 보고하는 자신을 그려 보았다. 이미 확보한 PC에서 무슨 근거가 나온 것도 아니고, 아무런 근거도 없이 두 사건의 연관을 주장할 때 윗선에서 무어라 할지 궁금했다. 월요일인 어제도 그랬고 오늘 아침 정례 회의시간에도 이 일은 단순강도사건으로 초점을 맞추라던 수사과장이 수사방향을 바꿀지도 궁금했다.

공연히 쓸데없는 추측이나 하면서 수사가 아니라 소설을 쓰고 있다는 핀잔을 받더라도 대마도와의 사건을 연계해서 수사를 해 보고 싶은 생각이 굴뚝같았다. 단순히 해 보고 싶은 게 아니라 꼭 그래야만 범인을 검거할 수 있을 것 같았다.

3. 드러나는 살인 조직의 실체

수요일.

일본 도쿄 경시청.

수사과장에게 아침 보고할 준비를 하던 토다 경부의 머릿속에는 오로지 대마도의 살인사건과 도쿄의 살인사건에 대한 연결의 고리를 만드느라 분주했다.

둘 다 권총을 사용했고, 두 피해자의 관계가 절친한 친구이며 주머니를 탈탈 털렸다는 것만 가지고는 아무래도 부족하다. 같은 날 친구가 죽는 것은 우연일 수 있으며 강도의 성격에 따라서 탈탈 털어갈 수도 있다. 무기가 권총이라는 것도 사실은 크게 특별한 사항이 안 될 수도 있다. 러시아와의 무역과 러시아 사람들이 불법이든 합법이든 취업을 하면서 러시아인들이 늘어나자 자연히 러시아 마피아들도 일본 출입이 많아지고, 달갑지 않게도 밀반입 권총 수량이 늘어남으로써 거래가 싸고 쉬운 방법으로 이뤄져서 권총을 소지한 이들이 꽤 된다고 한다. 아직 경찰이 세세하게 파악을 못해서 그렇지 보통 문제가 아니며 언젠가 터지는 그날, 아주 심각한 사회문제가 될 것이라는 경고가 공공연하게 나돌고 있다.

작은 것 하나라도 관련을 증명할 수 있는 것만 있으면 어떻게 해 보겠는데 지금 상황으로는 정황적인 증거만 가지고 관련이 있다고 우기는 꼴이 될 수도 있다.

토다는 또 다른 방법을 생각해 봤다.

두 친구가 함께 한국유학을 했고 두 친구 모두 문화인류학을 전공했다. 그리고 그중 한 사람의 후배 역시 같이 문화인류학을 전공하고 아직도 연구 중인데, 두 사람의 죽음과 동시에 잠수를 탔다. 그래서 두 사람의 죽음은 별개가 아니라 하나로 엮인다? 그러나 그건 토다를 비롯한 하야시 등등 팀원들의 추론일 뿐이다. 과장은 절대 그렇게 인정하지 않을 수도 있다. 그렇다면 당장이라도 시미즈를 찾아내라고 핀잔만 받을 수도 있다. 그럴듯한 이론이기는 하지만 그 역시 어딘가 소설 같은 기분이 든다.

무언가 수사과장의 구미가 확 당기는 이유를 들어줘야 한다. 그러면 수사과장은 당장이라도 수사방향을 두 사건 모두 밝히는 쪽으로 틀어서 우리가 공을 세우자고 할 것이다.

'그래, 바로 그거다.'

토다는 수사과장이 평소에도 자신의 공을 내세우기 좋아한다는 사실을 잠시 망각하고 있었다. 수사과장은 원래 내세우기 좋아하는 사람이다. 만일 이번 일로 인해서 우리가 대마도 사건까지 해결할 수 있는 끈을 찾아낸다면, 나가사키 현 경시청에 그 공을 자랑할 수 있을 뿐만 아니라 경찰청에서도 그 공을 인정해 줄 것이다. 단순한 강도사건으로 보았던 두 군데의 살인사건을 저지른 조직을 밝혀내는 일이니 경찰청 장관에게도 보고가 될 만한 사항임은 물론이다. 그것은 결국 수사과장이 경시장으로 진급하는 데에도 큰 기여를 할 만한 일이다.

왜 진작 그 생각을 못했는지 모르겠다. 가장 가까이에서 수사과장을 대하면서도 서로 알만한 건 다 아는데 막상 사건을 해결하기 위한 방법으로는 그런 생각이 잘 나지 않는다. 모름지기 개인의 성격을 이용하기보다는, 사건은 사건으로 해결해야 한다는 토다의 평소 지론 때문일지도 모른다. 자기 스스로 생각해도 그 사람이 선호하는 것이 무엇인가를 연구해서 남의 비위를 맞추거나 약점을 캐내어 이용하는 방법으로 일을 꾸미기에는 적당하지 않은 성격 같았다.

토다는 수사과장실로 향했다.

같은 날 비슷한 시각.

대한민국 서울 경찰청.

"그러니까 김성우라는 사람은 휴가를 내고 여행을 갔다? 그것도 갑자기?"

오세복 경정의 보고를 받은 강력1팀장 박종일 총경이 김성우의 거취를 되묻자 오세복 경정은 또박또박 대답했다.

"예. 월요일 아침에 출근까지 했는데 11시쯤 되어서 어딘가 통화를 한 후에 갑자기 휴가를 가겠다고 하면서 휴가 신청을 했답니다. 그 사람 직업이 연구원 겸 시간강사니까 학기 중에는 갈 수 없고, 방학 중에는 비교적 시간이 자유로우니까 그렇게 한 것이라고 볼 수도 있습니다만 갑자기라는 것이 마음에 걸립니다."

"대학교 연구원으로 시간강사를 겸하고 있다면, 전임교수들 눈치가 보여서라도 오늘 휴가 간다고 말하고 바로 가지는 않을 텐데 뭔가 이상하기는 하네. 내가 듣기로는 시간강사 하는 연구원들은 자신을 밀어주는 교수와 상의해서 적어도 며칠 전에는 사전에 공지한다고 알고 있는데…. 그래야 부려먹는 전임교수들이 그에 대한 대처를 할 테니까.

그런데 갑자기 사건이 발생하자 휴가를 떠났다?

더더욱 김성우 씨는 대마도에서 희생당한 두 사람하고 같은 모임을 한다면서? 개인적으로는 구연회 씨와 아주 가깝게 지내고?"

"예. 〈평화를 위한 영토 연구회〉라는 모임인데 줄여서 〈평영연〉이라고 한답니다. 인류의 평화는 영토문제에서 찾아야 진정한 평화를 찾을 수 있다는 취지의 모임이랍니다.

대마도에서 희생당한 구연회 씨와 다나까 씨, 김성우 씨가 모두 같은 모임인 겁니다. 물론 김성우 씨는 구연회 씨와는 모임을 떠나서도 각별한 사이고요. 아직 그 모임의 명단을 정확히 입수하지는 못했습니다. 월요일에 일본 경찰로부터 통보를 받아서 구연회 씨 신원을 확인하고, 그가 다니던 직장에 가서 주변 인물들에 대한 정보를 얻느라고 시간을 보내다가 어제 겨우 구연회 씨가 〈평영연〉 회장직을 맡고 있다는 것을 알게 되고, 그 오른팔 역할을 하는 사람이 김성우 씨라는 것을 알게 되어 찾아갔던 겁니다. 더더욱 김성우 씨가 〈평영연〉의 총무를 맡고 있으니까 김성우 씨만 만날 수 있다면 많은 자료를 확보할 수 있을 것 같아서 여기저기 수소문을 해도, 휴대폰은 꺼져 있는 상태고 수배가 안 되네요."

"김성우 씨 토요일과 일요일 행적은? 그 사람이 범인이라고 생각해서가 아니라 사건 내용을 정말 알고 있다면 뭔가 이상할 수도 있잖아?"

"김성우 씨와 같이 투 룸을 얻어서 생활하는 룸메이트인 유영철 씨를 만나서 조사해 봤습니다."

사건의 중대성을 감안해서 오세복이 김동명 경장을 대동하고 직접 유영철을 만나러 갔었다.

"그럼 유영철 씨도 지금 김성우 씨가 어디 갔는지 모르신다는 말씀이네요?"

"그렇죠. 저는 모르죠. 갑자기 휴가 간다고 떠났으니까요. 휴대폰 전원이 꺼진 것을 보면 어디 혼자서 조용히 쉬고 있을지도 모릅니다. 아마 실망해서 그럴 수도 있고요. 성우, 낚시 좋아하니까 낚시 갔을 수도 있어요."

"실망해서 낚시를 갔다면 무슨 일이라도…?"

"글쎄요? 무슨 일인지 말은 안했지만 기다리던 연락이 안 왔다고 했어요.

토요일 저녁에 집에서 그동안 수행하던 과제 이야기도 나눌 겸 같이 간단하게 술 한잔하는데 자꾸 휴대폰을 만지작거리더라고요. 성우는 주변의 저희 또래에서 흔히 볼 수 있는 휴대폰 중독자나, 중독자가 아니면서도 손에서 휴대폰을 놓지 못하는 그런 친구가 아니거든요. 이상하게 휴대폰에 신경을 쓰기에 제가 농담으로 '너 애인 생겼냐? 애인 연락 기다려?' 하면서 핀잔을 줬죠. 그랬더니 그게 아니라 좋은 연락이 올 게 있는데 그게 안 와서 기다린다는 겁니다. 결국 그날 우리가 각자 방으로 자러 갈 때까지 연락이 안 왔어요.

그러다가 일요일에 저녁을 먹으면서 갑자기 그 생각이 나기에 연락이 왔냐고 물었더니 아주 실망한 표정으로 안 왔다고 하더라고요. 그래서 제가 혹시 좋은 강의 자리나 다른 학교 전임으로 갈 건수인데 연락이 안 온 거냐고 물었더니, 그런 게 아니라 그냥 좋은 일이라고만 하고는 더 이상 말을 안 하기에 저도 더 이상 안 물어 봤습니다.

본인이 말하기 곤란하니까 좋은 일이라고만 하고 깊은 얘기를 안 하는데 아무리 친구라지만 꼬치꼬치 물을 수는 없잖아요?

형사님이 얼마나 아시는지 모르지만 우리같이 연구원이라는 호칭 달고 학교에 나오면서 시간강사 하는 사람들이 얼마나 힘든지 아세요? 학문을 하는 인격체가 아니라 전임교수들의 수발꾼 취급되는 경우가 허다해요. 툭하면 자기들이 할 일을 대신하게 하는 것은 물론 운전기사 역할에 비서 역할, 심지어는 교수가 발표한 논문 쓸 때 자료조사며, 써놓은 논문 교정보기 등등 다양하게 역할을 하지 않으면 눈에 들기 힘들어요.

그뿐인 줄 아세요?

전임들 중에서 심한 사람들은, 어쩌다가 나이 드시고 늦게라도 학위를 받으려고 오시는 분들에게는 어떻게든 용돈이라도 뜯으려고 하는 한편, 우리같이 나이 어린 연구원들은 아직 돈을 벌지 못하는 처지라는 것을 감안해서 그만큼 몸으로 때워서 노력봉사를 하라는 듯이 마구잡이로 다스리며 자신이 할 일 중에서 수업만 빼고 무조건 떠넘기는 등 참으로 천태만상이랍니다.

그러나 택한 길을 접을 수는 없고 하루라도 빨리 시간강사 면하고 전임으로 가야 하는데 그게 쉽나요? 아마 성우도 그런 이유로 어딘가에 전임 자리를 신청하고 결과를 기다리는 것 같다는 생각이 들어서 깊이 묻지는 않았습니다.

월요일 아침에도 영 기분이 안 좋은 것 같으면서도 뭔가 초조하게 기다리는 것 같기는 한데 먼저 말을 안 하니까 더 이상 묻지는 않았죠. 언젠가 말할 때가 되면 말하게 되어 있으니까요. 그런데 점심시간이 다 되어서 어딘가와 통화를 하더니 휴가를 다녀와야겠다는 겁니다. 저는 혹시나 하는 마음에 좋은 소식 온다더니 그것 때문이냐고 물었더니, 그 반대라는 말만 하더라고요.

속으로 엄청 기대를 했었는데 뭔가 일이 틀어졌구나 하면서, 뭔지 모르지만 너무 실망하지 말고 조심해서 다녀오라는 말만 했습니다. 휴가 다녀오고 나면 뭔가 이야기하겠지요."

"무언가를 기다렸다는 것이 분명히 이번 사건과 연관이 있는 것 같습니다."

오세복은 자신이 들은 대로 보고하면서 분명히 대마도 살인사건과 김성우의 잠적이 연관이 있을 것이라고 했다.

"그럴 수도 있겠네.

희생당한 두 사람이 대학원에서 만났고 그중 한 사람은 외국인이라지만, 국적을 떠나 절친한 친구로 지내던 두 사람이 대마도에서 강도사건을 당했고, 그 사건이 인터넷과 뉴스를 통해서 알려지자 같이 모임을 하던 가장 가까운 후배가 누군가와의 통화 후에 잠적했다?

이건 충분히 서로 연관된 사건으로 볼 수도 있네. 그러나 우연일 수도 있으니 너무 거기에만 관심두지 말고 다른 건 없나 찾아 봐야 할 것 같은데? 일본 경찰한테 〈평화를 위한 영토 연구회〉 이야기를 꺼내서 아무래도 그 모임 때문에 사건이 난 것 같다고 하면 이해해 주겠어? 사건을 그런 식으로만 몰고 가면 일본 경찰 들에게 전해 줄 정보가 없잖아. 하기야 정보를 준대봐야 그들은 이미 강도사건으로 결말짓고 범인을 찾는데 주력하고 있다는데, 그 범인을 언제나 검거할지 그게 궁금하지만."

그때 외사과 최기봉 팀장이 모습을 드러냈다.

"박 과장. 부장님 아직 안 오셨어?"

"아직, 그런데 자네는 웬일이야?"

"여기서 현황듣기로 했다고 하시면서 이리로 오라고 하셨는 데?"

"그렇지! 이번 사건이 대마도에서 일어났으니 외사과도 관계가 있지."

"꼬리가 보여?"

"꼬리는커녕 발자국도 안 보인다.

그나저나 일본 쪽에서 수사를 하는 것이다 보니 앉아서 구경만 할 수도 없고, 그렇다고 쫓아 가야되는 건지도 판단이 서지를 않 는다. 일본 경찰은 단순강도사건으로 결론을 내고 범인만 잡으면 된다고 그러는 것 같은데 그게 아닌 것도 같고."

"강도가 아니라니?"

"자꾸 이상한 생각이 들어. 5년 전인가? 기억나? 태영광 사건?"

"내가 동경주재원으로 근무할 때 그 사건? 잊을 리가 있나?

잃어버린 우리나라 역사서 찾는다고 일본왕실 지하실 서고 뒤지려고 하다가 죽어나간 사람이 몇인데? 어렵게 뒤져서 겨우 잃어버린 역사서의 냄새는 맡은 것 같으면서도 실제로 내놓을 수 있는 것은 한 톨도 얻지 못하고 사람만 죽어 나간 그 사건은 왜? 이번 일 역시 또 그런 일을 벌이다가 일어난 사건이라고?"

"아니. 아직 확실하게는 몰라. 그런데 자꾸만 그런 감이 와. 이번 사건이 〈평화를 위한 영토 연구회〉라는 단체와 연관이 있을지도 모른다는 분석이 나오니까 그 사건 생각이 나."

"이번에는 대마도에서 당한 거잖아? 그것도 낚시하다가 당한 거라며? 그런데 그게 왜 왕실 지하서고에 있는 책하고 묶여?"

"아직은 말할 단계는 아니지만 〈평화를 위한 영토 연구회〉라는 모임이 자꾸 목에 걸려."

"글쎄다? 모임 이름에 '영토'라는 단어가 들어갔다는 말을 들으니 그런 감이 올 수도 있겠다는 생각도 들지만 너무 한쪽으로 치우치는 것 아냐?"

"그러니까 아직은 아니지만 자꾸 그런 감이 온다고! 그리고 5년 전에 우리가 함께했던 일이 전혀 소득이 없던 일이라고 생각하지 마. 그런 시도를 해 볼 수 있었다는 자체가 우리들뿐만 아니라 이 나라 백성들 모두에게 중요한 교훈으로 기억될 날이 언젠가는 반드시 오고 말거야. 단순히 교훈이 아니라 백성들 모두가 나서서 실행하고 싶어 하는 날이 곧 올 수도 있으니까 너무 실망하지 말고 기다려봐. 그 일들은 마침표를 찍은 것이 아니라 아직도 진행형이잖아!"

"좋아. 5년 전 일은 그렇다고 치고 이번 일에 대한 감을 얘기해

봐. 나도 협조부서이기는 하지만 엄연한 파트너잖아. 뭘 알아야 나름대로 계획도 세우고 할 거 아냐?"

최기봉 총경의 닦달에 박종일 총경이 말을 꺼내려는데 오원규 경무관이 모습을 나타냈다.

"두 사람 다 있구먼. 좋아, 잠깐 저 옆 회의실로 들어가지."

"저희를 부르시지 그랬습니까? 저희가 가는 것이 편한데…."

"아냐. 바쁜 사람들 오라 가라 할 게 아니라, 수사과 돌아가는 분위기도 볼 겸 내가 온 거야. 그건 그거고 뭐 좀 알아냈나?"

"아직은 이렇다 할 것은 나오지 않은 상태입니다."

"큰일이구먼. 언론에서 난리들인 것은 알지? 대마도에 여행간 우리 백성이 죽었으니, 그것도 총에 맞아 죽었으니 이건 일본인들이 저지른 만행이라는 이야기까지 나오고 있어. 일본에서는 단순한 강도사건으로 보고 수사를 진행하고 있다는 사실도 이야기를 못 할 지경이야. 우리 한국 사람을 겨냥해서 저지른 짓으로 매도되어 가고 있는 상태야. 그렇지 않아도 위안부 할머니들 문제와 일본이 평화 헌법 어쩌고 하는 판에 한일군사교류협력조약까지 체결하는 등등, 백성들 사이에서는 대일 감정이 나빠지고 있는데 하필 이런 때 사고가 터졌으니 그럴 수도 있겠지.

대마도 여행 예약률이 뚝 떨어지고, 취소하고 난리라는데 그건 우리 힘으로 어쩔 수 없는 상황이라고 손 놓고 있을 일이 아니잖아? 사건이 빨리 종료돼야 그런 문제들도 해결이 되니 우리가 해결해야 할 일이나 마찬가지 아니겠어? 경찰이 국민들의 안위를 지키는 것이 본연의 임무인데, 우리가 사건을 해결하면 국민들이 마음 놓고 여행하고, 또 그로 인해서 경제적 이득을 얻는 사람도 있다면 당연히 해결해야지. 물론 우리가 수사 주체는 아니지만.

그건 그렇고, 우리 쪽에서 누가 일본에 가 봐야 되는 거 아냐? 일본 쪽에 맡겨 놓고 이렇게 지켜만 봐도 되겠어? 그 문제 상의하려고 최 총경하고 같이 보자고 한 건데."

오원규 경무관은 최기봉을 쳐다봤다.

"글쎄요? 제가 보기에는 지금 가 봤자 별 도움은 안 될 것 같습니다. 물론 우리 측하고 연락도 하고 그러기 위해서 가 있으면 낫기는 하겠지요. 하지만 그쪽 담당이나 윗사람이 어떤 마음가짐이냐가 중요하지요. 아시다시피 일본 경찰들 우리가 가 봤자 자신들이 수사하는데 구경이나 하고 있으라는 식일 겁니다. 제가 일본에 있을 때도 여간해서 협조 안 하거든요. 마음이 열린 경찰 구경하기 힘들어요."

"그래도 우리 측에서 뭔가를 제공해 주면서 협조를 하면 도움이 될 텐데?"

"글쎄요? 꼭 그렇지만도 않을 것 같은데요? 모르면 몰라도 우리가 무엇인가를 주면 그것만 날름 핥아 먹고 너는 구경하라는 식으로 대할 게 뻔합니다. 그럴 각오를 하고서라도 상황이나마 제대로 알고 싶으면 한 번 가는 것도 괜찮기는 합니다만…"

최기봉은 우리가 일본에 인력을 파견하는 것이 별로 마음에 내키지 않는지 말꼬리를 늘였다. 그러나 그것은 단순히 생각에서 나온 말이 아니다. 자신이 일본에 주재하면서 겪은 이야기다. 게다가 조금 전에 박종일과의 대화중에 〈평영연〉 이야기가 나왔다. 〈평영연〉이 연구하는 영토가 어떤 영토인지는 모르지만 당장 그 영토를 문제화시키는 것이 아니더라도, 영토에 관계된 연구 등에 관한 것과 조금이라도 연관이 있는 사건이라면 일본은 함구한다는 것을 누구보다 잘 알고 있기에 하는 말이었다.

"박종일 과장 생각은?"

"글쎄요. 그쪽 사정은 원래 최 과장이 잘 알고 있으니까 최 과장 말이 맞겠지만, 부장님 말씀대로 상황이라도 속 시원하게 알고 싶으면 가는 것도 괜찮을 것 같기는 합니다만…."

박종일도 선뜻 대답을 안 했다. 친구이자 동료인 최기봉으로부터 일본에서 근무하던 이야기를 들어서 일본 경찰이 우리나라 경찰을 무시하고 우습게 본다는 것을 알고 있을 뿐만 아니라, 이미 5년 전 사건으로 인해서 일본 경찰이 영토문제에 관해서 벌어진 일이라면 절대로 협조하거나 노출하지 않을 것임을 알고 있다. 일본이 영토문제에 그렇게 민감한 것은 영토에 관해서 스스로 드러낼 치부가 너무나도 많아서 어떻게든 그 치부를 가려야 하기 때문이라는 것도 잘 알고 있다.

"그래? 하여간 오늘 하루만 더 상황을 지켜보고 일본에서 뭔가 소식이 오지 않거나 하면 그때 다시 한 번 논의하자고."

오원규는 이미 두 사람은 수사 인력 파견을 탐탁하지 않게 여긴다는 눈치를 챘기에 자리에서 일어나며 하루만 더 두고 보자고 했다.

"왜 부장님한테 그 이야기 안 해? 냄새가 난다고?"

오원규가 자리를 떠나자 최기봉이 물었다.

"아직 이렇다 할 게 없다니까? 다만 감이 온다는 거라고. 아까 미처 못 한 이야기인데…"

박종일은 최기봉에게 다나까와 구연회가 같이 공부를 했고, 지금도 업무 파트너라는 사실과 김성우가 사라진 이야기 등 지금까지 파악된바 그대로 이야기해 줬다.

"그러니까 그 사람들이 모두 〈평화를 위한 영토 연구회〉라는 단체에 가입되어 활동을 하는 사람들이라? 그래서 영토 소리를 듣자마자 감이 왔다? 충분히 그럴 수도 있겠네.

하지만 아직 실체도 드러나지 않은 사건가지고 지레짐작은 하지 말자고. 공연히 자라 보고 놀란 가슴 솥뚜껑 보고 놀라지 말고 냉철하게 가자고. 우선 내가 도쿄에 나가 있는 우리 직원한테 혹시 나가사키 현 경시청하고 닿는 사람 있나 수배해서 그쪽 소식 알아보라고 할게. 안 되면 도쿄 경시청에 아는 사람을 통해서라도 알아보게 할 테니까 일단 퇴근 무렵에 다시 한 번 판단해 보자."

자신의 자리를 찾아 가는 최기봉의 뒷모습을 쳐다보며, 박종일은 이번에는 제발 그런 사건이 아니기를 간절히 바라고 있었다.

서울 경찰청에서 오원규와 박종일, 최기봉이 이야기하는 동안 도쿄 경시청에서는 토다가 사토 경시정에게 보고하고 있었다.

"그러니까 이번 사건이 대마도의 살인사건과 연관된 사건이다?"

"예. 지금 정황으로 봐서는 그렇습니다. 두 사람이 친구라는 사실은 우연이라고 넘어가더라도 가장 가깝게 지내던 후배가 종적을 감췄습니다. 그것도 하필 자기와 가깝게 지내던 선배의 죽음을 인터넷을 통해서 알고 나서, 얼마 지나지 않아 누군가와 통화를 하더니 어디론가 가 버린 겁니다. 그 후배 역시 한국으로 유학을 다녀온 사람입니다. 핫도리, 다나까, 시미즈 세 사람 모두 한국유학파입니다."

"하지만 너무 감에 의존한 것 아닌가? 한국유학을 못 가게 하려고, 마음먹고 한국유학 다녀온 사람들만 골라 죽이는 단체라면 모를까 그것 가지고 무슨 단서가 되나?"

"어쨌든 그런 방향을 수사해 볼 필요는 있습니다. 어차피 일조식당에는 잠복을 들어간 상태라서 다행히 범인이 나타나 준다면 검거하는 것은 문제가 아닙니다. 다만 정말 대마도 사건과 연관이 있다면 이건 조직적인 범죄가 되는 거고 우리 쪽 사건의 범인을 검거하면서 대마도 사건 범인도 검거하는 겁니다. 설령 우리가 직접 검거는 못 하더라도 단초를 제공해 주는 거죠. 그렇게만 되면 나가사키 현 경시청에 큰소리도 한 번 치게 되니 우리 경시청장님도 경찰의 제2인자로서의 면도 서실 것이고, 새로운 살인 조직을 하나 더 캐는 꼴이 되니 과장님 경시장 진급에도 상당한 영향을 미칠 것으로 사료됩니다만…."

진급이야기가 나와서 그런지 토다의 이야기를 듣던 사토는 입가에 웃음을 머금었다. 그러나 그 웃음의 의미가 묘했다. 단순히 듣기 좋은 이야기에 기쁜 마음에서 웃는 웃음 같지가 않았다. 진정한 의미는 웃음을 웃는 본인만이 알 일이지만 무언가 석연치 않은 것을 포함한 묘한 웃음이었다.

묘한 웃음을 흘리던 사토가 쑥스러워서였는지 아니면 어색해서인지 얼른 웃음을 지우며 한마디했다.

"사람하고는…? 진급하려고 일하나?

어쨌든 지금으로서 우리가 할 수 있는 일은 일조식당에 기대를 거는 것 아닌가? 그렇다면…."

잠시 말을 끊었던 사토가 토다를 쳐다보며 말을 이었다.

"이 사건을 여기까지 풀어온 게 하야시 순사장이라고 했지. 오라고 해봐."

토다는 갑자기 왜 그러느냐는 식으로 사토를 쳐다봤다.

"궁금해서 그래. 내가 직접 한번 들어보고 싶어서. 어떻게 감만 가지고 일을 해 나가는데도 휴대폰도 찾고 여기까지 끌어 왔는지는 모르겠지만, 혹시 더 확실한 것이 있는지 듣고 싶어서 그러니까 오라고 해봐. 내가 확신을 가져야 윗사람이 뭐라고 하더라도 우리의 의지대로 밀어붙일 것 아닌가?"

사토의 부름을 받고 온 하야시는 그동안의 정황과 자신의 생각을 토다에게 말했던 그대로 하나의 보탬이나 뺌도 없이 보고했다.

"그래? 그렇다면 그 방향으로 가 보자고.

아까 말한 대로 일조식당에 관한 것만 우리가 맡고 동네 우범자들이나 알만한 양아치들에게서 정보를 얻어 내거나 그들을 통해서 얻은 정보에 의해 수사를 진행해야 하는 일은 관할서에 지시해서 수행하게 할 테니까 두 사람은, 아니지, 1팀은 1반, 2반 모두 지금 우리가 말한 대로 대마도 살인사건과의 연계성이나 기타 조직적인 범죄인가에 대한 수사에 전력해. 그러다 보면 설령 대마도 살인사건과 연계되지 않았더라도 자동적으로 우리 측 사건의 범인은 검거되는 것 아니겠어? 계속 수고해 보자고."

토다는 일단 과장인 사토가 하야시의 설명을 듣고 수사방향을 정했다는 것은 단순한 진급에 대한 욕심만은 분명히 아니라고 생각했다. 만일 잘못 지시했다가는 진급에 도움은커녕 손해 볼지도 모르는 일인데 손해 볼 일은 하지 않을 것이다. 사토가 보기에도 충분히 관련이 있을 것이라는 감이 들기에 그쪽 방향을 택하자고 한 것임에 틀림이 없었다.

자리로 돌아온 토다는 1반 반장인 다나하시 경부보와 2반 반장은 물론 하야시와 함께 회의실에 앉았다. 그리고 지금까지의 수사내용을 기초로 수사과장에게 보고한 사항과 앞으로의 수사방향에 대한 지침을 전했다.

"그러니까 우리 팀에서는 이번 사건을 대마도 살인사건과 연계된 조직범죄로 본다는 것을 전제 조건으로 수사를 진행해 나가자는 것입니다. 그러기 위해서는 나가사키 현 경시청과 긴밀한 협조가 되어야 하는데, 그쪽은 이번 사건의 상호 관련성을 거부하는 것으로 알고 있습니다. 하야시 순사장이 나가사키 현 담당들을 만나 본 바에 의하면 나가사키 현에서는 연계성을 전혀 염두에 두지 않고 있습니다. 우리가 공조수사를 하자고 한들 응해 주지 않을 것입니다. 공연히 문제만 더 복잡해질 수 있죠. 따라서 대마도에서 희생당한 한국인 피해자에 대한 정보는 차라리 한국 경찰에게 도움을 받는 것이 더 좋을 것 같은데 어떻게 생각하시나요?

그 정보를 기초로 수사를 진행하다가 어느 정도 확실한 감이 들면 그때 결과를 제시하면서 나가사키 현에 공조수사를 요청하는 겁니다. 다행히 그 전에 양쪽 중 한쪽이라도 범인이 검거되면 그야말로 좋은 거구요."

"그렇지만 대마도 사건이 우리 담당이 아닌 것은 한국 경찰도 알 텐데 공식적으로 자료를 요청하기는 어려운 일 아닌가요? 차라리 나가사키에다가 자료만 요청하는 것은 어떨까 하는데요?"

토다가 나가사키 현 경시청을 일정기간 수사에서 배제하고 한국 경찰의 도움을 받자는 의견을 내자 다나하시가 이의를 제기했다. 그러자 하야시가 말을 받았다.

"제가 나가사키쪽 사람들을 만나본 바에 의하면 왜 그러냐고 트집을 잡을지언정 자료는 주지 않을 것입니다. 차라리 비공식적으로 한국 경찰에 알아보는 게 빠를 수도 있습니다."

"비공식적이라? 그렇다면 한국 경찰과의 인맥을 동원해야 하는데?"

"제가 전에 우리 도쿄에 나와 있던 최기봉이라는 한국 경찰을 알고 있기는 합니다. 지금 서울 경찰청 외사과장으로 근무하는 것으로 알고 있는데 협조를 해줄지는 모르겠습니다. 다만 기대를 해볼 수 있는 것은 이번 사건에 대해서 한국에서는 자국민이 자신들의 치안 영역을 벗어난 곳에서 살해당했다는 이유로 관심이 많은 만큼 도움을 줄 것이라는 생각이 들기는 합니다만…?"

"그래요? 친밀한 사이였습니까?"

"친밀하다기 보다는 그 사람이 이곳에 근무할 당시 어떤 계기로 알게 되었는데 제가 약간의 도움을 주었던 사이입니다. 그런데 그 친구가 원래 의리가 있는 친구고 업무에 대한 판단이 정확한 사람이라 그걸 잊지 않고 몇 번 연락도 하고 만나기도 했죠. 나중에 한국으로 전보되어 가면서도 한국에 오거나 아니면 자신이 도와줄 일이 있으면 꼭 연락하라는 말을 남기고 갔습니다. 다른 것도 아니고 자국민의 살인사건에 관한 범인을 잡는 일이니 아마 힘이 닿는 한 도와줄 거라고 생각이 됩니다만…?"

"그래요? 그럼 지금 바로 전화해 보시죠? 여기 회의실에서 말입니다. 이거야 말로 사건의 단초를 풀어 나갈 중요한 일이니까요."

토다의 독촉에 하야시는 사무실에 있는 전화로 서울 경찰청으로 전화를 했다. 다행히 최기봉은 자리에 있었다. 하야시는 대마도와 도쿄에서 일어난 살인사건의 연계성을 설명하고 도움을 청했다. 그러자 최기봉은 이미 알고 있던 일로 마치 도쿄에서 전화가 올 것을 예감이라도 하고 있었다는 듯이 대답했다.

"그래요? 그렇지 않아도 우리 쪽에서는 피해자의 신원은 물론 같이 희생당한 일본 사람과의 연계성에 대해서도 간파하고 있던 중입니다. 지금은 제가 그 자료를 갖고 있지 않지만 수사과에 협조를 요청하면 가능한 일입니다. 우리 백성이 희생당한 사건인데 당연히 수사에 협조해 드려야죠. 제가 수사과와 상의하고 나서 빠른 시간 내에 연락드리겠습니다."

최기봉은 그렇지 않아도 어떤 방법으로 일본 경찰과 선을 닿게 할까 하던 중에 하야시로부터 걸려 온 의외의 전화가 반갑기 그지없어서 시원시원하게 대답했다. 하야시에게는 그것이 한국 경찰이 이미 무언가를 알아내고 있기에 전화를 기다리기라도 했던 것 같다는 생각까지 들게 만들고 있었다.

퇴근 무렵에 보자던 최기봉이 한 시간이 조금 더 지났을 뿐인데 다시 나타났다.

"벌써 알아봤어?"

소식을 가지고 왔을 것이 틀림없다고 생각한 박종일은 의자를 권하면서 물었다. 그런데 의외로 최기봉의 얼굴 표정이 밝지 못했다. 밝지는 못하면서도 실망하거나 그런 표정이 아니다. 무언가 희망을 담은 표정이면서도 조금은 어둡고 복잡한 심경으로 얽혀 있는 아주 복합적인 표정이었다. 그리고 조심스럽게 입을 열었다.

"아무래도 자네가 냄새를 제대로 맡은 것 같아.

조금 전에 도쿄 경시청에 근무하는 하야시라는 순사장에게서 비공식적으로 정보를 요청하는 전화가 왔어. 그런데 대마도에서 우리 구연회 씨와 같이 당한 일본인 다나까 씨 있잖아? 그 사람 친구인 핫도리 씨가 두 사람이 대마도에서 당하던 날 비슷한 시각에 도쿄에서 살해당했다는 거야. 그것도 똑같은 수법으로.

문제는 핫도리라는 사람이 다나까 씨의 친구라는 것도 중요하지만, 그 사람 역시 한국유학을 했는데 다나까 씨와 같은 시기에 같은 학교인 연일대학교 대학원에서 유학을 했다는 거야. 전공도 같은 문화인류학이고. 한 가지 더 하자면 같은 숙소를 같이 사용했고. 결국 구연회 씨와도 같은 시기에 공부를 했다는 거지.

게다가 우리 쪽에서는 희생당한 구연회 씨 후배인 김성우 씨가 월요일에 자취를 감췄다고 했지? 그쪽에서는 다나까 씨와 아주 친하게 지내던 후배인 시미즈 박사가 월요일 비슷한 시각에 종적을 감췄다는 거야. 시미즈라는 사람 역시 한국유학까지 한 사람이고. 그래서 내가 알아보니까 나이는 김성우 씨보다 많지만 김성우 씨랑 같은 시기에 연일대학교 대학원에 다녔더라고. 우연이라고 넘기기에는 너무 우연이거나 아니면 정말 계획된 사건임에 틀림이 없는 것 같다. 이거 정말 냄새가 나는 사건인 것 같은데, 5년 전의 악몽을 다시 씹어야 하는 건 아닌지 모르겠네!"

최기봉의 말을 듣던 박종일의 눈에서는 빛이 나다가 돌연 이글거리기 시작했다.

"최 총경. 이건 악몽도 우연도 아니고 틀림없이 무언가 다른 음모에 의해서 일어난 사건일 거야. 우리는 그걸 다시 한 번 파헤쳐야 할 의무가 있는 거고.

분명히 뭔가 있는 사건이야. 마침 도쿄에서 먼저 연락이 왔으니 그쪽과 긴밀하게 연계하면 뭔가 나올 것이 틀림없어."

"그래. 좋아. 박 총경 말대로 뭔가 나온다고 해 봤자, 수사는 어차피 저쪽에서 할 일인데, 어디까지 나오겠어? 내가 왜 자꾸 5년 전 일을 악몽이라고 하는 줄 알아? 나 역시 대한민국 백성의 한 사람으로 내 나라 영토를 올바로 정의하고 수복하는 것이 중요하다는 것을 왜 모르겠어? 마다할 이유가 없지.

하지만 그 실체를 밝히기 위해서 노력하면 얻는 것보다는 잃는 것이 너무 많다는 거야. 심지어는 목숨을 잃으면서까지 그 진실을 밝히려고 하는데, 분명히 꼬리가 보여서 잡으면 끊어져 버리고 형체는 알 수 없는 그런 악몽이 되살아나는 것 아닌가 하는 얘기지. 자네나 나나 그 악몽을 이겨내려고 얼마나 힘들었나?"

"글쎄? 그건 또 잡으러 가 봐야 알겠지만 그렇다고 우리가 먼저 포기할 수는 없는 일 아냐? 갈 수 있는 데까지 가 봐야지."

"포기 안 하고 가면 뭘 얻을 수 있을까? 범인 잡는 것?

솔직히 범인 잡아 봐야 우리 법정에 세우는 것도 아니고 일본 법정에 세워서 아무런 진실도 밝힐 수 없겠지만, 잡는 것도 우리가 우리 손으로 잡는 것도 아니잖아? 어차피 일본 사람들이 같이 희생당했으니 일본 경찰도 나서기야 하겠지만 하야시 순사장 말로는 나가사키 현 경시청에서는 이미 단순강도사건으로 귀결 짓고 수사를 하고 있다고 하던데 수사나 제대로 되겠어? 도쿄는 조직에 의한 범죄 같다고 하는데 나가사키에서는 그 의견에 코로도 쉰 척 안 한다더라고….

도대체 구연회 씨가 무슨 사건에 연루되어 조직에 의해 살해당해야 하지?"

"〈평영연〉."

박종일은 조금도 망설임 없이 즉각 답했다.

"〈평영연〉? 〈평화를 위한 영토 연구회〉? 도대체 그 단체가 무슨 영토를 연구하기에?"

최기봉은 아직 단체의 실체도 파악되지 않은 〈평영연〉 때문이라고 쉽게 대답하는 박종일이 한편으로는 어처구니없게 보였다.

"무슨 영토를 연구하는지는 나도 잘 모르지만, 처음에 그 이름을 듣는 순간 이번 사건이 그 모임과 관련이 있을 것이라는 생각이 들더라고. 그런데 조사하다 보니 점점 그 생각이 굳어지고.

지금 두 사람은 물론이고 도쿄에서 변을 당했다는 핫도리 씨까지 모두 연일대학교 대학원에서 문화인류학을 전공하면서 같은 서클을 했어. 그리고 사라진 그 두 사람의 후배들 역시 연일대학교 대학원에서 같은 서클을 하고. 이건 분명해."

"그럼 어떤 방법으로 접근을 할까? 5년 전 태영광 박사하고 같이 움직이던 방법으로 접근해야 하는 건가?"

박종일과 최기봉 두 사람은 자못 심각한 표정으로 대화를 나누고 있었다. 박종일은 얻는 것이 없더라도 최선을 다해야 한다고 자신의 주장을 펴는 반면에 최기봉은 이미 겪었다는 5년 전의 일을 자꾸 떠올리며 허무한 결과를 가져 올 것 같다며 회의적인 태도였다. 그렇지만 그의 회의적인 태도에서는 이 일을 피하려는 의도는 전혀 보이지 않았다. 오히려 5년 전의 일을 교훈 삼아 이번에는 절대로 그런 오류는 범해서는 안 된다고 다짐을 하는 것으로 비춰졌다.

두 사람이 대화를 나누는 동안 줄곧 듣기만 하던 오세복 경정이 어렵게 입을 열었다.

"두 분 말씀 나누시는데 죄송합니다만 도대체 5년 전 사건이라는 게 무언지 알 수가 없어서요? 저도 대충이라도 알아야 할 것 같은데 파일명이 무엇인지요? 파일명만 알려주시면 제가 자세히 검토해 보겠습니다. 두 분 대화를 듣자하니 이번 사건을 해결하려면 꼭 알아야 될 사건 같아서요."

"사건 파일명이라? 그런 게 있으면 왜 진작 우리가 사건 파일명을 대지 않았겠나? 사건 중에서도 너무나도 충격적인 사건임에도 불구하고 파일명조차 남기지 못한 사건이지. 경찰청 귀빈용 의료 비행기를 띄울 정도로 중요한 사건이고, 당시 청장님께서 힘써서 막아주시지 않았다면 종일이나 나나 둘 다 옷 벗었을지도 모르는 큰 사건이었지만 파일명 하나 남지 않은 사건이야. 그러니 너무 궁금해 하지는 마. 수사방향이 그쪽으로 결정되면 이야기해 줄 거니까. 정말 이게 일본의 조직에 의한 살인이라면 그 사건을 반드시 알아야 무언가 실마리라도 잡을 수 있을 테니까."

오세복이 심각한 표정으로 던진 물음에 최기봉이 쓴 웃음을 지며 대답했다.

박종일과 최기봉이 대화를 나누는 동안 도쿄 경시청은 바쁘게 돌아가고 있었다.

　하야시가 최기봉에게 도움을 청하고 나서 그 자리에 있던 토다와 다나하시 그리고 하야시가 막 자리로 돌아가려고 하는데 오오모리 순사부장이 들어섰다. 그리고 세 사람 모두가 기다리던 소식을 전했다.

　핫도리의 전화에 기록된 아베라는 이름의 전화는 예상대로 대포폰이었다. 그런데 그 대포폰을 사용한 사람의 실명이 핫도리의 전화에 찍혀 있던 그대로 아베라고 했다. 실명으로 발신을 할 거라면 왜 대포폰을 썼는지 이해가 가지 않았다. 그리고 그가 근무하는 회사는 겐요샤(玄洋社)라고 하는 회사의 도쿄 지부 주오구 사무소였다.

　"겐요샤라고?"

　그 보고를 받자마자 하야시는 아주 놀란 표정으로 되물었다.

　"맞습니다. 겐요샤예요. 혹시 아시는 회사입니까?"

　하야시의 놀란 표정에 오오모리가 되물었다. 하지만 토다는 대포폰의 주인을 알아냈다는 것 자체가 사건을 해결하는 열쇠를 잡기 위한 너무나도 커다란 수확이라는 생각이 들어서 오오모리의 반문에는 상관도 하지 않고 상기된 얼굴로 말했다.

　"그럼 그 회사로 가서 아베를 연행해 오면 되잖아요."

　그러자 하야시가 얼른 말을 막듯이 되받았다.

　"겐요샤라면 그리 쉽게 접할 일이 아닌 것 같습니다."

　그러자 막상 일을 처리한 오오모리 순사부장은 물론 토다가 아주 궁금한 표정을 지으며 하야시를 바라 봤다. 그러자 다나하시 경부보는 무언가 알고 있는 듯한 표정으로 오오모리에게 되물었다.

"오오모리 순사부장은 겐요샤가 무슨 회사인지 알아서 그냥 들어 온 것인가 아니면 일단 보고하고 처리 방안을 논의하기 위해서 들어온 것인가?"

그러자 오오모리는 어정쩡한 표정을 지으며 입을 열었다. 무언가 돌아가는 분위기가 심상치 않음을 느낀 것이다.

"글쎄요. 딱히 무엇을 하는 회사인지를 아는 것은 아니지만 일단은 보고를 드려야 할 것 같았습니다. 어제부터 하야시 순사장님의 말씀이나 지시하신 것들의 내용도 그렇고, 섣부르게 덤빌 사건이 아닌 것 같아서요. 공연히 대포폰 주인 하나 잡아들이고 나머지 수사 망칠까봐 먼저 보고 드리고 조치를 하려고 한 것이지, 솔직히 겐요샤에 대해서는 잘 모릅니다."

오오모리의 대답을 듣던 하야시가 말꼬리를 물었다.

"우선은 잘 판단했다고 칭찬부터 해야 할 것 같군. 다만 겐요샤와 연결된 일이라면 대포폰 업자가 쉽게 입을 열지 않았을 텐데? 섣부르게 입을 열었다가는 자신의 목숨이 살아있는 목숨이 아니라는 것 정도는 아는 사람한테 일을 맡겼을 텐데?"

"물론입니다. 끈을 풀어서 알아보니까 그 번호가 놈에게서 나온 것을 알고 덮쳤지만 놈은 온갖 구실을 대서 공갈을 쳐서 협박하고 구슬려도 입을 열지 않더라고요. 심지어는 입을 안 열면 네놈이 살인범이 되는 거라고 했는데도 입을 안 열어요. 하는 수 없다는 생각에 같이 갔던 순사에게 놈을 우리 청으로 연행하라고 지시하고 저는 혹시 장부라도 있으면 찾아볼 생각으로 현장에 남아 있는데 폰을 주문자에게 배달해 주는 역할을 하는 아르바이트생이 들어오더라고요.

그래서 그 번호에 아베라는 이름까지 대주는데도 자신은 모른다는 겁니다. 그렇다면 나는 네가 살인범이라고 단정 지을 수밖에 없다고 겁을 주면서 수갑을 꺼내 한쪽 손에 채우려고 하는 시늉을 하자 잔뜩 겁에 질린 채 자신이 했다는 말은 절대 하지 말아 달라고 하면서 어렵게 불더라고요. 자신은 겐요샤의 아베라는 인물에게 전달해 준 것 뿐이지 살인 같은 것은 알지도 못한다고 하면서 학생증까지 보여주더라고요. 학생인데 용돈 벌려고 알바 하는 것이라고 하면서 오늘은 알바 일도 없는데 지나가다가 혹시 하는 마음에 들린 것이니 제발 자신을 이곳에서 만났다는 말을 하지 말아달라고 애원을 하더라고요. 그 바닥에서는 알바를 해도 절대 입을 열거나 어디 가서 그런 이야기를 하면 다시는 그 바닥에 발을 못 붙인다나요? 다른 아르바이트에 비해서 하는 일도 쉽고 소비하는 시간에 비해 수입도 괜찮아서 알바 두 탕 뛰기에는 딱 좋은 직업이라 그러니 제발 약속을 지켜달라고 하기에 제가 한마디 해 줬습니다.

투자하거나 노력한 것 이상으로 대가가 큰 것은 그만큼 위험한 것일 수 있다는 것을 명심하라고 했습니다. 학생이라는 신분에 순순히 입을 열어 주어서 오늘은 봐주지만 다음에 이런 일이 생기면 그때는 경찰서 신세를 최소한 며칠 질 수도 있으니 명심하라고 했죠.

그런데 어째 돌아가는 분위기를 보니까 그 학생 대가를 치르는 것을 떠나서 잘못하면 목숨까지 잃을 수도 있는 아르바이트일 수도 있겠네요?"

"맞아. 겐요샤와 얽힌 일이라면 충분히 그럴 수 있지. 그 학생이 우리에게 자신들이 주문한 대포폰의 정보를 준 것을 아는 날에는 아무리 어린 학생이라도 무사하지 못할 걸세. 그러나 그 대포폰 업자는 겐요샤를 알고 있구먼. 입을 열지 않았다는 것을 보면 말이야."

"겐요샤를 몰라도 그 바닥에서는 입을 다무는 것이 관례일 수도 있지만 살인사건에 연류된 것이라면 웬만하면 입을 열 텐데 끝내 입 열기를 거부하는 것을 보면 뭔가 이상하기는 했습니다. 하지만 저 역시 겐요샤에 대해서 잘 모르기에 그런 것까지는 생각하지 못했지요."

하야시의 걱정스러운 표정에 오오모리가 자신이 아는 대로 대답하자 하야시가 다시 걱정 가득한 목소리로 입을 열었다.

"그러나 저러나 그 폰을 사용한 놈이 겐요샤 직원이라면 이 사건 수사가 보통 힘들어지지 않을뿐더러 대마도에서 일어난 살인사건과 연계된 것이 틀림없어.

계장님. 이거 보통 일이 아닙니다."

토다는 도대체 무슨 말을 하는 것인지 모르겠다는 표정이었다. 그러나 토다의 그런 표정과는 상관하지 않은 채 하야시는 말을 이었다.

"우연히 겐요샤 직원이 혼자서 일을 벌인 것이라고 해도 만만치 않을 텐데, 이 사건에 겐요샤가 조직적으로 개입된 것이고 대마도와 연계가 된 것이라면 쉽게 풀어질 일이 아닌 것 같습니다."

그러자 토다가 정말 궁금해서 못 견디겠다는 표정을 지으며 조금은 격앙된 목소리로 말했다.

"도대체 겐요샤라는 회사가 어떤 곳인데 그러십니까? 일단 범인으로 지목되는 인간의 이름까지 알아냈으니 우선 잡아다가 족치면 뭔가 나오겠지요. 그게 순서 아닙니까? 왜 평소의 순사장답지 않게 장고만 거듭하십니까?"

"이게 말입니다. 만일 겐요샤에서 조직적으로 개입한 사건이라면 범인을 이미 어디론가 보냈거나 아니면 조직적으로 은폐를 해서 잡아들이기도 힘들지만, 잡아들인다고 해도 재판까지 가기도 전에 풀어주라는 압력이 들어올 겁니다. 아니, 어쩌면 이번에는 대마도와 조직적으로 연계된 것이 들통날까봐 이곳에서 벌어진 사건으로 지목된 자는 순순히 내주고 그를 통해서 일단 꼬리자르기를 한 후 재판에서 적당히 형을 선고한 후 감형 내지는 모범수 등의 이유로 가석방을 하거나 할 수도 있습니다."

"그게 말이 됩니까? 엄연한 법치 국가인 우리 일본에서 살인범에게 그런 조치를 하다니 그럴 수가 있어요?"

"모르면 몰라도 우리가 아무리 열심히 수사를 해서 진실을 밝히려고 해도 일단 외압이 들어 올 것이고, 그 외압을 견딘다 해도 아베라는 그 인간은 자신의 단독 범행임을 주장할 것입니다. 그리고 검찰에 송치되는 순간부터 검사는 물론 판사 배정까지 각본대로 짜일 겁니다."

"그게 말이 됩니까?"

"말이 되죠. 저는 이미 겪은 적이 있으니까요."

"겪은 적이 있다니요? 도대체 언제 그런 일이 있었다는 거죠?"

"5년 쯤 됐을 겁니다. 앞에서 죽어가는 사람을 보면서도 수사를 시작하지도 못했으니까요. 그 당시에는 솔직히 저도 그런 일을 처음 겪는 거라 뭐가 뭔지 몰랐습니다. 하지만 시간이 지나면서 알게 되었죠.

솔직히 저나 경부님이나 제2차 세계대전의 전후 세대다 보니 전쟁의 상처에 대해서는 모른다고 할 수 있을 겁니다. 물론 제가 어렸을 때는 소학교에서 선생님들께서 자주 전쟁이야기를 하면서 대일본제국의 정신을 잊지 말아야 한다는 말을 하기는 했지만 저희들에게는 실감이 나지를 않았습니다. 우리 일본이 전쟁에서 졌다고 하지만 제가 소학교에 다닐 때만 해도 한국의 6·25 동란 덕분에 우리 일본은 경제적으로 상당한 회복을 하고 난 후였기에 전쟁의 상처가 무언지 그 아픔을 느낄 수가 없었습니다. 다만 어른들이 하는 이야기 속에서 전쟁이 얼마나 참혹하고 무서웠는지를 들을 뿐이었지요."

"지금 순사장께서 하는 말씀이 우리가 수사를 해야 하는 사건과 무슨 관계가 있는 것인지는 모르겠지만, 저는 그보다는 5년 전에 어떤 일을 겪었으며, 왜 겐요샤가 개입되었다면 수사에 착수하는 것 자체를 조심해야 하는 것인지 그게 듣고 싶을 뿐입니다."

토다는 젊은 기분 그대로였다. 이미 범인을 잡을 증거가 손 안에 들어왔다고 생각하는데 수사에 착수하는 것을 조심해야 한다는 하야시의 말을 도저히 이해할 수 없다는 투였다.

"글쎄요. 어떻게 연관을 지어야 할지는 저도 모르겠습니다만, 겐요샤라는 회사가 바로 제2차 세계대전이라는 전쟁을 준비한 회사라는 겁니다. 사실 회사라고 하기보다는 단체, 그것도 남들이 보기에는 대일본제국이라는 전 세계에서 유독 빛나는 일장기를 게양하고 싶어 하는 이들이 모인 단체라고 해야 옳을 겁니다. 하지만 실제로 그들의 속셈은 자신들이 하는 사업에 보탬이 되는 전쟁과 관련된 산업을 일으키는 것이 더 큰 목적이라고 할 수도 있다는 겁니다.”

“그건 또 무슨 소리입니까?”

“우리가 패했던 전쟁인 제2차 세계대전이 왜 일어났습니까? 청일전쟁이나 러일전쟁은 물론 미국과의 태평양전쟁은 왜 일어났습니까? 대일본제국을 건설한다는 기치 아래서 일어난 일 아니겠습니까? 하지만 그 이면에는 막 근대화를 이룬 일본의 경제를 부강하기 위한 하나의 방법이라는 목적이 있었습니다. 전쟁을 통해서 대륙으로 영토를 확장함으로써 우리 일본에 절대적으로 부족한 자원을 충족하기 위한 수단이었던 겁니다.

전쟁을 통해서 확장한 영토에서 자원을 수집해 오고, 수집해 온 자원을 가공하고 판매하는 것은 물론 전쟁에 필요한 물자를 만드는 일을 해서 돈을 번 사람들은 누구입니까? 그들은 전쟁을 오히려 부추기고 더 오래 가도록 만들수록 자신들의 부를 축적할 수 있다는 것을 알고 있었던 자들입니다. 제가 경찰이라는 신분으로 이 자리에서 이야기하기에는 부적합한지 모르지만, 그 당시에는 대개의 산업화를 이루고 전쟁을 촉발한 나라들의 공통적인 모습이었으니 이야기해도 괜찮다는 생각이 들어서 이야기하는 겁니다.

솔직히 당시에 기업들이 노동자들에게 지급해야 할 임금은 식민지로부터 강제로 동원된 인력이 충당해 주지 않았습니까? 기업들은 그만큼 군납하는 제품의 가격을 싸게 공급해서 나라에 충성했노라고 헛소리를 하지만 사실 그 당시 정부와 함께 발맞춰서 일했던 기업들은 모조리 재벌기업으로 성장했습니다. 나라는 전쟁에서 졌는데도 불구하고 기업은 살이 찔 대로 찐 겁니다. 그리고 그들은 그 달콤함을 잊지 못하는 거죠. 다시 한 번 그런 시대가 오기를 바라는 겁니다. 그리고 그 욕심을 끝내 버리지 못하는 거죠. 한 번 연결된 끈을 놓지 않기 위해서 발버둥 칩니다. 그게 바로 겐요샤의 실체입니다.

그들은 전쟁을 준비하면서 정부 각료들과 닿은 끈을 적당한 거리에서 대가를 지불하면서 유지하고 있었던 겁니다. 그리고 전쟁이 나자 그 끈을 미끼로 고도성장을 한 거지요. 그 행태는 지금까지 이어지고 있습니다. 물론 날이 갈수록 끈의 숫자를 불려서 지금은 단순히 정계에서 머무르지 않고 검찰은 물론 사법부에까지 넓게 포진하고 있는 거죠."

"그런 비리야 꼭 겐요샤가 아니더라도 어느 나라에서나 존재하는 소위 비리나 정경유착 같은 것 아닙니까?"

"글쎄요. 단순히 정경유착이라고 한다면 다른 나라에서도 볼 수 있는 현상이라고 할 수 있겠지요. 그러나 그들은 일본을 사랑하기에 일본이 대동아건설을 하는데 일조를 해야 한다고 합니다. 그들이 정말 일본을 사랑한다면 그렇게 전쟁을 부채질하는 짓을 할 것이 아니라 평화로운 세상을 만드는 데 일조를 기하는 게 옳은 일 아닐까요?"

"글쎄요. 저는 지금까지 하는 말이 도대체 무슨 말인지 이해가 되지를 않습니다. 이제 겨우 나이 삼십에 접어들어서 전쟁이라는 개념조차 없어서인지는 모르겠지만 일단은 이번 사건을 해결하기 위해서는 아베라는 그 겐요샤 직원인지 조직원인지를 체포해서 심문을 하는 것이 옳다는 생각뿐입니다. 겐요샤인지 뭔지는 나중

일 같아요. 어쨌든 잠깐 이 일을 과장님께 보고하고 오겠습니다. 그러니 잠시만 기다려 주십시오."

"알겠습니다. 저희는 계장님께서 결정해 주시면 그대로 따를 수밖에요. 다만 우리 경찰에도 겐요샤의 끈이 닿고 있다는 사실을 잊으시면 안 됩니다. 그리고 그 끈은 반드시 높은 곳에서 내리 꽂히고 있다는 사실입니다. 제가 5년 전에 사람이 죽어가는 데에도 손만 놓고 앉아 있던 이유가 바로 높으신 분이 수사를 하지 말라는 지시를 내린 덕분이었습니다."

"아니 도대체 겐요샤가 무슨 회사이기에 그런 일이 일어날 수 있다는 겁니까? 우리 일본왕실이라도 된다는 겁니까? 그리고 5년 전, 5년 전하는데 도대체 5년 전에 무슨 일이 일어났던 겁니까? 그 얘기 좀 해 주십시오. 그걸 듣고 과장님께 가도 늦지 않을 것 같네요."

토다가 지금 이 상황을 도저히 납득할 수 없다는 것을 그의 격앙된 목소리가 대신해 주고 있었다. 하야시는 자신이 겪은 일을 이야기하는 것이 사건을 이해하는 데 도움이 될 것이라는 생각이 들었다.

"5년 전 일입니다. 한국 사람들이 일본왕실의 지하서고인 쇼로부에서 자신들의 잃어버린 역사서를 찾겠다고 나선 일이 있습니다. 솔직히 저는 쇼로부에 무엇이 있는지는 모릅니다. 다만 그런 일을 벌인 한국 사람들이 일본에서 이런저런 연이 닿는 사람들을 포섭해서 쇼로부에 그 책들이 보관되어 있다는 증거를 찾기 위해서 일을 벌였고, 그에 연루된 사람들은 의문의 죽음을 당했다는 사실만 알 뿐이었습니다. 저는 경찰로서 당연히 의문의 죽음을 당하는 살인사건은 그 원인이 무엇이든 간에 수사를 해야 한다는 생각이었죠. 하지만 그 사건에 대한 수사를 시작하자 즉시 덮으라는 지시가 내려왔습니다. 감히 왕실을 넘보는 이들에 대한 죽음을 수사할 이유가 없다는 것이었습니다. 처음에는 도저히 납득을 할 수 없었죠. 그러나 얼마 지나지 않아서 그 역사책이라는 것이 영토에 관한 이야기를 담고 있는 것이라는 사실을 알았습니다. 한국인들은 당연히 목마르게 찾고 싶은 역사책이겠지만 일본의 이해와 상충한다는 것이었죠. 저 역시 굳이 수사를 할 필요가 없는 사건이라는 생각도 했습니다만 그렇다고 과연 살인사건을 수사하지 않는 것이 옳은 것인가를 고민하던 중에 일본과 이해관계가 얽힌 영토문제에 관해서는 이미 제2차 세계대전 전부터 겐요샤라는 단체에서 깊숙이 관여를 해왔고, 지금도 관여를 하고 있다는 것을 알게 된 것입니다. 우연한 기회에 알게 된 것은 사실이지만 아까 제가 말씀드린 그대로입니다."

"그래요? 그게 전부라면 이번 사건의 수사를 진행하는 데에는 전혀 무관할 수도 있네요. 영토 어쩌고 하는 말은 잘 모르겠지만, 5년 전 사건은 엄연히 왕실을 침입한 사건 아닙니까? 그러니까 자꾸 이상하게 연관 짓지 맙시다. 일단 과장님께 보고 드리고 아베를 연행하던 아니면 다른 방식으로 겐요샤를 수색하던 결정을 내려서 나머지 요원들과 진행할 것이니 하야시 순사장은 일조식당에 가보시죠. 어차피 잠복을 결정한 터이니 그리 하는 것이 좋을 것 같습니다."

토다는 일어나서 과장실을 향했다. 그런 토다의 뒷모습에서는 이번 수사에 대한 실마리를 풀었다는 기쁨이 배어나오고 있었다.

하야시는 저리 쉽게 생각할 일이 아니라는 생각이 들어서 씁쓸했지만 제발 잘 해결되기만 바랄 뿐이었다.

하야시도 자리에서 일어나 일조식당을 향하면서 서울의 최기봉에게 전화를 했다. 그리고 이번 사건에 겐요샤가 개입된 것 같다는 귀띔을 해 주었다. 최기봉과는 5년 전 사건으로 인해서 서로 알게 된 후, 사건을 덮으면서 궁금증을 해소하지 못해서 겐요샤에 대한 실체를 같이 파악했던 사이임으로 적어도 귀띔 정도는 해 주는 것이 도리라는 생각이 들어서였다.

하야시가 일조식당에 들어섰을 때는 점심과 저녁의 중간 문턱이라 그런지 손님은 한 사람도 없었다.

"별일 없으셨습니까?"

하야시가 들어서면서 안부를 묻자 식당 주인은 밝은 얼굴로 하야시를 맞았다.

"예. 염려 덕분에요. 그나저나 수사에는 진척사항이 있습니까?"

"진척이 있기는 있지만 반갑지 않습니다."

"진척이 있는데 반갑지 않다니요?"

"오히려 미궁에 빠질 것 같은 진척이라는 말씀입니다. 갑자기 겐요샤가 튀어나오니 난감할 수밖에요."

주인의 걱정 어린 질문에 하야시는 자신도 모르게 허탈하게 웃으며 한마디 하고는 아차 싶었다. 자신도 모르게 수사상의 비밀이 될 지도 모르는 겐요샤가 튀어나오고 만 것이다. 하야시는 주인이 혹시 겐요샤를 알고 있을지도 모른다는 생각에 주인의 반응을 살피려고 주인의 얼굴을 쳐다보았다. 그리고 주인의 얼굴이 눈에 들어오는 순간 자신도 모르게 소리를 지르려고 입을 벌렸으나 차마 소리를 칠 수 없어서 손으로 입을 막고 말았다.

주인의 얼굴이 겐요샤라는 소리를 듣는 순간 하얗게, 정말이지 핏기 하나도 없는 하얀 백짓장처럼 변하고 만 것이다. 그리고 비척거리며 쓰러질듯하다가 바로 옆에 있는 의자에 털썩 주저앉고 마는 것이었다. 하야시는 소리를 칠 것 같았던 놀람도 잠시, 자신도 모르게 주인에게 달려가 주인을 부축했다. 그러자 주인은 괜찮다는 신호라도 보내듯이 손을 저어 보였다. 하야시는 얼른 얼음을 채운 물 한 잔을 주인 앞으로 가져갔다. 주인은 기다리기라도 했다는 듯이 단숨에 들이켰다. 하야시는 주인이 겐요샤라는 말을 듣는 순간 창백하게 변하면서 몸을 제대로 가누지 못하는 것을 분명히 보았다. 불과 몇 시간 전에 자신이 휴대폰을 받으면서 혹시 이 사건이 조직에 의한 것이라면 해를 당할 수 있다는 이야기를 했을 때에도 전혀 두려워하지 않았던 사람이다. 오히려 궁금해 하는 표정을 짓던 사람이다. 그런데 겐요샤라는 말에는 일시에 무너져 내렸다. 자신이 수사상의 비밀이 될지도 모르는 겐요샤라는 것을 발설한 것은 아무 일도 아닌 것 같았다. 필시 겐요샤와는 깊은 사연이 얽혀있는 것에 틀림이 없었다.

주인이 물을 마시고 한숨 고른 것처럼 보이자 하야시는 용기를 내서 입을 열었다.

"혹시 ˙겐요샤와 무슨 깊은 사연이라도 있는 것입니까?"

"사연이라? 사연이라면 사연이고 아니면 아니겠지만, 그보다 중요한 건 이번 사건이 겐요샤와 연관이 있는 것이라면 내가 이곳에 더 머물렀다가는 황천 가는 길 외에는 방법이 없다는 것은 확실하겠소이다. 40년 이 짓거리 하던 중에 제대로 자리 잡은 지 채 10년이 못 돼 떠나야 하는 팔자라니 지지리 복도 없는 팔자인가 보네.

어쩐지 아까 낮에 조직이 관여한 범죄 어쩌고 할 때 무언가 찜찜하더니만 결국 올 것이 온 것이야. 내 딴에는 겐요샤라면 벌써 덮쳐도 덮쳤을 것이고 그네들은 칼을 쓰면 썼지 총을 쓰리라고는 생각도 안 했는데 그건 내가 생각을 옛날에 묶어 놓아서야. 범죄라면 건수가 없어서 못할 놈들이 무기도 당연히 앞장설 것이라는 생각을 왜 못했을까?”

주인은 말의 톤도 높이지 않고, 그렇다고 팔자 타령하듯이 처량하지도 않게 마치 남의 이야기하듯이 말했다. 그러나 비록 높낮이는 없었지만 그 말에는 슬픔이 가득 배었을 뿐만 아니라 한 맺힌 뼈대가 확실하게 보였다. 그리고 ‘생각을 옛날에 묶어 놓았다’는 바로 그 말은 분명히 무언가 아주 깊은 사연이 있었음을 여실히 드러내고 있었다.

“사장님. 혹시 제가 도움이 될 수 있을지 모르겠습니다만⋯.”

그러나 주인은 하야시의 말을 끝까지 듣지도 않고 대답했다.

“아무도 도울 수 없는 일이외다. 더더욱 경찰은 도울 수 없소이다. 머지않아 겐요샤에서는 나로 인해서 자신들이 노출되었다는 것을 알게 될 겁니다. 그 보복을 하러 오겠지요. 내 목숨에 도움을 주고 싶다면 어서 여기를 떠나 주시는 것뿐이오. 그래야 이 점포를 빨리 정리하고 살 길을 찾아 갈 테니까요. 그나마 다행인 것은 지금이라도 이 점포를 판다고 하면 일시불로 살 사람들이 꽤나

된다는 것이요. 저 앞에 있는 부동산 중 한 곳에 가면 당장이라도 돈을 받을 수 있지. 비록 허름하기는 해도 꽤 장사가 되는 곳이라 없는 사람들 목에 풀칠하기에는 그만인 곳인 덕분이오."

하야시는 정말이지 할 말을 잊었다. 목숨을 살리기 위해서라는데 경찰은 전혀 도움도 안 된다고 하니 아무런 말도 할 수 없었다.

"그나저나 겐요샤 놈을 연행이라도 한 것이오?"

"아닙니다. 죽은 핫도리의 폰에 찍힌 아베라는 자가 겐요샤 직원이고, 그자가 대포폰을 구매해서 이상하게 실명으로 사용해 왔다는 증거는 잡았지만 제가 경찰청을 나설 때까지는 연행은 안 했었습니다. 지금은 연행했나 확인해 드릴까요?"

"아니요. 아직 연행을 안 했다면 아직은 내가 드러나지 않았을 테니까, 그런 확인 받는 시간 아껴서 이 점포나 팔러 가야 내가 살 수 있소."

주인은 정말 점포를 팔 것인지 자리에서 일어서자 자신의 개인 용품 몇 가지와 냉장고 깊숙이에서 식재료들을 들추어 낸 후 서류봉투 같은 봉투를 챙겨서 담은 가방만을 달랑 들고 점포문을 잠갔다.

"어서 갈 길 가시오. 나는 내 길 가야하니까."

하야시에게 한마디를 남기고는 부동산이라는 간판이 모여 있는 쪽으로 향했다. 그 뒷모습은 식당에서 하야시를 맞이하던 그 모습이 아니었다. 힘이 빠져 기운이 없는 것은 고사하고 걸음걸이마저 비척거리고 있었다. 하야시는 이대로 저 사람을 보낼 수 없었다. 자신이 갈 수 있는 곳까지는 저 사람을 배웅해야 한다는 의무감마저 들었다. 일정한 거리를 두고 그를 뒤따랐다.

그는 정말 부동산 중 하나에 들어가더니 불과 30여분 만에 일을 끝냈는지 부동산 사장인 듯 보이는 사람의 융숭한 배웅을 받으며 나왔다. 그리고는 다시 걸음을 재촉했다. 하야시 역시 걸음을 재촉해서 뒤따랐다.

드디어 택시가 다니는 큰길로 접어들자 주인은 하야시를 쳐다보았다.

"그리 걱정이 되면 어서 오시오. 지금부터는 택시를 타고 빨리 집으로 가서 그나마 있는 귀중품 몇 점 챙겨서 빨리 떠나야 하오."

순간 하야시는 뜨끔했다. 자신 딴에는 몰래 미행을 한다고 했는데 식당 주인은 모든 것을 알고 있던 것이다. 그렇다고 멋쩍어 할 시간도 없다는 것은 이미 감으로 알고 있는 하야시는 재빨리 달음질쳐서 식당 주인이 먼저 탄 택시에 올라탔다.

식당에서 그리 멀지 않은 곳에 있는 주인의 집이라는 곳에는 가구도 별로 없었다.

"어차피 이 집도 월세로 사는 곳이니 공연히 시끄럽게 할 것이 아니라 몇 가지만 챙겨서 빨리 나서는 게 수요."

식당 주인은 가구 서랍 두어 군데를 열어서 내용이 무엇인지는 모르지만 천으로 싸 놓은 것 몇 가지를 손가방에 챙겨 넣고 당장 입어야 할 옷가지는 여행 가방에 챙겨 넣더니 미련 없이 집을 나섰다. 하야시는 얼른 여행 가방을 들어주겠다고 하면서 거들었다. 그리고 그가 가는 데로 따라 갔다. 그들이 향한 곳은 JR이었다. JR에 오르자 주인은 일단 안심이 되는지 비로소 작은 소리로 입을 열었다.

"무슨 얘기가 듣고 싶은 거요? 더 이상 할 이야기는 없소이다. 다만 여기까지 따라오게 한 이유는 단 한 가지요. 내가 이 휴대폰을 줄 테니 이걸 가지고 가시오. 지금은 꺼 놓았소만 나랑 헤어지고 나면 켜서 가지고 가시오. 어찌 되었든 간에 저놈들은 내 존재를 알게 될 것이고 그리되면 내가 있는 곳을 파악하려고 휴대폰 위치추적을 할 것 아니겠소? 이게 경시청에 있으면 경시청 내부에서 정보를 얻기 전까지는 내가 경시청에 있는 것으로 오인하겠지. 난 그동안 동경에서 멀리 벗어날 것이고. 그렇다고 얼마나 버틸지는 모르겠지만.

하기야 내 나이 칠십인데 이제 얼마나 더 살겠소. 아무튼 일단은 여기서 내립시다."

하야시는 갑자기 내리자고 하는 주인을 말릴 수가 없어서 따라 내리면서 겨우 한마디 했다.

"아까 부동산에 들어가신 동안 경찰청에 전화를 했는데 아직 연행을 안 했다고 했습니다. 그러니 얼마간은 시간이 있을 것입니다."

"글쎄올시다. 그 시간이 얼마나 허락되는 줄은 모르지만 이런 휴대폰도 없고 CCTV도 없던 1960년에도 10년이 훨씬 넘도록 시골에 묻혀 살던 내 부모님을 찾아서 베어 버린 놈들이오. 그런 놈들이 뭔 짓은 못하겠소."

"그래요? 그렇다면 부모님께서 겐요샤의 칼에 돌아가셨다는 말씀입니까?"

"그렇소이다. 잊으려고 해도 잊을 수 없는 일이요. 다만 지금도 생각나는 것은 내가 동네 아이들과 어울려 놀지 않고 그때 집에 있었다면 나도 죽었을 것이라는 거요. 다행히 아이들과 놀고 있는데, 비록 멀리 떨어지기는 했지만 우리 집에서는 제일 가까운 집에 사는 아저씨가 한걸음에 달려와서 혹시 누가 와서 너희들에게 하야시가 누구냐고 물으면 그 애는 여기에 살지 않고 공부하러 도시로 나갔다고 말하라고 미리 주의를 시키는 바람에 목숨만은 건졌다는 사실이오.

그 아저씨는 산에서 나무를 해오던 중에 우연히 산 밑 외딴 곳에 있는 우리 집에서 벌어지는 부모님의 살해 현장을 보고 내 목숨을 살리려고 한걸음에 달려와 일부러 일을 그렇게 꾸민 후에 나를 자신의 집으로 데리고 가서 마치 자기 자식인 양 사흘을 아무 일도 없는 것처럼 보냈소. 부모님을 살해한 놈들이 그 다음날 우리 집에 불을 지르고 마을을 떠났는데도 혹시 하는 마음에 시간을 보낸 것이었소. 삼일이 지나서야 동네 사람들과 함께 재만 남은 집에 새까맣게 불탄 채 버려져 있는 우리 부모님 유해를 수습해 장사를 치러줬소. 그러면서도 내게 상복을 입히지 않았소이다. 혹시라도 그들이 다시 오는 날에는 목숨을 보존할 수 없다는 것을 잘 알았던 것이지. 그리고 장례가 끝나자 급하게 처리하는 바람에 얼마 되지는 않았지만, 우리 재산을 처분한 것을 가방에 넣어 내 손에 쥐어 주며 뒤도 보지 말고 떠나라고 했소이다. 몇 안 되는 마을 사람들도 앞으로는 이곳에 얼씬도 하지 말고 혹시 다른 지방에서 만나도 아는 척도 하지 말라고 하면서 내 등을 떼밀다시피 보낸 거요.

그때 나를 자기 집에 데리고 갈 때부터 그 아저씨가 내게 해준 이야기가 있소. 살아남은 사람은 무조건 살아야 한다고 하면서, 돌아가신 부모님을 생각한답시고 울고 짜고 하다가 목숨을 잃으면 그게 더 큰 불효라고 했소이다. 그리고 부모님께서 누구에게 왜 돌아가셨는지 알려고 하지도 말라고 하셨소. 하지만 나는 분명히 당시 칼을 찬 채로 나를 찾겠다고 동네를 얼쩡거리며 나에 대해서 묻다가 그 다음날 집에 불을 지르고서야 마을을 떠나는 칼 찬 인간들을 보았소. 그리고 그들이 겐요샤 나부랭이들이라는 것을 단박에 알 수 있었소.

왜냐? 나는 태어나서 말귀를 알아들을 수 있을 때부터 내 아버지께 그 소리를 들었기 때문이요. 지금 생각해 보면 내 아버지께서 내가 말귀를 알아들을 수 있을 때부터 그 말을 시간이 나는 대로 반복해서 들려 준 까닭이 바로 당신이 언제 죽을지 모른다는 생각에서 그리 했을 것이라는 거요.

물론 아버지께서는 겐요샤의 살인 명령을 거부하고 어머니와 하나뿐인 자식인 나를 데리고 조직을 배신하여 도망쳤기 때문에 살해당한 것이오. 내가 막 태어나고 불과 보름여 후에 아버지께 내린 명령은 당시 부호이면서도 겐요샤에 협조하지 않는 집안의 맏아들 부부를 죽이라는 것이었다오. 그런데 막상 그 집에 들어갔더니 부인의 배가 만삭이라 곧 애를 낳을 것 같은 상황에다가 제발 아이를 봐서라도 아내만은 살려달라고 애원하는데, 집에 누워 있는 내 생각이 나서 칼을 휘두를 수가 없더라는 것이오. 아버지는 그 길로 달려 나와 집으로 와서는 어머니와 나를 데리고 산골 마을로 도망을 친 것이지요. 다행히 아버지께서 그 부호의 집을 그냥 나오려고 하자 부호가 고맙다고 하면서 쥐어준 돈이 넉넉해서 그걸로 버틸 수 있었다는 것이오. 하지만 할아버지 때부터 겐요샤 집안 외아들로 자란 아버지는 그들의 습성을 너무나도 잘 알고 있었고 결국 자신은 제 명에 죽지 못할 것임을 알았기에 혹시 졸지에 불행이 닥치더라도 내가 살아남으면 알아두라고 내게 겐요샤 이야기를 해 줬던 것 같소. 아니 어쩌면 오늘 같은 날이 닥치면 누군가에게 이야기를 해서 겐요샤의 비열한 실체가 세상에 드러날 수 있도록 하라고 말씀하셨던 것일지도 모르오. 막상 지금 내가 이런 처지가 되니, 그런 아버님의 바람이 어머니와 함께 목숨을 잃으시는 현장에서 나만은 살아남을 수 있게 하신 것이라는 생각마저 드는 구려. 들어 보겠소?"

하야시는 자신도 모르게 고개를 끄덕였다. 지금 자신이 이야기를 듣고 안 듣고 선택할 입장이 아니라 당연히 들어야 하는 것이 의무라고 생각했다.

"내가 나 같은 비극을 당하는 후손이 다시는 없어야 한다는 생각에 이 나이 먹도록 혼자 살며 이 이야기를 누구에게 어떤 방법으로 전해야 하는지 가끔 생각을 하곤 했었는데 이렇게 전할 기회도 자연스럽게 만들어지는구려. 이게 다 겐요샤 자신들의 업보에 대한 대가겠지?"

일조식당 주인은 천천히 말을 이어갔다.

4. 겐요샤(玄洋社)의 시작, 세이난(西南) 전쟁

겐요샤는 얼핏 보기에는 보통 회사처럼 보인다. 아니 일반사람들은 그렇게 알고 있다. 후쿠오카에 본사가 있고 다른 곳에는 지사나 사무소를 두었다. 그렇다고 지사가 있는 모든 곳에서 사무실을 운영하는 것도 아니다. 열도의 많은 곳에 자신들만의 개별적인 사무소를 별도로 두지 않고 일본의 우익 대기업들의 지사 혹은 연락사무소의 한편에 직원만 파견하여 책상 하나만 차지하면서 겐요샤의 지사 업무를 수행하기도 하는 조금은 유별난 운영방식을 채택하고 있다.

그들은 실제로 무역업과 국내 유통업 및 운송업 등에 투자를 하고 직접 운영하기도 하는 거대 유통회사로 자리 잡고 있다. 그러나 그들이 전국적인 조직을 갖고 유통업을 하고 국제적인 무대에서 무역업을 하는 이유는 단순히 사업적인 측면에서 행해지는 것도 아니고, 그들이 행하는 사업이라는 것이 스스로 개척해서 이루어지는 것은 하나도 없었다. 그들은 처음 겐요샤의 전신인 고요샤라는 이름으로 회사를 창업할 때부터 목적은 다른 곳에 두고 그 목적을 수행하기 위한 자금 확보와 조직을 쳐다보는 눈들로부터 스스로를 보호하기 위한 방편으로 사업을 벌여야 했던 회사다.

1878년 12월.

세이난 전쟁이 사이고의 할복과 함께 막을 내린지도 1년이 넘게 지나서, 광산업을 해서 돈을 긁어모은 규슈 제일의 부호 히라오카 고타로와 일본 우익의 대부로 알려져 있는 도야마 미쓰루 그리고 세이난 전쟁에 깊숙이 관여했던 하코다 로쿠스케가 한자리에 모였다. 그동안 서로 긴밀한 연락을 취하면서 준비해 온, 소위 함께 나갈 새로운 길을 만들기 위한 것에 대해서 구체적으로 논의하기로 약속된 자리였다.

하코다 로쿠스케는 후쿠오카 번의 번사 가문에서 태어나 유학자(儒學者) 다카바 오사무가 운영하며 가르치던 고시주쿠(興志塾)에서 공부하면서 지금 이 자리에 같이 자리하고 있는 도야마 미쓰루를 만났다. 그들은 공부를 하던 중에는 물론이고 공부를 마친 후에도 서로 뜻이 같은 방향을 향하는 바람에 줄곧 함께 일하고 있는 것이다.

하코다는 조선을 정벌한다는 정한론을 기치로 내세우고 무사들에게 메이지 유신과 판적봉환에 앞장설 것을 주창하는 사이고 다카모리를 열렬히 지지했다. 그는 스스로 후쿠오카 번의 번사가 문출신임을 자랑스럽게 생각하고 그 자부심으로 살고 있는 사람이다. 사무라이라면 적어도 평화롭게 앉아 있어서는 안 된다고 생각하는 사람이었다. 무술이 평화를 지키기 위한 것이 아니라 침략을 위한 것이라고 생각하는 자신의 생각이 잘못된 것임을 몰랐다. 그런 사상을 가지고 있는 그에게 사이고의 정한론은 매력적이지 않을 수 없었다. 정한론을 주창하는 사이고의 명에 의해서 1868년의 메이지 유신과 1869년의 판적봉환을 위한 모든 일에 자발적으로 참여했다. 그리고 메이지 유신과 판적봉환을 반대하여 일본왕에게 권력과 땅을 반환하기를 거부하는 세력을 평정하기 위한 보신전쟁에도 참여하여, 막부를 타도하는 데 앞장서서 혁혁한 공을 세웠다. 그러나 메이지 유신을 위해서 각 번들이 서로 밀약을 맺을 때, 기도 다카요시와 사이고 다카모리 사이에 약속되었던 정한론이, 막상 메이지 유신이 성공적으로 마무리되고 나자 무기한 연기되고 말았다. 그것도 처음에는 분명히 일왕이 허락을 했었는데 왕 스스로 자신의 허락을 뒤집으면서까지 무기한 연기했다. 조슈 번의 기도 다카요시가 이토 히로부미의 농간을 받아들여 이와쿠라와 오쿠보 등과 함께 정한론이 무기한 연기되도록 일왕을 설득한 것이다.

이토 히로부미는 이미 그때 나름대로 자신의 미래를 설계했다. 그리고 그 입지까지 계산에 넣은 주장으로 기도 다카요시를 설득했다.

"만일 사이고 상(さん)이 주장한 대로 정한론을 실행하여 조선 침략이 성공적으로 끝이 난다면 사이고 상이 왕을 제외한 최고의 권력자가 될 수 있습니다. 그는 조선에서 끝나지 않고 대륙으로 뻗어나가야 한다는 우리 일본의 기본방침을 이용해서 계속 군비

를 확장하고 대륙 정벌을 선동하면서 그 선봉에 설 것이니, 자연히 왕과 최측근에서 함께하는 것은 물론 그 주변의 권좌에 사무라이들이 진을 치고 앉게 되는 것은 당연한 일입니다.

그것은 다시 사무라이들이 정권의 전면에 나서는 계기가 될 수 있으며, 사무라이들의 권력 독점의 시대가 올 것입니다. 왕을 가운데 세운 친왕 막부로 막부정치가 다시 부활하는 것과 다를 바가 없습니다. 그렇게 되면 메이지 유신을 시행한 목적 중, 국민들에게 가장 희망을 주었던 막부정치의 타도를 실행할 수 없는 관계로 국민들로부터 도로 막부 정권이라는 비판을 면할 수 없습니다. 메이지 유신을 일으켰던 목적을 향한 첫 걸음도 뗄 수 없는 것입니다. 설령 사무라이들이 나서지 않는다고 해도 이미 사이고 상이 권력의 최정상에 서는 한 주군께서는 정권의 그늘로 사라질 수도 있습니다.

적어도 권력에 관한한 1인자는 한 사람이라는 것 잘 아시잖습니까?

서로 같은 목적으로 혁명을 계획하고 행동에 옮기기 위해서는 두 사람, 혹은 세 사람이 순간적으로 공동 1인자가 될 수는 있겠지요. 하지만 끝까지 공존할 수는 없는 것입니다. 다른 것이라면 모르지만 권력에 관한 한 부자지간에도 반드시 부딪히게 되어 있다는 것은 더 잘 아시지 않습니까?

처음에 목숨까지 걸면서 어렵게 메이지 유신을 시작한 분이 누구십니까? 바로 주군이십니다. 그런데 정권의 핵을 사이고 상에게 거저로 넘겨 줄 수는 없는 일입니다."

"그건 나도 생각한 바요. 그렇다고 그런 예측에 대응할 수 있는 뾰족한 수가 없지 않소? 막말로 정한론이 실패하도록 일을 꾸밀 수도 없는 일이고."

"실패하도록 일을 꾸밀 필요까지도 없습니다. 시작이 없으면 성공도 없는 법입니다. 정한론을 연기하도록 해야 합니다.

그것도 사무라이들은 물론 하급무사들까지 실망하도록 무기한 연기해야 합니다. 정한론을 연기한다면 사이고 상은 명분과 의리를 중요시하는 사무라이임으로, 자신이 정한론을 빌미로 낙원을 약속하며 메이지 유신에 끌어 들였던 사무라이들에 대한 약속을 이행하지 못했다는 자괴감 하나 만으로도 모든 관직을 사임하고 낙향할 것입니다. 그리고 나면 적어도 가고시마와 후쿠오카를 비롯한 규슈 지역의 사무라이들이 그의 주변으로 몰려 들 것이고, 몰려들어서 꾸밀 일은 빤한 것입니다. 사이고 상은 그들의 의견을 존중해서 무언가 일을 저지를 겁니다. 규모를 짐작하기는 힘들지만 반드시 반란으로 이어질 것입니다. 일을 저지르면 그때를 이용해서 사이고 상을 제거해야 합니다."

"그게 말처럼 쉽게 되겠소? 더더욱 사무라이들이 연합해서 무장 봉기를 한다면 그들을 막기가 쉬운 일이 아니잖소."

"그건 그렇지 않습니다.

이제는 지난날처럼 일개 번이나 몇 개의 번이 연합해서 반정을 일으킬 수는 있을지 모르지만 성공시킬 수는 없는 시대입니다. 우리가 막부를 타도할 때만 해도 막부는 막부대로 각 번들은 번들대로, 서로의 욕심을 챙기느라고 융합이 잘 되지 않았었던 때입니다. 하지만 지금은 왕정 하에 정부군이라는 하나의 군대로 통합되었고, 구 번주들은 폐번치현으로 인해서 자신들의 번을 잃고 새로운 현으로 개편된 이상 자리를 지키기 급급해서 왕과 중앙정부의 눈치만 보고 있는 실정입니다. 쉽게 반란에 동조하기 힘든 상황입니다. 더더욱 중앙정부가 수립된 이후에는 각 번의 구 번주들이 서로 소통을 하거나 모이는 날에는 그 현황이 파악되고 있습니다. 감시의 눈을 벗어나 봐야 극소수에 불과합니다.

연락 체계가 원활하게 구축되지 않는 상태에서 사이고 상이 사무라이들을 모아서 반란을 일으켜 봐야 일개 반란군일 뿐입니다. 조직적으로 훈련된 우리 정부군에 비하면 그 세력은 물론 힘도 형편없을 겁니다."

"하지만 정한론을 연기하면 사무라이들의 반발이 만만하지 않을 텐데…?"

"물론입니다. 정한론이 연기되고 나면 처음에는 사무라이들이 서로 무슨 일이라도 낼 것처럼 날뛸 겁니다. 하지만 그것은 순간입니다.

처음에는 누가 먼저 시작하느냐는 식으로 경쟁이라도 하듯이 반대하는 난을 일으킬 수도 있습니다. 그러나 이미 말씀드린 바와 같이 정부군은 이제 그 틀을 완전히 갖췄습니다. 각 지역의 주둔군과 중앙은 잘 연계되어 얼마든지 신속하게 난을 진압할 수 있습니다. 산발적으로 일어나는 난을 정부군이 신속하게 압도적으로 제압하는 모습을 보고 나면 사이고 상이 반란을 일으킨다고 해도 그 주변에 모여든 사람들만의 반란으로 끝나지 더 이상의 동조세력은 나타나지 않을 것입니다. 설령 나타난다고 해도 정부군으로 얼마든지 제압할 수 있는 수준일 겁니다.

이 방법이야 말로 합법적으로 사이고 상을 제거 할 수 있는 기회이고, 그래야 주군께서 권력의 전면에 나설 뿐만 아니라 나아가서는 권력의 1인자가 될 수 있습니다."

기도는 이토의 말에 상당한 논리가 있다는 것을 모르는 바가 아니었다. 그러나 정한론을 연기할 명분도 약한데다가 자기 혼자서 주장한다고 될 일도 아니다.

"이토 상의 말은 내가 충분히 이해하고 납득하는 바요. 그러나 정한론을 연기할 명분도 없고 또 나 혼자 연기를 주장한다고 해도 될 일이 아니잖소. 다른 대신들이 동조를 해 주어야 하는데 동조해 줄 사람이 얼마나 될지 궁금하오.

메이지 유신을 성공한 자체가 각 번의 사무라이들 덕분에 무사들의 협조를 얻은 덕이라는 것은 모두가 아는 사실인데 구 번주들은 나름대로 자신들의 번의 무사들 눈치를 볼 것이고, 중앙 정부도 아직은 사이고 상의 눈치를 봐야 하는 데 그게 가능하겠소?"

"그 말씀은 맞는 말씀입니다. 하지만 그것은 지금 눈에 보이는 상황일 뿐입니다. 명분은 필요에 의해서 만들면 되는 겁니다.

우선 사이고 상이 설령 반란을 획책한다고 해도 정부군을 움직이지는 못하게 해야 합니다. 그렇게 하기 위해서는 정한론을 연기하자고 조정에서 왈가불가 할 것이 아니라 왕명에 의해 일거에 연기되도록 해야 합니다. 왕명에 의해 연기되면 자신이 스스로 선택해서 세운 왕이니 사이고 상 역시 쉽게 판단하지 못한 채 이러지도 저러지도 못하고 장고를 할 것입니다. 사이고 상은 자신이 왕정복고를 하자고 설득한 무사들로 구성되어 있는 정부군에게, 그 왕을 거역하는 반란으로 이어가자고 한다면 그들이 동조하지 않을 것임을 잘 알 것입니다. 그 대상이 왕이 되어야 하는

데 왕을 상대로 무사들이 반란을 한다? 그것도 정부군이? 그건 힘든 일입니다.

사무라이들은 자신이 스스로 선택한 행동에 대해서 책임을 진다는 것 잘 아시잖습니까? 사이고 상이야 말로 뼛속까지 사무라이인데 그 정도는 다 계산 할 수 있다는 것은 당연한 겁니다. 따라서 사이고 상이 취할 행동이라고는 정부군에 귀속되지 않은 나머지 무사들을 거느리고 일으키는 반란밖에 없습니다. 그러니까 그 반란의 시점과 명분을 우리가 편리한 시기에 맞춰서 만들어 주면 그만큼 제거하기도 편한 겁니다."

기도는 이토가 자신에게 건의할 때는 이미 전후 사정을 고려하여 계산된 것임을 알고 있던 터이지만 저 정도로 자신 있게 이야기할 정도라면 치밀한 계획을 세운 것이라는 생각이 들었다. 그리고 아직 이토가 자신을 실망시킨 적이 없었다. 저 정도로 자신할 수 있는 치밀한 계획이라면 실패할 가능성은 거의 없다고 보는 것이 옳다.

"좋소. 이토 상의 계획을 들어 봅시다."

"정한론 연기를 당장 주장하자는 것이 아닙니다. 명분을 만든 후에 해야 합니다.

주군과 오쿠보 상을 비롯한 여러분들이 서구시찰을 떠나시지 않습니까? 아마도 그 사이에 사이고 상은 끈질기게 정한론을 주장할 것이고, 정한론 자체가 메이지 유신을 위해서 공약된 사항이었음으로, 왕은 정한론을 윤허할 지도 모릅니다. 하지만 시찰단이 시찰을 마치고 돌아온 후 뚜렷한 명분을 가지고 왕을 설득한다면 정한론은 연기할 수 있습니다.

이미 7년 전 제가 영국에 갔을 때 보고 느낀 것은, 산업화에 관한한 일본과 서구를 비교한다면, 일본은 지금 현재도 7년 전의 영국은커녕 그 근처에도 가지 못한 미개한 나라에 불과할 뿐입니다. 그걸 이용해서 누구라도 납득할 수 있는 논리를 만들어 내는 겁니다. 남을 죽이려다가 내가 먼저 죽는다는 위기론을 부추기면 됩니다.

'서구의 모습을 보니 일본은 아직 산업화를 이루기 위해서는 요원하다. 일본이 먼저 강력한 힘을 갖추지 않고 공연히 정한론을 감행했다가 서구 열강의 침략이라도 받는 날에는 일본을 지키기도 힘들다. 정한을 하려다가 내가 점령당한다면 그게 무슨 소용이냐? 조선을 정벌하려다가 일본을 잃을 수도 있다면, 그런 무모한 행위는 절대로 용납될 수 없는 일이다. 일본이 강해질 때까지 정한론은 무기한 연기하고 훗날 상황을 보면서 감행해야 한다.'는 주장을 내세우는 겁니다.

그리고 주군께서 걱정하시는 동조세력은 서구시찰을 하는 동안 저절로 만들어지게 될 것 입니다. 서구를 시찰하면서 서구의 눈부신 산업화 현장을 보면 모두가 놀랄 것입니다. 그 틈을 이용해서 주군께서는 선 부국 후 정한을 은근히 꺼내들고 일행에게 주입시키는 겁니다. 모르면 몰라도 주군께서 내세우는 논리에 반대할 사람은 아무도 없을 것입니다.

더불어서 정한론 연기를 주장하는 데 유용하게 사용할 것이 한 가지 더 있습니다.

우리는 이미 1869년의 판적봉환을 통해서 대마도가 일본에게 판적봉환 하도록 조치를 취했다는 것입니다. 비록 대마도주 종의달에게 미곡 32,000섬을 무상으로 주면서 시국만 평정이 되고 나면 그 이상의 미곡을 생산할 수 있는 토지를 불하하겠다는 약조를 하고, 오사카에서 대마도에 쌀 100,000섬의 차관을 제공하는 등의 물질적인 공세와 함께 만일 판적봉환을 행하지 않는다면 가차 없이 무력으로 엄벌하겠노라고 엄포를 주어서 받아낸 봉답서이기는 하지만, 어쨌든 조선은 지금 대마도를 넘겨다 볼 겨를도 없을 뿐만 아니라 대마도주 스스로 우리 일본을 택했으니 대마도가 우리 일본에 귀속된 것입니다. 하시라도 조선 정벌의 기지로 사용할 수 있습니다.

이미 임진년에 도요토미 히데요시 장군께서 조선을 점령하고자 전쟁을 일으켰을 때에도 먼저 대마도를 점령했습니다. 대마도야 말로 조선정벌을 위한 전진기지로서는 최고의 적지임으로 반드시 필요한 곳임에는 두말할 나위가 없는 곳입니다. 그곳을 확보했다는 것은 언제든지 조선을 정벌할 준비가 갖춰진 것이라는 점을 강조하십시오. 그 사실은 모두가 아는 사실이니 설득하는 데 상당한 도움이 될 것입니다."

이토 히로부미의 주장을 듣던 기도는 이토야 말로 앞을 내다보는 전략가라는 생각에 탄성을 자아냈다.

메이지 유신을 진행하던 당시 대마도주에게 미곡을 지불하는 등의 상응하는 조치를 취하고, 무력으로 위협해서라도 대마도를 반드시 판적봉환 하도록 해야 한다고 주장하며 앞장서서 대마도 판적봉환을 이끌어 낸 것이 이토다. 그리고 메이지 유신이 성공했을 때, 이토는 기도에게 무슨 수를 써서라도 사이고를 입각시켜야 한다는 충언을 했었다. 사이고를 입각시키는 것이야말로 사무라이들로 하여금 신정부 군대에 적극적으로 참여케 함으로써 신정부의 테두리를 벗어나서 사무라이들이 결집할 수 있는 기회를 박탈하는 명분을 만들 수 있다고 했다. 그리고 지금 시점에 와서는 사이고가 사령관을 맡아 그 골격을 갖춘 정부군이 이제는 왕을 상대로 반기를 들 수 없다는 것을 역설하고 있다.

기도는 이토의 주장에 충분히 공감할 수 있었다. 그의 지론이야 말로 처음부터 계산된 수식이었으니 당연히 공감해야 한다는 생각까지 들었다. 단순히 공감하는 것이 아니라 모든 일이 당연하게 순차적으로 그렇게 진행되어야 하는 것이고 또 진행될 것처럼 느껴졌다. 기도 자신이 일본 최고의 권력을 잡기 위해서라면 얼마든지 할 수 있는 일이고 또 해야만 하는 일들이라는 생각이 저절로 들었다.

기도가 처음에 메이지 유신을 주동하며 참여할 때는 일본을 위해서라고 했고, 또 그러려고 했다. 하지만 막상 권력의 그늘아래 들어서자 나라와 국민을 위해서 일해야 한다는 생각은 어느 순간에 사라졌다. 오로지 더 높은 곳을 향해서 가기 위해 일하는 것으로 바뀌어가고 있는 자신을 깨닫지 못한 채 앞만 보고 달리고 있었을 뿐이다. 정작 자신이 어떤 일을 위해서 어느 자리에 서야 하는지는 이미 잊은 지 오래였다.

이토가 기도를 통해서 제거하고자 하는 당대 최고의 사무라이 사이고 다카모리는, 메이지 유신의 선봉에 서서 메이지 유신을 성공으로 이끌었음에도 불구하고 정부군의 사령관을 맡아달라는 천거에도 입각을 거부했었다. 그는 정부 내에서 서로의 이권을 챙기기 위해서 벌이는 암투를 보면서 그런 짓들은 사무라이로서는 할 짓이 아니라는 생각이 들었던 것이다. 자신은 그저 사무라이들과 약속했던 바와 같이 메이지 유신도 성공했으니 하루빨리 정한론을 실행하기만 바랐다.

사이고가 정한론에 특별히 미련을 두는 이유는 무엇보다 메이지 유신에 사무라이들이 적극적으로 참여하게 하기 위해서, 메이지 유신이 성공하면 조선을 정벌한다는 약속을 했기 때문이다. 조선을 정벌함으로써 대륙과의 전쟁을 이어 나갈 수 있다는 생각이 있었다. 그래야만 사무라이들이 제 구실을 할 수 있다. 300여 년 가까이 유지된 일본의 막부정치 하에서의 평화는 사무라이들이 명목상의 구실을 했을 뿐이다. 그 존폐마저 위태로운 상태에서 전쟁을 이어 나갈 구실을 찾았고 그때 마주친 유혹이 정한론이었다. 메이지 유신을 성공하면 조선을 정벌하겠다는데 사이고로서는 마다할 이유가 없었던 것이다. 그는 그 약속을 믿고 정한론을 내세워 사무라이들에게 메이지 유신의 참여를 독려했었다.

물론 사이고가 정한론에 집착하는 이유가 단지 사무라이들과의 약속을 지키기 위한 것만은 아니었다. 겉으로 보이는 이유 말고도 사이고로 하여금 다른 나라를 지배하는 것만이 일본은 물론 사무라이들이 살길을 찾는 것이라는 생각을 갖게 한 사건이 있었다.

1609년이라면 자신이 태어나기도 전이지만, 자신의 선조가 무사였던 사쓰마 번이 류큐 제도를 침략하여 정벌함으로써 류큐국을 제후국으로 삼아서 조공을 바치게 했다는 것이다. 겉으로 보기에는 류큐국이 일본에 조공하는 것이므로 사쓰마 번과는 큰 관계가 없는 것으로 보일 수도 있다. 하지만 막부시대인 당시만 해도 정복자인 사쓰마 번이 류큐국에 상당한 이권을 행사할 수 있는 권리를 막부로부터 공인 받을 수 있었고, 아시아 각국과 활발한 교역을 하던 류큐를 통해서 사쓰마 번은 신문물을 그만큼 쉽게 접할 수 있었다.

사쓰마 번에게 정벌당한 류큐국은 나약하기 그지없었다. 일본에게 정벌당해서 조공을 하면서도 명나라와 그 뒤를 이은 청나라에게 이중으로 조공을 하는 처지였다. 만일 그 어떤 나라와의 관계를 단절한다면 나라가 망할 위기에 처해 있던 것이다. 그런 류큐국이 이중으로 조공을 하는 것이 단순한 자신들의 의지만은 아니었다. 일본에서 그것도 사쓰마 번에서 류큐로 하여금 일본에 정복당한 자신들의 처지를 청나라가 모르게 하고 이중으로 조공할 것을 종용했다는 표현이 오히려 옳았다. 당시 청나라에는 일찍부터 서양문물이 밀려 들어와서 신문물이 홍수를 이루고 있었다. 그러나 일본은 청나라와의 관계가 원활하지 못했고 류큐를 통해서 청나라의 문물을 받아들이는 편이 훨씬 용이했기 때문에 청나라와 일본 사이에서 이중으로 조공하는 류큐에게 그런 관계를 묵인하는 것을 넘어서 계속 그렇게 할 것을 주문했던 것이다. 그리고 청나라의 신문물이 류큐에 전해질 때마다 사쓰마 번은 당연히 일본의 그 어떤 번보다도 먼저 신문물을 접하다 보니 한 발자국을 앞서가는 번으로 성장할 수 있던 덕분에 메이지 유신에서도 큰 힘을 발휘할 수 있었던 것이다.

나름대로 그런 모습을 보면서 힘을 키워온 사이고이기에 자신은 정부에 관여하는 것보다는 정한론이나 준비하면서 사쓰마 번에 머물러 있기를 원했다. 그리고 정한론을 시행하는 것만이 무사들이 살길을 열어 주는 것은 물론 일본이 살아나갈 수 있는 길을 여는 것이라는 나름대로의 신념이 있었다. 하지만 그를 둘러싸고 있는 사무라이들은 사이고에게 그렇게 해서는 안 된다는 간청을 수 없이 해왔다.

"만일 정부의 한 구석을 차지하지 않는 다면 결국은 정부의 요직을 맡은 이들이 자기들 좋을 대로 정책을 만들 것이고, 그렇게 되면 우리 무사들은 설 곳을 잃을 수도 있습니다. 비록 무사도에 맞지 않는다고 생각할지라도 반드시 군권을 잡아야만 정한론을 실행으로 옮길 수 있을 것입니다."

사무라이들의 요청은 한결 같았고 결국 사이고는 그 안을 받아들여 1871년에야 정부군 사령관으로 취임했다.

사이고는 정부군 사령관에 취임하자 제일 먼저 정한론이 어느 정도 진행되었는지를 파악하고자 했으나 그 어느 곳에서도 정한론에 대한 움직임이 없었다. 정작 정한론을 주장하는 것은 사이고 혼자뿐이라는 생각이 들었다. 하지만 이미 메이지 유신을 결행하기 전부터 약속된 일이라는 점을 들어서 사이고는 꿋꿋하게 밀고 나갔다.

"조선을 정벌해야 그 곳을 기반으로 청나라를 정벌할 수 있습니다. 설령 청나라를 정벌하지 못한다고 할지라도 조선을 정벌한다면 청나라의 우수한 문물들이 들어오는 조선을 통해서 서양 오랑캐들에게 수탈당하지 않고 신문물을 접할 수 있습니다. 그것만이 일본이 서양오랑캐들로부터 살아남을 수 있는 유일한 길입니다."

그러나 이미 미일화친조약과 미일수호통상조약 등을 통해서 서양의 각국과 문호개방을 결정하고 시행해 나가는 것은 물론 서양 시찰단을 준비하고 있던 터였다. 사이고의 주장이 황당한 주장이라기보다는 시대에 뒤떨어진 논리로 설득하려는 것으로 비춰지면서 내각에서 큰 호응을 얻지 못했다. 다만 유신 이전부터 약속된 바이고 또 정한론은 어차피 펼쳐야 할 이론이라는 데에는 모두가 동조하는 바이므로 크게 반대하지도 않았을 뿐이다.

이토는 모두가 찬성도 반대도 하지 않는 정한론을 주장하는 사이고 다카모리에게 배신감을 안겨 줌으로써 그의 반란을 유도해서 합법적으로 제거하기 위한 안을 만들어 자신의 주군인 기도 다카요시에게 건의했고, 기도는 그 안을 받아들인 것이다.

이토의 말대로 당시 시찰단장의 이름을 따서 명명한 소위 이와쿠라 사절단이 1873년 12월 23일에 서양의 발전된 문물을 시찰하기 위해서 떠날 때까지는 정한론에 대해서 이렇다 할 결론이 나지를 않았다.

사절단에 포함되지 않고 일본에 남아있던 사이고는 끈질기고 집요하게 정한론을 주장했다.

"마마, 소신이 군 사령관으로서 조선을 정벌함으로써 서양 오랑캐들에게 수탈당하지 않고 신문물을 접할 수 있다는 시대에 뒤떨어지는 주장을 함으로써 마마의 심기를 흐리게 했던 점은 인정하는 바이옵니다. 하오나 지금 소신이 주장하는 대동아 단결을 위한 아시아 연대론의 선봉에 서야 한다는 것은 오로지 우리 일본의 앞날을 위한 것임을 유념하여 주십시오. 서양 오랑캐들의 수탈에 맞서기 위해서는 아시아, 특히 우리 일본과 조선, 그리고 청나라가 함께 힘을 합쳐야 하옵니다. 하지만 조선은 문을 굳게 닫고,

청나라는 일본을 우습게 보고 있으니 절대 그런 기회는 오지 않을 것이옵니다. 우리 일본이 나서지 않는다면 대동아 단결을 기대할 수 없는 일이옵니다. 일본이 선봉에 서서 일을 만들어 나가야 하옵니다. 저를 특사로 보내주십시오. 제가 조선의 문호를 개방하게 한다는 구실을 붙여 조선국왕에게 무례한 행동을 함으로써 저를 처형하는 벌을 내리도록 만들 것입니다. 마마의 특사를 처형하였으니 그것은 곧 우리 일본을 응징한 것과 마찬가지라는 평계를 대고 조선을 정벌할 수 있게 하고자 함입니다. 조선을 정벌하는 것은 곧 청나라를 정벌할 수 있는 발판을 만드는 것이니 그야말로 일본이 아시아의 맹주로 자리 잡을 수 있는 기회를 만들고자 하는 것입니다. 제 한 몸 일본을 위해서 바치고자 함이니 부디 물리치지 마시고 제 원을 들어주십시오."

사이고는 대동아 단결이라는 그럴듯한 구실을 붙여, 자신이 죽음을 각오하고 나설 테니 제발 정한론을 시행하자며, 그 뜻을 굽힐 줄 몰랐다. 그의 끈질긴 주장은 결국 일본 국가 의회와 일왕을 설득하는 데 성공했다.

1873년 8월 18일, 일왕은 이와쿠라 사절단이 돌아온 후에 실행에 옮긴다는 전제 조건을 달아 정한론을 윤허했다. 사이고는 일왕의 윤허가 떨어지자 이제 출정만을 남기게 되었다는, 나름대로는 기쁜 소식을 정부군은 물론 아직 정부군에 합류하지 못했거나 혹은 자의로 합류하지 않은 무사들에게 빠른 속도로 퍼져 나가도록 전했다. 그러나 사이고의 그런 행동은 정말이지 사무라이답지 못한 성급한 행동이었다.

사이고의 그 모든 행동들은 같은 해 9월 13일 이와쿠라 사절단이 돌아오자마자 격렬한 논쟁에 휘말리게 되었다. 이미 이토가 은밀하게 준비한 대로 사절단원들 모두가 한결같이 정한론의 시기상조를 들고 나왔다. 당시 일본으로서는 선망의 대상이기만 했던 미국은 물론 유럽 12개국을 돌아보고 무려 3년여의 세월 만에 귀국한 인사들이다. 그 인사들이 일본이 조선을 정벌하려 하다가 자칫 서양으로부터 침략이라도 당하는 날에는 일본을 잃을 것이라고 반대하며 나선 것이다.

일왕은 난감했다. 한 번 내린 결정을 번복한다는 것은 왕으로서의 체면과 품위를 땅에 떨어트릴 수도 있다. 하지만 자신의 말 한마디가 국가의 운명을 좌우한다고 하니, 같은 해 10월 23일 정한론의 무기한 연기를 선언할 수밖에 없었다.

사이고는 배신감이 온 몸에 덮쳐들었다.

왕정복고가 이루어지는 메이지 유신만 성공하면 조선을 정벌한다는 정한론을 실행한다는 약속을 앞세워 사무라이들로 하여금 메이지 유신에 적극적으로 참여하게 했다. 정치권력을 왕실에 반환하는 대정봉환이나 땅과 국민들을 왕실에 반환하는 판적봉환을 거부하는 구 번주들을 비롯한 막부의 반항을 잠재우고 메이지 유신을 성공적으로 완성하기 위한 보신전쟁까지 이끌었다. 보신전쟁에서 누구보다 탁월한 공을 세운 것은 사이고 다카모리 자신이다. 그 공이 탁월한 이유가 당대의 존경받는 사무라이로서 무사들을 설득해서 전쟁에 참여하게 했다는 것만이 아니다. 당시의 막부 군대에 비해서 사이고의 사쓰마 번의 무기는 탁월했다.

일찍이 류큐를 정벌하여 조공을 하도록 만든 경험이 있는 사쓰마 번에서는 앞선 문물을 받아들이는 것만이 살 길이라는 의식이 전해져 내려오고 있었다. 그 덕분에 스나이더 총이라는 당시로서는 최신예무기를 번들 중에서 가장 먼저 영국으로부터 사들여서 사용하고 있었다. 그리고 그 총의 탄환을 만드는 장비를 영국에서 구입했을 뿐만 아니라 그 기술을 보유하고 있었다. 그 덕분에 보신전쟁을 의외로 쉽게 마무리 했다고 해도 과언이 아닐 것이다. 그러나 자신이 세운 그 모든 공보다 더 중요한 것은 왕이 스스로 정한론을 윤허했다가 한순간에 번복된 것이다. 일시에 버림받고 만 것이다. 그것도 왕이 약속했던 것을 스스로 번복하는 방법으로 치졸하게 자신을 배신했다.

내막이야 빤하다. 기도를 비롯한 사절단 파들이 자신을 견제하기 위한 수단이라는 것을 모르지 않는 바다. 그러나 어차피 형식은 왕명이다. 그러니 거역할 수는 없다. 그렇다고 자신이 순순히 정한론을 연기하자는 안을 받아들였다가는 사무라이들로부터 배신자라는 낙인이 찍힌다. 뿐만 아니라 사무라이인 자신이 한 약속을 저버리는 일도 스스로 용납할 수 없었다.

사이고 다카모리는 메이지 유신 이후에 자신이 맡았던 신정부 군 사령관직을 사임하고 고향인 가고시마로 낙향했다. 낙향하는 사이고를 따라서 함께 사직한 정부 관료가 무려 600명이나 되었다. 정부로서는 긴장하지 않을 수 없었다. 이렇게까지 커다란 반향이 나타날 줄은 몰랐던 것이다. 그러나 돌이킬 수도 없는 일이다보니 혹시 사이고가 무슨 짓이라도 벌이지 않을까 그것만이 걱정될 뿐이었다.

이토는 자신의 예측대로 맞아 들어가는 것을 기뻐하지 않을 수 없었다. 그리고 그 모든 작전을 사전에 보고 받았던 기도는 이토가 탁월한 전술가라고 칭찬하는 것을 잊지 않았다. 결국 정한론에 관한 일들은 이토가 설계한 그대로 진행되어가는 수순을 밟고 있었다. 그리고 그 수순은 눈에 보이지는 않았지만 확실한 결과를 얻어 낼 수 있도록 진행되어 갔다.

가고시마로 낙향한 사이고 다카모리는 군사학과 육체적 훈련을 중요시하는 사립학교를 개교하였다. 그는 학교를 여는 목적이 일본을 위해서 일할 수 있는 젊은 인재들을 양성하기 위한 것이라고 대외적으로 표명하였다. 사무라이들 사이에서 보여주는 사이고의 명성을 대변하듯이 일본 전국에서 공부하겠다고 몰려든 무사들이 무려 20,000명에 육박했다. 가히 하나의 반군세력이 될 수도 있기에 중앙정부에서 보는 시선은 곱지 못했다. 그가 낙향한 이유가 일왕이 윤허했던 정한론을 일왕 스스로 번복한 것 때문이니, 사이고 뿐만 아니라 사무라이들의 불만이 클 수밖에 없다는 것은 누구라도 아는 일이다. 정한론의 연기가 이토의 농간이었다는 것을 아는 사람이 없던 중앙정부의 인사들은 걱정될 수밖에 없었다. 그러나 이토와 기도를 잘 알고 있는 사이고는 전후 사정을 미루어 이 모든 것이 이토의 작품이라는 것을 충분히 짐작할 수 있었다.

'일본이라는 나라가 이대로 조용히 있을 나라가 아니다. 반드시 언젠가는 칼을 빼 들 것이다. 그리고 그 시기가 그리 멀지 않을 것이라는 것은 이미 홋카이도와 대마도 사건을 보면 알 수 있는 일이다. 판적봉환 당시 홋카이도의 아이누족들에게 칼바람을 휘날려 피비린내를 진동하게 함으로써 거부하지 못하게 하고, 대마도를 협박과 회유로 끌어 들인 것이 바로 이토다. 누구보다 먼저 정한론을 내세우고 싶은 그가 지금 정한론을 시행하면 그 공이 모두 내게로 돌아올 것을 우려해서 기도를 앞세워 농간을 부린 것이리라.'

사이고는 모든 것을 알면서도 혼자서 마음속으로 삭이고 있었다. 게다가 실제로 반란을 일으킬 생각도 없던 까닭에 중앙정부에서 보내는 감시의 눈초리에는 상관도 하지 않고, 묵묵히 제자들에게 어느 순간 발휘할 수 있는 힘을 기른다는 것이 얼마나 중요한 것인지를 강조할 뿐이었다.

사이고의 그런 마음과는 다르게, 시간이 지나면서 정부는 단순히 곱지 않게 보는 것을 떠나서 비공식적으로 사이고의 학교를 감시하기 시작했다. 감시에 관한 보고서는 매일 중앙정부의 기도에게 전달되었으며, 기도는 사태 분석을 위해서 이토에게 제공하고 있었다.

상황이 그렇다 보니 나날이 조용한 것 같으면서도 무언가 불안불안하게 흘러가는 중이었는데, 사이고 다카모리와 무사들에게 참을 수 없는 일이 일어났다. 그렇지 않아도 정한론이 연기되면서 들끓고 있는 사무라이들의 분노로 이글거리는 가슴에 기름을 부은 것이다.

1876년 3월.

정부군이나 경찰처럼 정부의 녹을 먹는 공직에 종사하는 사람이 아니라면 허리에 칼을 찰 수도 휴대할 수도 없다는 '폐도령(廢刀令)'이 공포됐다.

폐도령에 접한 무사들은 공황상태로 접어 들 수밖에 없었다.

그들에게 있어서의 칼이라는 것이 단순히 무기를 의미하는 것이 아니다. 자신들이 소유한 칼은 이제껏 누려온 신분의 표상이다. 칼을 제3자가 볼 수 있게 소유한다는 것은 무사라는 자부심을 드러내는 일이다. 비록 무사라는 의미가 별 볼일 없는 시대로 변해 가고 있을지라도 그들에게 남은 유일한 자존심이었다. 칼을 내려놓으라는 것은 무사라는 신분을 내려놓으라는 것과 다를 바가 없다. 그것은 경제적으로 빈털터리가 되어가면서도 마지막으로 지키고 있는 무사라는 자존심마저 내려놓으라는 것이다.

지금의 일본을 만든 것이, 통일 일본을 만든 것이 바로 무사들의 힘 아닌가? 목숨 바쳐 싸운 덕분에 일본이 통일되었고, 그 덕분에 근대화라는 물결을 탈 수 있었다는 것이 무사들의 자부심인데 그 자부심마저 송두리째 뺏어가는 것이 아니면 무엇이란 말인가?

어디 그뿐인가?

지금까지는 자신의 몸 어디선가 번쩍이는 칼을 보면서 농민이라 불리는 번의 농노들이 굽실거렸다. 그 사람의 얼굴을 알고 모르고는 중요한 게 아니다. 자신은 칼을 소유함으로써 무사라는 신분을 드러내 보여주었고, 농노는 그게 없으니 농노라는 신분을 그대로 드러내는 것이었다. 그런데 칼을 소유하지 못하게 하는 것은 마주하는 사람의 신분이 무엇인지 모르게 함으로써 두 사람의 관계를 평행선 위에 놓자는 이야기다. 무사나 농민이라 불리는 농노나 같은 잣대에 서야 한다는 것을 무사들은 도저히 용납할 수가 없었다. 더 이상 잃을 것이 없는 농민들의 처지에서 본다면 환영할 일이지만 이제까지 누릴 것은 다 누리던 무사들의 입장에서는 한꺼번에 모든 것을 잃는 것 같았다.

원래 가진 자가 내려놓는다는 것은 갖지 못한 자가 새로 얻기보다 훨씬 힘든 일이다.

사건은 거기에서 끝나지 않았다. 그렇게 뒤숭숭한 와중에 엎친데 덮친다고 무사들로서는 도저히 참을 수 없는 일이 또 일어나고 말았다. 원래 일이라는 것이 안 좋은 일은 꼬리를 물고 일어나는 법이라고 했던 선조들의 말이 하나도 틀리지 않았다.

허리에서 칼을 내리는 것으로 무사들의 자존심을 있는 대로 짓밟아 놓은 메이지 정부가 8월에는 '금녹공채증서 발행조례'라는 희한한 것을 내놓으면서 무사들의 목줄을 죄었다. 지금까지 각 번들이 무사들에게 녹봉을 지급해오던 것을 금지한다는 법이다. 칼로 자존심을 내려놓고 녹봉으로 실질적인 것을 내놓으라는 이야기였다. 그나마 줄고 줄어서 겨우 입에 풀칠하는 정도로 줄어든 녹봉마저 금한다고 하니, 이건 무사라는 계급을 없애는 것은 물론 이후로는 먹고 살 방도를 알아서 연구하고 해결하라는 것과 진배없는 일이었다. 이제까지 해본 일이라고는 칼 잡고 휘두르는 일밖에 없던 무사들에게는 앞이 캄캄해지는 법령이 반포된 것이다.

전국 곳곳에서 무사들이 수군거리며 당장이라도 일어설 기세였다. 그렇지 않아도 무사에 대한 봉급삭감과 아예 봉급을 지불하지 않는 구 번주들까지 생겨나는 바람에 궁핍해질 대로 궁핍해진 무사들로서는 더 이상 참을 수 없는 지경이었는데, 울고 싶은 아기 뺨때려준 격이 되고 말았다.

평소 사이고를 존경하거나 알고 지내던 무사들은 물론 그 이름만 알고 있는 무사들까지 연일 사이고를 찾아 왔다. 그들이 사이고를 만나서 하는 이야기는 한결 같았다.

"이대로 주저앉을 수는 없는 것 아닙니까? 단, 몇이 되더라도 봉기해서 죽을 때까지 싸워 봅시다."

무사들은 사이고의 결단을 촉구했다. 그러나 사이고는 아무런 대답이 없었다.

한다, 안 한다도 아니고 일절 그에 대한 언급 없이, 묵묵히 자신이 개설한 학교 교육에만 힘썼다. 당대 최고의 사무라이인 사이고 로서도 결단을 내릴 수가 없었다. 내심 자기 스스로 승패를 계산한 사이고에게 승리라는 대답이 나오지를 않았던 까닭이다. 이미 이토가 계산 했던 바와 똑같은 계산만 나올 뿐이었다.

사이고가 침묵만 계속하자 자연히 주변에서는 더 많은 수군거림만 일어났다.

"사이고 상이 혹시 중앙정부와 모종의 밀약을 맺은 것이라, 말은 안 하고 사병을 양성하는 형태로 병사들을 훈련하는 것 아닐까요? 그렇지 않고는 저렇게 침묵으로 일관할 사람이 아닙니다. 적어도 가타부타 대답은 할 분인데, 침묵으로 일관하는 것을 보면 분명히 중앙정부와 모종의 밀약이 있어서이니 기다려 봅시다."

그러나 이렇게 말하는 사람들은 그나마 무언가 기대를 해 보고 싶은 마음이 있기에 스스로를 위로하는 것임을 잘 알고 있었다. 그리고 그 수는 많지 못했다. 대부분의 무사들이 자신들은 이제 더 이상 쓸 곳이 없어서 버림받은 것임을 잘 알고 있었다.

"정부군도 조직을 갖춰서 이제는 우리 같은 지방 칼잡이들은 의미가 없는 거지. 막말로 총으로 쏘면 우리 같은 칼잡이들이 그걸 무슨 수로 당해내나? 솔직히 자인할 것은 자인해야지. 그러니까 단칼에 쳐 내린 거라고.

버림받은 게 우리들만은 아냐. 사이고 장군 역시 마찬가지야. 이미 정부군이 조직을 완비한 상태이니 더 이상 효용가치가 없는 것 아니겠어? 칼잡이로서의 사이고 장군이지, 총잡이로서 그 의미가 얼마나 크겠어? 그분이나 우리나 똑같은 신세야. 쓸 용도가 폐기 된 거야. 그러니까 일거에 낙향해서 학생들이나 모아서 가르치는 것 아니겠어? 만일 저 학교가 정말 나라의 필요에 의해서 밀약을 하고 세운 학교라면 우리 무사들의 허리에서 칼을 내리라고 할 때, 적어도 저 학교 학생들의 허리에서만큼은 칼을 내리라고 하면 안 되지. 나라와 밀약을 했으니까 정부군에 해당하는 대우를 해 줘야 하는 것 아니겠어?

이미 결론 난 일이야. 우리 모두는 버림 받은 세대일 뿐이라니까! 더 이상은 아무런 의미를 갖지 못해. 우리도 무사로 계속 살아갈 생각이라면 하루빨리 정부군에 합류하거나 아니면 다른 공직에 빌붙는 수밖에 없을 것 같아."

시대가 변하면서 무사들의 임무도 변해간다는 것을 그나마 깨닫는 무사들의 탄식이었다. 그러나 그들의 탄식은 탄식으로 끝나는 것일 뿐 더 이상의 의미를 갖지는 못했다. 이미 정부군도 조직이 갖춰진 뒤인지라 들어가고 싶다고 들어가는 곳이 아니었다. 비단 정부군뿐만 아니라 칼을 차고 들어가서 일할 곳은 이미 모두 조직이 갖춰진 뒤였다.

무의미하기만 했던 그 수군거림들은, 결국 행동으로 이어질 수밖에 없었다.

1876년 10월 24일 구마모토에서 시작된 무사들의 난은 27일 후쿠오카, 28일 야마구치로 이어졌다. 후쿠오카 번사 가문에서 태어난 것을 가장 큰 자긍심으로 품고 있던 하코다 역시 난의 선봉에 섰다. 그리고 그 옆에는 동문수학하며 나이를 떠나 우정을 쌓고, 같은 길을 가기로 혈맹을 맺은 도야마가 함께했다. 그러나 무사들이 결집하자고 외쳤던 힘이라는 것은, 이미 8년이라는 세월에 걸쳐 탄탄하게 정비된 관군의 진입 앞에서는 맥도 없이 무너져 내렸다. 하코다는 도야마와 함께 투옥될 형편에 처하고 말았다.

하코다는 자신이 체포되어 투옥되면서도 절대로 억울하거나 화가 나지 않았다. 이게 다 거쳐야 할 과정이라고 믿고 싶었다. 번사의 자식으로 태어나, 기대할 것이라면 허리에 칼 차는 것밖에 없어서가 아니다.

일본은 정말 강한 나라로 거듭나야 하는데 무사가 없으면 어떻게 강해진다는 말인지 자신으로서는 도저히 이해할 수 없는 그 숙제를, 정부의 고위층에서도 이런 과정을 겪으면서 깨달을 수 있는 것이라고 스스로 위안으로 삼았다. 그들이 깨닫게 하기 위해서라도 자신이 기꺼이 옥살이를 한다고 생각하니 아무런 부담도 되지 않았다.

하코다와 도야마가 투옥된 후 해가 바뀐 1877년.

해가 바뀐 지 얼마 되지 않았지만 무사들은 해가 바뀌는 건지 마는 건지 감각도 없이 지나가는 것만 같았다. 지난해에 내려진 '폐도령'과 '금녹공채증서 발행조례'로 인해서 자기 스스로 무사라는 것을 내세울 수도 없고, 녹봉마저 없으니 먹고 사는 길도 막막했다. 그나마 자신을 추스르고 무엇이 옳고 그른 것인지를 판단했거나, 아니면 옳고 그름을 떠나 우선 먹고 살고 보자고 정부군에 입대를 하거나 다른 길을 찾은 사람들은 얼마 되지도 못했고, 그저 지난날 내가 무사였다는 것만 내세우는 이들이 더 많이 잔존하고 있었다.

그렇다고 누가 도와주는 것도 아니다. 솔직히 무사라는 신분을 가지고 착한 이웃으로서 베푸는 행실을 보여 주며 살았더라면, 이 추운 겨울 누군가 따뜻한 손길을 보내 주었을 수도 있다. 하지만 무사라는 신분을 내세워 거들먹거리면서 주변의 농민들을 발가락의 때보다 못하게 취급했으니, 상황이 어려워진 그들을 누구도 쳐다보지 않았다. 그나마 무예를 하는 덕분에 맞아 죽지 않는 것만 해도 다행으로 여기고 살아야 할 형편이었다.

게다가 한 번 남을 지배하면서 그 위에서 무위도식하던 습성이 쉽게 사라질 수는 없었다. 실제로 일본은 에도막부가 들어선 이후 260여 년 간을 평화롭게 지냈다. 따라서 무사들은 하는 일도 없이 농민들이 봉토에서 농사를 지어 번에 바친 것을 녹봉이라고 받아먹고 살았으니 무위도식이라는 말이 하나도 이상하게 들릴 것이 없는 말이었다. 그런데 그 녹봉이 딱 끊겼으니 당연히 앞이 막막할 수밖에 없었다.

무사들은 무사와 농민을 평등하게 한다는 '폐도령'과 '금녹공채증서 발행조례'를 전면에 내세운 중앙정부가 원망스러웠다. '강병'을 기치로 걸고 정한론을 주장했던 사이고에게 일본이 강해지는 것이 우선과제라는 핑계를 대며, 권력싸움의 희생 제물로 사이고를 내쳐버린 기도 다카요시, 오쿠마 시게노부, 오쿠보 도시미치 등에 대항해서 사이고가 전면에 나서서 한판 겨뤄주기만을 학수

고대하고 있었다. 한판 붙기만 한다면 반드시 승리할 것이라는 착
각 속에 빠져 있었다. 지금 정부군이라는 것도 얼마 전까지만 해
도 자신들과 같은 무사였으니, 무사들이 중심이 되어 반란을 일으
킨다면 그들 중에서도 상당수가 합류할 것이고, 그리 되면 전쟁의
결과는 불 보듯이 빤하다는 아전인수 격인 해석에 빠져있었다. 그
리고 사이고가 침묵을 지키고 있는 것에 대해서 슬슬 불만을 토로
하기 시작했다.

사이고는 무사들의 마음을 누구보다 잘 알고 있다. 자신이 어떻
게 해야 그들이 원하는 것을 해결해 줄 수 있는지도 잘 알고 있었
다. 하지만 그들이 원하는 것을 알면서도 그렇게 행동할 수 있는
명분도 없거니와 아무리 계산해도 승산이 없었다.

만일 지금 자신이 거사를 일으킨다면 왕정복고의 선두에 서서
메이지 유신을 성공시키고 판적봉환까지 이끌어 낸 자신의 공을
자기 스스로 허무는 것이다. 내부적인 이유야 어쨌든 겉으로 드러
난 정한론이 무산된 이유는, 정한론을 허락했던 왕이 스스로 무기
한 연기를 선포한 것이다. 그리고 자신은 정부군 사령관직에서 내
려와 가고시마에 자리 잡았다. 그런데 만일 지금 정한론을 무산시
킨 것이 이토 히로부미의 간계에 의한 기도 다카요시의 협잡이라
는 이유를 들어서 거사를 일으킨다면, 그것은 한낱 핑계에 불과할
뿐 권력투쟁으로 비칠 것이 빤한 노릇이다. 권력에 눈이 멀어 자
신이 세운 왕에게 반기를 들면서 어제의 동지들에게 칼을 겨누는
그릇된 사무라이라는 오명은 쓰고 싶지 않았다. 게다가 오명을 쓰
고라도 이길 수만 있는 싸움이라면 자신의 의지가 아니더라도 자
신만 쳐다보고 있는 무사들을 위해서 한 번 붙어 볼 의사도 있다.

그러나 절대 승산이 없다. 무사들은 자신들과 피를 나눠 마시며 맺은 형제들이었던 정부군이, 반란이 일어나면 자신들에게 동조해 줄 것이라고 착각하지만 그것은 절대 불가한 것으로 그리 되기를 바라는 망상에 지나지 않는 것이다.

그렇다고 마냥 모르는 체 하고 있을 수만도 없는 일인 것은 확실하다. 자신을 믿고 메이지 유신의 선봉에 섰던 무사들이 헌신짝만도 못한 신세로 버려진 것이 결국 메이지 유신 때문이다. 그렇다고 메이지 유신이 성공하면 신분제도가 없어지고 무사들이 농민들과 같은 지위에 있을 것이라는 사실을 모르고 참여한 것도 아니다. 다만 정한론을 실행함으로써 조선에 진출하는 것을 필두로 대륙을 정벌해 나가는 중에 무사들이 설 자리를 만들어 주려고 참여했던 것이다. 이미 세태는 막부를 타도하고 왕정복고를 하는 쪽으로 돌아가고 있었기에 메이지 유신이 성공하는 것은 눈에 보이는 일이었다. 그런 상황에서 정한론이라도 내세우며 메이지 유신에 참여하지 않는다면 메이지 유신이 성공하고 난 후에는 정말 무사들은 설 자리가 없어질 것을 염려했던 것인데, 메이지 유신은 성공했음에도 불구하고 정한론이 실행되기는커녕 오히려 염려가 현실로 나타나고 말았다. 이러지도 저러지도 못할, 그야말로 미치고 팔짝 뛸 지경에 처한 자신이 너무 원망스럽기까지 했다.

그러나 사이고가 명분과 현실 사이에서 방황할 시간은 그렇게 오래 주어지지 않았다. 사이고가 움직이기를 학수고대하던 무사들을 결집하여 중앙정부와 한판 겨눌 명분을 정부가 거저로 손에 넣어 준 것이다.

역사가 그 틀을 달리하기 위해서는 반드시 커다란 움직임을 필요로 하는 것은 아니다. 물줄기가 흐르다가 작은 조약돌만 만나도 그 흐름의 방향을 바꾸듯이 역사라는 물줄기도 어떤 작은 계기가 주어졌을 때 그것을 받아들이고 해석하는 이들에 따라서 그 흐름이 바뀌는 것이다.

1877년 새해가 시작되었다지만 아무런 낙도 없는 무사들이, 이 현실을 어찌 타개해야 하는지를 고민하며 한 달이라는 세월을 허송으로 보내고, 그마저 끝을 향해 치닫던 1월 29일.

정부가 가고시마 현에 있는 육군성 창고에 보관된 무기와 탄약을 오사카로 옮기기로 결정하고 그 작전을 수행하기로 한 날이다. 군에서 무언가를 옮긴다는 것은 작전이라 칭하고 기밀로 처리되게 되어 있다. 하물며 무기와 탄약을 옮기는 일이니 비밀리에 처리하는 것은 당연한 일이었다. 정부는 이미 정해진 일이기에 아무런 생각도 없이 비밀리에 세키류마루를 가고시마로 보내 무기와 탄약을 반출하여 오사카로 옮기도록 하였고, 임무를 부여받은 세키류마루는 최대한 기밀을 유지하면서 작전을 수행했다. 그런데 이 작전이 정부의 생각처럼 그렇게 단순하게 처리되지 못했다. 그 작전은 단순히 무기와 탄약을 옮기는 것뿐만 아니라, 일본 육군의 주력 장비였던 스나이더 총의 탄약 제조설비를 오사카로 반출하는 것이 주목적이었기 때문이다. 얼핏 생각하기에 육군이 자신들의 주력장비인 스나이더 총의 탄약 제조설비를 오사카로 옮기는 것이 크게 문제가 될 까닭이 없다. 다만 문제가 된다면 그 지방의 탄약제조라는 산업을 타 지방으로 옮김으로써 야기되는 일자리에 관한 경제적인 문제일 뿐이다. 하지만 왕정복고가 된지 불과 10년이 채 안된 당시로서는 보통 큰 문제가 아닐 수 없었다. 그 당시만 해도 스나이더 총의 탄약은 사쓰마 번이 설립한 가고시마의 공장에서 제조된 것이 일본 육군에 독점적으로 공급되고 있었기 때문이다.

사쓰마 번은 막부시대부터 스나이더 탄약을 일본 내에서 제조한 유일한 지역이었다. 일찍부터 류큐 제도를 정복하는 등의 해외 진출로 인해서 선진문물을 도입함으로써 얻어낸 사쓰마 번의 독자적인 자산이었다. 그들은 막부 말기 각각의 번들이 독자적인 힘을 키워나갈 때 스나이더 총을 재빨리 도입한 것은 물론 영국에서 실탄제조 설비를 수입해 스나이더의 실탄을 일본 내에서 생산하는 기술을 습득하고 생산해 내는데 성공한 지역이었다. 특히 실탄을 생산하는데 절대적인 조건이 되는 탄피 생산을 위한 설비를 대량으로 보유하고 있었던 것이다. 게다가 그 장비들은 물론 가고시마의 창고에 있는 무기 등을 비롯한 모든 것들이 사쓰마 번이라고 불리던 막부시대에 무사들이 각출한 돈으로 사들인 것들이었다. 무사들에게는 그 무기와 실탄은 물론 실탄 제조장비 자체가 자부심이자 재산이었다. 그 재산은 대대손손 물려줄 정도로 대단한 것이라고 스스로 자부하고 있던 터였다.

정부의 입장에서 본다면 이미 번이라는 것이 폐지되고 중앙정부 체제로 움직이고 있는 현실에서 당연한 작전 수행이라고 할 수 있을지 모르지만, 그에 반해 자금을 각출하여 최고의 무기와 실탄제조 설비를 소유했던 무사들이 이 사실을 알고 분노한 것은 어쩌면 당연한 일일 수도 있다.

그들은 이미 보신전쟁을 통해서 구식 엔필드 총과 스나이더 총의 전력 차이가 얼마나 큰 것인지를 경험한 덕분에 그 무기의 중요성을 잘 알고 있었다. 정부에서 그렇게 좋은 스나이더 총은 물론 그 실탄 제조설비마저 비밀리에 반출한다는 것은 자신들을 일거에 몰락시키기 위한 것이라고 단정지었다. 그렇지 않아도 자꾸만 목을 죄어오는 터에 불만으로 탱탱 불어있던 무사들이 일시에 분노를 폭발하기에는 더 없이 좋은 기회가 없었다.

그뿐만이 아니다. 정말 그랬는지 아니면 사이고로 하여금 전쟁의 선봉에 서게 하기 위해서 조작한 것인지는 확실하게 밝혀지지 않았지만, 사이고가 개교한 학교의 간부들은 1월 30일 나카하라 일행이 귀향한 것은 사이고를 암살하라는 지령을 받았기 때문이라는 자백까지 받아낸다. 우연하게 벌어진 일인지 아니면 누군가에 의해 계획된 일인지는 모르지만, 묘하게도 하루 사이에 무기와 제조설비를 옮기고 사이고를 암살하라는 지령이 떨어졌다는 것에 대해서 그 누구도 현실을 직시하고 판단하려 하기보다 먼저 분노의 목소리를 터트렸다. 그리고 자신이 처한 위치에서 어떻게 행동해야 할지를 판단할 수 없는 현실을 피해서 사냥하러 가 있던 사이고에게 그의 넷째 동생을 보냈다. 무기창고의 비밀 방출사건과 사이고의 암살 음모를 알리게 함으로써 사이고가 서둘러 돌아오게 만든 것이다.

사냥터에서 이 소식을 들은 사이고는 가고시마로 돌아오면서 많은 생각을 했다. 그러나 다른 무엇보다 머릿속을 맴도는 생각은 이미 돌이킬 수 없는 지경에 이른 것이라는 직감뿐 더 이상은 없었다.

2월 4일 밤에 도착한 사이고는 학교의 간부들을 소집하여 회의를 했다. 다행히 아주 일부 극소수의 임원들이 섣부르게 행동할 일이 아니라 직접 일왕을 찾아가서 현재의 상황을 소상히 아뢰고 그 대책을 구하자는 의견을 냈지만 그런 의견이 그들의 귀에 들릴 리가 만무하였다. 회의 결과는 이미 결정된 것을 선포하는 것이나 마찬가지일 뿐이었다.

사이고는 회의 도중에, 왕에게 직접 뜻을 전하자는 의견이 나오자 그것이 옳은 방안이라고 편을 들어 주고 싶었다. 하지만 왕에게 뜻을 전한다고 해도 아무런 대답을 들을 수가 없다. 이미 중앙 정부는 무사들이 말한 그대로 구시대의 무사들은 버린 지 오래다. 그들에게 정부군에 편입할 수 있는 기회를 주었을 때, 그것을 거부한 이들까지 정부가 거둘 의미가 없다는 것을 확고한 정책으로 정한 것이 바로 사이고 자신을 비롯한 관료들이었다.

그렇다고 이 전쟁은 하나마나 질 전쟁이니 아예 시작해서는 안 된다고 말릴 수도 없는 지경에 이르고 말았다. 진작 무사들에게 현재의 정국에 대한 상황을 솔직하게 설명하면서, 자신이 학교를 연 이유는 먼 훗날을 내다본 것이니 쓸데없는 기대는 걸지 말고 때를 기다리면서 수련할 사람만 수련하라는 이야기를 하지 못한 것이 후회스러웠다. 그러나 달리는 말, 그것도 자신을 주체할 수 없이 흥분해서 길길이 날뛰며 앞만 보고 달리는 말을 멈추게 할 방도가 없었다. 저들이 기대하는 대로, 어쩌면 무사라는 신분을 그리워하는 이들이 동조해 줄 수도 있다는 작은 기대나마 해 보는 것이 좋을 수도 있다는 생각에 사이고 자신도 간부들이 정하는 대로 따라가기로 했을 뿐이다.

그 결과 오직 출병만이 살길이라는 무사들의 결의에 의해 세이난 전쟁은 시작되었다.

전쟁은 사이고 자신이 짐작했던 것만큼도 풀리지 않았다.

아전인수 격 해석으로 참여해 줄 것이라고 믿었던 무사들의 지원은 극소수에 불과했을 뿐이다. 이토와 상당한 친분이 있으면서도 자신은 사무라이라는 자부심을 가지고 살던 무쓰 무네미쓰 같은 이들이 구 도사번과 연락을 획책하는 등 발악을 했지만, 이미 폐번치현으로 새로운 행정체제 하에서 움직이는 무사라는 존재는 각각 흩어져 있는 개개인일 뿐 더 이상의 힘을 발휘하지는 못했다. 게다가 이미 전력체계를 갖추고 조직적으로 움직이는 정부군은 개개인의 용기와 자부심 하나로 버티려는 반군을 여지없이 무너뜨렸다. 단순히 총이나 탄약만 봐도 정부군이 월등한 우위였을 뿐만 아니라, 현대식 전술을 도입한 정부군을 칼로 세상을 제패하던 시절에 젖어 있는 무사들이 당해 낼 재간이 없었다. 시간상으로는 거병한지 7개월이라는 긴 시간을 버텼지만 결국 연전연패한 끝에 막을 내린 것이라고 해도 절대 과언이 아니었다.

9월 24일 이른 새벽의 가고시마는 패전의 총성과 포성으로 얼룩지고 있었다.

5. 홋카이도와 오키나와 그리고 고요샤(向陽社)

세이난 전쟁이 끝났다.

사이고가 이끌던 반란군은 처절하리만치 섬멸 당했다. 살아남은 이가 거의 없을 정도로 처참한 현장이 되고 말았다. 사무라이는 물론 중간무사와 하급무사, 심지어는 군대 내에서 잡무를 처리하는 아시가루까지 반군이라는 오명을 뒤집어쓰고 처참하게 죽어나갔다.

그들의 죽음은 단순한 죽음을 의미하는 것이 아니다. 그들의 가족은 물론 친지들까지 함께 몰락하는 것을 의미한다. 사이고 다카모리는 그 모든 책임이 자신에게 있음을 통감했다. 그 모든 책임을 지는 것은 물론 죽은 모든 동지들과 그로 인해서 욕을 보게될 그들의 가족들과 친지들에게 참회하고 싶었다. 이미 결과를 예측하면서도 막지 못한 자신의 그릇된 용기가 부끄러웠다.

사이고는 스스로 할복하여 자신의 죗값을 갚고 싶었다. 패전지장은 할복을 한다는 전통 사무라이 정신을 뛰어넘어서 자신의 죄를 용서받고 싶었다.

순간 사이고에게는 지나간 날들이 주마등처럼 스쳐갔다.

사쓰마 번에서 하급 무사인 사이고 기치베 다카모리의 장남으로 태어나 6척이 넘는 키와 150근에 달하는 건강한 몸매에서 나오는 장사의 힘과 뛰어난 무예로 인해서 출세 가도를 달리던 시절이 떠올랐다.

나이 마흔이 되기도 전에 쿄토 주둔 사쓰마 번 봉건군의 사령관으로 명성을 얻었다. 그런 그에게 접근해 온 것은 이토 히로부미를 최측근으로 두고 있던 기도 다카요시였다. 혁명을 위해서는 반드시 강한 무력이 필요하다는 것을 알고 있던 이토 히로부미가 사이고 자신을 얽매어 메이지 유신에 동참시키기 위한 수단으로 생각해 낸 정한론을 앞세우고 다가선 것이다. 메이지 유신만 성공하면 곧바로 조선을 정벌하기 위해서 군대를 일으키겠다는 기도의 달콤한 속삭임이 사이고의 사무라이 본능을 자극했다. 사쓰마 번을 대표해서 사쓰마-조슈 연합을 결성함으로써, 결국 1867년 11월 8일 쇼군을 무력으로 사임시켜 막부를 무너뜨렸다. 그 기세를 몰아 오쿠보 도시미치, 기도 다카요시와 함께 1868년 메이지 유신을 성공시켰다. 그리고 보신전쟁의 참모총장으로 막부시대의 종말을 고하게 함으로써 새로운 일본을 열었다.

메이지 유신의 성공으로 인해서 사이고는 단순히 무사들로부터 존경받는 무인의 경지를 넘어섰다. 그동안 계급사회에 찌들어 살던 국민들에게 일약 영웅으로 떠올라 모든 이에게 존경을 우러러받는 몸이 되었다. 그럼에도 불구하고 자신은 중앙정부에 몸담고 싶지 않았다. 그러나 이제까지 자신이 해온 모든 일들이 정한론을 앞세운 이토의 세치 혀에 녹아 내려온 것이듯이, 다시 한 번 이토의 혀에, 입에 발린 말에 녹아 1871년에 신 정부군의 사령관직을 맡았다. 그 모든 것이 정한론을 성공적으로 이끌기 위한 것이었다.

그러나 자신은 물론 무사들에게 돌아온 것은 그들 본연의 임무인 전투가 아니라 허리에서 칼을 풀어버리라는 어처구니없는 명령과 함께 먹고 살아야 할 녹봉마저 지급할 수 없다는 처절한 배신이었다. 그래서 살아보려고 발버둥친 항거였는데, 무사들을 배신하고 나 혼자 먹고 살 수는 없기에 어차피 승산이 없다는 것을 알면서도 혹시나 하는 마음에서 한 번 잘해보려고 일으킨 난이었는데, 결국 무사들과 그들의 가족은 물론 친지에게까지 파멸만 안겨 주고 말았다.

힘이라는 것을 써야 하는 곳이 정말 어디인지 알지 못하고, 동서남북 닥치는 대로 힘만 쓰고 살면 되는 줄 알았던 지난날이 후회스러웠다. 정말 힘이 필요한 곳이 어디인지 이제는 알 것 같지만 너무 늦었다. 힘은 평화를 지키기 위한 것이지 남에게 고통을 주기 위한 것이 아님을 뼈저리게 깨달았지만 이제는 어쩔 방법이 없다. 죽어 널브러져 있는 동지들에게 정말 속죄할 것은 힘쓸 곳을 잘못 판단하고 잘못 가르친 것이 가장 큰 죄인 것 같았다.

용기가 무엇인지도 제대로 알지 못했었다. 전장에서 앞장서서 칼과 창을 휘둘러 대는 것만이 용기인줄 알았었다. 정말로 용기가 있었다면 이 전쟁의 출병을 막았어야 했다. 무사들이 출병을 결의하기 전에 하나마나 지는 전쟁이라는 것을 설명해 주고 납득시킬 수 있는 것이 진정한 용기이거늘 그것을 비겁한 행동이라고 생각했던 것은 용기가 아니라 만용이었다. 어차피 질 전쟁이라고 생각하면서도 비겁하다는 소리를 듣기 싫어서 출병한 것은 용기가 아니었다.

정말로 내세가 주어진다면 이 모든 것을 그때 속죄하고 싶었지만 그 역시 하릴없는 생각일 뿐이다.

사이고는 기울어가는 햇빛을 받아 붉게 물든 저녁노을로 아름다운 융단을 깔아놓은 하늘을 보면서, 지금까지 흘려 본 적 없는 눈물을 흘렸다. 전쟁에서 패한 것이 억울한 것도 아니고 죽는다는 것이 무섭거나 두려운 것도 아니다. 자신의 그릇된 생각에서 온 판단으로 헤일 수 없이 많은 이들을 죽음과 파멸로 몰아넣은 지난날이 후회스럽고, 돌이킬 수 있다면 돌이키고 싶은 마음이지만 돌이킬 수 없다는 것이 너무나도 안타까울 뿐이었다. 힘을 진정으로 필요한 곳에 쓰지 못하는 바람에 무고한 사람들을 사지로 몰아넣고, 그 가족들은 헤어날 수 없는 고통으로 몰아넣은 죄는 무엇으로도 씻을 수 없을 것 같았다.

한평생을 나 잘났다고 으스대며 사무라이라는 껍데기 안에 자신을 가두고 살았을 뿐, 사무라이가 갖추어야 할 덕목의 첫 번째인 진정한 용기가 자신에게는 결여되었다는 것을 처음으로 깨달을 수 있었다. 진정한 용기가 아닌 것을 용기로 알았던 자신을 도저히 용서할 수가 없었다.

사이고는 그 모든 것에 대해 속죄하는 마음을 담아 스스로 배를 갈랐다.

세이난 전쟁의 종료로 출옥하게 된 하코다는 사이고가 결국 할복함으로써 정부에 항거하는 장렬한 마지막을 맞이했다는 소식을 전해 듣자, 자신도 할복이라도 해서 스스로 잘못되어 가고 있다고 단정 짓고 있는 세상에 저항할까를 고민하고 있었다. 그러나 그때 나타나서 새로운 희망을 불어넣어 준 것이 바로 동창이자 감방 동기로 늘 같은 길을 함께 걷던 도야마 미쓰루다.

　굳이 나이로 계산을 하자면 도야마는 하코다에 비해 다섯 살이나 어리다. 그러나 그는 많은 이들에게 존경받는 사상가였다.

　그의 사상은 일본이 왕정복고를 통한 강한 제국주의로 거듭나서 아시아 전체를 일본제국의 그늘에 두고 품어주어야 한다는 것이었다. 그리고 그 실천 방법으로는 산업화와 함께 군비를 강화하여 전 국민의 모든 남성이 전투력을 보유할 수 있도록 해야 한다고 역설하였다. 아시아를 일본제국의 품에 안을 수 있다면 아시아 각국에서 나오는 무한한 자원을 일본의 통제 하에 효율적으로 관리할 수 있을 뿐만 아니라 그것을 이용한 산업 활동을 통해서 아시아 전체가 산업화에 이르고 부를 축적함으로써 서구 열강에 대응할 수 있다는 이론을 펼쳤다. 그러면서 만일 아시아 전체가 뭉치기 힘들다면 적어도 일본을 중심으로 한 대동아 즉, 조선과 중국 그리고 일본 주변에 소국으로 존재하는 여러 나라들이라도 먼저 힘을 합쳐야 하는데 그런 일을 주도해 나갈 나라는 선택받은 일본밖에 없다고 했다. 주변국들이 대개 미개하고 우매한 민족들이므로 민족적으로 우월한 일본만이 그런 일들을 주도적으로 해나가야 한다고 하면서 일본 우월주의를 강조했다.

주변국의 역사와 문화가 일본보다 월등하게 우월하다는 것을 알 까닭이 없는 일본인들은 그의 말을 진실로 받아 들였다. 그러나 일본인들이 그의 말을 진실로 받아들인 것은 단순히 주변국의 사정을 몰라서만은 아니다. 국민의 대다수를 차지하는, 과거 농노 같은 농민이라는 신분에서 갓 헤어난 일반 국민들에게, 계급사회에서 무사들에게 찌들려 살던 것이 엊그제 같은데 당신도 우월하다는 자부심을 불어넣어 준 것이 주효했던 것이다. 농민이라는 신분이 마치 농사짓는 노예처럼 취급을 당하면서, 언제 어떤 무사가 무슨 트집을 잡을지 몰라서 길에서 마주치는 사람에게는 누구든지 고개를 숙이며 인사를 하고 지나쳐야만 했던, 힘없는 농민들이 이제는 우월한 자신의 힘으로 이웃나라를 이끌어 가야 한다니 어깨가 절로 으쓱해졌다.

반면에 나름대로 계급을 누리고 살던 소수에 해당하는 사무라이나 기타 무사들에게는 지금까지 누리던 특권의식을 잃어가는 시점이라 허무한 마음까지 들던 참인데, 이제는 같은 일본인뿐만 아니라 주변국을 점령함으로써 그들을 거느리는 더 큰 즐거움을 맛보라는 의미로 받아들일 수 있도록 말을 했다.

같은 주제를 가지고도 입을 여는 장소에 따라서, 적재적소에서 누구라도 공감할 수 있도록 말을 하는 달변 중의 달변이었다.

하코다 자신이 들어도 도야마의 연설은 기분이 좋은 말이었다. 주변국의 문화나 역사가 얼마나 형편없고 그 나라에 사는 사람들이 얼마나 우매한지는 모르지만, 내가 잘나서 내가 주변 사람들을 이끌어 나가야 한다는 데 기분 나쁠 사람은 없었다.

차분한 것 같으면서도 힘에 넘치는 달변으로 행하는 그의 연설이나 강연을 듣는 일본인들은 당연히 그를 좋아했고 따르지 않을 수 없었다.

출옥한 후 사이고의 패전과 죽음을 전해 들은 하코다는 스스로 할복을 결심할 정도로 세상의 모든 것이 부정적으로 보일 뿐이었다. 그러나 같은 길을 가다가 같이 감옥살이를 한 도야마는 그렇지 않았다.

"우리가 함께 공부하고 함께 옥살이를 하면서 걷던 길이 어떤 길이었습니까? 국민들을 위한 길을 가자고 했지 않습니까? 민권운동을 하자고 했지 않습니까? 국민들은 지금 힘들어 하고 있습니다. 바로 우리 같은 지식인들이 힘들어 하는 국민들의 몫까지 해결해 주어야 할 일들이 산적해 있습니다. 그런데 나약한 생각이나 하면 되겠습니까?"

"감옥에 있는 바람에 거사에 참여치 못해서 사이고 장군을 도와 대업을 수행하지도 못한 것이 부끄러울 뿐이요."

"아닙니다. 부끄러울 것 하나도 없습니다. 하코다 상은 사이고 장군께서 거병을 할 도화선이 된 후쿠오카 난에서 큰 역할을 하셨습니다. 그 자체가 이미 세이난 전쟁에 깊숙이 관여해서 큰 역할을 하신 것입니다. 그 전쟁에서 우리가 할 임무는 거기까지였던 겁니다.

하코다 상이나 제가 감옥에서 고생하는 바람에 죽지 않고 살아남은 것은 사이고 장군의 유지를 이어받아 대업을 이루라는 뜻일 겁니다. 그렇게 생각하고 국민의 민권을 위해서 일하다 보면 저절로 일본을 위해서 일하는 것이고, 일본을 위해서 일하다 보면 언젠가는 우리 일본의 주변국들을 품에 넣는 날이 반드시 올 것입니다. 그러니 다른 생각 말고 저와 다시 시작하시죠.

마침 제가 알고 있는 거부가 한 사람 있습니다. 히라오카 고타로라고 광산업을 하는 사람인데 부모로부터 물려받은 재산과 광산이 엄청나서 그 부를 헤아리기 힘들 정도입니다. 하지만 일본인이라는 자부심과 나라사랑 정신이 투철해서 민권운동을 위한 자금 조달을 어느 정도 약속한 터입니다. 그를 만나서 새로운 우리의 나갈 길을 만들어 봅시다."

도야마의 자신에 찬 목소리가 하코다를 새로 태어난 기분으로 만들어 주었다. 그리고 자신도 모르는 사명감마저 생겨나는 것 같았다. 그러나 풀리지 않는 숙제는 민권운동이라는 것이다. 자신이 어떻게 민권운동을 할 수 있는지 그게 궁금했다. 그러나 그것은 길을 모색할 때까지 천천히 알아도 좋은 일이라는 생각으로 동의했었다.

그리고 1년여가 지난 1878년 12월.

도야마 미쓰루와 하코다 로쿠스케 그리고 히라오카 고타로는 그동안 준비해 온 것들에 대한 총체적인 결의를 다지기 위해서 모인 것이다.

의례적인 인사말과 그동안 지내 온 이야기 등등으로 서로 인사를 나누고 난 후 하코다는 1년 동안 풀지 못했던 자신의 속내를 드러냈다.

"솔직히 동지들에게 부끄러운 이야기지만 나는 아직 내가 민권운동이라는 것을 할 자격이 갖춰지지 못했다고 생각합니다. 적어도 민권운동이라면 국민들의 권익을 지켜주는 운동을 해야 하는데 나는 그보다는 우리 무사들이 뻗어 나갈 수 있는 길을 만드는 것, 다시 말하자면 우리 일본이 여기서 멈추지 말고 새로운 일본을 위해서 주변국으로 넓혀나가는 것에 더 치중해야 한다고 생각하는 사람입니다. 그게 장렬한 전사를 택하신 사이고 장군의 뜻에 맞는 일이기도 할 것 같다는 생각입니다."

그러자 도야마가 아무런 힘도 들이지 않고 대답했다.

"민권운동이 별겁니까? 국민들 배부르게 해 주자는 겁니다.

어차피 우리 일본은 그동안 무사들이 농민들 위에 군림하면서 무사들만 배부른 나라였습니다. 농민들은 자신들이 뼈 빠지게 농사를 짓고도 번에서 요구하는 만큼 상납하고 나면 입에 풀칠하기도 힘들었습니다. 그나마 번주인 다이묘나 번사들에게 잘못 보이는 날에는 굶어 죽을 지경에 이르렀지요. 굶어 죽지 않기 위해서 다이묘나 번사가 어린 딸은 물론 아내를 요구해도 내주어야 했습니다. 농민들은 부르기 좋아서 농민이라고 부른 것이지 사실 노예와 다른 것이 무엇이 있었습니까? 그런데 그게 메이지 유신에 의해서 정리가 되었습니다. 이제 농민들도 그렇게 살지 않아도 된다는 말입니다. 이미 메이지 유신에서 민권운동의 기초는 닦인 겁니다."

"하지만 메이지 유신은 성공한 이후에 무사들이 뻗어나갈 길을 스스로 막지 않았소?"

"물론 그렇지요. 그래서 제가 민권운동의 기초만 닦인 거라고 말씀드리지 않았습니까? 전에도 말씀드린 바와 같이 이미 닦인 기초를 디딤돌 삼아 남은 대업을 이룩하는 것이 우리에게 주어진 임무입니다.

민권운동이라는 것은 거창하게 생각할 필요가 없습니다. 우리가 민권운동을 한다고 우리 자신을 너무 치켜세우거나 결백할 정도로 청렴을 고집할 필요가 없는 것과 마찬가집니다.

국민들을 배부르게 먹여 주는 것이 민권운동입니다.

국민들은 배만 부르면 모든 말을 다 잘 듣게 되어있습니다. 그들을 배부르게 해 주는 동안 우리는 우리 나름대로 그 주변에 얽혀 있는 것들을 정리해서 나름대로의 성과를 거두면 되는 겁니다. 국민들도 좋고 우리 자신도 좋자는 게 민권운동이지 어느 한쪽만 좋다면 그건 운동이 아니라 희생이지요. 나 역시 국민 중의 한 사람인데 내 모든 것을 포기하고 희생만 할 수는 없는 일 아니겠습니까?

우리가 국민들에게 열을 만들어 준다면 하나는 우리가 가져야겠지요. 물론 국민들은 우리보다 더 큰 것을 가짐에도 불구하고 서로 나누어야 할 머릿수가 많다 보니 개개인에게 돌아갈 양은 그만큼 줄어들겠지만 엄밀히 말하면 우리가 적게 갖는 겁니다. 적게 갖더라도 국민들을 위해서라면 해야지요."

하코다가 듣기에는 뭔가 이상했다. 국민들을 위해서 민권운동을 하자고는 하는데, 저 말이 정말 국민들을 위해서 일을 하자는 것인지 아니면 우리 자신들을 위해서 일을 하자고 하는 것인지가 궁금했다. 하코다의 그런 의구심을 눈치챘는지 도야마가 급히 말을 이어 나갔다.

"어렵게 생각하지 마십시오. 열을 가진 국민들이 하나를 가진 우리들보다 적게 갖는다고 결코 이상한 것은 아닙니다. 우리는 앞서서 어렵게 일을 헤쳐 나가고 국민들은 뒤에서 우리가 개척한 땅에 열리는 열매만 줍는 겁니다. 그들은 아무런 노력 없이도 대가를 수확하는 거지만 우리는 대가가 생길지 안 생길지도 모르는 일에 자신을 던지는 겁니다. 때로는 목숨까지 던집니다. 그리고 다행히 앞서서 나가다가 얻어지는 수확이 있다면, 그것을 챙기는데 그게 국민들보다 많아질 수도 있다는 거니 너무 어렵게 생각하지는 마십시오."

"어렵게 생각하는 것이 아니라, 그건 사이고 장군이 추구하셨던, 강병정책이 뒷받침하는 일본과는 아무런 연관이 없는 것 아닙니까?"

"아니지요. 아주 긴밀한 관계가 있는 겁니다.

국민들이 배부르게 되면 국민들은 나라를 위해서 열심히 일할 것이고 그 노력의 대가에 의해서, 오늘 자리를 함께하신 히라오카 상 같이 나라를 위해서 헌신적으로 사업을 하시는 분들은 더 많은 수익을 올리고, 그 수익의 일부를 앞서가는 우리들이 사용하자는 겁니다.

예를 들자면 나라를 위해서 무사들의 맥이 끊어지지 않게 함으로써 나라의 힘이 강성해질 때 조선은 물론 대륙정벌을 꾀하고 이룩함으로써 무사들은 그곳의 무지한 이들을 통치하는 데 일조를 가해 주고, 우리 일본에서 남아도는 인력은 새로 개척된 식민지에 건너가서 그들에게 선진기술을 전해주고, 사업을 하는 분들은 값싼 식민지 노동력을 이용해서 산업을 부강하게 하고, 광산업을 하는 히라오카 상 같은 분들은 자원의 필요성은 느끼지 못하고 그저 금광만 찾아다니는 신개척지에서 값싼 노동력을 이용해서 광산을 개척하고, 그 일을 해 준 배고픈 이들에게 대가를 지불해서 먹여 주고, 그게 결국은 사이고 장군의 뜻을 따르는 것이지 무엇이겠습니까?

제가 이런 말씀을 드리니까 결국은 정한론을 연기한 세력의 말이 맞는다고 편드는 것 같이 느껴지시지요? 충분히 그런 생각을 하실 수 있습니다. 그러나 잘 생각해 보세요. 이미 정한론은 연기되었고 그에 대응하던 사이고 장군과 무사들은 그 뜻을 위해서 끝가지 투쟁하는 용기를 보였지만 결국 사라졌습니다. 그게 하늘의 뜻이라고 단정 지을 수는 없을지 모르지만 돌아가는 이치상 정한론을 연기하는 것이 맞는 이론이라는 것이 증명된 셈입니다.

저 역시 정한론을 연기하는 것이 옳지 못하다는 생각에서 하코다 상과 함께 반란의 선두에 섰고 투옥되어 함께 옥고를 치렀습니다. 저는 지금도 지난날의 그런 행동에 대해서는 결코 후회하지 않습니다. 아니 오히려 자랑스럽게 생각하고 있습니다. 하지만 이제 생각을 바꿔야 할 때입니다.

더 넓은 일본만을 생각하는 욕심이 서구의 밥이 되는 일본을 자초한다면 그야말로 낭패일 뿐입니다. 차라리 기왕 이렇게 된 바에야 더 넓은 일본을 만들기 위한 초석을 놓는데 우리가 가진 힘과 역량을 최대한 쏟아 부어야 한다는 것입니다. 지금 당장은 아니지만 대동아 단결을 부르짖는 맨 앞에 일본이 설 수 있게 만들어야 한다는 겁니다. 일본이 부국을 위해서 노력하는 동안 우리들은 사이고 장군의 뜻을 받들어서 강병을 하자는 겁니다.

그야말로 일거양득이 되는 일을 우리가 일본을 위해서 하자는 겁니다.

일본왕께서 모든 아시아 식민들의 아버지가 되실 수 있도록, 뻗어나가는 일본의 징검다리가 될 수 있는 역할을 하는 것이야말로 우리들이 할 일이라는 겁니다."

하코다는 도야마의 말을 들으면서 분명히 잔뜩 모순을 안고 있다는 생각이 들었다. 그 모순이 이거라고 딱 짚어서 말할 수는 없지만 그의 말 전체를 되짚어 보면 부드럽게 풀리지 않고 중간에 막히고 있었다. 중간중간에 모순이 있는 것 같은데 결론은 그럴듯해서 무어라고 지적할 수가 없을 뿐이다. 다만 이미 정부가 부국을 추진하고 있으니 그 부국이 갖춰지는 동안 강병을 위해서 노력하자는 이야기는 맞는 말 같았다. 방법을 이야기하지는 않았지만 무사들의 맥이 끊어지지 않게 하자는 그 말이 마음에 들었다. 이 회의 도중에 방법도 생길 것이라고 스스로를 달래며, 강병을 위해서 노력하자는 그 말만 기억한 채 일단 일은 시작하고 볼 일이라고 생각했다.

도야마의 연설이나 강의를 들을 때마다 항상 느끼는 것이지만 모순을 안고 있으면서도 참여하고 흥분하여 동조하게 만드는 힘을 지니고 있는 것에는 틀림이 없었다.

"그렇다면 구체적으로 우리가 할 일은 무엇이라는 겁니까? 저야 그저 자금만 대면 나머지는 두 분이 알아서 운영하시겠지만, 그래도 알 것은 알아야 자금 규모나 준비할 것의 우선순위 등을 정할 수 있지 않을까요?"

히라오카는 이미 사전에 서로 연락하면서 대충 정리된 내용을 이 자리에서 확인하자는 의미로 물었다.

"힘을 규합하는 것이 우선입니다.

일본의 잔존하는 모든 무사들이 모여서 서로 긴밀하게 협조하며 일을 도모해야 합니다. 그렇다고 무사가 무위도식하던 시대로 되돌리자는 이야기는 아닙니다. 우리가 준비하는 거점의 시대가 올 때까지는 무사도 일을 하면서 힘을 축적하고, 때를 기다릴 줄 알아야 합니다. 그렇게 하는 길이 히라오카 상의 도움을 받는 만큼 히라오카 상의 사업에도 도움을 줄 수 있는 방법입니다. 물론 때가 되어서 조선을 비롯한 대륙을 우리 수중에 품는 날에는 커다란 이권을 드릴 수 있겠지만 우선 그 전에는 전국적으로 히라오카 상의 사업영역을 넓히거나 아니면 히라오카 상과 뜻을 같이하는 기업인 중에서 전국적인 조직을 필요로 하는 사람이 있다면, 그 사람의 사업을 도와서 일하고 그만큼의 대가를 받으면서 조직을 다지는 겁니다."

결국 세이난 전쟁의 패망으로 관군에 속하지 않은 많은 무사들이 목숨을 잃었지만, 그나마 살아남은 무사들을 규합하자는 말이었다. 특히 세이난 전쟁에서 사무라이와 중급 이상의 무사들이 많이 전사했던 점을 감안한다면 살아남은 하급무사들을 중심으로 자신들과 이념의 방향이 같은 이들을 규합하는 모임을 만들어서 언젠가는 다시 올 기회에 대비하자는 뜻이었다. 그러나 하급무사들이 기본적으로 할 줄 아는 것이 없다는 점을 감안한다면 할 일이라는 것은 빤했다. 다만 그것을 누구의 그늘 아래서 어떻게 운영할 것인지가 중요한 것이었다. 강병을 하자는 이야기는 나왔지만, 하코다에게는 그 구체적인 방법론이 궁금했다.

"그렇다면 구체적으로 말씀해 보십시오. 원론적인 것에는 이미 우리 모두가 동의한 바라 이렇게 모인 것이니 세부적인 것으로는 어쩌자는 것인지가 궁금합니다."

"그동안 우리는 나름대로 사이고 장군의 뜻을 이어받기 위해서 여러 가지로 고심하고 준비를 해 왔습니다. 그러나 더 이상 사이고 장군은 이 세상 분이 아니십니다. 우리가 그분의 유지를 받드는 일을 하는 것은 중요할지 모르지만, 그분을 바라보고 갈 수는 없다는 생각입니다. 이제는 시대가 바뀌어 가고 있습니다.

여기에 있는 우리 모두가 알고 있는 바와 같이 메이지 유신을 성공시킴으로써 국민들에게 참 행복을 안겨 주려고 노력했던 유신 3걸 중의 한 분이신 사이고 장군께서는 세이난 전쟁에서 장렬하게 전사했습니다. 그리고 기도 상께서는 지병으로 사망하고 그나마 건장하시던 오쿠보 상께서도 안타깝게 암살당하면서 금년은 암울한 한 해였습니다. 그러나 다행히 이토 히로부미 상이 계셨던 덕분에 그 뒤를 이어 내무경이라는 중책을 공백 없이 이어받을 수 있었습니다.

바야흐로 이토 히로부미의 시대가 열리고 있는 것입니다.

뜻은 시대에 발맞출 줄 아는 사람만이 이룰 수 있는 것이라고 생각합니다. 본래 우리들의 뜻이 어느 한 사람을 위한 것이 아니라 일본 국민과 나라를 위한 것이었던 만큼 나라와 국민을 위해서 일할 수 있다면 그 길을 따라서 가는 것이 현명한 선택이라는 것입니다.

내가 며칠 전에 이토 내무상을 만나서 여러 가지로 이야기를 나누었습니다. 그분은 결코 정한론을 포기하지 않았습니다. 이미 자신이 수차례 주장했던 바와 같이 일본이 먼저 강한 나라가 되고 나서 반드시 정한론뿐만 아니라 대륙을 지배할 날이 오게 하고 말 것이라는 의지를 강력하게 표출했습니다.

그분 말씀이 맞습니다. 이런 문제는 냉철하게 판단할 필요가 있기에 저도 솔직한 심정이 되어 냉정하게 판단해서 보고 드리는 말씀입니다.

지난번에 사이고 장군이 주축이 되어 정한론을 주장할 때는 솔직히 때가 아니었습니다. 그냥 들뜬 기분에 조선을 정벌해야 한다고 했지, 전혀 준비된 것이 없는 상태였습니다. 성공할 가능성도 희박했던 겁니다. 마치 도요토미 히데요시 장군 시절에 통일 일본을 넘어서 대륙으로 가야 한다는 욕망 하나만 가지고 조선을 침략했던 것과 다를 것이 하나도 없던 것이었습니다. 우리는 그냥 하고 싶다는 욕망을 해야 하는 것으로 착각하고 있었던 것인지도 모르겠습니다만, 어쨌든 일을 수행하는 데 있어서 반드시 지켜야 할 선·후를 바꿀 수 있던 중요한 순간이었습니다.

지금 돌이켜 생각해 보면 그나마 왕실에서 연기하는 쪽으로 조정을 해 준 게 다행입니다. 고인이 되신 사이고 장군에게는 죄송한 말씀 같지만 우리가 정말 나라와 백성을 위해서 이런 결정을 한다는 것쯤은 알고 계실 것이기에, 살아 있다면 허락해 주실 겁니다.

이제 우리가 이토 히로부미 내무경이 하는 일에 앞장서서 지원합시다.”

하코다는 졸지에 이토가 이 모임의 한가운데 끼어든 것 같아서 기분이 씁쓸했다. 하지만 아직은 도야마의 진의를 모르는 바이니 그의 이야기를 끝까지 듣고 결정을 내려도 늦지 않다는 생각이 들어서 입을 열었다.

"다시 한 번 묻습니다만 무엇을 어떻게 하자는 말씀이요? 도야마 상의 이야기가 무엇을 하자는 것인지는 알겠습니다만, 도대체가 너무 빙빙 돌다보니 확실하게 알아듣기가 힘듭니다. 우리끼리 어렵게 이야기할 까닭도 없지 않습니까?"

도야마는 유난히 사이고를 좋아한 나머지 사이고를 따라서 할복을 고민했던 하코다가 자신이 하는 소리를 듣고 기분이 언짢아할 것이라는 것을 알기에 주저하지 않고 답했다.

"지난날의 불확실한 모든 것은 잊어버리고 새로운 대일본제국을 위해서 확실한 일에 함께 동참하자는 겁니다.

우선 그 첫 번째 과업으로는 류큐국을 우리 일본에 완전히 병합시키는 일에 우리가 지대한 공헌을 해야 합니다.

우리의 지향점이 아시아를 일본의 품에 안아야 한다는 것은 이미 우리 모두가 아는 일입니다. 그리고 우리는 그 방법으로 정한론처럼 일시에 정벌작업을 하는 것만을 생각해 왔습니다. 하지만 이번에 이토 내무경을 만났을 때 내무경께서는 일시에 정복하기 위해서는 사전에 준비하는 작업이 그 이상으로 중요하다는 말씀을 하셨습니다. 그 실례로 오시마 반도의 남쪽에 겨우 둥지를 틀고 앉았던 마츠마에 번이 홋카이도의 아이누족을 굴복시킨 것과 판적봉환을 거부하던 마츠마에 번이 자발적으로 판적봉환에 참여하게 된 숨은 이야기를 들려주었습니다. 물론 당신께서 직접 참여하셨던 메이지 유신을 위한 사전작업인 테러에 관해서도 숨김없이 들려주셨습니다.

게다가 우리와 뜻을 같이하여 세이난 전쟁 당시 도사 번과 연락을 취하는 등 큰일을 하려고 하다가 체포되는 바람에 아직도 옥중에서 고생하고 있는 무쓰 무네미쓰 상에 대한 이야기도 해주었습니다. 무쓰 상께서 1869년의 판적봉환 당시 홋카이도를 굴복시키는 데 기여하신 공과 그 방법을 말씀하시면서 머지않아 석방될 것이고, 석방되면 중책을 맡게 될 것이니 좋은 관계를 잘 유지해 나가라는 말씀도 잊지 않으셨습니다. 세이난 전쟁 당시 우리와 뜻을 같이 했다면 이토 상에게는 적이나 다름없는데, 출옥 후에는 중책을 맡길 것이라고 말씀하신 것은 우리들에게 지난 일보다는 앞으로 나갈 방향이 더 중요하다는 의미를 일깨워 준 것이라고 생각합니다.”

도야마가 이토에 대한 이야기를 본격적으로 하면서 자신의 속내를 있는 그대로 드러내자 일행은 잠시 침묵에 젖었다. 지금이야말로 자신들의 진로를 확실하게 정해야 할 중요한 순간이었다.

도야마가 이토를 만난 것은 우연이 아니다.

도야마는 세이난 전쟁이 끝난 이후에 일본 각지를 돌아다니면서, 일본만이 아시아를 이끌어갈 맹주로서의 역할을 할 수 있다는 강의를 하고 다녔다. 그리고 그렇게 하기 위해서는 반드시 강한 일본을 만들어야 한다고 역설했다. 그러나 그것은 전혀 새로운 사상이 아니었다. 자신이 사이고 밑에서 주장했던 정한론을 시대의 조류에 맞게 각색했을 뿐이다. 이것은 철저하게 계산된 것이었다. 비록 권력다툼의 희생물로 정한론은 연기되었지만, 고개를 숙인 무사들이나 이제 막 고개를 쳐들기 시작한 농민들 모두를 달콤하게 만드는 연설이야말로 자신의 존재를 드러내게 해 줄 것이며, 그로 인해서 누군가는 자신을 불러 줄 것이라는 기대에 대한 실행이었다. 그런 도야마의 소문이 이토의 귀에 들어갔고 이토는 도야마를 불러서 그가 가지고 있는 사상과 활동영역 등을 물은 뒤에 그 필요성을 인정했다. 그를 이용한다면 하코다를 앞세워 사이고의 잔당들 중에서, 특히 큐슈의 세력들로부터 출발하는 테러 단체를 만들 수 있고 그 효용가치가 클 것임을 내다볼 수 있었다.

이토는 도야마에게 손을 내밀어 함께 일할 것을 제안했다. 당시의 이토로서는 자신 앞에서라면 섶을 지고 불에라도 뛰어들 사람이 필요했던 터였다. 도야마는 자신에게 이익이 될 수 있다면, 말은 물론 사상까지도 시대의 조류를 타고 손바닥 뒤집듯이 바꾸는 사람이다. 그런 사람은 잘 구슬려서 부추겨만 준다면 충분히 자신이 원하는 대로 말하고 행동해 줄 것이라는 판단이 들어서 먼저손을 내미는 형식을 취한 것이다. 반면에 도야마는 사이고가 죽고 난 후 기댈 언덕도 없던 터에, 자신의 계산이 맞아 떨어져서 이토가 자신의 철저한 계산속에 녹아들었을 뿐이라고 내심 쾌재를 부르며 일본을 위해서라는 명분을 내세워 기꺼이 그 손을 잡았다. 서로의 잔머리에 서로가 녹고 만 것이다.

두 사람이 손을 잡고 어느 정도 탐색전이 끝난 후부터 이토는 본격적으로 도야마를 돕기 시작했다. 도야마가 기댈 언덕도 없다는 것을 잘 아는 이토는, 도야마가 하코다와 히라오카와 함께 새로운 길을 모색한다고 하면서 긴밀하게 연락하는 동안 그에 대한 밑그림을 그려주기 시작했다. 그리고 며칠 전 만났을 때, 준비하고 있는 모임의 첫 단추를 류큐국과 일본의 강제병합으로 끼울 것을 주문했다.

"그러니까 류큐어를 할 줄 아는 무사들로 열댓 명을 선발해서 파병한 후 류큐 합방을 위한 사전작업을 진행하라는 말씀 아닙니까?"

"그렇소. 그런 후 그들의 활약상을 보면서 다시 한 번 대본을 바꾸던 아니면 그대로 밀고 나가던 우선 시행해 볼 일이요.

류큐국을 우리 일본의 조공국으로 만든 것이 사쓰마 번이라는 것은 알고 계시죠? 구 사쓰마 번 쪽에는 류큐어를 할 줄 아는 무사들이 다수 있을 것이오. 비단 사쓰마 번이 아니더라도 후쿠오카 번처럼 큐슈에 자리 잡고 있는 번들은 아마미 군도에 드나들었기 때문에 류큐어를 하는 이들이 제법 있을 것이니 그들을 선발해서 보내면 될 것이오. 다만 지금도 아마미 군도에 살고 있는 사쓰마 번 출신들은 안 되오. 그들은 지금도 사이고의 꿈에 젖어 있을 수도 있소. 실제로 사이고가 죽고 나자 사쓰마 번의 무사들이 다수 그리로 이주해 갔다고 합디다. 그들은 배제하고 새로운 조직을 만들면서 그 조직에서 골라서 보내야 하오."

"차라리 그냥 군대를 풀어서 합병을 해 버리면 되지 않겠습니까?"

"그게 안 되니까 이렇게 하는 것 아니겠소? 지금은 과거처럼 그냥 군대로 밀어붙이는 시대는 지났소. 국제 관계라는 것이 있고, 그 관례에 따라서 움직여야 하는 시대가 왔다는 말입니다. 공연히 제3국을 잘못 건드리는 날에는 국제적인 문제에 휘말려 들 수 있다는 말이오.

당장 류큐를 무력으로 덮치면 청나라와 문제가 될 수도 있소. 물론 청나라가 류큐에는 별 관심을 보이지 않는다는 사실을 확인한 후라서 일을 벌이는 것이기는 하지만 그래도 막상 일을 벌이면 그 태도가 어떻게 변할 줄 모르는 일이오.

류큐왕이 자발적으로 우리 일본에 나라를 헌납하는 모습을 보여야 국제적인 미묘한 문제에 끼어들지 않는다는 말입니다."

이토는 심각한 표정을 지으면서 도야마에게 류큐에 관한 전·후 사정을 설명하기 시작했다.

류큐국(琉球國)은 아마미, 미야코, 야에야마, 오키나와 등으로 이루어진 섬들을 지칭하는, 류큐 제도에서 번성하고 있던 류큐왕국을 지칭하는 것이다. 류큐 제도의 역사는 사료가 전해져 오는 12세기경으로 보기도 하지만 그 이전에도 다른 나라와의 교류가 있던 것을 보면 국가의 형태를 갖추지 못했을 뿐 그곳에 살고 있던 지방 호족들이 각기 통치를 하는 상태인 고대국가의 모습을 띠고 있었던 것으로 보인다.

공식적으로 류큐국의 건국은 1429년 제1쇼씨(尙氏: 상씨) 왕조가 시작되는 시점으로 보고 있다. 쇼하시 왕(尙巴志王: しょうはしおう)이 그 당시 류큐 제도의 각처에서 서로 왕임을 자처하는 지방 호족들이 왕국으로 세운 중산(中山), 북산(北山), 남산(南山)의 삼산(三山)을 통일함으로써 건국된 것이다.

당시 류큐의 왕은 명나라로부터 유구국 중산왕이라고 책봉 받았으며 조선 등 다른 나라에 국서를 보낼 때도 이 칭호를 썼다.

그러나 건국된 류큐왕국은 아직 지방 호족들을 완전하게 장악하지 못하여 항상 불안한 정국을 이끌어 가던 중에 1470년 궁정 쿠데타가 일어난다. 그로 인해 쇼토쿠 왕이 급사하면서 중신이었던 카나마루가 왕위를 선양받는 제2쇼씨 왕조를 성립하고 확실한 중앙집권제의 토대를 만들어 집권함으로써, 안정적인 정치를 펴면서 류큐왕국은 번성기를 맞이한다.

그들은 지리적인 위치가 다른 나라와 교역하기 좋은 해상 요지에 자리 잡고 있었으므로 명나라, 조선, 일본 등 자신보다 북쪽에 자리 잡은 나라들은 물론 인도네시아 자바 섬을 비롯하여 동남아의 각지에까지 사절을 보내고 상인들을 보내서 활발한 교역 활동을 했다. 그러나 16세기 후반에 이르러 명나라가 활발히 무역을 재개하는 한편, 그 당시의 서구열강에 해당하는 스페인이나 포르투갈의 세력이 커지고 그들이 동양으로 밀고 들어와서 자신들의 교역권을 펼치면서 류큐의 세력은 급격히 쇠퇴한다.

그런 기회를 놓칠 왜인들이 아니다.

1609년, 당시 규슈 남단의 사쓰마 번이 류큐를 침공하여 류큐의 수도 수리성을 정벌함으로써 자신들과 조공무역을 하도록 강요했다. 그러나 당시 일본의 지배 제도의 특성상 사쓰마 번이 류큐를 침공했더라도 형식상으로는 에도막부의 도쿠가와 가문과 조공무역을 해야 했다. 그리고 막부는 류큐국을 정벌한 공을 인정해서 사쓰마 번의 시마즈 가문이 류큐국을 통제하도록 했다. 류큐는 실질적으로는 2중으로 통제를 받는, 말하자면 사쓰마 번과 에도막부의 2중 통제를 받아야 했다. 뿐만 아니라 사쓰마 번은 아마미 제도는 자신들이 직접 통치하고 아마미 제도 이남은 류큐국이 통치하도록 함으로써 여차하면 재침공할 의사를 감추지 않고 있었다.

해상교역을 통해서 번창해 가던 류큐왕국은 졸지에 에도막부의 일본과 일본에 속한 일개 번에 조공을 바쳐야 하는 나라로 전락하고 만 것이다. 그렇다고 청나라와의 관계를 끊을 수도 없는 류큐국이다 보니 결국은 2중, 3중으로 부담을 지고 조공무역을 해야 했다.

원래 조공무역이라는 것이 약소국과 강대국이 서로 제휴관계를 맺음으로써 약소국이 먼저 조공하는 물품을 강대국에게 보내면 강대국은 그에 상응하는 물품을 답례품으로 보냄으로써 두 나라의 특산품을 교역하는 것과 동시에 그 물품에 따른 문화까지 서로 교류하는 성격도 짙게 띠게 마련이다. 물론 사절단을 쫓아간 상인들에 의해서 교역이 이루어지는 것도 당연한 일이지만 조공 그 자체가 교역에 해당하는 것이었다. 다만 약소국이 인사차 먼저 예를 차리고 강한 나라는 그에 대해 답례하는 형식을 취했지만 어떤 때는 답례가 더 큰 덕분에 강대국이 약소국에게 베푸는 성격을 띠기도 했다.

류큐가 조선을 비롯한 다른 나라들과 조공할 때는 그랬다. 그러나 사쓰만 번이 침공해서 바로 목전에 붙어 있는 섬, 아마미 군도에 똬리를 틀고 앉은 뒤로는 조공이 아니라 수탈에 가까웠다. 더더욱 에도막부와 사쓰마 번에 이중으로 조공을 하자니 죽을 기경이었다. 그래도 류큐보다는 대국인 일본임에도 불구하고 류큐에서 가는 물건의 반은커녕 아예 답례를 보내지 않고 사신을 돌려보내는가 하면 어떤 때는 진상품이 적다고 트집을 잡아 사신들을 벌하기까지 했다. 류큐를 아예 말려 죽이려는 속셈을 여지없이 드러냈다. 그렇지 않아도 서양 세력의 등장과 함께 주변 국가와의 교역이 감소하여 어려움이 가중되는데 수시로 조공을 요구해 오는 일본과 사쓰마 번의 압력을 견디지 못하여 사신을 파견하다보니 류큐는 경제적 어려움에 직면하지 않을 수 없었다.

경제적 위기에 봉착한 류큐왕국은 궁여지책으로 안을 내놓았다. 그런데 그 안이라는 것이 일본과 타협하고 일본에 맞서서 무언가를 해결하려는 것이 아니었다.

본토와 이미 일본이 점유하고 있는 아마미 군도 이외의 구메지마 군도 같은 곳에서 사람 수에 따라 세금을 매기는 인두세를 거둠으로써 일본의 조공을 감당하겠다는 희한한 방법으로 사태를 해결하려고 한다. 그리고 인두세를 내지 않으면 아주 가혹하게 처벌을 함으로써 사람들로 하여금 다른 생각을 하지 못하게 했다. 일본으로부터 당하는 수탈을 일본과 맞서서 해결하는 것이 아니라 국민들의 고혈을 짜서 갖다 바치면서라도 자신들의 권력은 유지해야 한다는 지극히 매국적인 발상이었지만 백성들은 감히 항거할 생각조차 못했다. 오히려 가혹하기 그지없는 인두세를 조금이라도 줄여 볼 욕심에 사람 수를 조절하기 위해서 섬 한가운데 사람들을 모이라는 소집령을 내려놓고 일정한 사람이 모이고 난 후에 오는 사람들은 무조건 죽여 버리거나, 아이를 갖지 못하도록 한 뒤 아이를 가지면 강제로 낙태를 시키는 등 온갖 반인륜적인 행태를 스스로 자행하도록 만들고 있었다.

그러나 그렇게 인두세를 바치면서라도 허용되었던 아마미 군도 이남의 류큐 제도 내에서의 통치조차 일본은 그냥 두고 보지를 못했다. 류큐의 고혈을 짬으로써 스스로 무너지기를 바랐지만 무너져 내리지 않자, 메이지 유신에 의한 신정부는 일본의 폐번치현을 앞세워 1872년 류큐를 번으로 강등시키고 '유구국 중산왕' 쇼 타이(尙泰: 상태)를 '유구번왕(琉球藩王)'이라고 강제로 임명해서 류큐가 일본의 속령임을 확실히 선언했다. 그러나 쇼 타이는 이런 조치가 내려졌던 말든 상관하지 않고 청나라에 '유구국 중산왕'의 명의로 계속 조공을 바치고 하사품을 받아 왔다. 자신은 일본의 속국이 아니라는 것을 행동으로 보여준 것이다. 일본으로서는 그런 류큐를 어떻게든지 정벌하고 싶었지만, 국내 사정도 사정인데다가 청나라 눈치가 보여서 이러지도 저러지도 못하고 속만 태우고 있었다.

그런데 대만에 상륙한 류큐인들이 현지 원주민들에게 피살되는 사건이 발생했다. 일본은 청나라를 떠보기 위해서 류큐가 자신들의 속국이라는 사실을 앞세워, 속국의 국민들이 억울한 죽음을 당한 진상을 규명한다는 명분으로 1874년 대만에 출병한다. 청나라는 자신들의 영토인 대만에 일본군이 상륙한 것에 대해서는 강력하게 항의하면서도 류큐 문제에 관해서는 적극적으로 관여하려 들지 않았다. 그런 청나라의 모습을 본 일본은 청나라가 류큐에 별 관심이 없다는 것을 확인하고 합병을 위한 적절한 시기만을 노리고 있던 참이었다.

"우리 일본은 류큐를 수중에 넣었다고 생각하지만 그게 그렇지 않소. 류큐를 번으로 삼았다지만 그건 우리 일본의 일방적인 주장일 뿐 당사자인 류큐는 인정하지 않고 지금도 청나라와 독자적으로 조공을 하면서 스스로의 존재를 과시하고 있소. 그런 류큐를 그대로 방치할 수는 없는 일 아니오? 게다가 사쓰마 번의 사이고 잔당들이 류큐로 모여들고 있으니 저들이 류큐를 근거지로 무슨 일을 꾸밀지도 모르는 일이오. 이 기회에 류큐를 완전히 병합하지 않는다면 어떤 후환을 일으킬지 모르는 일이오.

그동안은 우리 일본의 국내 사정상 류큐가 독자적인 길을 가는 것을 알았지만 어쩔 수 없이 방치했소. 하지만 이미 세이난 전쟁을 통해서 국내는 평정된 후이니 류큐를 정벌할 시기는 지금이 적기요. 다만 세이난 전쟁도 끝난 지 얼마 되지 않아서 또 류큐 정벌군을 일으킨다는 것도 문제가 될 수 있으니 군대를 일으키는 것 역시 무리요.

게다가 지금 청나라도 나라 안팎으로 시끄러운데다가, 대만 사건 때는 대만을 찾는 것이 우선순위였을 테니 당연히 소극적인 자세를 보였던 거요. 하지만 막상 우리가 군대를 일으켜서 류큐로 밀고 들어가면 주변의 다른 나라들과 청나라 관계에도 영향을 미칠 것을 우려해서 청나라 역시 가만히 있지 않을 것이오.

뿐만 아니라 류큐의 지역적인 특성상, 해상 요지라는 점 때문에 러시아와 스페인 등 유럽은 물론 미국에 이르기까지 류큐를 노리는 서양 세력들이 득실대는 판이오. 그런데 군대를 동원해서 그들에게 꼬투리를 만들게 할 수는 없지 않소? 일본은 아직 그들에게 꼬투리를 제공하고도 헤쳐 나갈 만큼 강하지를 못하오."

이토 히로부미는 류큐에 대해서 장황한 이야기를 한 후, 마지막으로 왜 국제적인 눈을 피해서 조용히 일을 처리해야 하는지를 일깨워 주고 있었다.

"그렇다면 선 작업을 위해서 선발하는 인원들은 무슨 일을 해야 합니까?"

"먼저 민심을 얻기 위해서 탐관오리들을 징벌하는 작업을 하시오. 지금 류큐에서는 인두세를 거둬들이느라고 양민을 수탈하면서도 그 고물을 주어먹으려는 관리들이 기승을 부리고 있소. 그들을 징벌하면서 인두세의 병폐를 들고 나와야 하오. 그리고 그런 행동들은 굳이 숨어서 할 필요는 없소. 엄연히 일본이 류큐로부터 조공을 받는 나라이니, 일본 국민을 저들이 마음대로 다루지는 못할 것이오. 공개적으로 탐관오리들을 징벌하여 인심을 얻으면서 국민들의 마음이 일본을 향하도록 하는 것이오. 나중에 자신의 왕이 일본으로부터 어떤 모욕을 당하더라도 오히려 잘 됐다는 생각이 들게 만드는 거요. 일본에 조공을 바치기 위해서 인두세를 내기도 힘든데 그것을 빙자해서 국민들을 수탈하는 탐관오리들도 다스리지 못하는 왕을 믿고, 이렇게 혹독한 삶을 사느니 차라리 일본에 병합되는 것이 좋겠다는 여론을 만들어야 한다는 것이오.

그렇다고 류큐의 오키나와를 제외한 나머지 군도들로부터 인두세를 폐지한다는 것은 아니요. 인두세를 폐지하면 류큐 놈들이 살판날 터이니 그 꼴을 보기는 싫소. 오히려 오키나와까지 인두세를 걷으면 걷었지 절대 폐지하는 것은 아니요. 다만 그렇게 여론을 이끌어서 우리 필요한 대로 이끌어 가자는 거요."

"알겠습니다. 말씀하신 바에 의거하여 조직을 구성하면서 특별히 류큐에 파견할 인원은 신경 써서 선별하도록 노력하겠습니다."

"이 일은 정한론을 펼치기 전에 그 가능성을 타진해 보는 것이니 실수 없도록 실행해야 하오. 실제로 홋카이도를 정벌할 때 우리가 사용했던 방법과 이번의 류큐왕국을 합병하는 방법을 혼합하여 조선을 정벌한다면 손쉽게 조선을 정벌할 수 있으니 만전을 기해야 한다는 말이오."

이토 히로부미는 류큐 제도의 류큐왕국을 병합하는 것과 에조치의 아이누족으로부터 홋카이도를 빼앗은 경험을 조선정벌에 응용하고 싶어 하는 것이었다.

홋카이도는 원래 아이누족의 땅이다.

그들은 사할린 전역과 쿠릴 열도는 물론 홋카이도 전 지역에 널리 퍼져 살면서 농경생활은 물론 수렵과 어로를 생활수단으로 구축하는 한편 캄차카 반도 남부에도 일부 존재하며 러시아와의 교역을 주도하였고, 일본 혼슈와도 교역을 하는 등 일찍부터 깨어 있던 선진 문명을 갖고 있는 민족이었다.

그들은 원래 낙천적인 기질을 가지고 있고, 풍부한 자원을 바탕으로 살아가는 민족이다 보니 소유의 개념이 없었다. 평화로운 삶을 살면서 넓은 자연을 즐기고 풍부한 자원을 고마워하면서 모든 것을 주어진 그대로 살아가는 민족이었다.

그들을 아이누족이라고 부르게 된 것은 '아이누'가 아이누어로 '인간'이라는 의미의 단어인 데에서 비롯된 것이다. 즉, 누군가에게 자신은 사람이라는 존재를 말하기 위해서 '아이누'라고 스스로 지칭한 것이 아이누족으로 불리게 된 것이다. 일본어로는 '에조(蝦夷)'라고 했는데, 이것은 홋카이도에 살면서 언어나 풍습이 다르고 일본의 중앙정권에 복종하지 않았던 사람들을 지칭하는 말로서 이민족을 차별하는 의미로 불렀던 말이다. 그리고 그들이 사는 땅을 '에조치(蝦夷地)'라고 했으니 일본과는 완전히 별개 민족이고 다른 나라라는 것을 명시하는 말이다. 아이누족은 별도의 문자는 없었지만 자신들 고유의 언어를 갖고 있는 고유한 민족으로 홋카이도와 쿠릴 열도는 물론 사할린의 주인이었다.

일본이 처음 아이누의 땅인 에조치, 홋카이도에 발을 붙인 것은 일본 열도가 다이묘(大名: 서양식으로 말하자면 영주; 일본 번의 번주)들의 군웅할거에 의해 온통 전쟁의 소용돌이에 휘말렸던, 소위 일본의 전국시대라고 부르는 센고쿠 시대(戰国時代)다. 그 당시 일본 열도는 힘만 있으면 소나 개나 대장이 되던 시대다. 주군과 신하의 관계도 없이 그저 힘만 있으면 자신의 주군인 다이묘를 몰아내고 소위 센고쿠 다이묘로 새롭게 태어나는 일들이 비일비재하게 일어나고 있었다. 주군을 모시는 무사도는 사라진지 오래고 어느 놈이 힘이 있느냐가 중요한 시대였다.

열도에서의 그러한 권력 투쟁을 피해서 홋카이도 남부에 둥지를 튼 것이 바로 카키자키 가문이다. 자신들은 도저히 열도에서 살아남을 자신이 없기에 아직은 소유욕이나 권력에 대한 욕심도 없는 아이누족과 일본 열도 사이에서 교역을 하다가 때를 보아서 그곳에 번이라도 하나 세울 수 있으면 번이라도 만들어서 다이묘로 성장해 보고 싶어서였다.

카키자키 가문은 자신들이 처음에 계획한 대로 15세기 중반 이후에 홋카이도의 남부인 에조치의 '도난(島南)' 지역을 중심으로 아이누족과 일본 사이의 가교 역할을 하는 교역을 했다. 그러나 열도에서 전란을 피해서 홋카이도로 이주하는 사람이 늘어나면서 아이누족과의 충돌을 야기할 소지도 그만큼 늘어갔으나, 대신 일본인들의 머릿수가 많아진다는 것은 자신들에게 바람직하다고 생각하면서 지내고 있었다.

그러던 중 교역 도중에 발생한 아이누족과의 대립으로 인하여 다께다 노부히로가 아이누의 지도자 코샤마인을 죽임으로써 그

대립에서 승리하게 되고 그로 인해서 에조치에서의 일정한 소유권을 인정받는다. 그러나 그 소유권이라는 것이 아이누족과의 교역권을 인정받는 데 불과한 것으로 실제 차지한 영역은, 홋카이도 전체로 본다면 아주 작은 부분에 지나지 않는, 오시마 반도의 남단을 차지했을 뿐이다.

그렇게 홋카이도에 발을 붙인 카키자키 가문은 자신들을 지배하던 '안도(安東)' 가문을 저버리고 1583년 도요토미 히데요시 정권에 붙으며 에조치와 사할린 전체에 관한 교역권을 인정받게 되었다. 그러나 도요토미 히데요시가 사망하자 6대 다이묘인 카키자키 요시히로는 재빠르게 성씨를 마츠마에로 바꾼다. 그가 성씨를 마츠마에로 바꾼 이유는 구역질이 날 정도로 치사하다. 조상을 팔아 권력을 향하는 천인공노할 짓을 저지른 것이다.

도요토미 히데요시는 죽기 전에 자신의 아들 도요토미 히데요리에게 권력을 계승시키기 위한 수단으로, 히데요리가 성인이 될 때까지 다섯 명의 실력 있는 장수들이 뜻을 합쳐 섭정함으로써 통일 일본을 이끌어 나갈 것을 부탁하면서 5대로(五大老)를 임명하였다. 즉, 도쿠가와, 우키타, 마에다, 우에스기, 모리의 다섯 장수다. 카키자키 요시히로는 그 다섯 명의 성씨 중에서 도요토미 가문 내에서 서로 다른 계파를 형성하고, 대립의 날을 세우며 견제하던 막강한 양대 산맥의 실력자였던 도쿠가와 이에야스의 본성인 '마츠다이라(松平)' 씨의 '마츠(松)'와 '마에다 도시이에(前田利家)'의 '마에(前)'를 따다가 '마츠마에(松前)' 씨로 바꿈으로써 자신의 충성심이 얼마나 깊은 지를 보여주려고 노력한 것이다. 양다리를 걸치면서 어느 쪽이 실권을 잡던 지간에 실속을 챙기겠다는 속셈이었다. 그리고 다음해인 1599년에는 마에다가 죽자 즉시 에도가문에 복종하겠다고 충성을 맹세함으로써 에조치와 사할린 전체에 대한 교역권을 다시 공인받는다. 그리고 1605년에는 에조와의 무역 독점권까지 인정받게 된다. 이것이 훗날 에도막부 건립이후 '마츠마에 번'의 기초가 된 것이다.

일본은 에조치에 잔뜩 눈독을 들이고 있는데도 불구하고 아이누족들은 그런 것에는 신경도 쓰지 않았다. 천성이 착하고 마음이 풍요롭고 낭만적인 민족이다. 일본이 자신들의 영토를 넘보고 있다는 사실을 눈치 채기는커녕 조상 대대로 남의 영토를 넘보거나 전쟁을 해 본 적이 없는 민족이다 보니 자신들의 영토 한구석을 차지하고 난 이후로 야금야금 먹어 들어오는 마츠마에 번에 대해서는 신경도 쓰지 않았다.

그러나 세상은 그런 민족이 평화롭게 살도록 놓아두지 않는다.

마츠마에 번은 1784년부터는 에조치의 개척을 시작해 연안에 몇 개의 이주지를 건설하고 도둑고양이처럼 아이누의 영토에서 영역을 넓혀 나갔다.

게다가 에도막부시대 후기에는 러시아가 영토를 확장하면서 일본과 통상을 요구한다. 당시만 해도 일본은 서양오랑캐들로부터 나라를 지키기 위해서는 문을 굳게 닫아걸어야 한다는 쇄국정책을 유지하려고 했었는데, 러시아와 에조치, 즉 훗날의 홋카이도 부근에서 접촉한다. 일본은 즉각적으로 러시아의 위협에 대한 북방 방비의 필요성을 인식하고 1790년대에 사할린과 쿠릴 열도를 포함한 모든 에조치에 대한 탐험을 시작하여 지리적인 지식을 확보하게 된다. 그리고 그 모든 지식과 함께 에조치에 대한 지배 및 관리 권한을 1821년에 마츠마에 번에게 부여해 준다.

일본의 그러한 행동들이 에조치를 침략하기 위한 일원이었으나, 아이누족은 침략이라는 단어조차 모르는 민족이니 그런 일본의 행위에 대항하기 위해서 무언가 준비를 하고 방법을 만들어야 한다는 것은 아예 생각조차 못하고 있었다. 그러나 그것은 아이누족의 일방적인 바람이었지 일본은 그렇게 생각하지 않았다.

1868년 메이지 유신을 성공으로 마침 신정부는 에조치에 하코다테 재판소를 둘 것을 결정하고 곧바로 그 이름을 하코다테 부로 고쳤다. 그러나 에조치에 대한 정책이 신정부의 뜻대로 이루어지지를 못했다.

메이지 유신을 반대하며 에도막부를 끝까지 지키기 위해서 1868년에 일본 전토에서 소위 보신전쟁이라고 불리는 내전이 발발한다. 왕정복고를 주장하며 메이지 유신에 적극 동참했던 반막부 세력은 참모총장인 사이고 다카모리의 지휘 아래 근대적인 무기를 앞세워 곳곳에서 벌어지는 전투에서 막부 세력에게 승리를 거둔다. 결국 막부의 최고 지도자로 에도까지 후퇴한 도쿠가와 요시노부는 개인적인 항복을 선언한다. 그러나 이미 전세는 기울었고 쇼군의 항복으로 막부 세력의 패배가 확실하게 결정 났음에도 불구하고 도쿠가와 가문으로부터 얻은 기득권을 놓치기 싫어서 아등바등하는 잔당들과 북부 혼슈 세력은 홋카이도까지 후퇴하여 에조 공화국을 건국하며 버틸 것을 결의한다. 그것은 비단 막부 세력의 잔당들만의 결의에 의해서 이루어진 것이 아니었다. 그것은 그 무렵 다테 성을 새로 짓고 거점을 이동한 뒤 다테 번으로 불리게 된 마츠마에 번의 14대 번주인 마츠마에 가네히로의 생각이기도 했다.

그는 아무도 쳐다보지 않던 에조치에 발을 디디고 그곳의 영토를 야금야금 넓혀가면서, 순진하고 착하기만 한 아이누족과의 무역 독점권을 일본으로부터 승인 받음으로써 교역 조건을 자신들 마음대로 조절하여 부를 쌓았던 선조들로부터 물려받은 것이 엄청났다. 솔직히 막부시대의 쇼군은 물론 일왕도 부럽지 않을 만큼의 재산과 자신이 거느리는 병사들도 있다. 게다가 왕정복고를 반대하며 끝까지 싸우겠다고 열도에서 이곳까지 건너온 무사들도 있으니 이제는 에조치 전체를 정벌하고 정말 왕으로 군림할 수도 있는 시점이 다가왔다고 생각했는데 무조건 일본 안으로 들어오라고 하니 그럴 생각이 없었다.

지금까지 에조치에서 영토를 점유하고 있었다지만 그것은 기껏해야 에조치의 남쪽에 있는 섬의 끝자락에 있는 오시마 반도의 남부에 해당하는 작은 영토가 전부였다. 갑자기 늘어난 무사들과 자신이 거느린 병력의 힘을 모아 아이누족을 멸족하는 일이 있어도 이 넓은 섬의 전체를 차지하는 자신만의 왕국을 건설하여 통치하고 살면서 일본과는 조공을 통해서 관계를 개선하고 싶었다. 본토에서 쫓겨 온 무사들을 기꺼이 거둬 주고 그들과 함께 에조 공화국을 건국한 이유가 바로 그런 것이었다. 에조치에 세운 왕국으로 아이누족을 지배할 것이라는 의미를 두어 이름도 에조 공화국으로 지었다. 그러나 그들의 그런 꿈을 품은 에조 공화국은 오래 갈 수가 없었다.

밀정의 정탐을 통해서 에조 공화국 건국에 대한 전말을 전해 들은 사이고와 기도는 심각하게 방법을 연구하였지만 뾰족한 수는 없고 군사들로 하여금 바다를 건너 싸우게 하는 수밖에 없다고 결론을 내리려는 순간이었다.

"그곳까지 도망한 무사들을 모두 잡아 죽일 수는 없습니다만 마츠마에 번주가 기꺼이 모든 것을 국왕에게 바친다고 스스로 선언하게 만들 수는 있습니다. 먼저 그렇게 조치를 해 놓고 나중에 그곳으로 도망쳐서 날뛰는 무사 나부랭이들을 처리하든지, 아니면 회유해서 적당한 곳에 써도 문제될 것이 없을 것 같습니다."

두 사람이 대책을 세우는 동안 기도의 뒤쪽에 앉아 말 한마디 안 하고 침묵을 지키던, 기도의 최측근 이토 히로부미의 말에 기도와 사이고는 귀가 번쩍 뜨였다.

"그래요? 그게 무슨 방법입니까?"

참모총장 사이고는 조급한 목소리로 물었다.

"궁금하시더라도 사흘만 시간을 주십시오. 다행히 그 전에라도 목적을 성사시키면 즉각 알려 드리겠습니다. 꼭 성공할지는 모르겠지만 제 생각에는 반드시 성공할 수 있다는 생각이 들어서 드리는 말씀입니다."

"좋소. 사흘 늦게 전투를 결정한다고 해서 큰일이 벌어지는 것도 아니니 기다려 봅시다."

사이고는 기꺼이 받아 들였다.

회의장에서 나온 이토는 무쓰 무네미쓰를 데리고 오도록 했다. 그는 기슈 번 무사 다테 지히로의 아들로 국학자, 역사가로 알려진 아버지의 영향을 받아 존황양이 사상을 가지고 있었다. 그의 아버지는 기슈 번의 재정을 재건한 중신이었지만, 그가 8살 때 번 내의 정치 다툼에 잘못 끼어들어 실각하는 바람에 궁핍하게 살았다. 그러나 궁핍한 자신의 형편에 얽매이지 않고 1858년 에도로 나와 공부하면서 여러 지식인들과 교류를 하던 중에 이토 히로부미도 만난 것이다.

그의 성격은 반듯했다. 무모한 일을 벌이지 않으려고 애쓰는 사람이었다. 자신의 아버지가 실각하는 바람에 온 가족이 고생을 했던 어린 시절에 대한 좋지 않은 기억에 영향을 받아 절대 무리한 일은 벌이려고 하지 않았다. 하지만 일단 자신이 벌인 일에 대해서는 반드시 결말을 봐야 한다. 특히 그 일이 승패와 관련된 일이라면 반드시 승리를 해야 한다. 이기지 않으면 끝까지 자신이 생각한 소기의 목적을 달성할 때까지 포기하지 않는 사람이다. 그것 역시 아버지가 승부에서 졌기 때문에 실각한 것이라고 생각하며 살아가는 동안 자신도 모르게 몸에 밴 기질로 남은 것이다.

특히 검술에 뛰어난 사람으로 등에서 X자 형식으로 꼬이도록 양쪽 어깨에 칼 한 자루 씩을 차고 다녔다. 그리고 그 칼을 뽑는 속도가 전광석화라는 말이 딱 어울렸다. 모름지기 일본 전체를 통털어도 그만한 검술을 가진 사람은 찾기 드물 것이다. 또 한 가지 그의 장점은 상대방의 눈을 교묘히 속일 정도로 몸놀림이 빠르다는 것이다. 비단 칼을 빼들고 난 후의 몸놀림뿐만 아니라 어느 장소로 이동하는 장면 역시 그 누구에도 들키지 않을 정도로 몸놀림이 재빨랐다.

이토가 그를 부른 이유는 바로 그것이었다.

이토의 부름을 받고 무쓰 무네미쓰가 이토를 만나고 간 지 사흘째 되던 날.

기도 다카요시에게 마츠마에 번주이며 에조 공화국을 건국하는 데 막강한 공을 세운 마츠마에 가네히로의 사신 한 명이 찾아와서, 마츠마에가 친필로 쓴 편지 한 장을 전했다. 그 편지를 읽고 난 기도는 이토를 불러서 물었다.

"어떻게 이런 편지를 쓰도록 만들었소?"

"무쓰 무네미쓰가 한 일입니다. 저도 현장에서 보지는 못하고 말로만 들었습니다.

저희들이 회의를 마치고 제가 무쓰를 불러서 상황을 이야기 했습니다. 무쓰는 곧바로 에조치로 떠났고 다음날 밤 마츠마에의 침실로 잠입해 들어갔다고 합니다."

"경비가 만만치 않았을 텐데요?"

"그랬겠지요. 하지만 무쓰의 움직임은 읽기 힘든 까닭에 침실 잠입 정도는 어렵지 않았을 겁니다. 그리고 마츠마에의 목에 칼을 댄 후 한마디 했다고 합니다.

'이 칼로 네 놈의 목을 그은 후 네 아들놈의 목을 벨 것이다. 그리고 난 후에는 네 여편네의 목도 긋겠지. 그런데 목만 긋는 게 아니다. 네놈의 목을 그은 후에는 네놈의 고환을 발라 네놈의 두 콧구멍을 막고 거시기는 잘라서 네놈 아들의 입에 꽂아주마. 그리고 네놈 아들놈의 고환은 발라서 네놈 여편네의 콧구멍을 막아주고 거시기는 잘라서 네놈 여편네의 그곳에 꽂아 줄 것이다. 그리고 네놈 여편네의 양쪽 젖퉁이를 잘라서 한쪽은 네놈 입에 물려주고 한쪽은 네놈 아들놈의 입에 물려주마. 어미의 젖퉁이와 아비의

거시기를 입에 물고 죽어있을 아들놈을 상상해 봤느냐? 그게 싫다면 시키는 대로 하거라.'

무쓰의 이 말 한마디에 모든 것이 끝났다고 합니다."

"그래서 항복 서약을 피로 썼군요. 자신이 막부 잔당들을 꼬드겨서 하코다테에서 전투를 준비하고 모든 정보를 제공해서 우리가 승리할 수 있도록 만들겠다는 편지를 쓴 거예요! 이토 상은 정말 대단하오!"

기도는 손바닥으로 자신의 무릎을 쳐가며 감탄해 마지않았다.

끝까지 남아서 막부로부터 얻어낸 기득권을 놓기 싫어서 아등바등거리던 잔당들과 마츠마에의 에조 공화국은 하코다테 전투를 끝으로 막을 내렸다. 그러나 하코다테 전투를 위해서 파견된 신정부 군대와 정부군에 순순히 투항해온 무사들을 에조치에서 철수시키지 않았다.

에조 공화국이라고 해 봐야 에조치 남쪽 끄트머리에 붙어 있는 오시마 반도 남쪽이 전부였다. 그것 가지고는 성이 찰 리가 없었기에 군사들을 북진시켰다. 생전 전쟁이라는 것을 겪어보지 못한 아이누족은 아무런 저항도 하지 않았지만 일본군은 마을에 불을 지르고 눈에 보이는 사람들을 닥치는 대로 총으로 쏘고 칼로 베어버렸다. 이참에 섬 전체를 자신들의 영토로 만들 작정이었다.

아이누족의 언어에는 전쟁이라는 단어조차 없기에, 대항할 생각조차 없던 아이누족의 남자들과 여자들은 물론 노인과 어린아이까지 일본군과 맞닥뜨리는 순간 죽어 넘어졌다. 젊은 여자들은 무차별로 강간을 당한 후 그 자리에서 또 칼로 베어졌다.

지아비를 죽일 때, 지아비의 죽음을 말리기 위해서 바짓가랑이라도 잡고 매달리는 아녀자를 남편이 죽어가면서 채 눈도 감지 않은 앞에서 겁탈하는가 하면, 아비의 죽음과 어미의 겁탈하는 장면에 질려서 울고 있는 자식은 시끄럽게 군다고 죽여 버렸다. 차마 인간으로는 저지를 수 없는 살육과 만행을 서슴없이 자행했다. 그 와중에 죽지 않고 살아남은 것이 용할 정도였다.

일본이 그나마 아이누족을 전멸시키지 않고 남겨 놓은 이유는 아이누족의 명맥을 이어주기 위한 것이 아니었다. 그들을 살려 놓아야 자신들에게는 낯선 땅을 효율적으로 사용할 수 있도록 제반 안내도 받을 것이고, 그들의 노동력을 이용해서 섬을 개발하기 위한 수단일 뿐이었다. 아이누족이야 말로 일본에게는 홋카이도를 개발할 수 있는 노력동원을 위한 자원이었던 것이다. 그리고 굳이 한 가지 더 이유가 있다면 그것은 국제사회에 대한 만약의 조치였다. 만일 러시아나 혹은 기타 나라가 국제적인 문제를 들고 나온다면 아직 홋카이도에는 아이누족이 살고 있고 일본은 그들의 근대화를 위해서 도와주고 있을 뿐이라는 핑계를 댈 수 있는 구실을 남겨 놓은 것이다. 하지만 그것은 단지 핑계를 위한 수단일 뿐, 홋카이도는 섬 전체가 마츠마에 번에 편입되고 말았다. 그리고 1869년 판적봉환 때 마츠마에 번은 가장 앞장서서 판적봉환을 함으로써 에조치는 막을 내리고 홋카이도라는 새로운 이름으로 탄생했다.

홋카이도라는 이름이 붙여지자마자 개발을 시작했다. 아직 살아남은 아이누족이 살고 있는 땅은 석탄 등 개발된 자원을 운반하기 위한 철도를 놓기 위해서라는 명목 하에 강제로 수용한 뒤, 깊은 산골짜기의 땅을 대토라고 주고는 개간하라고 했다. 개간하지 않으면 환수하겠다고 했지만, 아이누족 자체가 일본어와는 전혀 다른 고유의 언어를 사용하고 있던 관계로 서로 말도 통하지 않는 데다가, 소유의 개념과 문자도 없어 재산을 등록해 본 적도 없을 뿐만 아니라 천연으로 주어진 것이 많다보니 개간이라는 의미조차 모르는 탓에 일본인들이 하는 말 자체를 이해할 수가 없었다. 결국 아이누족들은 토지는 물론 모든 것들을 남김없이 수탈당하고 말았다.

그뿐만이 아니다. 이제까지 아이누족들이 사용하던 이름을 모두 일본식으로 고치는 창씨개명을 통해서 호적에 등록해야 한다는 것이다. 글자도 모르고 아는 것이 없는 그들에게 그것은 쉬운 일이 아니었다. 말이라고는 자신들의 말밖에 모르는 그들에게 일본식 이름이라는 것은 상상도 못할 일이거니와 호적에 등재한다는 것은 실행 불가능한 일이었다. 그렇다고 안내를 하거나 도와주는 사람이 있는 것도 아니다. 무조건 언제까지 하라고 해 놓고는 하지 않으면 죽여 버리겠다고 으름장을 놓거나 실제로 죽여 버렸다. 종족 말살을 위한 수단이자 방편 이상으로는 해석할 수 없는 일들이 벌어지고 있던 것이다.

그러자 아무리 착한 민족이라지만 불만을 표시하는 사람이 늘어났고 그런 사람들은 영락없이 처형당했다. 먹을 것이 없어서 굶어 죽고 일본인들의 얼굴만 똑바로 쳐다봐도 감정이 있느냐고 어르며 칼을 휘두르는 바람에 종족이 멸족할 지경에 이를 정도로 점점 숫자는 줄어들어 갈 수밖에 없었다. 그러나 일본은 그런 모든 민족말살 정책을 늦추지 않고 계속 실행했다.

이토가 말을 마치자 도야마는 감탄해서 어쩔 줄 모르겠다는 듯이 두 손까지 모아 경의를 표하며 아부가 짙게 깔린 목소리로 공손하게 말을 받았다.

"이번에 류큐를 합병하고자 하는 방법과는 또 다른 방법으로 홋카이도를 합병하신 거네요. 일본을 정말 강한 일본으로 만들기 위해서 노력하신 내무경님의 지난날과 앞으로 시행하시고자 하는 일들이 그저 존경스러울 뿐입니다. 그런 일을 하실 수 있는 분은 오로지 내무경님뿐입니다."

"그 시절에는 그런 방법을 써도 가능했던 시기요. 그러나 겨우 10여 년 만에 국제 정세가 많이 변했소이다. 나를 존경스러워 할 것이 아니라 지금부터는 일본을 위해서, 도야마 상이 나를 도와 그런 일들을 해야 하오. 나는 이제 더 이상 그런 일들을 할 수가 없소. 다만 은밀하게 지시할 뿐이오. 도야마 상이 내 손이 되어줘야 한다는 말이오."

"걱정 마십시오. 말씀하신 대로 조직을 갖춰서 내무경님의 손은 물론 발까지 되어 드리겠습니다. 하명만 하시면 제 목숨이라도 바치겠습니다."

도야마는 자신의 목숨까지 걸고 이토에게 충성을 맹세했다.

"좋소. 도야마 상이 그리 말하니 내 마음이 놓이는구려. 아까도 말했지만 이건 정한론을 시행하기 위해서 시험해 보는 작업이라고 생각하고 만전을 기하시오. 정한론을 무력으로만 밀어붙일 것이 아니라 조선인들의 인심까지 얻어 가면서 시행해야 그곳에 새로운 왕국을 세울 것 아니요? 그래야 대륙으로 진출할 수도 있고. 그곳에 세운 왕국에서 일본과 조공을 통해서 교역하면서, 새로운 세계로 뻗어나가는 일본을 설계할 수 있다는 말이오."

이토는 조선을 정벌하되 일본과 합병하는 것이 아니라 마치 마츠마에가 일본의 속국이나마 자신이 다스릴 수 있는 왕국을 꿈꾸었듯이, 이토 자신이 다스리는 왕국을 만들어서 다스려 보고 싶은 욕망을 숨기지 않고 드러냈다. 마츠마에의 경우에는 이토 자신이 아니라 다른 사람이 왕국을 세우려하는 바람에 용납할 수 없어서 무쓰 무네미쓰를 보내서 항복을 받아내고 판적봉환에 자발적으로 참여하도록 했다. 그리고 그때는 자신이 설령 욕심을 낸다고 해도 이룰 수 없는 일이었다. 그러나 이제는 경우가 다르다. 머지않아 자신이 일본 권력서열 제1인자로 등극할 것인데 굳이 조선을 병합할 것이 아니라, 조선 왕이 조선을 다스리도록 하고 자신이 모든 것을 통괄하는 그 윗자리에 앉아 실질적으로는 자신이 다스리는 새로운 자신만의 왕국을 만들고 싶었다.

농노인 하야시 주조의 아들로 태어나 하야시 리스케라는 이름으로 10년을 살았다. 자신의 천한 신분 때문에 10년 동안 글자 한자 배우지 못하고, 걸음마를 시작하기 전부터 부모와 더불어 논과 밭에서 살며 힘닿는 일은 알아서 해야 했다. 그러다가 아버지가 하급무사 이토 다케베에의 양자로 들어가는 바람에 성을 이토로 바꾸고 신분상승이 되어 열한 살이 되어서야 동네 서당에서 겨우 글을 익혔다. 그리고 열네 살이 되어서야 번의 무사들이 하는 일 중 잡역을 맡아 그나마 무사 대열에 낄 수 있었다. 천한 신분으로 태어나 뒤늦게 공부를 시작하고 잡역이나마 무사 신분을 얻었으니 다른 이들보다 더 열심히 해야 자신의 신분을 탈피할 수 있다는 생각에 누구보다 열심히 공부했다. 한학은 물론 공부할 수 있는 기회가 주어지면 무엇이든 열심히 공부했을 뿐만 아니라 책이 구해지는 대로 독서에 열중했다.

공부뿐만이 아니었다.

무사들의 무리에서 잡역을 하는 그는 자신에게 주어진 일이라면 무엇이든 마다않고 열심히 일했다. 그 결과 열다섯이 되던 해에 그곳에 파견 나와 있던 번사 구루하라 료조의 눈에 들어서, 당시 왕정복고를 주장하며 왕을 제외한 만민은 평등하다는 사상을 주장하던 요시다 쇼인이 운영하는 쇼카손주쿠에 입학하여 수학하도록 주선해 준다. 그는 여기에서 수학하는 동안 열심히 공부를 할 뿐만 아니라 훗날 자신을 정치적 기반에 올려 줄 기도 다카요시 같은 사람들과 친분을 쌓게 됨으로써 메이지 유신에 참여할 수 있었던 것이다.

메이지 유신에 참여하기까지의 그의 인생은 참으로 고달팠다. 테러 조직에 가담하여 테러를 해도 가장 잔인하게, 방화사건을 일으킬 때도 목숨을 걸고 가장 완벽하게 해냈다. 그렇게 하는 길만이, 신분을 따지던 그 당시에, 신분이 천한 자신이 살아남을 수 있는 유일한 길이라는 것을 알고 있었다. 또 자신이 그렇게 열심히 함으로써 메이지 유신이 이루어져야 신분이 타파되고 자신이 천한 신분 출신이라는 것이 드러나더라도 떳떳이 살 수 있다는 것을 누구보다 잘 알고 있었다. 그런 까닭에 항상 주어진 일에 최선을 다하는 것은 물론 어떻게 하는 것이 한 걸음 더 나가서 일하는 것일까를 항상 연구하여 기도 다카요시를 통해서 건의하고, 결정된 일은 실행에 옮기는 것에 게을리 하지 않았다.

자신이 권력의 최고봉까지 오를 것은 상상도 못했지만, 적어도 권력 정상의 그늘에 서더라도 부끄럽지 않기 위해서 열심히 일했다. 그리고 권력 정상에 다가서기 위해서 자신의 지식을 총 동원하고 자신이 할 수 있는 사고의 폭을 최대한 넓혀서 기도가 제1인자가 될 수 있도록 온갖 권모술수를 동원했다. 치사하고 야비할지라도, 살아남아서 권력을 차지할 수 있는 방법이라면 조금도 망설이거나 주저하지 않고 자신이 행하든 기도에게 건의를 하던 이루어지게 만들었다. 자신이나 기도처럼 알려진 인물들이 나서기 곤란할 때는 친분이 있는 무사들에게 부탁을 해서라도 반드시 이뤘다. 그리고 그에 대한 사례 또한 반드시 치름으로써 지금의 자신을 만들어 냈다. 그런데 자신이 그렇게 공들였던 기도를 포함한 유신 3걸들은 지금 이 땅에 사는 사람들이 아니다.

　이제는 권력의 정상이 눈에 보인다.

　그동안 자신을 돌보지 않고 메이지 유신의 성공은 물론 강한 일본을 만들기 위해서 일한 것에 대한 보답을 받아도 절대로 지나치지 않다고 스스로 생각했다. 그리고 그 보답은 일왕이 지배하고 있는 일본은 물론 아니고, 이미 그 시기를 놓친 홋카이도나 곧 병합될 류큐도 아니고, 새롭게 개척하고 정벌해 나갈 조선과 대륙의 청나라가 바로 자신의 야망을 펼 수 있는 곳이라고 수도 없이 생각해 봤다. 만일 청나라까지가 힘들다면 적어도 조선은 자신이 통치하고 싶은 야망을 숨길 수 없던 것이다. 만일 지금이라도 혹시 자신이 아닌 사람이 그런 야망을 드러낸다면 가차 없이 처단함으로써 막을 것이다. 그러나 자신은 꼭 그리해 보고 싶었다.

"그렇다면 이토 내무경을 등에 업고 가자는 뜻입니까?"

모두가 침묵하는 중에, 도야마는 며칠 전에 이토를 만났던 생각을 하고 있었는데, 하코다가 물었다. 도야마는 혼자서 머릿속으로 정리하던 생각을 재빠르게 지우며, 그 질문을 해 주기를 바랐다는 듯이 반갑게 대답했다.

"그렇습니다. 그분이야말로 일본의 내일이자 희망입니다. 그분과 발을 맞춘다면 걱정할 일이 없습니다."

"그게 며칠 전에 이토 내무경을 만나서 조율했다는 겁니까?"

"예, 그렇습니다. 강한 일본을 만들기 위해서 우리가 조직을 만들어서 최대한 공헌한다면 내무경께서는 그에 상응하는 보답을 하시겠다고 분명한 약속을 해 주셨습니다."

"그 약속을 믿을 수 있습니까?"

하코다는 사이고가 이토라는 벽을 넘지 못해서 자멸한 것을 알기에, 이토의 약속은 쉽게 믿을 수 없다는 생각을 버릴 수 없었다. 그러나 도야마는 완전히 달랐다.

지금은 이토가 아니면 선택할 상대도 없다. 이토를 믿는 수 이외에는 달리 방법이 없다. 그러나 함께 일을 추진하자고 하면서 이토가 아니면 선택할 대상이 없어서 이토를 선택한 것이라고 할 수는 없다. 적어도 자신만이라도 이토를 철저하게 믿고 그 사람 역시 자신을 믿는다는 확신을 심어주어야 한다. 결과는 나중 일이다. 우선은 세를 규합해야 한다. 이토 역시 도야마 자신만 보고 일을 맡기는 것이 아니다. 비록 죽었다지만 아직까지도 무사들에게 가장 많이 추앙받는 사이고를 등에 업은 하코다와 조직을 설립하기 위해서는 당연히 필요한 자금줄인 히라오카가 함께해야 이토 앞에서 자신이 돋보인다. 그렇다면 저 두 사람이 자신과 함께 일하고 싶도록 확신을 줘야 한다. 도야마는 지금까지 살아오면서, 가슴에서 하고 싶었던 말이 목을 거치는 동안 그 내용을 바꿔서 입으로 나온 적이 수도 없이 많았던 자신의 행적을 상기했다. 한 번 더 가슴을 속인다고 바뀔 인생도 아니다.

"믿고말고요. 그분의 일본 사랑은 직접 만나서 몇 마디만 들어도 피부로 느껴집니다.

이미 사이고 상의 고향인 사쓰마 번에 의해서 정벌되었던 류큐를 잃어버리기 전에 우리 일본과 완전히 병합시키려고 노력하시는 것만 보아도 알 수 있는 일입니다. 그분 말씀대로 모든 것은 때가 따로 있는 법인데 우리들도 우리들의 꿈을 펼치기 위해서는 지금이 그때인 것 같습니다.

솔직히 지금은 번과 번들이 이합집산으로 모여서, 서로 헐뜯고 곱씹으며 백성들을 전쟁이라는 슬픈 불바다에 던져 버리던 혼란기의 일본이 아닙니다. 메이지 유신을 통해서 확고하게 다져진 왕정을 중심으로 모든 일본이 하나가 되어있습니다. 이런 상황에서는 그 중심에 선 나무에 기대야 그늘도 크게 만들어 지는 법입니다. 그런 기회가 지금 우리 앞에 멈춰 서서 우리가 올라타기를 기다리고 있습니다."

도야마가 가슴이 하고 싶은 이야기는 숨긴 채, 거침없이 이토에 대한 굳은 신뢰를 표하자 히라오카가 도야마의 말을 받았다. 그 표정은 이토라는 말만 들어도 돈이 저절로 굴러 들어오기라도 하는 것처럼 입이 귀 뒤편까지 찢어진 채였다. 사업을 하면서 권력에 기대 돈맛을 보는 것이 얼마나 달콤한 것인지를 이미 알고 있는 터였다. 그런데 자신의 힘으로는 상상도 못할 커다란 권력의 그늘인 내무경의 그늘 안으로 들어갈 수 있다니 입이 벌어지지 않을 수 없었다. 이런 장사는 해보나마나 얼마가 남을 것인지 셀 수도 없을 정도로 남길 수 있는 장사다.

"누가 도야마 상의 말에 뭐라고 했습니까? 다만 갑자기 너무 큰 어른 이야기를 꺼내니까 놀라서 그랬던 거지요. 맞습니다. 백 번 맞는 말씀입니다. 자, 이제 구체적인 계획도 들었으니 계속 진행합시다."

히라오카의 말을 들으면서 도야마는 하코다를 쳐다봤다. 하코다는 썩 마음이 내키지는 않았지만 그렇다고 굳이 이 판에서 나갈 이유도 없었다. 한참 신이 나서 달리는 말에서 뛰어내릴 이유가 없다. 일단은 동의해서 일을 추진하다가 이게 아니다 싶으면 그때 그만두어도 된다. 달리는 말에서 뛰어내리면 큰 상처가 남지만 지지부진하게 걸어가거나 멈춰서 방향을 모르는 말에서 뛰어내린다고 상처 날 일이 없다. 하는 일이 지지부진해서 정 마음에 들지 않으면 그때 그만두어도 좋다는 생각이 들어서 고개를 끄덕였다. 그러자 도야마도 신이 났는지 유쾌한 목소리로 말을 이어 나갔다.

"조직이라는 것이 이름은 있어야 하니 제 나름대로 생각을 해 보았습니다만, 고요샤(向陽社)라고 하면 어떻겠습니까? 빛을 향해서 나가는 우리들의 이념과도 맞는 이름인 것 같습니다만…. 그게 사이고 장군을 빛으로 삼아 따르자는 의미도 되고요.

이토 상을 만났을 때 사실은 이름도 상의를 했는데 좋다고 하시면서 딱 어울리는 이름이라고 하셨습니다."

하코다는 사이고를 빛으로 삼아 따르자는 말을 듣자 그것이 사이고의 유업을 이어받자는 말로 들렸다. 아주 좋은 이름이라는 생각이 저절로 들었다. 히라오카 역시 좋다는 생각이 들었지만 너무 평범한 이름 같았다. 정말로 무슨 기업 이름이라는 생각이 들 정도였다.

"이름의 뜻은 좋지만 정말로 무슨 기업이 아닌가 하는 생각까지 듭니다."

"바로 그겁니다. 우리 조직은 이제 단순한 조직이 아니라 기업으로 자리매김하자는 겁니다. 이미 제가 말씀드리지 않았습니까? 무위도식하는 모임이 아니라 엄연한 기업으로 성장해 나가자는 겁니다."

도야마는 이제야 뜻이 바로 통했다는 듯이 유쾌한 웃음까지 곁들여 가면서 홀가분한 표정으로 말을 이어갔다.

"이제 우리가 모두 그 진의를 알았으니, 기업으로서 그 기업을 이끌어갈 사장을 선임할 단계라고 생각합니다. 제 생각이기는 합니다만 초대 사장으로는 번사로서 무사를 다스린 경험이 있는 하코다 상께서 맡아 주셨으면 하는 생각입니다. 임기는 1년으로 이미 정해 놓은 것이니 필요할 때 우리 셋 중 한 사람이 바꿔서 맡으면 되니까요."

그럴듯한 도야마의 말에 대해서 이의를 다는 사람이 없었다.

6. 겐요샤(玄洋社: 현양사)

대일본제국이라는 허상을 앞세운, 테러를 위한 위장기업 고요샤는 세이난 전쟁이 끝난 다음해인 1978년에 그렇게 탄생되었다.

자신들이 무사였다는 것을 앞세운 직원들은 전국 각지에 지사를 구축하고, 그곳에서 소위 영업이라는 단어를 표면에 내세워 이권을 하나씩 거둬들였다. 단순히 지역을 보호해 준다는 명목으로 이권을 거둬들이는 동네 양아치들의 그것과는 질이 다른 것이었다. 도야마의 뜻에 동조하는 기업의 생산품을 판매하는 일은 물론 그 지역에서 생산되는 원자재를 수급하여 필요한 회사에 공급하는 일과 각 지역에서 생산되는 산업생산물을 전국 각지로 보내서 판매할 수 있는 유통망 확보까지 각 지역의 특성에 맞게 사고파는 일들을 해냈다. 전국적인 유통망을 확보하고 상권을 장악해 가고 있었다.

그런 일들을 해내기 위해서 무엇보다 필요한 것은 지역 상권을 장악하는 일이었다. 판매를 위한 상권도 중요하지만 생산품을 매입해서 유통망을 통해서 공급하는 매입상권 역시 장악해야 한다. 그러나 그런 걱정은 하지 않아도 좋았다. 상권을 장악하기 위해서는 상인들이나 혹은 생산자와 거래 약정이 이루어져야 한다. 그런데 상인들은 원래 상업에 종사하던 사람들도 있었지만 메이지 유신으로 인하여 신분이 자유로워진 농민 출신이 다수 포함되어 있었고 무사 출신들은 거의 참여하지 않고 있던 덕분에 약정을 체결하는 일은 순조로웠다.

무사 출신들인 고요샤 직원들이 상권을 장악하기 위해서 뛰어들었던 초기에는 강한 저항에 부딪히기도 했었다. 그러나 그중 가장 강하게 저항하는 몇몇을 골라 맛보기로 휘두른 폭력을 경험한 상인들은 또 다시 폭력을 앞세워 점거하기 전에 알아서 합의했다. 반면에 고요샤 측은 본사의 지시에 의해서 상인들의 몫은 철저하게 보장해 준다는 원칙을 절대로 파기하지 않았다. 이런 일들을 하는 이유가 돈을 벌자는 이유도 있겠지만, 돈을 벌자는 이유를 포함한 모든 것에서 우선하는 것이 일본을 장악하는 것이다. 그것도 민중을 장악함으로써 여차하면 힘의 세력으로 써먹자는 것이다. 그런데 민심으로부터 완전하게 이반되면 그런 목적을 달성할 수 없으니 최대한 민심으로 다가가기 위해서 불평을 줄여야 한다는 원칙하에 움직인 것이다. 그러기 위해서는 상인들에게 단순히 내놓으라고만 할 것이 아니라 그들의 불편도 해소해 주어야 했다. 고요샤 직원들은 자신들에게 협조하는 상인들이 말하는 소위 민원에 해당하는 불편들을 접수해서 보고하여 관청에서 시정하거나 혹은 시행함으로써 상인들이 겪는 불편을 최소화 시켜주는 데에도 앞장섰다.

지금까지 관과 무사들에게 눌려서만 살던 상인들은 크게 반발하지 않았다. 더더욱 농민에서 상인으로 탈바꿈한 이들은 장사 경험도 없던 터인지라 힘 있는 조력자를 얻은 것 같아서 오히려 반기는 이들도 있었다. 기존의 열 남기던 것을 여덟만 남기고 둘은 고요샤에게 건네주면 상권도 보호받고 상업 활동에도 도움을 받는다니 조금 덜 먹고 말겠다는 생각을 갖도록 만들어 나갔다. 그 동안 무사들에게 찌들어 살던 그들에게는 비록 지금까지 먹던 것에 비하면 감소되기는 했지만, 기본 이익을 보장해 주면서 편의까지 봐준다는 것이 오히려 고마운 일이었을지도 모른다. 수백 년을 관과 무사들이 휘두르는 횡포의 그늘에서 오히려 가진 것마저 빼앗기며 살아온 이들이기에 그 정도로는 아무런 약탈감도 느끼지 못했을지도 모른다.

그럼에도 불구하고 그 지역에서는 규모나 상권장악 면에서 나름대로 틀을 갖추고 있다는 판단 하에 끝내 고요샤의 품을 거부하는 상인들에 대한 조치는 간단했다. 그들에 대한 조치로는, 처음에는 고요샤 자신들이 장악해 들어가는 상권에서 철저하게 배제시킨다. 그럴 경우 어떤 이는 업을 포기하고 그만둔다. 그런 자들은 그걸로 끝이다. 하지만 끝끝내 참여하기를 거부하며 불평을 늘어놓거나 다른 방법으로 항거하고 들어오면 공공연하게 드러내놓고 폭력을 휘둘러서 응징했다. 밤에 은밀하게 하는 것도 아니고 백주 대낮에 되도록 많은 사람들이 보는 앞에서, 보는 이들로 하여금 질릴 정도로 처참하게 폭력을 휘둘렀다. 이미 정부에서는 폐도령으로 칼을 소유하는 것을 금지했지만 허리나 양 어깨에 칼을 찬 무사들이 떼로 모여들어 잔인하게 응징한 것이다. 자신들이 무사임을 공공연하게 드러내 놓고 행동함으로써, 다시는 그런 식으로 항거하는 사람이 생겨나지 못하도록 철저하게 원천봉쇄하기 위해 계산된 행동이었다. 그리고 그 결과는 사망으로 결론이 날 때도 있기는 했지만 되도록 목숨은 살려 놓되, 평생 제대로 움직이지도 못하는 불구로 살며 상업 활동은커녕 그 어떤 행위를 한다는 것은 꿈도 꾸지 못할 정도로 망가트려 놓았다. 사람을 죽이는 것이 두려워서가 아니었다. 불구가 된 그 사람을 보면서 고요샤라는 자신들의 존재를 떠올리게 만들려는 수단으로 이용했을 뿐이다. 고요샤 조직원들은 자신들의 조직에 흡수되기를 거절하는 상인들에게 테러를 가해서, 목숨은 살려주고 대신 영원한 불구로 만들었다는 사실까지 공공연하게 떠들고 다녔다. 서로 협조해서 이익을 나눠 먹을 수 있다면, 사업상 일어날 수 있는 범법행위에 대해서 얼마든지 뒤도 봐주고 불편을 해소해 주면서 서로 이익을 극대화하기 위해서 노력할 것이지만, 자신들을 거부하면 그 결과가 얼마나 참혹한지를 모두가 눈으로 볼 수 있게 행동했다. 자연히 상인들은 고요샤의 품 안으로 스며들었다. 비록 이익 면에서는 감소할지 모르지만 협조만 해주면 관에 대한 편의까지 봐주는 일을 거부할 까닭이 없었다.

그 소문은 전국적으로 뻗어나가서 고요샤가 전국적인 조직으로 성장하는 데에는 큰 무리가 따르지 않았다. 그런 배경에는 도야마가 큰 그늘을 만들기 위해서는 큰 나무에 기대자는 바로 그 나무가 버티고 있었기 때문이다. 조직이 상인들의 건의사항을 전달해 주고 시정을 요구하면 즉각 조처해 주거나, 아무리 크게 일을 벌여도 대충 눈감아 주는 이들에게 큰 나무에서 부는 바람이 영향을 준 것임을 잘 알고 있었다. 그렇다고 입을 닦은 것은 아니다. 이토 히로부미의 입김 덕분에 자신들에게 편의를 제공한 것을 알면서도, 직접 편의를 봐준 관리에게는 고맙다는 인사와 함께 거액의 사례금으로 뒷마무리를 했던 것은 더 말할 필요도 없는 일이다. 권력에 짓눌려서 뒤를 봐줬다는 생각에 찜찜해 하는 것을 방지하기 위해서 뇌물로 보답함으로써 고요샤의 편의를 봐주는 것이 상부의 압력에 의한 것이 아니라, 비록 떳떳하지 못한 뇌물이지만 관리들에게도 득이 된다는 생각을 갖게 함으로써 자신들이 두고 두고 관을 요리할 수 있는 기반을 형성하기 위한 방법이었다.

불과 몇 개월이 지났을 뿐인데 고요샤의 이름은 전국적인 것이 되었고, 그 세력이 커지면 커질수록 도야마의 이름도 더불어서 커졌다. 고요샤의 실질적인 대부이자 이제는 일본 전역을 아우르는 조직의 대부로 성장할 것임을 자타가 공인하게 되었다. 도야마는 일본 우익의 상징처럼 떠오르기 시작했을 뿐만 아니라 자연히 주변에 모여드는 사람들도 많아지기 시작했다. 그들 중에는 정치를 지망하는 사람들도 있었지만 전국적인 사업을 꿈꾸는 이들도 상당수 포함되어 있었다. 정치를 지망하는 이들은 도야마의 명성을 자신들의 정치에 이용하거나 아니면 높은 줄과 연계해 달라는 의미에서 찾아온 것이지만, 사업을 하는 이들은 대개가 동반자로 함께 사업할 것을 제안하는 것이었다. 유통업을 위해서는 운송 또한 중요한 것이니 전국적인 운송망을 확보하는 사업을 해 보자는 등등의 제안이 수없이 들어왔다.

도야마는 그런 제안을 받을 때마다 항상 긍정적으로 검토를 해 볼 것이니 시간을 달라고 답을 했다. 아무리 턱 없이 황당한 제안을 하는 사람이라고 할지라도 그 자리에서 거부하지 않고 긍정적인 답으로 마무리했다. 나는 너를 인정한다는 긍정적인 대답을 통해서 상대방으로 하여금 기대치를 형성하여 또 만날 수 있는 발판을 구축하자는 것이 그의 지론이었다. 사람에게 좋은 인상을 심어줌으로써 자신에 대한 평을 좋게 만드는 것이 고요샤에 대한 이미지를 좋게 형성하는 것이며, 그 길만이 민중의 힘이 필요할 때 결집할 수 있는 발판을 만드는 것이라는 자신만의 철학을 투영시키고 있었다.

고요샤가 급성장할 수 있던 배경으로 조직원 확충이 용이했다는 것은 절대적인 것이었다. 메이지 유신이 성공하면서 정부군을 모집했지만 무사들 중 많은 이들은 정부군을 탐탁지 않게 생각하던 터인지라 참여를 망설였다. 그러다가 참여하지 않으면 먹고 살길이 막막해서 참여한 이들도 있고, 기다리면 무언가 방법이 생기려니 하는 마음으로 참여하지 않은 이들도 있다. 그러나 정부군에 참여하지 않은 이들에게 돌아온 것은 폐도령과 녹봉 지급을 금지하는 조례뿐이었다. 그리고 이어진 세이난 전쟁에서도 서로 연락체계가 갖춰지지 않는 바람에, 그런 날을 기다리던 무사들 중에는 손에 칼도 잡아보지 못한 이들이 더 많았다.

이제는 정말 낙이 없다고 생각하면서 내일 먹고살 일을 걱정해야 하던 판에 고요샤의 직원을 모집한다는 이야기가 나오기 시작했다. 처음에는 가봐야 고생만 할 것 같았지만 다른 뾰족한 수도 없는 이들이 지원했었다. 그러나 채 한 달이 지나기도 전에 고요샤에 지원한 무사들의 이야기는, 무사로서 근무하기에 최적인 직장이라는 꼬리를 달고 소문이 퍼져 나갔다. 이렇다 할 일이 없는 이들에게 웬만한 직장이 주어지면 하늘이 내려준 직장이라고 과장된 표현을 쓰듯이, 고요샤는 한 다리를 건널 때마다 더 좋은 직장이 되어 천상의 직장처럼 과장된 채 소문이 퍼져 나갔고 무사들은 자신의 지방에서 고요샤가 직원을 모집하는지의 여부에 촉각을 곤두세웠다. 고요샤 직원 모집은 지역우선주의를 도입한 터이기에 그 지역에서 활동하고 생활했던 무사를 우선적으로 선발한 까닭이다.

고요샤가 지역우선주의로 무사들을 채용한 이유는 간단하다. 그 지역의 무사들끼리는 이미 서로의 위계질서가 있다. 굳이 조직에서 위계질서까지 관여하지 않아도 저절로 갖춰질 것임으로 그만큼 조직을 정상화하는데 시간을 단축시킬 수 있다. 게다가 어떤 무사가 덕망 있는 무사로 존경받고 있는지 한눈에 알 수 있다. 조직으로서는 그를 중심으로 지역 조직을 움직이면 탈 없이 운영될 수 있다. 뿐만 아니라 지역 무사들끼리는 이미 서로 모든 것을 알고 있는 까닭에 무사로서의 불명예를 안고 있는 이들은 자신이 무사라고 나서서 지원할 엄두도 못 내게 되어 있다. 선발 과정에서의 어려움도 상당부분 저절로 해결될 일이다. 그야말로 일석이조의 효과를 낼 수 있는 방법을 도입한 것이다.

그러나 홋카이도나 오키나와는 정식 번으로서의 조직적인 무사체계를 갖추지 못했던 곳이다. 지역우선주의로 선별할 수가 없었다. 그런 곳에서는 예외를 두었는데 우선은 가장 인접하고 관련이 있는 번으로부터 파견근무를 자원하는 자 우선순위로 모집하고, 인원이 부족할 경우에는 인접해 있는 번으로 확대해 나가는 방법을 택했다. 홋카이도 같은 경우에는 그 섬의 남부 오시마 반도 남부에 자리하고 있던 마츠마에 번에서 출발을 하고, 오키나와는 1609년 류큐 제도를 침공해서 아마미 제도에 똬리를 틀고 앉았던 사쓰마 번에서 출발하여 가장 인접한 번 우선순위로 선발하는 것이다.

　그들 중에서 류큐에 파견할 인원을 선발하는 것은 어렵지 않은 일이었다.

　이토의 추측대로 류큐에 파견할 사람들은 대개가 사쓰마 번 출신이었지만 간혹 후쿠오카를 비롯한 큐슈의 다른 번 출신들도 있었다. 다른 번 출신들이 섞여 있는 이유가 사쓰마 번 출신들만으로는 자원하는 인원이 부족해서가 아니다. 오키나와 파견병력의 특수성이 류큐어를 할 줄 알아야 했기 때문이다.

　오키나와 파견을 명받은 이들은 큐슈의 무사들이므로 대개가 세이난 전쟁에 참여했다가 겨우 살아남은 이들이다. 그들은 한결같이 세이난 전쟁이 끝난 이후로 이렇다 할 일도 없이 겨우 먹고 살 정도로 힘들어 하던 하급무사들이다. 그런데 고요샤에 취직을 하고 이번에는 해외 파견근무라니 그야말로 행운이 저절로 굴러 들어왔다는 생각에 들떠 있었다.

　그들이 류큐로 파견되는 날.

　그들의 머릿속에서는 신의 존재로 군림하면서도 한 번도 얼굴을 마주하지 못했던 도야마가 일행 앞에 나섰다.

　도야마의 이름을 듣자 파견을 명령받은 16명의 하급무사들은 환호로 답했고 승선을 기다리는 그들에게 도야마는 연설을 시작했다.

"자랑스러운 고요샤의 직원들이여! 아니, 대일본제국의 무사들이여!

여러분이 바로 대일본제국의 살아있는 일꾼들입니다.

일본은 이제 우리가 발 디디고 있는 이 열도만으로는 부족합니다. 아시아 전체를 대일본제국의 품에 안아야 합니다. 그러기 위해서는 지금 여러분이 가는 류큐야 말로 아시아 곳곳으로 뻗어나가기 위한 중요한 통로 역할을 해 주는 곳이므로 반드시 대일본제국의 다리 역할을 해 주어야 할 곳입니다. 이미 류큐번으로 책봉되었음에 불구하고 일본의 품을 거절하는 류큐를 당연히 엄벌해야 하겠지만, 그들도 엄연히 일본 국왕의 자식들이니 우리가 안아줌으로써 그들 스스로 자신들의 왕을 버리고 일본 국왕을 택하도록 만들어야 합니다. 여러분의 따뜻한 노력이 절실하게 요구되는 곳입니다. 교육 받은 그대로 그들을 품에 안고 아픈 곳을 어루만져 주어야 합니다. 혹시 마음이 상하는 일이 있더라도 대일본제국의 무사로서 일본을 위해 하는 일이라는 생각을 갖고 참고 안아주어야 합니다. 대일본제국이 우매하기 그지없는 홋카이도의 아이누족을 품에 안아 주었듯이, 혹시 마음 상하는 일이 있더라도 일단 그들을 품에 안고 나서 해결할 일입니다.

자랑스런 고요샤의 직원이자 대일본제국의 무사인 여러분 모두의 건투를 빕니다."

그들은 항상 그랬다. 아이누족에게도 처음에는 그렇게 반가운 손님이 있을 수 없을 정도로 풍요로운 삶을 열어 줄 것처럼 친밀하게 대해 주었다.

아이누족은 에조치에서 쌀농사를 짓지 않았었다. 쌀 농사법도 몰랐고 에조치의 기후 역시 쌀농사에 적합하지 않았던 관계로 쌀농사를 짓지는 않았지만 넓은 영토 덕분에 나름대로 다른 농작물을 수확해서 생활하는 데 전혀 문제될 것이 없었다. 게다가 그들에게는 그물만 넣어도 팔뚝보다 커다란 물고기가 잡히고 눈앞에 펼쳐져 있는 산 어디를 가더라도 사냥할 짐승들로 가득했다. 사냥한 짐승들은 고기를 제공할 뿐만 아니라 추운 기후에 사는 그들에게는 더 없이 좋은 입을 거리를 제공해 주었다. 생활하는 데 전혀 불편함도 없었고, 욕심을 낼 필요도 없이 살아가는 행복이 있을 뿐이었다.

그들이 쌀이라는 것을 알게 된 것은 마츠마에 번과 교역을 시작하면서였다. 사냥한 짐승 한 마리에 쌀 한 말, 물고기 몇 마리에 쌀 한 되를 주는 식으로 시작된 교역은 처음에는 쌀밥이라는 맛있는 음식을 알게 해 준 일본인들에게 고마워해야 할 일이었다. 그러나 쌀밥에 맛을 들이고 이제는 쌀이 꼭 필요한 물품이 되자 쌀 한 말을 얻기 위한 짐승의 숫자는 날로 늘어만 갔다. 한 번 사냥이면 쌀 두어 말과 바꾸던 것이 이틀, 삼 일을 사냥해야 겨우 한 말을 얻을 수 있을 지경에 이르러서도 일본인들은 어떻게든지 쌀을 적게 주려고 사냥한 짐승에 대해 트집을 잡기 일쑤였다. 물고기는 더 말할 것도 없었다.

결국 처음에는 고맙게만 여겨지던 일본인들이 이제는 도둑놈처럼 보이기 시작했다. 그렇다고 쌀밥 맛을 들였는데 안 먹을 수도 없었다. 울며 겨자 먹기 식으로 어쩔 수 없이 더 많은 노력을 들여서라도 쌀을 구매해야 했다.

그러더니 급기야는 총칼을 들이 밀며 군대를 밀고 들어와서 눈에 보이는 대로 살생을 해댔다. 바로 옆에서 아내와 자식이 죽어 나가고 며느리가 끌려가서 강간을 당하고 급기야는 자신의 목숨까지 앗아가는 사태가 벌어지고 말았던 것이다.

오시마 반도 남쪽 귀퉁이에 둥지를 틀고 아이누족과 교역을 하며, 서로 도움으로써 아이누족을 살찌게 하겠다던 일본의 행동들은 결국 아이누족을 멸망의 길로 밀어 넣기 위해서 미리부터 준비된 친절이었을 뿐이다. 친절로 상대를 어느 정도 손아귀에 넣고 나면 무차별적으로 손을 조여 상대의 숨통을 끊어 놓아야 직성이 풀리는 것이 일본인들이었다.

도야마는 지금 류큐에 파견될 자신의 조직원들에게, 에조치를 눈에 담고 죽어간 아이누족들의 시신을 짓밟고 정복한 홋카이도라는 땅을 떠올리면서 스스로에게 고무되어 열광적인 연설을 했다. 그리고 그 연설을 알아들은 조직원들은 목청껏 환호를 지르면서 화답했다. 그 모습을 보면서 도야마는 이토의 선경지명에 다시 한 번 경의를 표했다. 지금이 최적의 시기라는 것을 확신하던 이토의 얼굴이 떠올랐다.

그는 이 모든 것들을 내다본 것이리라. 남아도는 하급무사들을 확보함으로써 조직원을 확보하기 쉽고, 홋카이도라는 새로운 땅을 개척하기 위해서 모여드는 업자들이 많고, 류큐까지 손에 넣고 나면 고요샤는 그 끝이 어디인지 모르게 비상할 것이다. 고요샤의 힘을 마음껏 활용할 수 있는 이토 역시 그만이 그리는 왕국을 건설할 수 있을 것이다.

그 왕국의 그늘 아래서 흘러가는 세월을 즐기며 살고 있을 도야마 자신을 쳐다보니 저절로 입이 찢어졌다.

류큐에 파견된 조직원들은 아무 탈 없이 일을 잘 진행해 갔다. 과중한 인두세에 짓눌리던 류큐족들은 인두세 자체만도 힘들고 어려운데, 자신의 몫까지 챙기려고 그 위에 더 얹어서 세금을 거둬들이는 탐관오리들을 벌해주는 일본인들이 고맙기만 했다. 그것도 아무도 모르게 야음을 틈타거나 한적한 곳에서 징벌하는 것이 아니라 모두에게 표상을 보이기 위해서 드러내 놓고 벌을 주니 속까지 시원했다.

일본은 이미 류큐를 정벌했던 전철이 있는데다가 자신들이 류큐를 번으로 임명했다는 이유를 들어, 고요샤 직원들은 중앙정부에서 파견한 감찰단이라고 하면서 그들에게 감찰권을 부여했다고 했다. 그리고 그들은 엉뚱한 짓은 하지 않고 탐관오리들만 벌한다. 인두세가 과도한 것에 대해, 차라리 이럴 바에는 일본과 합병하여 인두세를 내지 않는 세상에서 살았으면 좋겠다고 백성들의 마음을 대신해서 불평까지 해 준다. 류큐족 백성들에게는 더 없이 고마운 사람들이었다. 자신들의 아픈 마음을 어루만져 주는 천사들이었다.

그런 그들에게 류큐 정부는 아무런 조치도 취하지 못했다. 그 이유는 무엇보다 일본이 두렵고 무서워서이지만 그에 못지않은 이유가 백성들이 그들을 좋아한다는 것이다. 자신들의 아픈 마음을 어루만져 주는 일본인들을 좋아하는 백성들 앞에서 그들에게 무슨 조치를 취할 수가 없었다. 류큐국 정부는 일본인들이 설쳐대는 바람에 지금 자신들의 살이 썩어 들어갈 정도로 곪고 있다는 것을 알면서도 아무런 조치도 취하지 못하는 딱한 처지가 되어 하늘만 바라보고 있었다.

정부가 손을 놓고 있는 동안 백성들 사이에서는 류큐국의 세금에 대한 원성이 점점 높아만 갔고 일본이 원하는 대로 류큐를 접수할 때가 다가오고 있었다.

류큐에 파견된 조직원들의 상태도 점검할 겸 실제로 그곳 사정도 파악할 겸해서 류큐에 갔던 하코다가 돌아왔다.

"류큐의 사정은 기대 이상입니다. 이제 더 이상 지체할 이유가 없는 것 같습니다."

하코다는 자신이 보고 들은 것을 소상히 이야기하는 말미에, 더 이상 지체할 것 없이 류큐를 합병할 것을 제안했다.

"그럼 내일 함께 가서 이토 상을 만나시지요. 제가 듣고 전하는 것보다 그 편이 더 정확하고 빠를 테니까요."

도야마는 하코다의 자신에 찬 표정에서 그곳 사정을 충분히 읽을 수 있었다. 하코다가 저 정도로 자신한다면 그건 틀림이 없는 것이다. 이미 모든 일에서 작전을 짜거나 계획을 세우는 기획부문은 도야마가 중심이 되고 현장에서 벌어지는 일에 관해서는 하코다의 명에 따라서 움직이는 것을 원칙으로 진행하고 있는 터였다. 도야마가 설계를 하면 하코다는 그것을 현장에서 실행하는 거다. 하코다는 후쿠오카 번사 출신으로 무예도 남다르게 뛰어난 만큼 무사들의 습성도 잘 알고 또 현장감도 상당히 뛰어나다. 그가 때가 왔다고 하면 그 말은 믿어도 좋은 말이다.

이튿날 두 사람이 함께 이토를 찾아갔다.

"그래, 하코다 상이 직접 가서 보니까 류큐는 어떻더이까?"

이토는 반갑게 두 사람을 맞으면서도, 바쁜 일정 중에 고요샤에서 온다는 바람에 틈을 낸지라 얼굴을 보자마자 단도직입적으로 현황부터 물었다.

"지금이 뜻을 행동으로 옮길 적기라고 생각합니다."

"그래요? 나는 두 분을 비롯한 고요샤에게 류큐에 관한 모든 것을 이미 위임한 사람이오. 목적이 무엇인지와 해서는 안 될 방법만 말씀드리고 나머지는 알아서 하라고 이미 말했으니 그 시기와 방법은 두 분이 알아서 하시면 됩니다."

"그래도 말씀을 드리고 행동으로 옮기는 것이 나을 것 같아서요."

"아, 내가 가장 중요한 말씀을 미처 못 전해 드려서 오해를 하셨는지도 모르겠습니다.

이미 왕실에서도 재가가 났습니다. 류큐를 정식 병합하라는 국왕의 어지가 내려왔어요. 내가 두 분께 전달을 했어야 하는데 그만 너무 바쁘다 보니….

그런 문제 때문이라면 걱정 안 하셔도 됩니다. 그리고 국왕께도 이미 두 분과 함께 히라오카 상에 대한 말씀을 드렸습니다. 이번 작전에서 가장 고생하며 큰 공을 세우고 계신 분들이라고 보고하면서 고요샤야 말로 우리 일본에서 가장 필요한 회사라고 말씀드렸습니다."

"고맙습니다. 국왕께 저희들의 이름까지 직접 거론하면서 칭찬해 주실 정도로 신경 써주신다니 앞으로 더 열심히 하겠습니다."

이토가 국왕에게 보고했다는 말이 끝나자마자 도야마의 입에서는 고맙다는 말이 저절로 나왔다. 이번 작전에 필요한 것을 말하려던 하코다는 어정쩡한 기분으로 연신 고개를 숙이는 도야마를 따라서 고개만 끄덕이면서 우물쭈물할 뿐 한마디도 하지 못했다. 그런 하코다의 표정을 읽은 이토가 장황한 도야마의 인사가 끝나자 물었다.

"하코다 상이 무언가 할 말씀이 있는 것 같은데요?"

"예, 다름이 아니라 이번에 병력이 대략 300에서 500명쯤 필요한데 괜찮겠습니까?"

"병력이요?

글쎄요…?

병력은 안 쓰는 것이 좋다고 이미 말했는데…?

그래서 장황하게 사전작업부터 들어간 것 아닙니까?"

"병력으로 전쟁을 하겠다는 것이 아닙니다. 다만 위협적인 분위기를 만드는 데 필요할 것 같아서요."

"전쟁을 하지 않는데 위협적인 분위기를 만드는 데 필요하다?"

"예, 그렇습니다.

내무경께서는 이미 아시고 계시겠지만 류큐의 정치 행정조직은 수리왕부라고 부르며, 수리왕부에서 가장 중요한 정책 결정은 평정소(評定所)가 맡아서 하고 있습니다. 그곳의 수장은 '섭정'이라고 불리는 자가 맡고 있으며, '삼사관'이라고 호칭하는 세 명의 실력자가 실무를 담당하고 있습니다.

그들 중 섭정과 삼사관 중 한 명은 돈과 사후 보답을 하겠다는 약조를 통해서 확실하게 매수해 놨습니다. 그런데 나머지 삼사관

둘 중에서 하나는 도저히 말을 들을 것 같지 않습니다. 수차례 대화를 시도하고 온갖 조건을 다 걸어보아도 꿈쩍도 안 합니다. 작전개시 직전에 마지막 수단으로 설득해 보고, 차라리 죽이라고 대들면 그가 원하는 대로 작전개시와 동시에 손을 쓰는 별도의 작전을 펼칠 작정입니다. 별도의 작전은 저희 손으로 수행하는 것이 아니라 이미 매수한 류큐 쪽의 무사들이 처리할 것이니 그 역시 걱정하지 않으셔도 됩니다. 그들이 작전을 성공시키고 나면, 그때는 이미 류큐가 우리 대일본제국과 합병하기 직전일 테니 체포되더라도 곧 바로 석방하면 될 일입니다.

그리고 나머지 하나는 아직 태도가 불분명하기는 한데 작전개시 전까지는 우리 쪽으로 결론이 날 것 같기는 합니다. 하지만 장담할 수가 없습니다. 따라서 일단은 작전개시와 동시에 류큐의 수리궁을 병력으로 하여금 포위를 하게 하여 공포 분위기를 조성하는 겁니다. 쉽게 결론이 날 일은 아니니 짧게는 하루에서 길게는 며칠을 보낼 수도 있는 일입니다. 하지만 낮에는 궁에서 그런 분위기를 연출하고 밤에는 그의 집으로 찾아가서 나름대로의 작전을 펼치면 머지않아 결론을 내릴 것입니다. 돈과 사후조처를 승낙하던지 아니면 양심상 그 짓은 할 수 없고 공포를 못 이겨 사직을 하던지 결단을 내릴 것입니다. 입궁을 하면 하면 대일본제국의 병사들이 궁궐을 포위하고 있고, 퇴궐을 하면 아무리 경비를 철저하게 하고 방을 옮겨가며 잠을 자려고 해도 영락없이 목에 칼을 겨누며 부와 명예를 택하던지 아니면 가족 전체의 죽음을 택하라고 독촉하고 유유히 사라지는데 견딜 재간이 없을 겁니다. 물론 사직을 하면 그것으로 끝이라는 말은 잊지 않을 것입니다.

결국 모든 중요 정책을 결정하는 평정소에서 대일본제국과 류큐와의 병합을 100% 찬성하는데 병사들로 포위된 살벌한 궁에 앉은 왕이라고 찬성하지 않을 수 없는 분위기를 만들어 주자는 겁니다. 최악의 경우에 한 명을 제거할 경우에도, 제거하는 날 작전이 이루어져서 미처 다른 사람을 삼사관으로 임명할 시간도 없으니 무조건 100%의 찬성입니다. 100% 찬성을 얻어야 대외적으로도 100%라는 타당성을 인정받을 것이고 류큐왕 역시 100%라는 것은 무시하지 못할 것입니다. 더불어서 류큐왕은 우리가 매수한 섭정을 통해서 도탄에 빠져서 허우적거리는 백성들의 원성도 함께 들을 것이니 반대할 수도 없을 것입니다. 이미 우리가 매수한 이들은 백성들의 고통을 덜어주기 위해서라도 일본과 합병하는 것이 낫다고 주장하도록 각본을 맞추어 놓은 상태입니다."

"그런데도 왕이 반대하면 어쩔 셈이오?"

"대신에게 쓴 방법을 왕에게라고 못 쓰겠습니까? 아무리 경비가 삼엄하다고 해도 왕이 잠자는 곳에 바람처럼 숨어들 정도의 실력을 갖춘 무사들은 저희 고요샤에 수도 없이 많습니다."

"병력으로 전쟁을 하는 것이 아니라 위협을 준다? 그것 참 좋은 생각이구려. 그리고도 왕이 찬성하지 않으면 우리가 홋카이도에서 썼던 방법까지 동원한다? 그것도 그런 일을 할 자원이 고요샤에는 수도 없이 많다?

정말 대단하오! 그런 자원을 소유한다는 것이 얼마나 중요한 자산인지는 날이 갈수록 고맙게 느낄 것이오.

좋소이다!

아주 훌륭한 작전이요! 500의 군사가 전쟁을 하는 것이 아니라 치안유지를 위해서 궁을 포위한 것이라고 소문을 내면 다른 나라들도 그 일을 가지고 시비할 수는 없을 터이니 정말 좋은 작전입니다."

이토는 국제적인 눈을 피하면서도 확실하게 일을 성사시킬 수 있는 작전을 수립한 것에 자못 감탄하고 있는 것 같았다.

"한 가지만 더 물어 봅시다. 대일본제국이라는 말이 정말 좋게 들리는데, 그건 누가 생각해 낸 거요?"

이토는 감격스러운 표정까지 지으면서 물어보았다.

"예, 그건 저희 고요샤 창업자인 세 사람이 공동으로 고민한 끝에 만들어 낸 안입니다. 내무경께서 마음에 드신다면 저희들로서는 그저 영광일 뿐입니다."

이토의 질문을 받자 하코다가 그건 도야마가 고안한 것이라고 대답하려는 순간, 도야마가 갑자기 말 틈을 비집고 들어와서 세 사람이 공동으로 연구해서 만들어 낸 말이라고 했다.

도야마는 자신이 입을 다물고 있으면 하코다가 자신을 지명할 것을 잘 알고 있다. 그러나 자신이 그 말을 고안한 것이라고 한들 자신에게 크게 돌아올 이익이라고는 없어 보인다. 하지만 고요샤의 창업자인 세 사람이 공동으로 고민하여 만든 것이라고 한다면 이토는 세 사람 모두가 정말로 자신의 뜻에 부합된다고 좋아할 것이고 고요샤는 그만큼 더 신뢰를 받게 된다. 그리고 또 한편으로는 자신이 혼자서 고안한 것이 아니라 세 사람이 함께한 것이라는 소리를 듣는 순간 하코다는 도야마 자신을 다시 한 번 쳐다보게 될 것이다. 도야마의 진심은 공을 가로채기는커녕, 모든 공을 조직으로 돌려서 공유하는 것이라고 감탄할 것이다. 이야말로 작은 공 하나를 조직이 공유함으로써 얻을 수 있는 최대의 효과다.

그러자 이토는 고개를 끄덕이면서 말을 받았다.

"정말 훌륭한 분들이구려. 정말 좋소이다. 나도 대일본제국이라고 외치고 싶구려. 하지만 아직은 아니요. 그 날이 오면 내가 가장 크게 외치리다. 다만 이미 들은 대로 너무 좋은 작전 능력과 풍부한 인적 자원, 그리고 대일본제국을 진정으로 사랑하고 아끼는 마음을 가지고 있는 고요샤를 다시 한 번 깊이 신뢰할 수 있게 되었다는 말씀은 드리고 싶소.

좋소이다! 병력사용도 허가하오. 내가 이 모임이 끝나는 즉시 조처할 것이니 필요한 날자와 출항할 곳만 통보하시오. 그리고 국왕께 오늘 이 자리에서 있던 일들과 대화 내용을 하나도 빠짐없이 보고하리다. 부디 성공적으로 작전을 끝마치기를 기원하오."

이토는 말하는 도중에 각료들이 찾아왔다는 보고를 받으면 다른 방에서 기다리게 조처해 놓을 것을 지시하면서, 두 사람과 끝까지 이야기를 나누고 나서야 자리에서 일어서면서 손을 내밀어 악수를 청했다.

"정말 믿음직하고 나보다 젊은 동지들을 만나서 기쁘기 그지없소. 나보다 젊으니 그만큼 우리 대일본제국의 앞날이 밝다는 의미가 아니겠소. 부디 성공하기를 기원하리다."

두 사람의 손을 굳게 잡은 이토는 대일본제국이라는 말을 서슴없이 하면서, 다른 나라를 병합할 때 써먹을 수 있는 정말로 좋은 작전 하나를 습득했다고 스스로 만족해 했다. 그리고 머릿속으로는 만주에서 대마도에 이르는 조선의 영토를 그리고 있었다.

그들이 그날 이토를 만나고 헤어진 지 채 한 달이 되지도 않아서, 류큐의 평정소 삼사관 중 한 사람이 탐관오리를 징벌하기 위하여 조직되었다는 자국 무사들의 이름도 알 수 없는 비밀 조직에 의해 살해당했다. 그리고 그 대신이 살해당하던 바로 그 밤에 일본 정부군 500명이 류큐왕의 수리성을 포위하는 작전에 돌입했다.

　고요샤는 그 작전에 돌입한 지 불과 하루가 지나지 않아서 쇼 타이 왕 스스로 합병문서에 도장을 찍게 했다. 그리고 쇼 타이 왕을 도쿄로 압송하여 후작에 봉해지도록 만들었다.

　결국 류큐왕국은 1879년 일본에 병탄되어 류큐 제도는 오키나와 제도라는 이름을 얻게 되고 류큐 제도에서 가장 큰 섬은 오키나와라고 불리게 되었다.

　오키나와라는 새로운 이름이 탄생하면서 류큐의 무고한 백성들에게는 성명을 일본식으로 바꾸라는 창씨개명이 선포되었고, 일본에 병탄되면 없어진다던 인두세는 없어질 줄을 몰랐다. 혹시나 일본에 병탄되면 더 나은 삶을 살 수 있지 않을까를 기대했던 류큐 백성들에게 달라진 것이라고는 자신들의 언어와 문자를 사용하면 안 되고, 이름을 일본식으로 고쳐야 하며, 일본어를 써야하고, 자신들의 종교를 버리고 죽은 일본 사람을 신이라고 모신다는 신사를 참배해야 하는 것 이외에 득이 되는 것은 아무것도 없었다. 아무런 득도 되지 않는다고 불평하던 사람들은 날이 갈수록 더 혹독한 일을 당하면서 정말 잘못된 선택이라는 것을 스스로 깨달을 수 있었다.

　생활은 하나도 좋아진 것도 없이 모든 것을 일본식으로 하라고 하면서, 거부하면 철저하게 응징하는 것은 물론 그 과정에서 목숨을 앗아가는 것도 마치 파리 한 마리 죽이듯이 손쉽게 처리했다. 그렇게 공포 분위기를 형성하더니 급기야는 토지조사 사업을 실시해서 개발을 한다는 명목으로 류큐인들이 소유한 땅을 무차별적으로 수용하기 시작했다. 그리고 대토라고 지급하는 곳은 전혀 개간할 수 없는 곳이거나 심지어는 모래로 이뤄진 바닷가의 백사장을 대토로 불하해 주기조차 했다. 그리고 불만을 토로하면 국가 정책에 반역을 저지른 죄목으로 최소한 20년 징역에서 사형까지 서슴없이 판결하고 실행했다. 류큐인들은 땅을 치며 통곡하고 하늘을 우러러 자신의 잘못을 탓하며 목숨을 끊는 이들이 부지기수였다. 그러나 일본인들은 홋카이도에서 벌어졌던 일들이 류큐에서 10년 만에 다시 벌어진 것이라고 생각할 뿐 더 이상의 의미를 두지 않았다. 일본인들에게는 영토가 늘어났다는 사실만이 중요할 뿐, 아이누족이 죽어 자빠지든 류큐족이 죽어 널브러지든 신경 쓸 일은 아무것도 없었다. 일본 외의 또 다른 일본이 일본인들에게 주는 의미는 영토와 자원의 확장이라는 것 이상으로는 아무런 가치를 설정하지 못했다.

고요샤가 자·타국을 가리지 않고 베어 버린 사람들의 피와 목숨 값으로 3년의 성장기를 거치고 난 후인 1881년.

고요샤의 창립을 주도했던 세 사람이 다시 자리를 마주했다. 그동안에도 자주 함께 자리를 했지만 오늘은 아주 특별한 자리였다. 도야마가 고요샤의 새로운 변신을 위해서 준비한 것이 있다고 미리 통보를 했기 때문이다.

"드디어는 이토 상께서 내각을 장악하셨습니다. 이토 상께서는 급진적인 내각책임제를 꿈꾸는 허황된 오쿠마 상의 그릇된 생각을 지적하심으로써 오쿠마 상을 권좌에서 내려가게 하고 모든 권력을 이양 받으셨습니다. 국왕을 아버지로 모시는 대일본제국의 명실상부한 어머니 역할을 맡으신 것입니다. 대일본제국이 아시아를 품에 안기 위해서 갖추어야 할 모든 조건들이 차근차근, 하나씩 갖춰지고 있는 것입니다."

그 말을 듣자 히라오카는 정말 좋아서 어쩔 줄을 몰랐다. 세 사람 모두 고요샤를 통해서 이익을 본 것만 해도 상당하다. 하지만 히라오카는 물질적으로는 나머지 두 사람에 비하면 훨씬 많은 이익을 보았다. 고요샤를 통해서 들어오는 수익은 일정한 비율로 거둬들인 이권에 대한 수익에서 이토가 지시하는 일을 비롯해서 나라에서 필요하다는 사업을 위해서 지출하는 사업비를 제외하고 남은 수익금을 세 사람이 균등 분배하는 것이다. 두 사람에게는 그 수익이 전부다. 그러나 히라오카는 고요샤를 통해서 자신의 사업을 확장하고 있으므로 그 사업에서도 이득을 보게 된다. 결국 금전적으로는 히라오카가 최대의 수혜자인데 일이 잘 풀려가니 더 많은 수익이 저절로 굴러들어 올 것 같아서 기쁨을 숨길 수가 없는 것이다.

그 점에서는 하코다 역시 다를 것이 없었다. 세이난 전쟁이 패전으로 끝나고 할복까지 고민하던 자신이 이렇게 변신할 줄은 꿈에도 몰랐던 일이다. 처음에 고요샤를 조직할 때 마음에 내키지 않았음에도 불구하고 참여한 덕분에 류큐에서 제대로 일을 할 수 있었다. 그 덕분에 국왕을 알현하는 영광도 안았다.

그뿐만이 아니다. 후쿠오카 번사로 일했으면 평생 만져도 보지 못할 돈이 3년이라는 기간 만에 자신의 수중에 놓여 있다. 나라를 위해서 쓰느라고 쓰면서도 도야마와 히라오카와 같은 비율로 나눈 돈이 그리도 많을 것이라고는 꿈에도 생각지 못했었다.

이 모임에 참석한 것이 손해 보는 일이라고는 절대로 생각할 수 없는 현실이 자신 앞에 펼쳐지고 있었다.

"그럼 우리는 앞으로 무엇을 해야 합니까?"

히라오카가 묻자 도야마는 별 것 아니라는 표정으로 가볍게 대답했다.

"우리는 우리 하던 대로 하면 됩니다. 다른 것은 일절 신경 쓸 필요가 없습니다. 그동안 우리가 해 온 사업들이 모두 잘 이뤄져서 이토 상께서도 칭찬이 자자하시다는 것은 여러분도 잘 아실 것입니다. 그러니 더 이상 무엇을 한다는 것보다 지금처럼 잘 해 나가는 것이 더 중요하다는 것입니다.

이제 머지않아서 내각에서는 완전한 내각제를 위해서 총리대신을 선출하고 그 자리는 보나마나 이토 상께서 맡으실 것입니다. 명실상부한 대일본제국의 최고 권력자이자 모든 일본 국민들의 어머니가 되시는 겁니다. 그때는 우리도 한 발자국 더 나가야지요.

이토 상께서 총리대신이 되시고 나면 분명히 조선으로 눈을 돌리실 것입니다. 그 날을 대비해서 우리는 조선에 한 발자국 먼저 가 있어야 합니다."

"구체적으로 어떤 일을 하는 것인지 알고 싶습니다."

하코다는 이번에는 자신이 무슨 일을 해야 하는지 알고 싶었다.

"하코다 상께서는 이미 류큐처럼 어려운 일도 손쉽게 해결하셨는데 뭘 걱정이십니까? 어차피 비슷한 일이 장소만 조선으로 바꿔서 벌어질 것이라고 생각하시면 될 것 같습니다만…?"

하코다는 조선으로 바뀐다는 말에 귀가 번쩍 뜨였다.

"그럼 정한론을 시작하는 겁니까?"

"물론입니다. 다만 전쟁을 통한 정한이 아니라 류큐와 같은, 아니죠. 어쩌면 류큐와 에조치를 합한 그런 방식의 정한론이 될 것입니다. 그야말로 대일본제국을 건설하기 위한 진정한 출정식이라고 할 수 있을 것입니다.

따라서 차제에 우리가 만들어서 이끌어 가고 있는 회사의 고요샤(向陽社)라는 이름도 겐요샤(玄洋社)로 바꿔서 대일본제국이 가고자 하는 길에 보다 큰 밑거름 역할을 하는 것이 어떨까 합니다.

조직의 이름이야 무엇이든 어떻겠습니까만 사이고 장군을 따른다는 의미로 그동안 빛을 향해서 간다는 뜻으로 썼던 이름도 좋지만, 이제는 어느 개인을 쫓는 것이 아니라 일본 전체를 염두에 두어야 할 때라고 생각합니다.

우리 일본의 주변을 적들이 감히 넘볼 수 없는 검은 바다로 만들어서 전 세계로 뻗어나가고, 만일 우리를 해하려는 자들이 있다면 그들을 그 검은 바다에 수장시켜 버리는 겁니다. 그런 뜻으로 검은 바다라는 뜻의 이름이 더 잘 어울리는 것 같아서 저 혼자 겐요샤로 개명하는 것을 생각해 봤습니다. 그리고 이토 내무상께서도 아주 좋은 생각이라고 하셨습니다.

어차피 지향점이 같기에, 목적을 바꾸는 것은 아니지만 규모도 키우고 행동반경도 넓히는 것이니 한 번쯤은 개명을 하는 것도 괜찮다는 생각입니다.

그리고 회사명을 개명하는 참에 사업가로 일본 전역에 이름이 알려지신 히라오카 상께서 회장을 맡아 주시는 것은 어떨까 합니다만? 두 분은 어떻게 생각하시는지요?"

"글쎄요? 회사 이름을 바꾼다는 것이 그렇게 간단한 것은 아니지만 규모도 커지고 행동반경도 넓어지면서 새로운 각오를 다지기 위한 수단으로는 좋은 것 같습니다. 자칫 안위에 빠질 수 있는 직원들에게도 신선한 충격으로 작용할 수 있을 것입니다. 하지만 자질도 없는 제가 회장을 맞는다니 그 역시 부담입니다만 열심히 해 보겠습니다."

도야마의 제안이 끝나자 히라오카가 즉각 답을 했다. 너무나도 기분이 좋은 나머지 무슨 말을 해도 좋다는 말 이외에는 대답할 것이 없었다.

하코다 역시 반대할 이유는 없었다. 오히려 사업가인 히라오카의 말대로 직원들에게 신선한 충격이 주어질 수도 있다는 생각이 들어서 좋다고 했다.

"좋습니다. 그럼 이제부터 우리 조직이자 회사 이름은 겐요샤로 하겠습니다.

그리고 이 자리를 빌려서 한 가지 더 밝혀둘 것이 있습니다. 우리 세 사람이 하는 이야기들은 절대 비밀이 지켜지고 있어서 믿고 드리는 말씀입니다만 들어 보시면 저절로 신이 나실 일입니다."

도야마는 마치 아주 중대한 것을 발표라도 하는 것처럼 긴 서설과 함께 잠시 말까지 끊어가면서 뜸을 들였다.

"다름이 아니라, 이건 이토 상께서 얼핏 비친 말씀을 가지고 제가 조합해 본 것입니다. 하지만 제 말이 크게 틀리지는 않을 것입니다.

이토 상께서는 앞으로 남은 당신 생애는 물론 그 후손들을 위한 모델로 홋카이도와 오키나와를 삼으신 것 같았습니다. 홋카이도가 판적봉환에 의해서 지금은 일본왕에게 속해 있지만, 원래는 마츠마에 번이 독립왕국으로 남겠다는 것을 무쓰 상이 굴복시켰다고 말씀드렸잖습니까? 무쓰 상의 칼날에 굴복하지 않았다면 독립왕국으로 남았을 것이라고.

그리고 오키나와는 엄연한 독립왕국이었던 것을 우리들이 여러 수단을 동원해서 굴복시킨 것이니 더 이상 이야기하지 않아도 잘 아실 것입니다.

이토 상은 그런 경험을 바탕으로 조선만큼은 새로운 방법으로 정벌하고 싶어 합니다.

조선을 정복하되 일본의 일개 행정구역으로 병합되는 것이 아니라 속국인 제후국으로 만듦으로써 자신이 통치하는 나라를 만들고 싶은 겁니다. 일본의 제후국이라도 자신이 그 나라의 왕이 되고 싶은 겁니다. 조선을 정복할 수 있다면 대륙의 만주는 조선 영토이니, 대일본제국의 제후국인 이토 왕국은 만주벌에서 반도까지 무한하게 퍼져 있는 자원을 조선인의 노동력을 이용해서 개발하고, 가공·생산하여 값싸고 질 좋은 상품을 일본 본토에 제공할 수 있을 겁니다. 또 토질이 좋기로 유명한 반도에서는 식량을 일본으로 공급해 주기도 할 것입니다. 그런 교역을 통해서 부도 축적될 것이고요.

그런 과정을 통해서 부를 축적하고 군사력을 증진시킨다면 청나라로 진군하는 것도 시간문제입니다. 그야말로 대일본제국이 아시아를 품에 안을 수 있는 기본 조건을 충족하는 겁니다. 그리고 거기에서 창출되는 이익은 일본 국민들에게 많은 이익을 가져다 줄 것입니다.

그뿐이겠습니까? 그렇게 되기만 한다면 우리 겐요샤는 조선과 만주를 다스리는 이토 왕의 최측근으로 자리 잡고, 왕을 보호하면서 대륙진출을 꾀함으로써 대륙과 반도의 모든 것을 우리 마음대로 주무를 수 있습니다.

그렇게 만들기까지의 과정에서 어쩔 수 없이 벌어질 일들은, 어차피 일본 내에서 상권을 점유할 때도 썼던 방법입니다. 하물며 무지한 다른 나라 국민들에게 쓰지 못할 이유가 없습니다. 우리 눈앞에 우리 자신들을 위한 부와 권력이 펼쳐지면서, 일본 국민들에게도 이익을 줄 수 있는 일을 못할 까닭이 없는 것 아닙니까?"

도야마는 자신의 속내를 드러내고 있었다. 항상 민권을 앞세웠지만 지금 이 자리에서는 부와 권력을 위해서 모든 일을 한다고 솔직하게 고백하고 있었다.

하코다는 속내를 드러내는 도야마에게 본래의 목적을 잃어버리지 말자고 말하고 싶었지만 입이 떨어지지 않았다. 게다가 도야마의 말만 듣고도 모든 것이 이루어진 것처럼 좋아하는 히라오카의 꿈도 깨고 싶지 않았다. 아니 그보다 솔직해지자면, 고요샤가 한 행동 중에서 가끔 이건 동네 양아치들이나 할 행동이라는 생각이 들던 자신도 어느 순간에 돈으로 만든 권력의 방석에 앉아 두둥실 떠다니는 것 같은 기분이 들면서 저절로 좋아지는 것을 숨길 수 없었다.

겐요샤는 그렇게 탄생된 것이다.

이미 고요샤라는 이름으로 활동해 온 모든 것들을 경험 삼아서 그 눈을 조선과 대륙으로 돌리고 더 큰 짓을 벌이기 위해서 이름만 바꾼 것이 바로 겐요샤다.

고요샤에서 겐요샤로 이름을 바꾸면서 조직을 확장하고 준비를 마치자 이토가 도야마를 불렀다.

"이제 머지않아 새해가 옵니다. 겐요샤의 새해 중점 사업은 조선의 세부 지도를 만드는 일에 우선권을 두어야 할 것 입니다."

"조선의 세부 지도라 하시면?"

"조선에 몰래 잠입해서 측량을 하고 그 사항들을 기반으로 지도를 만드는 일입니다. 이미 1872년부터 육군성 간첩대에서 첩보장교들을 통해서 제작에 들어갔는데 영 지지부진하단 말입니다. 아무래도 겐요샤가 적극적으로 나서 줘야 할 것 같아요. 새해부터는 독일식 삼각측량법을 채용하여 좀 더 정확하고 세밀한 지도를 제작하기로 했으니까 겐요샤에서 간첩대와 협조하되 주도적으로 일을 끌어가 주기를 바라는 거요. 내가 이미 육군성에는 지시를 했어요. 자금을 비롯한 모든 면에서 겐요샤가 나서 주는 것이 훨씬 효율적이고 바람직할 거라는 말입니다."

"알겠습니다. 조국이 필요로 하는 일이라면 저희는 서슴없이 목숨 바쳐서 일할 각오가 되어있습니다. 다만 측량이라는 것과 지도를 그린다는 것이 전문지식이 필요한 일인데 저희 무사들로서는, 그것도 하급무사들이 주를 이루다 보니 그럴 능력이 있는 사람이 거의 없으니 육군성에서 파견된 측량기술자들과 짝을 이뤄 다니면서 그들을 보호하고 그에 필요한 자금을 전폭적으로 지원해 주도록 하겠습니다. 조선에서 측량을 한다는 것이 몰래 해야 하는 일이니 측량 기술자들이 위해를 당할 수도 있는 일 아닙니까? 조선 옷으로 변장하면 조선의 도포가 품이 여유로우니 도포 안에 칼을 숨기고 여차하면 그것으로 상대에게 위해를 가해서라도 기술자들을 보호하여 임무를 성공적으로 수행하도록 반드시 이뤄내겠습니다."

"역시 한마디 하면 척 알아들으니 내가 일하기가 편안한 겁니다. 어쨌든 일단 지도를 완성하고 조선에서 어떤 사건이 일어나면 그 틈을 비집고 들어가서 청나라 역시 개입할 여지를 만들어야 합니다. 우리가 청나라를 치고 싶어도 중국 본토로 들어가는 것은 그만큼 위험요소가 따르지 않겠습니까? 그러니까 어떻게든 일을 만들어서 청나라를 조선으로 불러 들여서 전쟁을 하겠다는 겁니다. 조선의 세부 지도까지 있으니 조선을 전쟁터라는 희생 제물로 삼아서 청나라와 전쟁을 하겠다는 겁니다."

조선을 도둑 측량하는 잠입도측을 넘어서서 조선을 피바다로 만들 짓을 서슴없이 계획하고 있었다.

잠입도측으로 조선에 대한 정보를 확충한 그들은 훗날 조선의 동학농민민중혁명 때 자신들의 조직에서 뛰어난 자들을 선발해서 조선의 자주독립을 지키려는 백성들의 혁명인 동학농민민중혁명을 진압하는 데 일조하는 한편, 청일전쟁의 불씨를 당기기 위한 공작을 벌였다. 그 결과 동학농민민중혁명의 끄트머리에 일본은 조선에서 청나라와 전쟁을 하여 대승을 거두면서 청나라의 국제적 위상에 상당한 타격을 입히고 조선에서의 실질적인 지배권까지 확보한다.

그렇다고 겐요샤의 창설 멤버인 세 사람 모두 겐요샤를 좋아하며 끝까지 함께했다는 것은 아니다. 후쿠오카 번사 출신인 하코다는 자신이 사무라이임을 자랑스럽게 생각하고 그 자부심 안에서 살아왔으나, 어느 순간 실제로는 이익만 쫓으면서 사무라이가 아니라 잡범들이나 할 일인, 개인이나 대규모의 집단 학살을 죄책감도 없이 반복하고 있는 자신의 모습에 환멸을 느낀다. 그는 1888년 1월 '무사로서의 삶을 살고 싶었으나 지금 내가 하는 일은 무사의 도가 아니라 살인과 테러를 저지르는 잡범이나 할 짓'이라는 유서를 남겨놓고 할복자살하고 말았다. 그동안의 죄 값을 치르기 위해서 스스로 목숨을 끊음으로써 명예를 되찾고 싶었던 것이다. 그런 하코다의 죽음 앞에서 보인 히라오카와 도야마의 반응은 너무나 대조적이었다. 하코다가 죽었다는 소식을 들은 히라오카가 황급히 도야마를 찾아 왔다.

"이거 문제가 생기는 것 아닙니까? 그동안 하코다가 현장지휘를 능수능란하게 해 준 덕분에 아무 탈 없이 조직이 운영되어 왔는데 무사도를 부르짖는 유서를 남기고 죽었으니 조직이 분열될 수도 있는 것 아니겠습니까?"

당황한 기색이 역력한 히라오카의 물음과는 대조적으로 도야마는 느긋하게 대답했다.

"조직의 균열이라니요? 절대 그런 일 없을 것입니다. 솔직히 죽은 사람 앞에 놓고 이런 말 하기에는 그렇지만, 한편으로는 잘된 일이지요. 벌써 몇 년이 지났는데 아직도 사이고 다카모리의 망령에 사로잡혀 무사도니 어쩌니 해 가면서 지금 시대에는 통하지도 않는 이야기를 늘어놓았지 않습니까? 솔직히 처음에 조직을 만들기 위해서야 사이고의 후광을 등에 업고 있는 하코다가 필요했지요. 하지만 이제는 조직도 다 갖춰지고 아직까지 우리 조직에 발을 들여놓지 못한 무사들은 이미 무사로서의 명예를 잃었거나 아니면 무사로서의 가치를 상실한 자들 아닙니까? 그렇지 않은 이들은 지금이라도 조직에서 불러 주기만 기다리고 있는 것이 현실이잖아요. 그러니 더 이상 하코다는 필요하지 않은 상태지요."

"하지만 현장 관리는 늘 하코다가 해 왔지 않습니까?"

"그것도 이제 의미가 없습니다. 앞으로 조직이 해야 할 일은 점점 많아질 것이고 따라서 현장도 세분화되어 갈 것인데 하코다가 총괄하기에는 그 한계에 부딪힐 시점이었어요. 차라리 현장마다 그때그때 책임자를 임명하는 것이 더 낫지요. 어차피 손봐야 될 일이 저절로 해결된 셈입니다. 게다가 엄밀히 말하면 그동안 하코다와 셋이서 지분을 나눴었는데 이제 둘로 나누면 되고 차라리 둘로 나눈 지분 중의 일부는 조직을 강화하는 데 쓴다면 더 많은 일을 해서 더 많은 수익도 올릴 수 있을 겁니다."

도야마는 간단히 정리했다. 오히려 하코다가 조직을 위해서 적당한 시기에 잘 죽었다는 소리처럼 들리는 말이다. 그럼에도 불구하고 히라오카는 지분이 늘어난다는 말만 귀에 남아 자신도 모르게 정말 잘된 일이라는 생각마저 들었다.

하코다의 죽음이 명예를 되찾기는커녕 겐요샤의 실질적인 중심축으로 도야마와 히라오카 두 사람을 남김으로써 온갖 추하고 악한 행동은 다 벌이는 결과만 낳았다. 현장을 지휘하던 하코다의 죽음 이후에 관여한 사건들은 점점 잔인해진 것은 물론, 인간의 목숨을 돈으로 환산하는 짓을 거침없이 벌였다는 것을 알 수 있다. 그리고 그런 추악하고 잔인한 행동들이 마치 겐요샤의 전통이 자 정신처럼 맥을 잇게 되었다. 하코다의 죽음은 그저 죽음일 뿐 겐요샤가 일을 하고 성장하는 데는 전혀 문제될 것이 없었다.

도야마의 말처럼 그들의 일은 점점 광범위하고 대담해졌다. 일의 옳고 그름이 아니라 이토와 정부가 원하는 것이면 무엇이든 닥치는 대로 일을 벌였다. 그들은 소위 을미난동이라고 불리는 조선의 명성황후 시해미수 사건에도 깊숙이 관여했다. 낭인이라고 불리는 양아치들을 파견한 것은 물론, 상당한 지식수준을 갖추고 있는 자들을 깊숙이 관여시킴으로써 난을 주도해 나가도록 했다. 그러나 일만 년 역사를 간직한 조선의 국모를 천오백 년 역사의 일본이라는 국가의 일개 테러집단이 시해한다는 것은 욕심일 뿐이었다. 조선의 기나긴 역사는 역사도 쥐꼬리만큼이나 짧은 일본의 양아치들 손에 국모가 시해당할 정도로 나약하지 않았다. 결국 을미난동은 실패한 일본의 거사였지만 그 결과 조선은 러시아에 의해 아관파천을 당하는 등의 굴욕적인 외교 행각을 이어감으로써 점점 국가로서의 존망에 휘둘려서 구한말의 종말로 이르게 된다.

또한 대한제국을 일본의 지배하에 넣기 위해서 이완용과 송병준을 비롯한 매국대신들에게 돈을 융단폭격으로 쏟아 부으며 매국행위에 앞장설 것을 부채질했다. 자신들의 계획이 이루어지고 나면 그에 상응하는 관직을 내리는 것은 물론 엄청난 땅을 불하해 주겠노라고 약속하는 등 온갖 추잡한 일들을 그들이 맡아서 실행함으로써 조선 침략의 선봉에 섰다.

겐요샤의 목숨 바친 충성 덕분에 이미 대한제국 초대 통감으로 즉위하여, 대한제국 왕실 위의 왕으로 군림하겠다는 자신의 꿈을 이뤄가고 있던 이토는 도야마를 서울로 불러서 새로운 명을 내렸다. 그가 원하는 대륙 지배의 꿈을 실현하기 위해서였다.

"쑨원(孫文: 손문)을 도와 중국 혁명을 성공하도록 하라는 말씀입니까? 만일 그렇게 된다면 일본의 대륙정벌이 그만큼 어려워지는 것 아닙니까?"

"겉으로 보기에는 그렇게 보일 수도 있지요. 그러나 쑨원이 내세우는 혁명의 기조를 잘 생각하면 그 해답이 나옵니다. 지금 그들이 원하는 것은 청나라를 세우고 이끌어 온 만주족을 멸하고 한족(漢族)에 의한 나라를 세워야 한다는 멸만흥한(滅滿興漢)이요. 이것은 한족만의 나라를 세우겠다는 뜻입니다. 그들이 말하는 한족만의 나라라는 것은 조선 역사의 첫 조선이 지배했던 난하 서쪽의 땅을 말하는 것 아니겠소? 황화와 양쯔강을 중심으로 하는 한족 고유의 나라를 원하는 거요. 그렇게 할 수 있도록 도와주라는 말입니다. 난하 서쪽에 한족만의 중국이 건국되고 나면 청나라의 잔존세력은 당연히 그들 스스로 자신들의 발상지라고 했던 난하 동쪽의 만주에 모일 것이고, 거기에 청나라 왕실을 내세워 그들만의 나라를 세워주면서 자연스럽게 일본이 지배하면 되는 거요. 만주라는 곳이 본래 조선의 영토였고, 만주족이라는 여진족과 조선 민족은 같은 선상에서 출발한 같은 민족이라고 볼 수 있기에, 그들을 하나로 묶으면 일본이 지배하기가 힘들 것 아니요? 덩치 큰 하나보다는 둘로 나눠놓는 것이 지배하기도 쉽고, 또 국제관계로 보아도 만주에 청나라의 후손에 의한 만주족의 나라가 세워지니 이렇다 저렇다 꼬투리도 잡히지 않을 것이오.

머지않아 내가 이 일을 마무리 짓기 위해서 하얼빈에 다녀올 것이오. 그러니 서둘러서 쑨원의 세력을 지원해야 하오. 대륙이 그렇게 나눠지고 우리가 만주족을 지배하면 그렇게도 꿈꾸던 대륙 종주국까지 완성하여 우리만의 왕국을 세우는 것 아니겠소? 그리고 한 가지 덧붙이자면 쑨원의 혁명이 성공하면서 또 다른 세력이 나타나면 한족 중심의 중국이 여러 개로 나뉠 수 있도록 그 세력도 지원해야 한다는 것을 명심하시오. 역사상 통일 중국이 자체가 힘들뿐만 아니라 그리 오래가지도 못했다는 것을 명심해야 할 일이오. 청나라의 잔존세력을 만주로 몰고 한족 중심의 중국은 극도로 혼란에 빠져 산산조각이 나야 일본이 대륙 깊숙이 지배하기가 용이할 것 아니겠소?"

이토의 명을 받은 도야마는 즉시 쑨원과 줄을 대기 시작했다. 아무리 순수한 마음에서 혁명자금을 지원하겠다고 거짓말을 한들 일본 사람이라면 받아줄 리가 만무하다는 것을 도야마 자신이 잘 알고 있었다. 수소문 끝에 낙점한 사람이 중국 5대 10국 시대 오월(吳越)의 건국시조인 무숙왕(武肅王) 첸류(錢鏐: 전류)의 후손인 첸진과 친분이 아주 두터운 장춘량이었다. 첸진에게 일본인인 자신들이 찾아가서 이야기한들 그 역시 씨도 먹히지 않을 것을 잘 알고 있기에 그와 친분이 있는 장춘량을 찾아간 것이다.

"그러니까 우리 한족의 나라가 세워지면 그때 정부사업에 참여하기 위해서 미리 혁명자금을 지원해 주시겠다는 겁니까?"

겐요샤(玄洋社)라는 명함을 내밀며 순수한 사업을 위해서라고 침이 마르게 설명을 한 도야마의 언변에 녹아내린 장춘량은 재차 다짐하듯이 물었다.

"예. 그렇습니다. 저희는 중국이 무한한 시장이라는 것을 잘 알고 있습니다. 아시아의 강대국 아닙니까? 그리고 녹슨 청나라는 반드시 본래 자신들의 나라인 만주로 돌아가게 되어 있고 역사와 전통을 자랑하는 한족의 나라가 세워진다는 것을 믿어 의심치 않습니다. 그래서 고민 끝에 이렇게 찾아뵙고 실례의 말씀을 불쑥 전한 것입니다. 솔직히 말씀드리지만 오월의 왕손이신 첸진 대인께서 주변 지인들의 힘을 모아 한족의 나라를 건국하기 위한 혁명 자금을 마련해 매월 정기적으로 지원한다면 쑨원 대인께서도 좋아하실 것이고, 훗날 한족의 나라가 건국되면 첸진 대인은 요직을 차지하실 것 아닙니까? 장 대인께서도 그 곁에 계실 것이고요. 그때 도와주시면 됩니다. 그동안 저희는 투자라 생각하고 이미 말씀드린 금액대로 혁명자금은 물론 장 대인의 활동자금까지 매월 변함없이 보내드릴 것입니다. 그리고 혁명이 성공해서 저희와 거래가 성사되면 당연히 장 대인께는 그에 따른 수수료를 지급해 드릴 것입니다. 그럴 리는 없지만 만일 일이 허사가 된다 해도 저희는 후회하지 않습니다. 원래 투자라는 것이 그런 것 아닙니까? 그리고 이것은 우선 활동자금에 보태시라고…."

도야마가 일단 활동자금에 보태라고 하면서 장춘량 앞에 내놓은 돈은 장춘량이 일 년 이상 노력해야 겨우 만져 볼 수 있는 금액이었다. 장춘량으로서는 망설일 일이 없었다. 자신이 존경하여 모시고 있는 첸진에게도 좋은 일이고 자신에게도 좋은 일이다. 사업을 하는 사람들이 한족 중심의 나라가 건국되면 정부가 주관하는 사업에 참여하여 돈을 벌기 위해서 투자를 하는 것은 당연한 일이라고 생각해서 기꺼이 받아들이기로 했다. 하지만 첸진에게 그런 사정을 모두 이야기했다가는 일본이라는 것에 대한 거부감도 거부감이지만 이권을 미리 약속하는 돈에 손대지 않을 것이 뻔하므로 첸진에게는 지인들이 모으기로 했다고 둘러대고, 첸진의 이름을 팔아서 쑨원에게 자금을 지원하기 시작했다.

엄청난 자금의 효과로 쑨원의 신임을 얻게 되자 그들은 본색을 드러내기 시작했다. 혁명군을 돕기 위한 것이라는 명분을 내세워 혁명을 반대하는 세력에 대한 테러를 도맡아 하는 등 중국을 점점 혼란의 구렁텅이로 몰아넣는 선봉에서 무수한 활약을 펼쳤다. 중국으로서는 그만두라고 하고 싶었지만 이미 그들의 자금에 의존하는 바도 컸을 뿐만 아니라 그들의 테러가 혁명에 도움이 되는 것은 숨길 수 없는 사실이기에 중국이 분열된다는 것을 알면서도 손을 쓰지 못하고 있었다.

그런데 예기치 않은 일이 벌어지고 말았다. 이토 히로부미가 1909년 10월 26일 자신의 왕국을 마무리 짓기 위해서 방문한 하얼빈에서 대한제국의 의로운 사나이 안중근의 총탄에 쓰러지고 만 것이다. 일본이라는 나라를 대일본제국으로 만드는 그늘에서 자신만의 왕국을 갖겠다는 꿈을 현실화시키기 위해서 동분서주하던 중에 천벌을 받은 것이다.

자칫 겐요샤라는 조직에 먹구름이 끼는 것 같았다. 그러나 겐요샤가 이토 히로부미와의 협잡에 의해서 탄생했다고 그의 죽음과 함께 그 막을 내리지 않았다. 이미 일본 정부는 물론 왕실에서조차 겐요샤의 존재와 필요성을 인정하고 적극 지원하는 입장이었으니, 정치하는 이들이 왕실의 비호 아래 정권을 잡기 위해서는 겐요샤의 조직이 필요해서 먼저 손을 내밀었다.

도야마를 비롯해서 겐요샤를 만든 이들이, 처음에는 부와 권력을 한 손에 쥐는 가장 좋은 방법이기에 택한 것이 겐요샤였다. 하지만 그들도 모르게 자꾸 대일본제국이라는 허상을 접하고 그 안에 빠져들다 보니 자신들도 헤어날 수 없게 되어 점점 더 깊은 구렁으로 빠져들 수밖에 없었다. 아니 빠져들었다는 표현보다는 오히려 대일본제국이라는 허상이 반드시 이루어야할 자신들의 사명이라는 생각에 중독되어 헤어나질 못했다. 그런 그들의 허상은 권력을 잡겠다고 덤벼드는 이들이 일본왕실과 연결고리를 만드는데 겐요샤가 필요하다는 것을 알고 손을 뻗으면 뻗을수록 대일본제국이 허상이 아니라 실체라는 착각 속으로 빠져들 수밖에 없었다. 겐요샤는 그 허상의 늪 깊은 곳으로 빠질수록 점점 더 세력을 부풀려 나갔다. 다만 한 가지 달라진 것이 있다면 이토가 꿈꾸던 이토 히로부미의 왕국이 아니라 열도와 반도는 물론 대륙까지 하나의 일본으로 만들겠다는 기치를 걸고 대한제국을 병탄하는가 하면, 그것에서 멈추지 않고 대륙침탈 야욕을 중국 본토로 넓혀가려고 발버둥 친 것이다.

이토의 죽음에도 흔들리지 않고 일본왕실과 정부의 전폭적인 지원을 받은 겐요샤가 혁명군을 지원하고, 청나라로부터 독립해야 한다는 열망을 모은 한족의 혁명군은 그 세력이 날로 커져서 청나라는 만주 지방으로 밀려나며 붕괴가 눈앞에 다가왔다. 그때를 기다려온 일본 정부는 청나라의 잔존 세력 중 가장 막강한 장쭤린에게 접근하여 만주국 설립을 위한 초석을 다진다.

"우리 일본으로서는 남만주 철도 부설권을 넘겨주는 등의 우호를 베푼 청나라가 이렇게 주저앉는 꼴을 볼 수 없어서 무기와 군자금을 지원하려 하는 것이니 호의를 물리치지 말고 받아주시면 고맙겠습니다. 저희가 베푸는 호의에 대한 보답은 일단 나라를 구하고 난 후 논의하면 좋겠다는 생각입니다."

일본의 제안을 받은 장쭤린으로서는 망설일 이유가 없었다. 당장 필요한 무기와 군자금을 얻는 것이 더 중요한데 그것이 일본 돈이냐 아니냐는 나중 문제였다. 한때는 만주를 넘어 북경까지 진출해서 대원수에 취임하기도 했다. 이토는 죽었지만 그가 생전에 세운 각본이 그대로 진행된 것이다. 일본이 이렇게 양면으로 간계를 쓰고 있다는 정보를 접함으로써 그들의 속셈을 알게 된 쑨원이 스스로 잘못된 길을 가고 있다는 것을 깨달았을 때는 돌이킬 수 없는 길로 접어든 뒤였다.

결국 겐요샤가 쑨원을 지원하는 반면에서 장쭤린을 지원하던 일본 정부는 북경까지 진출했던 장쭤린이 만주로 철수하는 중에 그가 탄 열차를 폭발하여 장쭤린을 제거하고, 만주사변을 통해서 수많은 목숨을 희생시킨 대가로 1932년 3월 1일 청나라의 마지막 황제 아이신기오로 푸이(愛新覺羅溥儀: 애신각라부의)를 내세워 만주국 수립을 선포한다. 겐요샤의 활약에 힘입어 일본은 실질적으로는 대한제국의 영토인 만주를 자신들의 수중에 넣음으로써 대륙지배의 꿈을 이루기 시작한 것이다.

만일 2차대전이 끝나고 일본이 지배하던 영토가 반환될 당시 만주국 영토가 역사와 문화에 의한 올바른 판단 하에 대한제국으로 반환되었다면 적어도 동아시아에서만이라도 인류의 역사는 올바르게 성장했을 것이다. 하지만 당시 연합국의 한 축을 형성하고 있던 중국은 영토를 차지하는 것이 중요했지 인류 역사의 옳고 그름은 나중 문제였다. 중국이 용납할 수 없었기에 만주국은 중국으로 귀환되는 불합리한 결론을 도출하게 되었고, 그것을 합리화하기 위해서 중국은 동북공정을 비롯하여 단대공정과 탐원공정 등의 영토공정과 함께 요하문명론이라는 해괴망측한 이론을 내세워 인류의 역사를 잔인하게 난도질하여 왜곡하고 있다.

겐요샤는 비단 중국에서뿐만 아니라 러일전쟁 때에는 만주에 넓혀 놓은 자신들의 세력을 모으는 것은 물론 일본 본토에서는 쓸모없이 버려지다시피 한 세이난 전쟁의 패잔병, 즉 가까스로 살아남았지만 그 어떤 곳에서도 그들을 환영하지 않아 겐요샤에서조차 채용하지 않았던, 자질이 부족한 무사들을 모아들였다. 흑룡강 일대를 점령하기 위한 군사조직이라는 의미를 붙인 '흑룡회'라는 겐요샤의 하부 조직원으로 거둬들인 후, 대거 투입하여 만주 의용군을 조직해서 러시아의 배후를 공격하는 등의 게릴라 작전을 통해서 일본이 승리할 수 있도록 깊숙이 관여함으로써 자신들의 허황된 꿈에 대한 위상을 마음껏 드러냈다.

겐요샤는 대일본제국이라는 기치 아래 일본의 영토 확장을 위해서 선봉에 서며 일본국 정부는 물론 왕실과 항상 호흡을 같이했다. 그리고 일본의 2차대전 패망과 함께 겐요샤는 연합군에 의해서 해산되어 테러와 살인을 비롯한 온갖 폭력행동이 막을 내리고, 다만 겐요샤라는 간판을 걸고 기업 활동을 하는 회사가 존재하는 것으로 알려져 있다.

그러나 그것은 사실과 너무나도 다르다.

겐요샤라는 조직을 해체한다고 하면서, 대가리는커녕 발톱의

때 하나 파내지 않고 구성원이 그대로 존재하는 조직이 해체될 까닭이 없었다. 게다가 그들은 패망한 일본이 전쟁으로 인한 상처가 아문 뒤에는 다시 대륙정벌을 해야 한다는 야망을 버리지 못했다. 비록 무력으로는 이루지 못할지라도, 자신들이 닦아 놓은 조직을 이용해서 정치·경제적으로나마 대륙진출을 할 수 있다는 야망을 버릴 그들이 아니었다.

2차대전이라는 전쟁을 통해서 엄청난 부를 축적한 우익 재벌들은 겐요샤의 힘을 알고 있었다. 겐요샤만 이용할 수만 있다면 힘들이지 않고 대륙진출을 재기할 수 있다는 것을 계산하고 있었다. 그런 계산을 한 기업들이 겐요샤가 해체되는 것을 가만히 보고만 있지 않았다. 더더욱 중요한 것은 이미 겐요샤의 모든 것을 속속들이 알고 있는 일본왕실마저 겐요샤가 해체되는 것을 원하지 않았다는 사실이다. 그런 첩보를 입수한 기업들이 겐요샤가 해체되는 것을 보고만 있을 수는 없던 일이다. 그리고 왕실이 보호해 주는 겐요샤와 손을 잡지 않을 까닭이 없었다. 그런 까닭에 겐요샤는 전후부터 지금 현재까지도 미쓰비시나 미쯔이처럼 전통적인 우익 그룹들의 지원을 받아서 사업은 물론, 활동을 지속할 수 있는 것이다.

비단 사업뿐만이 아니라 엄청난 지원금도 받아 낸다. 그들이 받는 지원금 중 최근의 것은 절대로 알아 낼 수 없다. 다만 최근의 것을 추측하기 위해서 알아낼 수 있는 가장 가까운 해에 그들에게 지원된 액수를 보고 추산할 수밖에 없으며 그 액수는 점점 늘어나고 있다는 것은 사실이다. 1988년, 일본의 극우단체들은 자신들이 받은 정치헌금액은 약 66억 엔(약 700억 원)에 이르렀다고 내무성에 신고한 바 있다. 일본 국내법에는 기업이 정치단체에 헌금할 수 있기 때문에 이것은 불법이 아니다. 그러나 그 금액의 상당수가 겐요샤로 집중된 것은 물론이다. 하지만 겐요샤는 이렇게 합법적인 헌금액만으로는 운영될 수 없는 거대한 덩치의 조직이기 때문에 그들 나름대로 사업을 한다. 이미 말한 바와 같이 해외 수출은 물론 국내 유통업을 대규모의 조직을 갖춰서 운영한다. 다만 그 파트너가 미쓰비시나 미쯔이 같은 2차대전이라는 전쟁 산업의 주역으로 활동하던 대기업들로 바뀌고, 하는 일도 과거처럼 복잡하지 않다. 공식적으로 제공되는 후원금과는 별도로 자신들을 후원해 주기로 한 회사들로부터 일정한 일을 배분 받아서 대행해 주는 단순한 일로 실적에 따른 수수료를 챙기는 식이다. 자신들이 자본을 들이거나 투자를 해서 산업을 활성화시키는 것도 아니고 별도의 영업행위를 하지도 않는다. 우익 대기업들의 지사가 있는 곳에는 겐요샤의 사업장도 있다. 그리고 우익 대기업들의 본사는 물론 지사로부터 일정한 매출을 보장받고 그들의 사업을 대행해 주는 역할을 한다. 이렇게 사업이라는 명목으로 생기는 이익은 자신들의 조직을 관리하기 위한 수단으로 활용하는 것이다. 조직원들의 생계유지를 위한 급여와 회사라는 명목으로 세워진, 겐요샤라는 우익 테러단체의 운영비용을 충당한다. 그 수익은 조직에 대한 유지비용을 충당하기에 빠듯하다. 따라서 그들은 특수 사업비를 충당하기 위해서 우익 대기업과의 거래가 아닌 또 다른 사업을 중요시 하고 있다.

아주 충격적인 사실이지만, 현재 일본왕실에 소요되는 물품을 납품하는 일을 겐요샤가 독점하고 있다. 비록 상표는 다를지라도 일본 특유의 유통구조에 의해서 모든 것은 겐요샤를 통해야 왕실 납품이 가능하도록 되어 있다. 거기에서 챙기는 수익은 단순히 영업이익이라고 하기에는 그 규모가 엄청나다.

왕실은 자신들에게 기부되는 일본 대기업들의 기부금을 겐요샤에게 지원하는 합법적인 수단으로 그 루트를 이용하고 있기 때문에, 일반적으로 책정되는 가격과 왕실에 납품되는 가격은 큰 차이가 난다. 왕실에 납품되는 물건이라고 다른 것도 아닌데 터무니없이 비싼 값이 매겨진다. 하지만 누구도 그에 대해서 이의를 제기하지 못한다. 왜냐하면 왕실은 전체적인 소요 예산에 대해서만 언급할 뿐 왕실이 쓰는 돈에 대해서 세부적으로 공개해 본 적이 없는 까닭이다. 일본에서의 왕실은 신과 같은 존재이므로 누구도 감히 그에 대해 언급할 수 없다는 것을 잘 이용하고 있는 것이다. 그뿐만이 아니다. 일본왕실의 경호는 물론 왕궁과 그에 관계되는 부속 건물에 대한 모든 경비 역시 겐요샤가 맡아서 처리하고 있다. 그만큼 왕실이 겐요샤를 신뢰한다는 것을 우회적으로 드러내 보이는 것이다.

겐요샤는 왕실과의 거래에서 생기는 이익을 대부분은 특수 사업비로 쓴다. 특수 사업이라는 명목 하에 벌어지는 살인과 선동, 테러 등에는 많은 자금이 소요되고 그것을 왕실이 보충해 주는 것이다.

일본이라는 나라는 왕은 정치에 관여하지 않는다는 허울 좋은 법을 만들어 놓았다. 그러나 그것은 2차대전 패망이라는 현실이 닥쳤을 때 왕이 전범으로 몰려서 죽지 않게 만들기 위한 수단에 불과한 것이다.

2차 대전 때 일본은 대한제국의 젊은 여성들을 성매매도구로 전락시켜 돈 한 푼 주지 않고, 위안소를 드나드는 병사들의 봉급에서 위안소 출입비용을 차감한 후 일본정부의 국고로 잡아 전비를 충당하면서도 그 여인들을 억울하게도 위안부라고 불렀다. 또 하얼빈에서는 731부대가 생체무기 실험을 위해 살아있는 수많은 사람들을 실험 대상으로 삼아 기형으로 만들거나 산채로 가죽을 벗겨 죽게 하는 등의 인간으로서는 저지를 수 없는 짓을 만주에 살고 있던 조선인을 주 대상으로 저질렀다. 문제는 이렇게 굵은 사건들은 일왕이 직접 결재한 사건이라는 점을 잊어서는 안 된다. 일본우월주의에서 벗어나지 못하고 우익들이 저지르는 살인·테러·선동 등의 행위는 일왕이 철저하게 보호해주기 때문에 가능한 것이다. 2차대전을 일으킨 세력들의 주체인 메이지 유신이라는 것이 왕정복고였다는 사실을 상기하면 쉽게 이해할 수 있다.

왕이 정치에 관여하지 않는다는 것은 허울일 뿐, 실제로 중요한 사항은 모두 왕실의 허락을 득해야만 시행할 수 있다는 불문율이 바닥 깊숙이 자리하고 있는 나라가 일본이다. 왕이 연설 한 번 하면 일본 국민들은 눈물을 쥐어짜며 신의 목소리를 들었다고 한다. 그러니 정치하는 이들이 표를 얻어서 집권하기 위해서라면 왕의 허락을 득해야 하고 왕은 자신의 의중을 무언중에 하달하여 정치를 쥐락펴락하는 것이다.

겐요샤가 아직도 대일본제국이라는 허상에 취해 살인과 테러를 밥 먹듯이 할 수 있는 이유는 똑같은 허상에 취해 있는 왕실의 비호를 받기 때문이다. 마약보다 무서운 허상에서 둘 중 하나가 깨어나지 않는 한 지금 벌어지고 있는 겐요샤에 의한 비극은 끊이지 않고 일어날 것임은 두말할 나위가 없다.

겐요샤에 대한 긴 이야기를 마친 일조식당 주인이 너무 놀란 나머지 입도 다물지 못하고 듣고 있던 하야시에게 물었다.

"어떠시오? 내 이야기를 다 듣고 나니 내가 왜 그리 허겁지겁 모든 것을 정리하고 떠나려고 했는지 이해가 가시오? 그들은 자신들의 정체를 숨기기 위해서는 치밀하고 민첩하게 행동하는 아주 잔인한 놈들입니다."

"지금 말씀하신 것이 우리가 수사하고 있는 사건 속에 있는 겐요샤의 실체라는 말입니까?"

하야시는 도저히 납득할 수 없다는 표정으로 되물었다.

"그럼 다른 겐요샤겠소? 그 정도도 모르면서 겐요사가 튀어나오니 사건 해결이 어렵다고 생각했던 거요?

모름지기 경찰로는 밝힐 수 없는 안개 속에 있는 조직이 겐요샤라는 표현이 맞을 것이오."

"정말 뭐라 할 말이 없습니다. 겐요샤가 오래 전부터 정경유착의 그늘에서 극우 테러나 하며 자신들의 이익을 위해서 전쟁이나 부추기는 단체라고 생각했는데, 그렇게 광범위하게 잔인한 행위를 일삼은 단체인줄은 몰랐습니다. 더더욱 왕실과 연계가 되어 있다니 저로서도 믿기가 힘들지만 제게 거짓말을 하셨을 리는 없고, 가슴이 터질 것만 같습니다. 메이지 유신 시대도 아닌데, 지금도 왕실의 비호를 받으며 대일본제국의 망상에 사로잡혀 온갖 못되고 추악한 짓을 일삼고 있다는 것을 용납할 수가 없습니다. 일본에 아직도 그런 어둠의 세력이 활개를 친다니 일본 사람으로서 부끄럽기 그지없습니다."

"부끄러워할 것 없소이다. 그게 일본의 민낯이니까요. 주변의 여러 나라 망쳐놓고 아직도 정신을 못 차린 채, 그 땅의 주인들이 었던 무고한 사람들의 피로 얼룩진 땅덩어리나마 깔고만 앉아 있으면 저절로 강대국이 되리라고 믿는 것 같아요. 하지만 내 생각에는 강대국이 되기는커녕, 그 잔인한 행위들이 언젠가는 업보가 되어 돌아올 것 같소이다. 물론 업보가 되어 돌아오는 거야 일본이 저지른 행위 때문이라지만, 무고하게 죽어간 사람들은 무슨 죄요? 그런 생각을 하면, 비록 내가 저지른 짓은 아니지만 죄인들의 피를 물려받은 일본 사람으로서 무고한 희생자들에게 어떻게 속죄를 해야 할지 모르겠소이다."

하야시는 아무런 말도 할 수 없었다. 자신이 알고 있는 겐요샤는 그저 빙산의 일각에 불과했다. 식당 주인의 이야기대로라면 이미 이 사건은 끝난 게임이다.

"아베라는 자가 실명으로 대포폰을 사용했다고 했죠? 그게 겐요샤가 자를 꼬리구먼. 아베가 꼬리자르기할 것이고 혼자 뒤집어쓰든 말든 하겠지. 자, 이제 그만 갑시다. 날도 어둑해지니 이제 공원을 나가도 될 것 같소이다."

두 사람이 잠시 동안 말이 없다가 먼저 입을 연 것은 식당 주인이었다.

하야시는 식당 주인의 말에 정신을 차리고 둘러보았다. 식당 주인을 따라서 들어올 때 우에노 공원이라는 것을 알았지만, 이야기에 빠져 공원에 와 있다는 것을 잊고 있었다.

"우리 어렸을 때만 해도 이곳이 청춘남녀 놀기에는 좋은 곳이었지. 그때만 해도 전기 사정이 안 좋다보니 가로등이라야 희미한 몇 개뿐이었어. 그나마도 밤늦으면 소등을 하고. 그러니 좀 좋은 가? 특히 봄부터 가을까지는 곳곳에서 속옷 벗기는 실랑이하며, 사랑을 나누는 흥에 겨운 콧소리로 공원이 조용할 날이 없었지. 그뿐인가? 돈만 주면 기모노 오비를 바닥에 깔고 손님을 받는 직업여성에게는 밑천 없이도 장사할 수 있는 좋은 곳이었지. 덕분에 양아치들도 많이 꼬이고. 그 바람에 사랑을 나누는 장면을 나무 뒤에 숨어서 훔쳐보기도 하고 양아치들 주먹싸움 구경도 심심찮게 할 수 있었고. 소위 말하는 애정영화와 액션영화 보는 것 이상의 실물 감상을 하는 거였지. 한 가지 힘든 것은 겨울이면 춥다는 것. 그리고 겨울에는 그런 신나는 구경거리가 거의 없다는 것. 그게 문제였지.

부모님을 여의고 처음 왔던 곳이 바로 이곳이고, 이곳에서 3년여를 떨며 지내다가 만난 거지양반 덕분에 전쟁고아로 변신해서 신분세탁도 하고 지금까지 잘 살아 왔는데 이제 이곳을 마지막으로 도쿄를 떠나야 되니 감회가 새롭구먼."

식당 주인은 지난날들이 주마등처럼 스쳐 가는지 잠시 지그시 눈을 감았다. 그러나 곧바로 눈을 뜨며 말을 이었다.

"지금 내가 감상에나 젖어 있을 때가 아닐세. 이제 우리 여기서 헤어지자고. 그리고 나와 헤어지고 나면 내 휴대폰 켜서 가지고 가는 것 잊지 마시고."

"예. 알겠습니다. 아까 꺼진 휴대폰 제게 주실 때 제 휴대폰도 껐으니까 우리가 여기 있던 사실은 아무도 모를 겁니다."

"모르긴? CCTV는 폼인가? 공원 정문에 있는 카메라에 다 찍혔을 걸세. 하지만 지금 우리가 앉아 있는 이곳은 카메라에 안 잡히는 곳이야. 내가 그건 잘 알지. 그러니까 이곳에서 헤어져서 먼저 가시게. 나는 적당하게 변장을 하고 갈 테니까. 내가 변장을 하고 따로 떨어져서 나가면 설령 카메라에 찍히더라도 잘 모를 걸세. 그러니 어서 먼저 가시게나.

암튼 건강하게 잘 지내시게. 그리고 혹시나 해서 하는 말이지만 내가 어디에 있는지 알려고 하지도 말고 또 안부를 궁금해 하지도 말고. 그게 나를 안전하도록 도와주는 거니까."

식당 주인은 어느새 하야시에게 친근감이 들었는지 적당한 반말을 해 가면서 작별을 고했다. 그러나 하야시는 도저히 궁금한 것 하나만은 물어보고 싶었다.

"어르신께서는 제가 경찰이라는 것을 아시고도 제게 모든 것을 다 말씀하시고 저보고 가라시는데 만일 제가 경찰로서 어르신을 참고인으로라도 모시고 가겠다고 하면 어쩌시려고 그렇게 다 말씀하시고, 또 제 의사는 묻지도 않고 가라고 하십니까?"

"그거요? 어려울 것 없소이다. 우선은 당신 얼굴에 그렇게 적혀 있고, 다음으로는 만일 순사양반이 그럴 생각이었으면 처음부터 이렇게 행동을 안 했을 거요. 내가 위치추적 당할까봐 휴대폰을 끈 것이라고 하면서 넘겨 줄 때 순사양반도 휴대폰 전원을 끄는 것을 내가 봤거든. 안 본 것 같지만 다 봤지. 그리고 나이 칠십 먹는 동안 이 사람 저 사람 만나다 보니 사람만 보면 대충 그 사람이 드러나 보이는데, 그동안 사람 보아온 것이 잘못 보지는 않았구나 하는 생각을 했소이다. 그래서 누군가에게 해 주어야 할 이야기를 다 해 준 거지. 됐소? 됐으면 이제는 정말 가시오. 어서 변장하고 나도 떠나야 하오."

　하야시는 변장을 하고 뒤따르겠다는 식당 주인을 남겨둔 채 뒤도 안 돌아보고 발걸음을 옮겼다. 그리고 정문을 나서자 자신의 휴대폰과 식당 주인의 휴대폰 전원을 켠 후 순찰차 지원을 요청했다. 휴대폰 두 대 모두 소유한 채 순찰차를 타면 식당 주인의 말대로 설령 누군가가 위치 추적을 한다고 해도 순찰차의 위치가 드러날 것이고 식당 주인은 그만큼 시간을 벌 수 있다는 생각이 들어서였다.

　순찰차를 타고 경시청으로 돌아오는 하야시의 머릿속에서는 식당 주인의 모습이 지워지지 않았다. 열세 살의 나이에 아버지로부터 그 만행을 전해 듣던 겐요샤에 의해 부모를 잃고 상복도 입지 못한 채 부모님의 장례를 치렀다. 동네 사람들의 도움으로 푼돈을 손에 쥐고 도쿄로 와서 보냈던 숱한 고난의 시절과 신분까지 세탁하며 숨어 살아야 했던 고통이 다시 시작되는 그의 기분을 무어라 말로 표현할 수 없어서 가슴만 타올랐다. 식당 주인의 변장을 한다는 말은 그동안 자신이 얼마나 무거운 고통에 시달려 왔는지를 한마디로 대변해 주는 말이다. 바쁘게 도망을 서두르면서도 변장할 것을 염두에 두었다니 살아가기 위한 수단이 그의 몸속에는 배어있었던 것이다. 하야시는 자신도 모르게 흐르는 눈물을 닦을 생각도 하지 않고 서울의 최기봉에게 전화를 했다.

7. 대마도의 눈물

　하야시가 식당으로 향하면서 귀띔을 해주고 식당 주인과 우에노 공원에서 헤어지면서 다시 확인해 준 전화를 받은 최기봉이 박종일을 찾아왔다.

　"박 총경. 지금 하야시 전화가 왔는데 이번 사건도 겐요샤래. 아까 귀띔해 준다면서 먼저 전화가 왔을 때는 감이 안 좋다는 정도였는데 이번에는 확실하다고 하면서, 어차피 직접 수사할 것도 아니니 공연히 깊이 들어가지 말라는 말까지 덧붙이더군. 그런데 그 말을 하는 목소리가 너무 무거웠어. 이번 사건에는 뭔가 더 깊은 사연이 있는 것 같아. 지난 번 사건을 계기로 우리도 나름대로 겐요샤에 대해서 알아보기는 했지만 그 이상의 무엇이 나온 것인지 모르겠는데 아무튼 다시 연락하마고 했으니 기다려 보는 수밖에 없기는 한데…."

　최기봉의 표정은 한마디로 정리할 수가 없었다. 분노로 이글거리면서 어이없고 허탈한 표정이 그대로 드러나 보였다. 그리고 혼자 삭일 수 없는 충격을 받아 당황하는 기색까지 역력했지만 그 충격은 외부로부터 받았다기보다는 자기 자신의 생각이 정리되지 못한 데에서 오는 미묘한 갈등 같았다. 이제껏 처음 보는 표정이었다.

"그래? 나도 모르게 그럴 것 같다는 감이 들기는 했지만 아니기를 바랐는데…."

박종일 역시 그 소리를 듣는 순간 무언가 걸었던 기대가 무너지는 표정으로 바뀌면서 힘없이 주절거렸다. 박종일과 함께 앉아서 사건 이야기를 하고 있던 오세복 경정은 도대체 무슨 소리인지 모르겠다는 표정을 지으며 조심스럽게 물었다. 상관들이 하는 이야기에 끼어들기가 망설여졌지만 저 이야기를 모르면 사건을 모를 것 같았다.

"죄송하지만 저는 무슨 말씀인지…."

"당연히 모르겠지. 하지만 어차피 앞으로 또 사건은 일어날 것이고 그렇다면 알아두어야 할 일이니 내가 아주 간단하게 설명해 줄게."

최기봉이 오세복을 바라보며 입을 열었다.

5년 전 박종일 총경이 당시 종암경찰서 강력계 과장으로 근무하고 최기봉은 도쿄 주재원으로 근무하고 있었을 때였다.

사학자 유병권 박사가 자신의 연구실이 있는 학교 교수연구동 앞에서 피습 당해서 다음날 병원에서 사망하는 사건이 있었다. 그런데 그 사건이 단순한 사건이 아니었다는 것이다.

그 사건의 발단은 태영광이라는 의학박사가 내시경 기계를 개조해서 노트북과 연결함으로써 땅속에 있는 물건을 찾아낸다는 광고를 하면서 시작된 것으로, 과정을 생략하고 이야기한다면 유병권 박사와 태영광 박사가 합심해서 『환단고기』에 전해져 오는 『대변설』이라는 책의 필사본 2권을 태씨 문중의 1918년 무덤에서 찾아내고, 유병권이 책에 대한 연구를 끝마치고 발표를 서두를 즈음에 피습을 당한 것이다. 유병권 박사는 우리 영토가 지금 이대로가 아니라 북으로는 만주에서, 남으로는 대마도까지라는 역사적인 사실을 증명하기 위해서 그 책을 어렵게 찾은 것이고 연구를 끝내고 발표를 하려던 시점에서 피살을 당하면서 증거물인 책은 잃어버렸지만, 다행히 연구 결과를 저장해둔 USB는 태영광에게 전해 주고 숨을 거뒀다. 그 연구결과를 전해 받은 태영광 박사는 자신의 본업인 의사 일까지 폐하고 유병권 박사의 유지를 이어 잃어버린 우리 영토를 수복할 근거를 만들어 놓고 말리라고 다짐하며, 일제가 우리 역사서를 강탈해 가지고 가서 왕실 지하서고 쇼로부에 보관한 것에 대한 사진이라도 입수하겠다고 일본으로 간다. 우여곡절을 겪으면서 쇼로부에 그런 역사서들이 있다는 사실을 확인한다. 그리고 두 번에 걸쳐 증거물을 입수할 뻔 했지만, 입수 직전에, 태영광의 설득으로 그 일을 추진하던 사람들만 죽고 말았다. 그러나 그들의 죽음을 일본 경찰은 수사조차 안 했고 당시 동경에 파견 근무하던 최기봉이 하야시라는 일본 경찰을 통해서 들은 바로는 겐요샤가 저지른 짓으로 수사를 할 수 없도록 외압이 엄청나게 작용했다는 것이었다. 여러 가지 방법으로 몇 번 도전을 했지만 결국은 사람 목숨만 잃고 결과는 가져 오지 못했다. 그리고 중국까지 가서라도 어찌 해보려 했지만 중국 역시 동북공정의 벽으로 공연히 아까운 우리 동포 학자 한 사람의 목숨만 잃고 뜻을 이루지 못했던 과거 이야기를 들려주었다.

"나 역시 그 일에 관여하면서 얼마나 화가 났는지 모를 정도로 화가 났지만 그 사건이 꼭 아무런 성과도 없었던 것은 아니지. 그 일로 인해서 겐요샤라는 일본 테러조직과 일본왕실과 2차대전을 등에 업고 성장한 일본기업들이 얼마나 긴밀하게 연결되었는지도 알았을 뿐만 아니라 지금도 판을 치는 겐요샤의 실체에 대해서 연구할 수 있는 기회가 된 거야.

겐요샤의 실체를 알았다는 것만이 성과라면 유병권 박사는 물론 그 일에 관여해서 목숨을 잃은 분들의 목숨 값에 비하면 무슨 가치가 있겠어? 하지만 우리 영토의 진실만 밝힐 수 있다면 국가적인 차원에서 중국이나 일본에게 엄청난 치명타를 입힐 수 있다는 것이 중요한 거지. 더더욱 일본에 대해서는 우리 대한민국이 대마도에 대한 영유권 분쟁을 일으킴으로써 오키나와와 홋카이도의 독립 문제가 국제적으로 커다란 이슈로 불거지게 만들 수도 있다는 거야. 일본은 그런 문제를 방지하기 위해서 지금도 겐요샤를 왕실과 정부에서 도와주면서 일만 터지면 투입하는 것이고.

그런 모든 진실을 밝히고, 또 우리 영토에 대한 수복도 추진해야 한다는 중대한 사명이 우리들에게 있다는 것을 알았다는 것도 사실은 큰 소득 아니겠어? 그리고 그런 일이야 말로 단순히 우리나라뿐만 아니라 영토로 인한 전쟁을 방지해서 세계평화에 이바지할 수 있는 일이기도 하고. 물론 나나 박 총경은 직접 나서서 추진하지는 못하지만 태 박사는 의사 생활하면서도 본업인 의사

일보다 더 열심히 하고 있다는 건 오 경정도 알지?"

"그래서 태영광 박사님을 알게 되신 거군요. 저는 세 분이 만나실 때 동석을 하면 주로 영토에 관한 이야기를 하시기에 의아했었는데 이제 확실해 졌습니다. 아무튼 결국 이토 히로부미는 홋카이도와 오키나와를 무대로 조선을 침략하기 위해 철저하게 실전연습을 한 거네요? 그 두 곳에서 행했던 모든 것들은 융합해서 조선에서는 더 악랄하게 파먹은 거구요. 우선은 침략할 대상의 눈에 들기 위해서 잘해 주어야 한다는 것을 청일전쟁 때 그대로 적용해서, 실제로 청일전쟁 때 조선 사람들이 청나라 군대보다 일본군 편을 들기도 했다면서요?

자신이 꿈꾸는 왕국 건설을 위해서 조선의 등골을 후벼 판 거잖아요. 대한제국을 병탄하자마자 토지조사 사업을 실시한다는 명분 아래 옥토의 대부분을 제 놈들이 차지한 것도 그렇고 창씨개명을 통해 민족말살을 실시한 것 역시 그 두 곳과 마찬가지네요?"

그때 박종일의 휴대폰이 울렸다.

"과장님, 조사를 하다보니까 태영광 박사님이 사건을 아실 수 있겠더라고요. 그래서 지금 제가 찾아뵙고 모시고 들어가는 중입니다."

"태영광 박사가?"

"예. 제가 학교에 가서 〈평화를 위한 영토연구회〉에 대해서 탐문 수사를 하는데 한 학생이 그 모임에 대해서 알고 있는 겁니다. 지금은 모임에는 나가지 않지만 전에 한 번 모임에 나갔다가 그날 강의를 해 주려고 오신 분의 명함을 받은 것이 있다면서 건네

주는데 그게 바로 태영광 박사님이더라구요. 그래서 전화를 드리고 찾아뵙고 말씀을 드렸더니 그렇지 않아도 과장님을 만나러 갈까 고민하고 있던 중이라고 해서 지금 모시고 들어가는 중입니다. 제 말씀을 듣더니 실타래가 풀릴 것 같다고 하시는데 기대 이상일 수도 있을 것 같습니다."

김동명 경장이었다. 그가 탐문한 끝에 태영광이 무언가 알 것 같다고 했고, 태영광이 동행해서 이리로 오고 있다는 것이라면 분명히 무언가 알고 있을 것이다. 5년 전 죽을 고비를 같이 넘기면서 동갑내기라는 특수한 상황으로 묘하게 다져진 우정이다. 그렇기에 서로의 속내를 더 잘 안다. 그 친구 성격상 모르면 모른다고 말하지 굳이 경찰청까지 올 이유가 없다. 이건 분명히 무언가 알고 있다.

박종일은 설레는 마음으로 태영광이 기다려졌다.

한편 도쿄 경시청.

하야시가 들어서자 토다 경부가 반갑게 맞았다.

"마침 잘 들어왔어요. 그렇지 않아도 과장님께서 찾으시는데 하야시 순사장도 같이 오라시네요. 같이 올라갑시다. 그렇지 않아도 과장님이 아베에 대해서 질문할 것 같아서 걱정이었는데 아베에 대해서는 소득이 없으니 하야시 순사장이 뭔가 가져 온 것이 있으면 그 말씀을 드리면 되겠네요. 아베라는 저 사람 아무리 얘기를 해도 소용이 없어요. 이미 알리바이도 완벽하고요."

토다는 자신의 궁색한 구석을 하야시가 풀어줄 것이 확실하기라도 하다는 듯이 하야시와 함께 과장실로 들어섰다.

"아베라는 사람 입 좀 열었어?"

"아닙니다. 알리바이도 확실하고 별 소득이 없습니다."

"그래? 그렇다면 큰일인데?

내가 하야시 순사장하고 같이 오라고 한 이유는 새로운 사실이 하나 나왔는데 하야시 순사장의 예감이라는 것이 맞을 수도 있다는 생각에서야. 나가사키 현에 있는 후배에게 혹시 뭐라도 건질 것 없나 해서 미친 척하고 전화를 했지. 그곳 수사과장이거든.

수사 잘 진행되느냐고 물었는데 의외의 대답을 하는 거야.

토요일에 당한 것으로 추정되는 시신이 한 구 더 나왔대! 희생자는 대마도에 사는 아비류 씨라는 사람인데 부검 결과 사망시각은 먼저 번에 희생당한 사람들과 거의 같은 시간으로 추정되고, 시신이 발견된 곳 역시 먼저 장소에서 불과 500여 미터밖에 떨어지지 않은 곳이라는 거야. 월요일 오후에 발견되었는데 그곳에는 키 큰 잡초가 많은 곳이라나? 혹시나 먼저 당한 두 사람에 관한 증거물을 찾을까 해서 수색을 하던 도중에 발견했다는데 수법도 동일하고 소지품을 몽땅 가져간 것 역시 동일하다는 거야.

같은 범인이 비슷한 시각에 500미터 떨어진 곳에서 살인 두 번을 저지른다는 게 여간 배짱과 민첩함을 가지고 될 일이 아닌 것 같은데….

그렇다면 이것은 또 다른 사람이 한 짓으로 볼 수 있지 않을까?

역시 우리 편에서 잡은 감이 맞는 것 같네만, 갑자기 겐요샤인지 뭔지가 등장하니 조금은 헷갈리지만 오히려 더 잘된 것인지도 몰라. 전혀 꼬리를 못 무는 것보다는 낫잖아?

소신껏 해 봐.

아직도 나가사키 쪽에서는 이번 사건을 도쿄 사건과 연계시킬 생각이 전혀 없는 것으로 이야기하더라고. 그러니까 이번 사건의 실체는 어쩔 수 없이 우리가 밝혀야 한다는 사명감을 갖고 열심히, 소신껏 해 보라고. 내가 지원할 수 있는 건 지원해 줄 테니!

그런데 나도 겐요샤라는 말을 들어 봤지만 거기가 그렇게 대단한 곳도 아닐 거야. 아무튼 기왕 건진 거니까 아베라는 그놈부터 바짝 조여보자고. 그래야 꼬리가 잘리던 몸통이 나오던 할 것 아닌가? 외압이나 그런 것은 생각하지 말자고. 법치국가인 우리 일본이 그럴 리가 있겠나?"

토다와 하야시는 수사과장실을 나오자면서 고개를 갸우뚱했다. 과장이 나가사키 현의 경찰청 수사과장이 후배라고 한 것도 이상했다. 지금까지 보고할 때는 아무런 말도 없다가 갑자기 그 생각이 났다는 말인가? 그리고 아비류라는 사람의 시신이 하나 더 나왔다고 갑자기 조직범죄로 감을 잡은 것이 맞는 것 같다고 급선회를 한다? 그 역시도 황당하지만 자신이 먼저 겐요샤 운운하면서 별로 대단한 곳도 아니니 기왕에 잡아온 아베를 바짝 조여보자는 말은 마치 겐요샤에 관한 것은 아베를 수사하는 선에서 마무리 짓자는 가이드라인을 제시하는 것 같은 기분도 들었다.

하야시는 자신의 기분을 토다에게 말하려다가 일조식당 주인에게서 들은 이야기에 대한 충격도 채 가시지 않은 상태에서 그런 말을 하고 싶지 않아서 입을 다물었다. 토다 역시 하야시에게 자신의 묘한 기분을 말하려다가 공연히 문제를 일으키지 말자는 생각에 한국 경찰에서 뭔가 알아낸 것이 없는지 다시 한 번 확인해 보라고 말하고 말았다.

그 시각 서울 경찰청에는 태영광이 김동명과 함께 들어서고 있었다. 태영광을 보자 박종일과 최기봉, 오세복이 일어나서 서로 악수를 나눈 후 회의실에 자리를 잡았다.

"마침 심각하게 고민을 하고 있는데 김동명 경장이 찾아와서 사건 이야기를 하면서 김성우 씨를 아느냐고 묻더라고?"

태영광의 입에서 김성우라는 이름이 나오자 박종일은 갑자기 꼬여있던 실타래가 풀어질 것 같은 예감이 들었다.

"김성우 씨를 아는 사이야? 아니면 지금 이 사건과 뭔가 연관이 있던가?"

"글쎄? 직접적으로 안다고 하기도 그렇고 관련이라고 할 정도도 아니지만, 오늘 아침 일찍 불시에 찾아온 걸 어떻게 하겠어? 도와줄 방도를 마련해야지. 사건이 일어난 곳 중 한 곳이 대마도라지만 어차피 일본에서 수사를 할 텐데 연락하면 뭐하겠어? 차라리 그 시간에 두 사람 안전하게 숨을 곳을 마련해 주는 것이 더 낫지."

"그렇다면 도쿄 사건도 알고 있었다는 거야? 그리고 두 사람이라니?"

"아직 몰라? 시미즈라는 그 일본 청년, 아니지 류큐공화국 청년! 그 청년이 김성우 씨 만나려고 한국에 온 것?"

"시미즈라는 류큐공화국 청년이 한국에 왔다고? 그런데 김성우 씨가 같이 도움을 청했다?"

"그렇다니까? 그래서 일단은 내가 잘 알고 지내는 신부님께 부탁해서 사제관에 머물게 해 놓기는 했지만 영 마음이 안 놓이는 거야. 신부님께서 사제라는 사명감을 갖고 두 사람을 잘 지켜주려고 노력해도 막상 무슨 일이 생기면 무력으로 대항하기에는 역부족 아니겠어? 자세한 이야기는 나중에 하겠지만 안가 하나만 구해줘. 위험에 처한 사람을 어디에 숨길까 생각하다가 경찰청 안가 생각이 났어. 그래서 도움을 청하러 올까를 고민하고 있었지.”

“그런 일이 있으면 진작 연락을 하지 그랬어?”

“솔직히 박 총경이나 최 총경을 못 믿어서가 아니라 대한민국 경찰이, 아니지 정확히 말하자면 대한민국이 이런 상황을 얼마나 이해해 주고 안가를 내줄 것인가를 고민하지 않을 수 없었던 거야. 특히 이미 일본에 병탄되어버린 류큐국의 청년에게 어떻게 대할 것인지? 내 나라 내 백성이 내 영토 찾겠다고 나서도 쳐다보지도 않는데!”

5년 전에 자신이 죽을 고비를 넘기고도 범인은커녕 그 그림자조차 밟아보지 못한 태영광이다. 유병권 박사의 죽음을 눈앞에서 보고도 범인은커녕 사인마저 심장마비로 발표해야 했던 쓰라린 경험에 의한 피해의식이 아직도 그를 지배하고 있었다.

“시미즈…? 류큐공화국…?”

천천히 두 단어를 말하던 박종일의 머리에 한 폭의 그림이 그려졌다. 그리고 그 그림을 바탕으로 동영상이 펼쳐지기 시작했다.

“알 것 같다. 그거였구나? 〈평화를 위한 영토연구회〉가 그것이었어.”

박종일이 혼잣말처럼 중얼거렸다.

“대마도에서 피살된 다나까 씨는 그 뒤를 이어 줄 시미즈라도 있으니 류큐공화국은 그나마 행복한 거야. 도쿄에서 변을 당한 핫도리 씨의 아이누족은 스스로 아이누족임을 숨기고 살아가며 그저 몇몇이 끼리끼리 여러 군데로 흩어져 모여서 독립을 추구하다 보니 누가누구인지를 몰라서 그 바통 넘겨줄 사람을 고를 수 없으니 더 불행한 거지."

태영광이 중얼거리는 박종일에게 들으라는 듯이 말했다. 그 말을 듣자 박종일의 머릿속에서 펼쳐지던 동영상은 풀어지기 시작한 실타래와 어우러져서 **빠른** 속도로 돌아가기 시작했다.

자신은 한 번도 그 얼굴을 본 적이 없는 핫도리와 시미즈가 부러운 듯이 구연회를 바라보고 있다. 일본에게 병탄되고도 36년 만에 독립한 대한민국이 부러운 거다. 대한민국보다 먼저 일본에 병탄되었음에도 불구하고 아직도 독립하지 못한 자신들로서는 어떻게든 대한민국의 독립정신을 이어받고 투쟁방법을 배우고 싶어서 함께 모인 것이다.

그러나 구연회 씨는 말이 독립이지, 정말로 귀중한 영토인 고조선과 고구려의 맥을 이어 대진국이 지배했던 북방영토인 만주 땅과 대마도를 남긴 채 독립한 반 쪼가리 독립을 어떻게든 온전한 독립으로 만들기 위해서 나름대로 해야 할 일이 아직 많다는 것을 강조하고 있다. 그 영토들을 찾기까지는 투쟁을 멈출 수 없으며 필요하다면 그 어떤 조치도 간과할 수 없다고 역설하고 있다. 당장 무력충돌을 빚는 한이 있더라도 수복할 영토는 수복해야 훗날 우리의 후손들이 평화로운 삶을 살 수 있으며, 그 일을 후손들에게 떠넘기는 것은 후손들에게 전쟁의 불씨를 물려주는 무책임한 짓이라고 강조하고 있다.

약소국들이 강대국들의 힘의 논리에 굴복하여 강제로 점령당한 영토가, 온전하게 제 주인을 찾아 가는 날이 바로 인류의 평화를 보장받을 수 있는 날이다. 그래서 그들은 〈평화를 위한 영토연구회〉를 만들어서 활동하고 있는 것이다.

"생각은 나중에 하고 안가 하나만 구해 달라니까?"

"안가? 아참, 그랬지!"

"시미즈라는 청년이 신세 좀 져야 하는데, 오랜 기간은 아닐 거라고 하더라고. 이미 미국에 연락을 취했고 미국에서 조치하겠다는 연락도 받았대. 다만 그 조치가 내려와서 이곳에 있는 미군기지와 협조체제가 구축될 때까지만 필요하다고 하더라. 그렇게만 되면 미군 기지로 들어갔다가 그곳에서 미군 병력과 함께 이동하기 위해서 괌에 들렸다가, 또 어디를 들려서 가는지는 모르겠지만, 군용 비행기 타고 미국으로 간다는 거지."

"그게 무슨 소리냐? 도대체 이 사건이 왜 시작된 것이며 시미즈는 왜 우리나라로 들어왔고, 시미즈가 미국과 조치를 하는 것은 또 뭔데?"

최기봉은 감이 잡히지 않았다. 이번 사건이 터지고 불과 3일이라는 시간이 지났을 뿐인데 마치 몇 년이라는 세월이 지난 것처럼 복잡했다.

"〈평화를 위한 영토연구회〉라는 서클 이름이 나왔을 때, 이번 일도 뭔가 영토에 관해서 시빗거리가 될 증거가 나오는 바람에 겐요샤가 나서서 해결했다는 것 정도의 감은 대충 오더라만, 그 도화선이 뭐 길래 일본 청년이 한국으로 와서 정치망명도 아닌데 미군 기지를 통해서 미국으로 가기 위해서 안가가 필요하다는 거

지? 내용을 알아야 윗선에 보고를 하고 안가를 알아보던 어쩌던
할 것 아냐?"

그때 최기봉의 전화벨이 울렸다.
"그래요? 역시 우리가 예측한 것이 맞나 봅니다. 이곳에서 전해
드릴 수 있는 정보는 오늘 늦게 대충 마무리가 될 것 같습니다.
내일 아침 일찍 전해 드리겠습니다만 혹시 샐 염려는 없는 거죠?"
최기봉이 일본어로 전화를 받는 것을 보면 도쿄 경시청 전화가
틀림없었다.

"하야신데 대마도에서 같은 날 비슷한 시간에 피격된 것으로
추정되는 아비류라는 사람의 시신이 한 구 더 발견되었다는군. 수
법은 동일하고 장소는 두 사람이 희생당한 곳에서 불과 500미터
정도 떨어져 있는 곳이래."
"드디어 아비류 씨의 시신이 발견 되었군. 그렇지 않아도 김성
우랑 시미즈랑 그 이야기를 했는데. 제발 죽지 않고 다른 경로로
연락 오기만 손꼽아 기다리더니 이미 벌어진 일을 모르고 있었던
것뿐이군. 최 총경 전화 받는 거 보니까 일본과 연계하면서 우리
쪽에서 수집한 수사에 필요한 정보를 내일까지 넘겨준다고 하는
것 같은데, 이미 아비류 씨도 죽었으니 더 이상 미룰 일도 없을
것 같다. 속 시원하게 털어놓을 테니 같이 대책이나 마련하자."
태영광은 자신의 주머니에서 휴대폰을 꺼내더니 사진 몇 장을
박종일과 최기봉의 휴대폰으로 동시에 전송했다. 두 사람은 휴대
폰을 꺼내서 들여다보았다.

누렇게 바랜 종이에 한자로 쓰인 문서 몇 장과 하얀 종이에 일본어로 쓰인 문서 2장이 연속해서 들어와 있었다. 한자로 쓰인 것과 일본어로 쓰인 것을 잠시 대조해 보던 최기봉이 일본어로 된 문서를 즉석에서 번역해서 우리말로 읽어 내려갔다.

'관찰사 대감.

대마도주가 대감께 머리 조아려 문우 여쭈옵니다.

지금 저희 대마도는 글자 그대로 아수라장이옵니다. 얼마 전 일본이 '왕정복고의 대호령'을 발표했다는 소식을 접하였습니다. 일본의 각 번들이 일왕에게 모든 통치권을 되돌려 바친다는 대정봉환(大政奉還)을 완성하여 막부시대를 끝내고 왕정복고를 이룩했다는 것이옵니다. 그 덕분에 지금 대마도에 대정봉환을 강요하기 위해서 와 있던 무사인지 암살자들인지 온통 살기로 번득이는 사람들은 미처 날뛰고 있습니다. 우리 대마도가 대정봉환을 하지 않는 바람에 자신들이 임무를 완수하지 못했으니 그 책임을 묻겠다고 날뛰는 것입니다. 그들은 공공연하게 대마도를 불바다로 만들겠다는 협박을 일삼으며 지금이라도 늦지 않았으니 어서 봉답서를 올리라고 대마도주인 저를 압박하는 것은 물론 백성들에게 당신들의 도주라는 자가 당신들은 굶어죽든 말든, 백성을 저버리고 관직에 얽매여 연연하고 있다고 선동하고 있습니다.

그도 그럴 것이 관찰사 대감께서도 아시다시피 저희 대마도는 조선 조정에서 내려주는 직분에 대한 녹봉인 쌀 10만 석과 동래왜관을 통해서 일본물품을 팔고 조선의 물품을 가져다가 일본에 파는 물품 교역에서 얻는 이득 10만 석과 저희가 일본의 각 번들로부터 조선

통교를 허락하면서 발행하는 일종의 조선교역허가증 발급으로 받는 쌀과 저희가 자체 생산하는 소량의 쌀을 합한 10만 석 등 도합 30만 석으로 살아갔었습니다. 그러나 최근 들어서 녹봉으로 지급되는 쌀은 줄어서 5만 석을 간신히 웃돌고 있습니다. 또한 1866년 프랑스가 천주교 탄압을 구실로 조선의 문호를 개방시키기 위해서 일으킨 병인양요에서 조선이 승리한 후, 왜관의 교역조건 역시 까다로워져서 일본을 경유한 후 저희 대마도를 통해서 교역하는 서양 물품도 일체 금하다보니 교역상품도 줄어들어 그 수입 역시 5만 석 정도에 그치고 있습니다. 왜관의 교역조건이 까다로워짐으로써 대마도는 조선과 일본 양쪽 모두에 대한 교역이 줄어든 것입니다. 그리고 교역조건이 까다로워졌으니 당연히 일본의 각 번들이 조선에 교역하는 상품도 줄어들어서 자체 조달하던 10만 석 역시 그 절반을 겨우 웃도는 상황이옵니다. 결국 그동안 30만 석으로 살아가던 저희 대마도는 겨우 15만 석으로 어렵게 살아가게 되었고 그 빈곤은 날이 갈수록 심해지고 있습니다.

일본이 그런 사정을 간파했으니 기회를 놓치지 않을 사람들이라는 것은 관찰사 대감께서도 아시리라 믿습니다.

일본은 제가 봉답서만 쓴다면, 지금 조선에서 부여 받는 모든 조건을 그대로 지속시켜 주면서, 당장 오사카에서 장기 저리로 쌀 10만 석을 보내주는 것은 물론, 일본정부가 매년 무상으로 3만 석을 지급하고 년 3만 2천 석을 생산할 수 있는 토지를 주겠다고 합니다. 백성들에게 도주인 제가 그런 조건도 거부하면서 봉답서를 쓰지 않고 도주 자리를 지키려고 안달을 한다고 선동하고 있습니다. 게다가 이미 잠시 언급해 드린 바와 같이 만일 제가 봉답서를 계속 거부하면 군사적인 보복이 반드시 따를 것이라고 백성들에게 겁을 주어 어떻게 든 제가 봉답서를 쓰게 만들려고 합니다.

하지만 조선왕조의 건국 이전인 아주 먼 옛날부터 조선에 번신의 예를 갖췄던 대마도가 하루아침에 일본에 굴복할 수는 없는 노릇이 라는 것을 백성들도 잘 알기에 아직은 동요하지 않고 있습니다. 그러 나 백성들도 참는 데에 한계가 있을 것이옵니다. 청하옵건대 이미 조 정에서 임명하신 관리들의 녹봉을 삭감 없이 보내주시고 조정에 건 의하여 교역품목을 늘려 주심이 타당하다고 사료되옵니다. 아무리 서양 물건이라도 일본을 거처 우리 대마도가 가져가는 것은 교역을 허락해 주셨으면 하옵니다.

그리고 이것은 정말 중요한 일이온데 군대를 보내 저희 대마도를 지켜주십시오. 지금도 살기 넘치는 칼잡이들이 공포 분위기를 조성 하고 있는데, 이미 왕정복고 대호령이 내려졌으니 날이 갈수록 심해 질 것이옵니다. 제발 군대를 보내 대마도를 지켜주십시오.

저는 이 장계를 올린 후 일본에 다녀오고자 합니다. 가서 일본의 현황도 보고 정말 일본이 우리 대마도에 군대를 파견할 것인지 제 눈으로 직접 정탐도 하겠습니다만, 적어도 제가 일본에 가 있는 동안 이라면 일본이 대마도에 군대를 출병하지는 않을 것이라는 생각에서 시간을 끌어보자는 것이 주목적이옵니다. 이미 일본은 출병 준비를 한다는 소식을 저희 대마도에서 일본에 가 있는 사람들을 통해서 전 갈을 받은 까닭이옵니다.

관찰사 대감!

우리 대마도가 수천 년 전부터 조상 대대로 조선의 신하로 살아왔 다는 점을 부디 혜량하시어 이 어려운 살림살이를 해결하고 일본의 군사적인 압박에서 벗어날 수 있도록 조정에 잘 간청해 주시기를 두 손 모아 간절히 애원하옵니다.

부디 강녕하시고 애타게 기다리는 저희의 소원을 이뤘다는 회신 주시기를 기원하옵니다.

맑은 하늘임에도 별 하나도 뜨지 않아 더 춥게만 느껴지고 사방이 꽁꽁 얼어붙은 깜깜한 이 밤이 지금의 제 마음과 똑같사옵니다. 그리고 모름지기 꽁꽁 얼어붙은 제 마음은 우리 대마도 백성들 모두의 마음일 것이옵니다.

무진년 정월. 대마도주 종의달'

'전하! 신 대마도주 삼가 경배하여 문안 여쭈옵니다.

이미 지난번에 경상도관찰사 대감을 통해서 장계를 올린 것처럼, 지난 해 일본은 각 번들은 모든 통치권을 일왕에게 반납한다는 대정봉환 봉답서를 올림으로써 '왕정복고의 대호령'을 발표했습니다.

그리고 역시 지난번 경상도관찰사 대감을 통해서 장계를 올린 바와 같이 소신에게도 대마도를 일본에 바친다는 봉답서를 강요한 지 이미 오랜 시간이 흘렀습니다. 하지만 소신을 비롯한 대마도민 모두의 조상이 조선인이고 대대로 조선의 백성으로 살아온 신들로서는 응할 수가 없어서 응하지 않았습니다. 그랬더니 얼마 전에는 만일 봉답서를 작성하여 올리지 않는다면 군대를 동원하여 우리 대마도를 초토화시키겠다고 으름장을 놓으면서 지금은 아예 칼잡이가 딸린 관리 여러 놈을 파견해서 하루 종일 감시하며 괴롭히고 있습니다.

봉답서만 쓰면 쌀도 주고 쌀을 생산할 수 있는 땅도 마련해 주겠다고 합니다. 대신 봉답서를 쓰지 않으면 군대를 동원해서 우리 도민들을 몰살하겠다고 들들 볶습니다. 공공연히 여러 명의 무사들이 소신을 둘러싸고 일부러 칼집에서 칼을 뽑았다 넣었다 하는 '철커덕' 소리를 시도 때도 없이 듣게 만들어 공포 분위기를 조성하고 있습니다. 소신이 볶이고 죽는 것은 문제가 되지 않습니다만, 대마도 백성들의 안위가 심히 염려되는 바입니다. 솔직히 이제 더 이상은 버틸 수가 없는 지경입니다.

이미 장계를 올린 바와 같이 지금 대마도 식량 사정 역시 말도 못할 지경이라 백성들은 소신을 비롯한 관리들을 원망하고 있습니다. 이런 형편에 만일 일본 군대가 대마도를 둘러싸는 날에는 도주인 소신이 안 하면 백성들이 나서서 봉답서를 쓰자고 할 판입니다. 실제로 얼마 전에 교역을 위해서 일본에 다녀온 저희 관리들의 말에 의하면, 지금 일본은 이토 히로부미의 지휘 아래 우리 대마도에 파견할 군대에 대한 준비를 마치고 출항할 날만 기다리고 있는 실정이라고 합니다. 만일 우리가 저들의 요구에 응하지 않을 경우, 우리 대마도를 무력으로라도 강점할 계획을 대대적으로 세우고 있는 것이 틀림없어 보입니다. 일본에서 오는 것보다 부산에서 오는 것이 훨씬 빠르니 제발 조치를 해 주십시오. 먼저 출병해서 지금 소신을 위협하는 이 무리들도 소탕하고 조선군이 대마도를 방어한다는 소문이 일본까지 퍼짐으로써 일본이 무력 침공에 대한 야욕을 버릴 수 있도록 조치하지 않으면 뒷일을 감당하기 어려울 것으로 사료되는 바입니다.

혹시 우리 조정과 소신이 무슨 연락을 할까봐 일본인들의 감시가 보통 심한 것이 아니다 보니 이 장계가 무사히 대전에 전달이 될 수 있을지 모르겠습니다만, 다행히도 전달된다면 즉각적인 조치를 부탁드립니다. 모름지기 조선에서 군사와 함께 식량도 도착해야 일이 해결이 될 것으로 사료됩니다. 하지만 지금 당장 굶어 죽는 한이 있더라도 우선은 군사를 파견해서 이 난국을 헤쳐 나가야 할 것이옵니다.

지난 해 일본이 대정봉환을 실시할 때 저희 대마도는 봉답서를 쓰지 않았다고 일본의 무사들인지 살인 청부업자들인지 모를 이들이 와서 얼마나 위협을 가하는지 견디다 못해 금년 3월 13일 소신이 일본으로 향했습니다. 소신이 일본으로 가기 전에 이곳의 어려운 사정을 경상도관찰사께 장계로 올리면서 그 안에서도 밝혔습니다만, 소신이 일본에 가서 조건을 확인한다는 전제를 달고 일본에 다녀오는 동안 시간을 벌어보고자 함이었습니다. 하오나 아직까지도 아무런 회답이 없어서 애가 탈 뿐입니다.

전하! 이제는 정말 시간이 없사옵니다. 부디 무언가 황급한 조치해 주시기를 간곡히 부탁드립니다. 그리고 행여 참고가 될까 하여 지난번 제가 관찰사 대감께 올린 장계의 필사본을 추가하오니 참고하여 통촉해 주시옵소서. 주상전하와 대신들께서 모두 평안하시어 나라가 무궁하기를 축원하는 바입니다.

늦은 밤 풀벌레들이 울부짖는 소리가 마치 대마도 백성들이 일본 양아치들의 두려움에 시달리고 배고픔을 참지 못해 소신에게 보내는 원성소리로 들려 소신의 심장은 터질 것만 같사옵니다.

무진년 8월. 대마도주 종의달'

"대마도주의 마음을 알겠어. 이런 편지를 쓰는 마음이 오죽 저리도록 아팠겠어? 꽁꽁 얼어붙은 겨울 추위와 심장이 터질 것 같은 마음. 선조들이 대대로 지켜온 땅을 자신이 더 이상 지키지 못하고, 죽음이 목전에 닿은 백성들을 위해서 봉답서를 써야 할지도 모르는 상황에 처한 그 마음이 오죽했겠어?"

최기봉이 일본어로 쓰인 문서 두 장을 다 읽고 그 글을 읽으면서 자신의 가슴에서 들려오던 소리를 말했다. 그러자 박종일이 말을 받았다.

"억장이 무너지고 눈물이 앞을 가렸겠지. 하지만 지금은 문서를 실체적으로 분석하는 게 더 중요해. 무진년 8월이라면 여기서는 1868년 8월을 지칭하는 것이고, 종의달의 이름과 관인이 찍혀있네? 그럼, 이건 1867년 12월 9일 왕정복고파가 메이지 신정권을 수립한 이후 1869년 판적봉환까지의 사이에 무력을 동원해서 강제로 대마도를 일본에 바친다는 봉답서를 받았다는 증거가 되는 문서잖아? 대마도를 수복하기 위한 근거가 될 수도 있는 아주 중요한 문서 같은데?"

"그렇지! 모두 짐작은 했겠지만 누렇게 변한 것은 원래 발견된 문서고 하얗게 변한 것은 일본어로 번역한 거야. 이제까지 종의달의 매국행위에 의해 대마도가 일본에 귀속되었다고 하면서도 일본이 식량을 가지고 회유했던 사실에 대한 증거만 확보했지, 이렇게 공갈협박을 함께했다는 사실은 증거가 부족했었거든. 이 문서 하나로 복잡하게 얽혀 있던 대마도에 대한 일본의 강점사실이 무력에 의한 것임이 만천하에 드러나게 되는 거야. 일본은 이미 메이지 정권을 수립하고 정한론을 들먹이고 있는데, 대마도를 수중에 넣지 못한 것이 이토 히로부미에게는 영 마음에 걸렸던 거지.

조선을 정벌하기 위해서는 무엇보다 필요한 것이 대마도라는 것은 이미 임진왜란 시절부터 증명되었던 사실이잖아. 대마도를 정벌한다는 것이 무슨 의미인지를 잘 알고 있는 사이고 다카모리를 비롯한 무사들에게 대마도를 강점하여 조선 정벌 의지를 더 확고하게 보여줌으로써, 정한론에 들떠 있는 그들의 충성심을 더 한층 고무시켜보자는 계산도 깔려 있었겠지. 하지만 그 당시의 일본 사정으로는 보신전쟁 등등 일본도 함부로 군사를 움직일 수 없으니 일단은 선발대 격으로 무사들과 관리들을 보내서 회유와 협박을 병행한 거지. 물론 대마도주가 봉답서 쓰는 것을 끝내 거절하자 군대를 파견해서 대마도를 감싸고 봉답서를 받아냈지만, 어디에도 그런 기록이 없었거든. 다행히 그런 사정을 알리기 위해서 당시에 대마도주가 조선 조정에 직접 보내려고 썼던 문서인데, 보내지 못했던 것이 이번에 발견된 거야. 그리고 이미 관찰사에게 보냈던 문서의 필사본을 첨부한 것이 같이 발견된 거지.

아주 중요한 것은 이번에 발견된 문서에서 대마도는 대정봉환을 하지 않았다는 것이 증명된 거잖아. 백성도 권력도 일왕에게 바치지 않았어. 이건 정말이지 귀중한 사료임에 틀림없어.

문서에 나타나 있듯이 당시 대마도주는 조선을 자신들이 수천 년 전부터 받들던 조상의 나라라고 했고 자신들의 나라인 조선에 수차 도움을 청했지만 도와주지 않자 급박한 대마도의 상황을 담아 마지막으로 도움을 청한 거지. 당시 대마도를 관활하던 경상도 관찰사가 중간에서 어떻게 조정했는지 모르지만, 조선 국왕이 아니라 관찰사에게 보냈던, 이미 보낸 것이라고 필사본으로 동봉한 문서는 조정까지 전달되지 않고 중간에서 소멸됐던 것 같아.

이건 내 생각이지만, 당시 경상도관찰사나 혹은 그 문서를 소멸시킬 수 있는 직위에 있던 관리가 직권을 남용해서 문서를 중간에 없애 버리고 무시한 이유가 그 당시에 조선이 얼마나 부패했었는지를 보여주는 것 같아. 그 당시는 대원군이 집정하던 시대고 조선이 대마도에 임명한 관리들의 녹봉마저 감할 정도로 어렵지 않았던 것으로 알고 있는데, 전달 과정에서 누군가가 장난을 친 것 같아. 또한 동래왜관을 통한 교역량의 감소 역시 쇄국정책을 펼치던 조정의 뜻도 배제할 수는 없었겠지만, 당시 관할하던 관리들이 알아서 과잉 충성한 것으로 볼 수도 있겠지. 왜놈들에게 대마도를 빼앗길 수도 있는 긴급한 상황에서도 자신들의 출세와 부정한 짓으로 배불리기에 급급하던 죄과가 드러나서 처벌 받는 것을 감추기 위해 덮어버렸던 거지. 결국 부패한 나라의 부패한 관리가 빚어낸 대마도의 비극이라는 거야.

그런 정도의 비리라면 경상도관찰사보다 낮은 직급에서 이뤄질 수는 없겠지만, 경상도관찰사가 아니라면 적어도 동래왜관의 책임자 정도는 돼야 녹봉이 배달되는 중간에서 가로챌 수 있었을 거야. 그 문제를 드러낸 대마도주가 보낸 문서는 녹봉이 삭감되어 가던 역순으로 올라가게 되어 있으니, 중간에서 사라졌든지 관찰사가 먹어 치웠던지 아니면 상납을 받던 누군가가 해치웠겠지. 그리고 직접 조선국왕에게 보내려고 쓴 문서는 삼엄한 왜인들의 감시 때문에 그 당시에는 출발도 못한 채 서까래 위에 감춰 두고, 누군가를 시켜서 보내려고 기회만 엿보다가 안타깝게도 이제야 겨우 발견되었고.

어쨌든 조선이 자기 백성을 돕고 안 돕고는 내부 사정이야. 중요한 것은 일본이 조선 조정도 모르는 사이에 조선영토 중 하나의 도서에 해당하는 대마도를 무력으로 강점했다는 증거가 되는 문서라는 거야."

태영광이 잠시 말을 멈추자 박종일이 말을 받았다.

"그래 이제야 이해가 된다. 우리는 흔히 1868년 종의달이 10월 8일에 써서 일본 조정에 넘겨준 봉답서로 인해서 대마도의 국적이 바뀐 거라고 하잖아. '수백 년간 조선의 신하로 살아온 것을 뉘우치며 이번부터 일본이 만들어준 관인을 사용한다.'는 내용의 봉답서 말이야. 그런데 그게 왜 모든 통치권을 일왕에게 반납한 대정봉환이 일어나던 1867년도 아니고, 백성과 땅을 일왕에게 반환한 판적봉환이 일어나던 1869년도 아니고, 단지 일왕이 왕정복고를 대대적으로 선포하던 메이지유신 원년이라는 1868년이냐는 거지? 이제 보니 대정봉환을 안 하고 두 번이나 조선 조정에 군사적, 경제적 구원을 호소했음에도 불구하고 대답이 없자 어쩔 수 없이 봉답서를 쓴 것이로구먼."

"하지만 그 봉답서는 사실 아무런 의미가 없는 거지. 왜냐?

고대 국가에서는 일정한 지역 안에 존재하는 마을이나 혹은 집단이, 그 지역을 점유하고 다스리는 토호세력의 우두머리가 어느 나라의 편을 들고, 어느 나라에 속하기를 원하는 가에 따라서 국호가 바뀌고 아군과 적군이 바뀌었어. 하지만 1868년이라면 이미 국가대 국가의 조약으로 영토가 확정되고 영역이 바뀌던 근대국가 시대거든. 조선의 신하에 지나지 않는 일개 대마도주가 자기 마음대로 대마도를 누구에게 바치고 관인을 바꿔서 국적을 바꾸는 것은 아무런 의미가 없는 행위일 뿐이지. 그것은 마치 일제가 대한제국을 병탄하려 할 때, 이완용이나 송병준 같은 매국노들이 조약에 서명해야 한다고 앞장서서 날뛰던 것과 조금도 다름없는 매국행위에 지나지 않아. 그 당시 아무리 조선이 대마도에 대해서 무관심했지만 일개 도주의 봉답서 한 장을 가지고 판적봉환을 한 것은 핑계뿐이지. 대마도주 종의달이 자신의 목숨도 보호하고 기근에 허덕이는 백성들을 보호한다는 명분하에 지위를 지키고 영달을 위해서 일본에 대마도를 바친 매국행위일 뿐이므로 그 자체가 무효라는 거야.

어쨌든 이 문서가 바로 나중에 시신이 발견되었다는 아비류 씨가 발견해서 소지하고 있었던 거야. 구연회 씨는 이 문서가 발견되었다는 정보를 다나까 씨로부터 입수하고 이걸 가지러 대마도에 갔다가 살해당한 거고."

"그런데 그게 왜 아비류 씨 손에 있었는데?"

"아비류 씨 직업이 대마도에서 알아주는 큰 목수였대. 그런데 얼마 전에 대대로 대마도주를 지낸 종씨 집안 고택의 보존을 위해 전반적으로 수리하는 작업을 했는데, 아비류 씨가 그 작업을 맡아서 진행했지. 작업을 하던 도중에 서까래 밑에서 이 문서가 나온 것을 발견한 거야. 고문서가 나오자 혹시 하는 마음에 몰래 숨겨 가지고 가서 일본어로 번역한 것이 사진에 일본어로 나온 문서야.

너무나도 기쁜 나머지 그 사실을 다나까 씨에게 카톡으로 전송해서 알린 거지. 다나까 씨는 그 소식을 듣자마자 구연회 씨에게 카톡으로 전송한 후 대마도에서 같이 만나서 아비류 씨에게서 이 문서를 건네받기로 했다는 거야. 그런데 그 약속이 어떻게 노출되었는지 모르지만 하필 그 자리가 자신들의 무덤이 될 줄 누가 알았겠어?"

"그럼 이 문서 때문에 세 사람, 아니지 아비류 씨까지 네 사람이나 죽었다는 거야? 대마도에 관계된 문서이니 발견한 아비류 씨랑 대한민국 백성인 구연회 씨는 그렇다고 치자. 그런데 다나까 씨는? 같이 있어서 죽인다? 그렇다면 핫도리 씨는? 이런 사실을 알고 있으니까 죽인다? 실제 증거가 되는 문서를 손에 들지 않거나, 그런 문서가 있었다는 사실을 증명해 주는 기록도 없이 이렇게 사진으로만 제시하면 아무런 의미가 없다는 것을 뻔히 알 것 아냐? 이렇게 사진만 들이밀고 우기면 조작된 것이라는 오해를 살 것이고, 사실이라고 주장해 봐야 증거가 없으니 아무런 의미가 없다는 것은 우리가 이미 경험한 사실이잖아. 죽이려면 증거물을 가지고 있는 아비류 씨만 죽여야 하는 거 아냐?"

"그건 두 가지로 추측할 수 있겠지. 우선 발견된 문서가 이미 다른 경로를 통해서 전달이 됐을 수도 있으니 관계된 사람은 모두 제거해야 한다. 즉, 아비류 씨는 물론 아비류 씨가 다나까 씨에게 전달했을 수도 있고, 다나까 씨는 구연회 씨에게 전달했을 가능성이 있으니까 셋을 살해할 동기가 되지. 그런데 문제는 핫도리 씨는 이 일과는 관련이 없다는 거야. 그렇다면 이 사건과 연관되지 않은 사람까지 죽여야 했던 또 다른 이유가 있어서 네 명이나 희생당한 거겠지? 시미즈 말에 의하면 그 다음날, 그러니까 일요일이겠지? 핫도리 씨와 다나까 씨가 중요한 일을 상의하려고 도쿄에서 만나기로 했다는 거야. 자신도 그 내용을 듣지는 못했고 다만 그런 약속을 했다는 사실은 전달 받았다고 하더라고. 대마도에서 구연회 씨를 만난 다음 도쿄로 돌아가서 핫도리를 만나기로 했던 거지."

"그렇다면 왜 만나기로 했는지가 중요한 살해 동기 중 하나가 될 수 있다는 건데?"

"시미즈 씨 말에 의하면 자신들이 그동안 추구해 온 류큐와 아이누족의 독립 문제에 관해서 이야기하려 한 것까지는 확실하대. 다만 구체적인 내용을 모르는 거지."

"그럼 류큐와 아이누족의 독립 문제를 상의하기 위해서 만나기로 한 사람들을 죽이는데 구연회 씨와 아비류 씨가 들러리를 선거다? 그것도 이상하지 않나? 아무튼 이번 사건은 보통 복잡한 것이 아니로군. 설령 겐요샤가 저지른 짓이 아니더라도 풀어 나가기가 쉽지 않겠어. 대마도와 류큐, 아이누족까지 얽혀서 그 시작의 끈을 잡을 수 없을 것 같아.

아무튼 한 가지씩 풀어 보자. 아비류 씨가 도대체 어떤 사람이기에 그 고문서를 발견하고 그들과 연락을 해서 이 사건에 말려들어간 거야? 직업이 목수라는 것을 보면 이쪽 분야를 연구한 사람은 아닌 것 같은데? 대목수다 보니 고대사에 관심이 있었나?"

"그게 아니라 아비류 씨는 자신의 정통성을 회복하고 싶어 하던 사람이야. 자기 가문의 전통을 바로 세우고 싶어 했던 사람이지. 그가 대마도 역사에 관심을 갖게 된 이유는…."

태영광이 아비류 씨가 이번 사건과 관련되게 된 경위를 비롯해서 아비류 가문에 대해 이야기하기 시작했다.

아비류 씨는 대마도를 다스리던 가문의 장손임을 스스로 자랑스럽게 생각하며 그에 대한 긍지가 대단했던 사람이다. 그는 대마도에 관한 사료들이 지금은 거의 존재하지 않는다는 것에 대해서 항상 안타까워하고 있었다. 일본의 하라타 사카에루(原田榮)가 1981년 4월 25일 『역사와 현대』라는 저술에서 '1923년 7월 대주

구 번주(對州舊藩主) 종백작가(宗伯爵家)가 소장하던 대마도 관련 사료 10만 150건을 일본이 분서시켰다.'고 폭로한 사실을 항상 가슴에 담고 살았다. 고문서류 66,469매, 고기록류 3,576책, 고지도 34매, 고화류 71점을 분서한 이 사건 때문에 자신의 가문이 대마도의 엄연한 통치자였다는 사실이 왜곡되어 전해지는 것에 대해서 언젠가는 밝힐 수 있는 증거가 나올 것이라고 기대하면서, 대마도의 역사를 바로 세우기 위해서 연구하는 데 게으르지 않았다. 그는 대마도가 조선의 영토였으며 지금은 조선의 국통을 이어받은 대한민국의 영토로 귀속되어야 한다는 사실이 먼저 밝혀져야 자신의 조상들이 대마도를 통치한 것은 물론 일본 열도에 문화를 전달한 선각자라는 것이 증명된다고 하면서 대마도가 대한민국의 영토임을 밝히는 데 일조하기 위해서 노력한 사람이다. 그런 까닭으로 〈평화를 위한 영토연구회〉와 인연을 맺게 된 것이다.

그는 대마도의 역사자료들을 분서한 이유 중 하나가 '백제, 가락의 제왕이 일본왕이 되었다는 것이 명료하게 기록된 것에 경악하여, 동종의 문서를 대마도 무네(宗: 종)씨로부터 회수하지 않으면 위험하다는 판단 때문'이라고 기록된 것을 중요하게 여겼다. 이는 곧 대마도의 역사와 문화는 물론, 일왕의 혈통이 우리 선조들의 나라에서 기인된 것이라는 기록이 대마도에 보관되어 있음으로 분서사건을 일으켰다는 것으로, 자신의 선조들이 일왕의 가문과 동일할 수도 있다는 기대를 저버리지 않았다.

지금은 몰락한 가문이지만, 자신들이 몰락한 이유가 대마도를 비롯한 일본 자체의 역사왜곡과 그로 인해서 영토가 잘못 정의된 까닭이라고 했다. 언젠가 올바른 역사에 의해서 영토가 올바르게 정의된다면, 자신의 가문은 반드시 옛 영광을 되찾을 것이라고 철저하게 믿고 있는 사람이었다.

역사에 의하면 고주몽에게는 아들 셋이 있었다. 정실부인의 아들인 유리와 소서노가 고주몽에게 재가할 때 데리고 온, 우태와의 사이에서 출생한 아들 비류와 온조다. 나이로 본다면 장남이 비류고 둘째가 온조, 막내가 유리다.

고주몽이 남하정책을 펴며 아들 삼 형제를 함께 데리고 남하했는데, 정실부인의 아들 유리는 고주몽의 뒤를 이어 고구려 2대왕에 즉위한다. 비류와 온조는 고구려를 떠나 해상 경로를 통해서 지금의 산둥반도를 거쳐 한반도에 정착하는데, 비록 양자지만 형들이 동생에게 왕좌를 넘겨주고 떠난 셈이다. 그 이유를 조선시대의 개념으로 판단한다면 적손인 유리가 왕이 되는 것이 당연하기에 그리한 것으로 생각할 수 있다. 엄밀히 말하자면 비류와 온조는 고주몽과는 피 한 방울 섞이지 않은 아들로서 왕족이 아니다. 그들의 친아버지인 우태가 호족의 아들로 무예에 능했고, 어머니인 소서노 역시 유력한 호족의 딸로서 무예에 능했으니 그저 귀족의 후손 중 그나마 힘 있는 귀족 집안이었을 뿐이다. 당연히 유리가 왕위에 올라야 한다는 주장이 될 수도 있다.

그러나 유리가 왕위에 오른 것은 단순히 그런 이유 때문만은 아니다. 고주몽이 비류와 온조를 자신의 아들로 받아들여 왕자의 신분을 득하였으므로 실력을 갖춘 자를 왕으로 삼던 고대국가에서는 얼마든지 왕위 계승의 경쟁을 할 수도 있었다. 하지만 비류와 온조는 고구려의 왕위를 탐하지 않았다. 그들은 고구려의 영토를 탐하여 왕자 간의 다툼으로 국력을 소모하기 보다는 더 넓은 곳으로의 진출을 희망하는 진취적인 성격이었다. 어머니 소서노 역시 여장부로 두 아들의 의견을 존중해 주었다. 두 형제는 적손 왕자인 아우 유리가 고구려를 잘 다스려 주기만 바라며 새로운 나라를 개척하기 위해서 바다를 통해서 고구려를 떠난다. 그들의 이런 기질을 뒷받침할 수 있는 증거로 훗날 백제(百濟)라는 나라이름이 '백가(百家)를 제해(濟海)함에서 유래된 해상국가(海上國家)'를 뜻한다는 의미라는 것을 볼 때 충분히 설득력이 있는 이론임에 틀림이 없다.

비류와 온조가 추종자들과 함께 고구려를 출발한 항구로는, 고구려의 영토가 지금의 난하까지였으니 발해만에 있는 항구 중 하나로서 요하 하구이거나 대릉하 하구 어디쯤일 것으로 추측된다. 비류를 추종하던 세력들은 해상경로를 통하여 지금의 공주 부근에 정착하게 되었다. 항간에서는 그들이 정착한 곳이 지금의 인천이라는 설도 있으나 온조가 한강을 따라서 상륙하여 위례성에 자리 잡았고, 비류는 금강을 따라서 상륙하여 지금의 공주 부근을 터전으로 삼기위해서 공주인 웅진을 수도로 정했다고 한다.

공주에 자리 잡은 비류는 자신의 세력을 넓히는 방편의 하나로 북쪽에 있는 아우들의 나라에는 근접하지 않고 해상을 통해서 세력을 넓히는 방안을 모색하여 해상을 통한 영토개척과 어업을 독려했다. 또한 금강 유역이 본래 비옥한 곳이라 농사짓기도 좋은 곳이므로 비류의 나라는 번창하지 않을 수가 없었다. 번창한 나라를 지키기 위해서 고대국가에서는 왕자들로 하여금 일정한 지역을 나누어 다스리게 하는 방법을 쓰기도 했다.

비류는 그런 방법을 택하기 위해서라도 왕자가 많아야 나라가 번창할 수 있다는 기본적인 생각을 가지고 있었다고 한다. 고대국가에서 중요한 힘의 원천으로는 우수한 무기만큼이나 필요했던 것이 바로 병력의 숫자와 그들을 다스릴 수 있는 유능한 장수다. 병력이 있어야 무기를 활용하여 전투에 참여할 뿐만 아니라 그들을 다스릴 장수가 있어야 전쟁을 승리로 이끌 수 있다는 것은 당연한 일이다. 그리고 그 장수로는 왕의 뜻과 권력을 그대로 이어받아 실행할 수 있는 왕자만큼 적격자가 없다. 따라서 비류는 더 번창한 나라를 만들기 위해서 후궁을 여럿 들였으니 당연히 손이 불어날 수밖에 없었으며 아비류(阿比留) 씨는 비류(沸流)의 후궁으로부터 탄생된 왕자들 중 하나의 후손이라고 한다.

　비류의 후궁에게서 태어난 왕자들 중 유난히 아버지 비류를 닮아 용감하고 모험심 많은 왕자가 해상을 통해 더 넓고 먼 곳을 개척하기 위해서 바다로 진출해서 대마도로 진출했는데 그가 바로 아비류라는 것이다. 그들이 한자를 다르게 쓰는 이유는 자신들이 적손이 아닌 까닭도 있겠지만, 정말 중요한 이유는 해상을 제패하여 영역을 넓히기 위해서 떠날 때 비류가 자신의 이름을 사용할 것을 권했고 왕자는 그것을 받아들였다. 다만 그 시대에 주변국들과의 소통을 위해서는 한자를 사용하고 있었으므로 한자만은 다르게 쓰기로 했다. 또한 그 시대 백성들이 고조선에서 물려받은 가림토 문자를 사용하고 있었던 까닭에 가림토 문자로 써도 구분이 잘 될 수 있도록, 다른 사람을 부를 때 친근감을 나타내기 위하여 성이나 이름 위에 붙이는 아(阿)자를 앞에 붙임으로써 아비류(阿比留)라고 칭하게 되었다고 한다.

물론 그 이후로는 해상을 통해서 영역을 넓히는 일은 아비류 가문이 주도하여 처리하였고, 그 결과 대마도에서 큐슈북부까지 세력을 넓히는 것은 물론 일본 열도까지 교역을 통한 문화전달을 하고, 그로 인해 일본이 원시시대를 벗어나 고대국가를 성립할 수 있는 기반을 세웠으니, 일본의 건국에는 아비류 가문이 지대한 영향을 끼쳤다는 것이다. 결국 비류가 세운 왕국이 대륙과 한반도를 통틀어서 가장 먼저 일본과 교역하였고, 당시 일본은 국가 형태는 물론, 이렇다 할 문명을 누리지 못하던 때인지라 비류의 후손들이 문화를 전달해 주고 국가 형태를 갖추게 함으로써 초기 일본을 지배했었다는 이론이 성립하는 것이다. 그리고 그 주체가 아비류씨 자신들의 가문이라는 것이다.

일본에 야마토 왕국이라는 고대국가가 성립한 것이 일본의 주장 그대로 받아들여 250년경으로 본다고 할지라도, 온조의 백제 건국이 기원전 18년이므로, 비류의 나라 역시 백제와 비슷한 시기에 건국되고 해상을 주도한 것으로 보면 충분히 가능한 주장이다.

대마도는 부산에서 불과 49.5Km 떨어져 있어서 순풍이 부는 날이면 배로 반나절 만에 도착하는 곳으로 이미 진국시대에 개척되었다는 것이 정설이다.

진국은 기원전 4세기경부터 한반도의 남쪽에 있던 나라다. 고조선이 한반도의 북쪽을 포함하여 지금은 만주라고 불리는 영역과 비슷한 영토, 즉 서쪽 난하에서 출발하여 동쪽으로 향하며 북으로는 내몽골의 일부를 포함하면서 그 접경지역과 유사하게 따라서 흑룡강까지 거슬러 올라가 우수리강을 향해 내려오다가 연해주의 약 절반을 가로질러 동해에 이르는 영토에 자리하고 있던 시대에 한 반도 남쪽에서 마한·진한·변한의 세 나라가 연합국을 이루고 있던 나라다. 마한이 그 종주국으로 마한 왕이 진국의 왕을 겸하고 진한과 변한의 왕은 각각에 예속된 소국들을 다스리며 마한과 연합하여 진국을 형성한 것이다. 진국 중 가장 융성한 나라가 마한이었으므로 마한이 연합국의 종주국 역할을 한 것이다. 마한은 54개의 소국 연합으로 형성되었었고, 진한과 변한은 각각 12개의 소국으로 형성되었었는데 백제는 마한의 소국 중 하나였다. 그렇게 본다면 비류가 세운 소국 역시 마한의 소국 중 하나였다는 것을 간과해서는 안 된다. 그리고 마한이 대마도를 개척한 나라이므로 마한의 소국 중 하나였었던 비류의 나라가 대마도를 개척하고 큐슈를 통해서 일본 열도로 뻗어나갔다는 주장 역시 타당한 이론이다. 대마도가 대마국(對馬國)으로 쓰였던 그 시절의 대마도 종주가 바로 아비류 가문이라는 것이다.

그들은 지금도 일본에 존재하는 아비류(阿比留: 아히루) 문자야말로 비류의 후손인 아비류 가문이 일본에 문화를 전달했다는 것을 증명하는 확실한 유산 중 하나라고 한다. 그들이 금강 하구에서 비류에게 하직하고 떠날 때 가림토 문자를 가지고 떠난 것은 당연한 일이며 그 문자가 대마도에서 쓰인 것은 물론 또 다른 문화들을 전달하는 문화의 흐름에 따라서 일본 열도까지 전래되었다는 것이다. 일본에 존재하는 아비류 문자는 고조선의 가림토 문자와 거의 똑같다. 고조선의 역사를 적어 놓은 ≪단군세기≫에 의하면, 가림토 문자는 3세 단군 갸륵 때 삼랑 을보륵에게 명하여 만든 문자라고 한다. 모두 서른여덟 자로, 세종대왕이 반포한 훈민정음의 스물여덟 자는 그 서른여덟 자 중 스물여덟 자와 동일하다. 결국 세종대왕은 훈민정음을 창제한 것이 아니라 한자에 가려져 쓰지 않던 가림토 문자 중 그 시대에 필요한 스물여덟 자의 발음을 연구하여 훈민정음으로 반포한 것이다. 그리고 그중 스물네 자를 우리는 지금 한글의 자음과 모음으로 사용하고 있다.

그런데 그 가림토 문자가 일본 열도에 생생하게 존재한다. 가장 눈에 띠는 것은 오카야마 구라시키에 있는 나가오 신사다. 신사는 우리들이 알고 있는 대로 일본인들이 다양한 신을 모시는 곳이다. 나가오 신사 역시 신을 모시는 곳인데, 이곳에서는 도래인, 즉 일본에 문화나 기타 문물을 전해주기 위해서 일본으로 왔던 이들에게 감사하는 마음을 담아 그들의 혼령을 모시는 곳이다. 그중 특히 대마도에서 자신들에게 문화와 문물을 전해준 사람들을 기리는 곳이다. 그런데 이 신사에는 아비류 문자로 간판이 아치형으로 아주 크게 붙어있다. 그 간판에는 '가무나가라'라고 쓰였는데 이것은 '신이 걸어온 길'이라는 뜻의 일본어다. 일본어가 갖고 있는 뜻을 소리 나는 그대로 아비류 문자로 쓴 것이다. 이런 현상은 그들이 아비류 문자를 읽고 해독할 줄 알았다는 것을 증명하는 것이다. 비단 그뿐만이 아니라 712년에 편찬된 일본에서 가장 오래된 일본 역사서인 《고사기》를 아비류 문자로 써 놓은 것도 있다는 것을 보면 확실하게 일본에 아비류 문자를 사용하던 사람들이 있었다는 것을 알 수 있다.

아비류 씨는 자신들의 선조가 마한의 소국을 다스리며 해상활동을 통해서 대마도를 개척하고 다스렸다는 것에 대한 자부심을 가지고 있었지만 대마도에 대한 역사자료들이 없던 까닭에 증명할 수가 없어서 항상 안타까워하던 사람이다. 1981년 하라타 사카에루의 폭로가 있기 전에는 대마도에 대한 사료들이 일본에 의해서 분서를 당했다는 사실조차 알지 못했기에, 그저 어디엔가는 있을 것이라고 막연하게 기대하면서 하루 속히 그런 자료들이 나와주기만을 고대할 뿐이었다. 그러나 대마도 역사자료 분서사건이 폭로되자 자신의 가문에서 주장하는 그 모든 것들이 일본이 불태워버린 10만 여점의 대마도 역사자료에는 기록되어 남아 있었을 것이라고 확신하고 있었다. 그래서 그들은 대마도의 역사자료들이 불탄 것을 더 안타까워하면서 혹시 남아 있을지도 모르는 새로운 역사자료 발굴에 더 심혈을 기울였다.

물론 아비류 가문에서 대마도 역사자료 분서사건을 인지하기 전에, 자신들의 명예를 회복할 수 있는 좋은 기회로 기대를 걸었던 사건이 있기는 했었다.

1971년에 당시 북한 국적을 가지고 있던 김광화라는 초등학생이 대마도의 고분군을 발견하여 자신의 담임선생에게 보고함으로써 대마도의 고분에 대한 탐구가 시작된다는 소식을 접하자 그들은 기대에 부풀었다. 대마도의 고분이 북한 국적이기는 하지만 조선인에 의해서 발견되었다는 것만 보아도, 당시만 해도 대마도에 상당수 조선인들이 살며 왕성하게 활동하고 있었다는 것을 알 수 있는 사건이었다.

판적봉환 이후 이토 히로부미를 비롯한 일본 조정에서는 수많은 혜택을 주어 가면서 일본 사람들이 일본 열도로부터 대마도로 이주하기를 적극 권했다. 반면에 대마도의 조선인은 열도로 이주할 것을 유도하는 정책을 폈던 것은 두말할 나위도 없다. 아울러 그들은 대마도를 일본화하기 위한 조치로 일본 열도로부터 나무를 이전해서 심고 열도에 사는 동물들을 포획해다가 대마도에 자연 방사하는 등, 온갖 노력을 기울였다. 어떻게 해서라도 대마도가 일본 열도처럼 보이게 하고 싶었던 것이다. 하지만 인위적으로 자연을 바꾼들 얼마나 바꿀 수 있겠는가? 세월이 얼마 지나지도 않아서 수목은 다시 조선 땅에서 사는 종류들이 우위를 점하기 시작하는가 하면 산꿩이나 산고양이, 그리고 솔개 같은 일본 열도에서는 살지 않는 동식물들이 인위적으로 방사한 동식물들을 제치고 올라서기 시작했다. 자연의 순리란 그런 것이다. 본래 그 토양에서 자라던 동식물이 더 잘 자라고 번성하게 되는 것은 어쩔 수 없는 순리다.

대마도를 일본화하기 위해서 노력하던 일본 조정은 훗날 2차대전을 일으키면서, 부족한 군사력과 인력을 채우기 위해서 조선에 대한 본격적인 징병과 징용 정책을 실시하게 되었다. 조선에 대해서 징병과 징용을 할 정도로 전세는 악화된 판에 판적봉환으로 일본 영토가 되었다고 말하던 대마도라고 예외일 수는 없었다. 대마도에 대해서도 일제히 징병과 징용령이 내렸지만, 그 와중에도 잔머리를 굴린 것이 일본이다.

대마도에 사는 조선인들의 일가족이 일본 열도로 이주하면 그 가정 남정네들의 징병과 징용을 면제해 줄 뿐만 아니라 일본에서 적당한 직장이나 대토를 제공함으로써 대마도에서의 삶보다 윤택한 삶을 살게 해 준다는 조건을 내걸었다. 당시 일본군에 징병되면 죽음이고, 후방지원 노동력으로 징용되면 평생 불구로 살 수밖에 없도록 혹독한 고통을 수반하는 착취를 당하는 상황이라는 것을 알고 있던 사람들은 어쩔 수 없는 선택으로 대마도에서 일본 열도로의 이전을 결심했다. 그러나 일본이 그들에게 그런 약속을 내걸었던 이유는 단순히 대마도에 사는 조선인의 비율을 줄이고 일본인의 비율을 높임으로써 일본화하려는 것이었음으로, 애초부터 그 약속을 지킬 계획도 없던 터였다. 그런 일본의 흑심도 모르고 수십 대에 걸쳐 살던 정든 고향을 등지고 단순히 징병과 징용을 면함으로써 대를 잇고 조상의 핏줄을 보존하겠다고 일본 열도로의 이주를 결심한 사람들이 부지기수였다. 하지만 그들은 일본 열도로 향하는 배를 탄 후에 열도를 디뎌 본 것이라고는 이름도 모르는 항구의 부두에 발을 디뎠던 잠시 뿐이었다. 일본 열도의 항구에 내리자마자 그들은 가족끼리 생이별을 해야만 했다. 가족 중에서 갓난아이와 아직 똥·오줌도 제대로 가리지 못하는 서너 살 이하 어린아이들을 제외하고는 모두 분류의 대상이 되었다. 남녀를 불문하고 서너 살에서 여덟 살 어린 아이와 여덟에서 열세 살까지는 따로 분류가 되었다. 그들 각각의 나이로 참여할 수 있는 생산 활동장이 있다고 했다.

남성은 열세 살 어린 나이부터 사십대 중반까지는 전투의 최전선으로 분류되었고, 그 이상의 나이에 해당하는 남성들은 후방지원군이라는 이름하에 전투물자를 지원하는 병력으로 배치되었다. 남자들은 나이에 따라 분류되어 다른 배로 옮겨 타는 신세가 되고 말았다.

여인들 역시 나이에 따라서 분류되었다. 젖먹이가 딸린 여인들은 젖먹이가 젖을 뗄 때까지라는 조건을 달고 나이가 많은 여인들과 함께 군수물자 생산공장행으로 분류되었다. 그리고 이제 갓 초경을 했을까 말까 한 앳된 소녀들로부터 시작되는 꽃다운 젊은 처자들로부터 폐경기를 눈앞에 둔 여인까지 성 행위가 가능할 만한 여인들은, 일본이 저지른 전쟁의 잔혹사 중 인류 역사가 소멸되지 않는 한 지워지지 않을 성매매 도구로 분류되었다. 흔히 위안부라고 부르는 역할로 분류된 것이다.

우리가 흔히 위안부라고 부르는 것은 아주 잘못된 일이다.

위안부는 글자 그대로 남성들이 성욕을 해소하기 위해서 돈을 지불하고 성욕을 털어버리는 대상으로 정당한 금액의 돈을 받고 몸을 파는 것이 위안부다. 하지만 일본은 조선에서 강제로 납치 및 돈을 벌게 해준다고 취업을 미끼로 징집해 간 여인들은 물론, 대마도에서 강제 이주하게 한 여인들까지 단순히 위안부로 투입한 것이 아니다. 그 여인들은 그저 죽지 않을 만큼만 먹여 주었지 자신의 몸을 유린하는 어떤 대가도 받지 못했다. 일본은 그 여인들을 도구로 삼아서 부족한 전비를 벌어들였다. 일본 정부는 그들을 위안소라는 곳에 집어넣고 일본 군대로 하여금 그들의 정조를 유린하게 하는 대가로 군인들의 봉급에서 위안소 출입 비용을 삭감했다. 그리고 그 비용을 여인들에게 돌려 준 것이 아니다. 여인들은 그저 돈을 버는 도구일 뿐이고 군인들의 봉급에서 차감된 금액은 모두 일본 국고로 귀속되어 전비의 상당 부분을 충당하는 자금으로 돌변하고 말았다. 일본 정부는 군인들의 위안소 출입비용을 높게 책정함으로써 군인들에게 봉급을 지불하지 않기 위한 수단으로 활용한 것이다. 이런 정책은 일본군 최고 사령부 작전회의에서 논의되고 결정되어 일본왕실의 재가를 받아 실행된 전비충당사업이다. 당시 강제로 납치되거나 징집된 여인들은 일본의 전비를 충당시키기 위한 성매매도구로 활용되었고, 일본은 인류 역사상 전무후무하게도 국가가 주체가 되어 희대의 성매매 사업을 벌인 것이다.

일본 열도의 부두에 도착하자마자 벌어진 분류작업과 그 분류 작업에 의해서 이동되는 각각의 목적지도 다르다 보니 서로 이별을 고하는 부두는 아수라장이 될 수밖에 없었다. 그러나 그런 아수라장이라도 좋으니 단 몇 초만이라도 더 보고 싶은 가족의 얼굴은 총칼을 휘두르며 선을 긋는 일본군 앞에서 멀어져만 갔다.

그렇다고 대마도의 조선인들이 모두 일본 열도행의 달콤한 속삭임에 빠졌던 것은 아니다. 일본이라는 속성을 알고 저들이 선심을 쓰고 나올 때는 반드시 흑심이 있다는 것을 감지한 사람들과 비록 굶어 죽고 징병을 가거나 징용을 가는 한이 있어도 조상들이 닦아 준 이 터를 버릴 수 없다는 일념으로 꿋꿋이 버틴 사람들 덕분에 1945년 조국광복 당시만 해도 대마도 인구 9만 중 3만은 조선인이었다. 일본이 온갖 발악을 하면서 대마도를 일본화하려고 했지만 조국이 광복하는 그 시점에도 1/3이라는 인구는 조선인이었던 것이다.

그런 아픔을 겪고 난 뒤에 조선인에 의해서 대마도의 고분이 최초로 발견되었으니 이것이야 말로 조상님들이 이끌어서 안겨

준 선물이라고 생각하지 않을 수 없었다. 비록 이미 일본 땅으로 치부되고 있다고 할지라도, 새로 발견된 고분을 분석해 보면 대마도의 개척자가 누구이며 대마도에서 융성하게 꽃피웠던 문화가 과연 누구의 것이냐 하는 숙제를 고분들이 소리 없이 대답해 줄 것이다. 그것만이 대마도의 진정한 주인이 누구인가를 판가름할 수 있는 잣대가 될 것이다.

아비류 가문은 기대에 들떴다. 이번에야 말로 자신들의 조상들인 비류의 후손들이 대마도를 개척하고 대마도를 통치했었다는 증거가 나올 것이라고 확신했다. 역사처럼 기록된 것들은 해석하는 사람이 자신의 편의에 의해 해석하고 말하는, 거짓 증언에 의해 왜곡할 수 있을지 모르지만 적어도 땅 속에 묻혀있는 고분의 형식과 함께 껴묻기 되었던 유물만은 절대 왜곡할 수 없다는 것을 믿고 싶었다. 그리고 속속 드러나는 대마도 고분의 실태에 촉각을 곤두세웠다. 다행히도 대마도에서 발굴되는 고분은 고조선과 진국은 물론, 고구려의 고분형식과 동일한 상식석관묘가 대부분을 이루고 있다는 정보를 속속 입수할 수 있었다.

그나마 다행이라고 생각하며 잔뜩 기대에 부풀어 있는데, 1981년 『역사와 현대』를 통한 대마도 사료 10만여 점의 분서사건을 접한 것이다. 실로 하늘이 노랗게 변하고 땅이 꺼진다는 것은 그런 경우를 두고 하는 말이라고 해야 옳을 것이다. 분명히 대마도에 관한 사료가 어딘가에는 반드시 있을 것이고 그것이 발견되는 날 가문의 영광과 자신들의 존재감을 드러낼 수 있다고 기대했던 가문의 기대가 산산조각이 나는 것 같았다. 마지막으로 대마도 도주를 역임한 종씨 가문의 고택 어딘가에 있거나, 아니면 백제와

신라와 인연이 깊은 사찰 어딘가에 아무도 모르는 채 보관되어 있거나, 그것도 아니라면 자신이 보관하고 있다는 것도 모르는 채 누군가가 보관하고 있다가 언젠가는 얼굴을 드러낼 것이라고 기대하던 바람이 일시에 무너져 내리면서 앞이 캄캄해졌다. 조상들의 영광을 드러내지 못했으니 죽어서 조상들을 뵐 면목이 없었다. 그리고 당장 후손들에게 지금까지 전해 준 선조들의 영광 자체가, 이미 역사자료가 사라졌다는 것을 알고 지어낸 이야기라고, 웃음거리 취급을 받을 수도 있다는 생각을 떨쳐 버릴 수 없었다.

그렇다고 포기할 수는 없었다. 이것은 단순히 일개 집안의 일이 아니다. 조상의 영광을 드러내지는 못할 지라도 조상의 근본마저 밝히지 못하고 넘어갈 수는 없는 일이다. 일본인들이 흔히 가지고 있는 바와 같이 출처도 없는 성씨가 되어 그저 입에서 나오는 대로 지어낸 성씨 중 하나를 갖고 있는 일본인으로 사는 것은 조상을 욕되게 하는 일이다.

일본의 성씨라는 것은 무려 약 25만여 개에 달한다.

일본의 호적은 메이지 유신 이후인 1869년 9월 19일부터 등록이 시작되었다. 이것은 1869년 7월 판적봉환이 청허된 이후에 국민들로부터 세금을 거둬들이기 위한 조치의 하나였다. 하지만 일반 국민들에게는 갑자기 호적을 정리하겠다고 하면서 성씨와 이름을 대라고 하니 일본인들은 자신이 생각나는 대로 밝히는 수밖에 없었다. 일본이라는 나라가 원래 우리나라처럼 족보와 가문을 중요시 하는 나라가 아니었다. 왕실과 전통 귀족이나 사무라이 가문 등의 일부 가문을 제외하고는 소위 일본의 전국시대라고 불리는 센고쿠 시대부터 이름을 붙일 수 있는 근거가 되는 것으로 이름을 불렀을 뿐이다.

더더욱 센고쿠 시대에는 정국이 혼란한 만큼 성관계도 문란했다. 내란이 계속되는 관계로 남자들은 전쟁터에서 죽어 나갔고 젊은 과부들은 무사들의 성적요구에 희생되는 일이 다반사였다. 난이 있는 시대가 아니라 하더라도 원래 신분구조가 뚜렷해서 소위 농민이라 불리는 농노 신분의 여자가 무사의 눈에 들면 성적 야욕을 벗어나기 힘든 터였는데, 내란 중에 적으로 여기는 상대 번의 여자를 탐하는 일은 비일비재했다. 그러다 보니 무사들은 성적 욕구를 상대 번의 농민들에게 풀었고, 콩밭 매다가 밭 한가운데에서 무사가 덮치는 바람에 아이를 임신해서 낳게 된 젊은 과부는 그를 밭 한가운데라는 뜻의 다나까(田中)라 불렀다. 그렇게 부조리하게 탄생한 경우가 아니라도 마찬가지다. 젊은 남녀가 달빛 고요한 가을날 시냇가 계수나무 아래서 사랑을 나누고 임신해서 아이를 낳으면 그 추억을 살리고 싶어서 가쓰라가와(桂川)라 불렀으니 마땅하게 성씨랄 것이 없는 상태였다.

호적은 만들라고 하지, 등록하기 위한 마땅한 성씨는 없지, 그들은 불리던 그대로 호적에 올리는 수밖에 없었다. 그렇다고 모두가 탄생한 사건이나 장소에서 연유했다는 것은 아니다. 갑자기 호적에 올리라고 하니까 자신이 살다가 온 곳을 성씨로 등록하는 경우도 많았고 자신의 직업을 성씨로 올리는 경우도 많았다. 또 심한 경우에는 이미 몇몇 가문에는 성씨가 있는지라 자신이 흠모하는 가문의 성씨를 조합해서 성씨로 등록하기도 하고, 마츠마에 번의 카키자키 가문처럼, 이미 카키자키라는 자신들의 성씨가 존재했음에도 불구하고 권력의 향배에 편승하기 위해서 최고 권력자들의 성씨를 조합하여 마츠마에로 개명하기도 하였다. 실로 천태만상의 성씨를 갖게 되었으니 무려 25만여 개의 성씨가 존재하게 된 것이다.

그에 반해 아비류 가문은 자신들의 성씨는 정통성이 있다는 것에 대한 자부심이 대단했다. 그러나 그 정통성을 밝히지 못한다면, 대륙을 호령하던 고구려 왕실의 후손인 비류가문의 후손임을 스스로 잃어버리는 것이고 그것은 조상들에 대한 모독이라고 생각했다.

역사사료를 불태웠다는 사실을 접한 아비류씨 종손은 수많은 생각 끝에 발굴 작업을 마무리 해가고 있는 고분을 비롯한 영토에서 발굴되는 유물에 대한 기대를 걸기 시작했다. 그리고 그곳에서 발굴단원의 한 사람으로 일하고 있는 일가친척인 아비류 씨를 찾아가서 그런 뜻을 전하고 발굴단이 왜곡하려고 하더라도 그 진실이 왜곡되지 않은 채로 세상에 알려질 수 있도록 세심하게 활동해 줄 것을 부탁하며 물질적인 지원도 아끼지 않았다. 그리고 한편으로는 아무리 일본이 대마도 사료를 10만여 점이나 불태웠다고 하지만 그것이 전부가 아니라 어딘가에는 반드시 남아 있을 것이라는 기대 역시 저버리지 않고 발굴하여 내기 위해서 다방면으로 끊임없이 노력하고 있었다.

아비류 씨가 자신들의 가문을 위해서 대마도의 개척과 지배에 관한 역사와 문화를 연구하는 것은 비단 아비류 가문에만 이득이 되는 일이 아니다. 그들은 자신들의 가문의 정통성을 찾고 명예를 회복하기 위해서 연구를 한다지만, 대마도를 수복해야 하는 우리 대한민국에게도 아주 중요한 일이다. 아비류씨는 대마도에 분포한 성씨 중에 가장 많은 분포를 가진 가문으로 대마도 전체의 약 40%를 점유한 적도 있다. 지금은 그 종가를 중심으로 대마도가 대한민국의 선조들이자 자신들의 선조들인 고구려의 왕자 비류의 후손들에 의해 개척된 영토라는 것을 밝힘으로써 가문의 정통성을 되찾으려고 하고 있지만, 정통성을 되찾아 자부심을 회복함으로써 그런 움직임이 아비류씨 전체로 확산되기만 한다면, 그것은 대마도 수복의 또 다른 열쇠가 될 수 있는 계기로 작용할 수도 있는 일이기에 아주 중요한 것이다. 수년 동안 대마도 수복을 위해서 연구해 오던 구연회 씨가 그런 사실을 염두에 두지 않았을 리가 없다. 구연회 씨는 자신이 제공할 수 있는 대마도에 관한 자료를 아낌없이 아비류 씨에게 제공해 주고 있었다.

그러던 중 아비류 씨가 금년, 2016년 초에 구연회 씨를 통해서 접한 이론이 바로 문화영토론과 영토문화론에 의한 『대마도의 영토권』이라는 책이다. 대한민국의 소설가인 신용우라는 작가가 수차 소설을 통해서 대마도가 대한민국의 영토임을 밝히는 저술을 하면서 얻은 지식을 토대로 「문화영토론에 의한 대마도의 영토권 연구」라는 박사학위논문을 통해서 대마도가 대한민국의 영토라는 것을 천명한 이론을 바탕으로 저술한 책이다. 그들은 자신들이 원하는 바를 성취하기 위해서 대마도 고분에서 나온 결과를 어떻게 응용해야 하는지를 고민하던 중이기에 더 반가웠다. 그들은 함께 공부하기 위해서 열심히 그 책을 번역작업 하던 중이었다.

그 책의 내용은 문화가 영토이며, 특히 영토 곳곳에 숨 쉬고 있는 '영토문화의 문화주권자가 영토권자'라는 이론이다. 작가는 이 논리에서 대마도의 영토문화를 네 가지로 구분하여 대마도의 영토문화에 의한 영토권은 대한민국에 귀속된다는 진실을 밝혔다.

첫째는 매장문화로 대마도에서 발굴된 고분은 164기이며 그중 그 양식을 명확하게 구분할 수 있는 144기 중 옹관묘와 토광묘가 1기씩이고 나머지 142기는 상식석관이다. 상식석관은 전통적으로 대한민국의 선조들에 의해서 조성된 고분이며 껴묻기 된 토기나 기타 생활도구는 물론 무기조차, 그 유물들이 고조선과 동일한 문화를 누리던 진국으로부터 전래된 것을 한눈에 알 수 있을 정도로 한반도와 만주에서 발굴되는 유물들과 동일한 양식이다.

두 번째는 지명문화로 대마도(對馬島)는 마한사람들이 자신들의 고국을 그리면서 새로 개척한 땅의 이름을 마(馬)한을 대(對)하고 있다는 뜻으로 붙인 것이다. 그리고 대마도에 산재해 있는 임나의 지명에 의해 임나는 바로 대마도다.

세 번째는 지적문화로 대마도의 호적인 지적이 일본으로 바뀐 것은 대마도의 판적봉환으로 이토 히로부미의 농간에 놀아난 대마도주 종의달의 매국적 행위일 뿐이다. 근대국가에서 일개 도주의 봉답서로 영토가 지적을 바꿀 수는 없는 것이다.

마지막으로 지도 및 종교 등 기타 문화에서 민간신앙과 언어, 성씨 등의 지우려고 해도 지울 수 없는 우리 영토문화를 열거하고 분석했다. 여기에서 아비류 씨의 성씨가 언급되며 아비류씨가 비류의 후손이라는 것을 언급한 것이다.

이미 대마도의 역사자료들이 소실된 것을 알기에, 영토문화를 연구함으로써 대마도가 대한민국의 선조들에 의해 개척되고 문화를 꽃피운 대한민국의 영토임을 천명함으로써 아비류 가문의 명예를 되찾고 정체성을 회복하고자 노력하던 그들이다. 그런데 느닷없이 대마도가 대한민국의 영토라는 것을 증명할 수 있는 미공개 문서를 발견했으니 얼마나 기뻐했을지는 가히 상상이 가는 일이다. 물론 그 기쁨이 죽음이 되어 돌아올 줄은 꿈에도 상상하지 못했을 것이다.

8. 류큐국의 독립운동

　"정말 훌륭한 연구를 해내셨군. 내가 들어도 대단하니 아비류 씨는 그런 연구가 대한민국에서 이루어지고 있다는 사실에 자신은 자기 선조들의 영광을 드러내는 데 한 발자국 더 다가갔다고 생각했겠지? 대한민국 정부가 공식적으로 하는 것을 보면 대마도는 이미 포기한 것 같은데, 학계에서 절대로 꺼지지 않을 불씨를 지핀다는 것에 얼마나 고무됐겠어?"

　"그거야 자기들끼리 번역해서 공부하려고 노력하는 것만 봐도 충분히 짐작이 가지."

　박종일의 감탄에 태영광이 답을 하자 최기봉이 고개를 갸우뚱거리며 말을 받았다.

　"좋아. 나도 대단하다는 것에 공감하고 아비류 씨가 고무된 상태에서 고문서를 발견해서 연락을 한 것까지는 이해가 될 것 같아. 그런데 아비류 씨가 구연회 씨를 잘 알고 있는데 왜 그 문서를 전하는데 다나까 씨가 동석을 하고 핫도리 씨는 동경에서 죽었느냐는 거지? 도저히 납득이 가지 않는 일이잖아?"

"그건 나도 자세히는 몰라. 하지만 시미즈 씨와의 짧은 대화에 의하면 구연회 씨와 아비류 씨, 그리고 다나까 씨와 핫도리 씨 사이에 얽힌 영토, 즉 홋카이도와 오키나와의 독립 문제, 특히 오키나와인 류큐의 독립 문제가 비중 있게 논의되는 단계에 와 있다는 거야. 그 사이에 대마도에 대한 새로운 문서가 발굴된 거지. 다나까 씨만큼은 모르지만 시미즈 씨도 많은 것을 알고 있더라고. 안가가 준비되면 그곳에 가서 더 자세한 이야기를 들을 수는 있을지 모르지만 지금 시미즈 씨는 나를 못 믿어서가 아니라 내가 혹시 실수로라도 자신들의 비밀을 누설할 수도 있다는 걱정을 하고 있는 것 같아. 그래서 나도 자세하게 말해 달라고 하지 않고 그저 말해 주는 것만 들었어. 내가 들은 바에 의하면 구연회 씨는 단순하게 대마도 문제가 아니라 류큐 독립운동에 관해서도 많은 영향을 끼친 것 같아."

진지하게 이야기를 하던 태영광이 무언가 깜빡 잊었다가 생각난 듯이 급한 어조로 말했다.

"내 정신 좀 보게나. 내 이야기에 내가 취해서 정작 해야 될 일을 깜빡하고 있었네. 박 총경. 윗분들 퇴근하시기 전에 안가부터 해결해 줘야지!"

"맞다. 그 일이 먼저구나. 아직 한지수 국장님 퇴근 안 하셨을 거야. 그렇지 않아도 태영광 박사 온다고 하니까 궁금하다고 하면서 기다린다고 했어. 내가 한 번 가보고 올게."

"한 번 가보는 게 아니라 꼭 해결해야 돼. 내 나라 백성 지키려고 백성들 세금으로 지은 안가잖아. 그런데 내 나라 백성들이 해결하지 못하는 영토문제 해결하다가 목숨이 위태한 지경에 다다른 사람을 위한 배려도 못한다면 안 되지."

"지금 김성우 씨 이야기하는 거야? 그렇다면 김성우 씨도 위험하다는 거야?"

"아니, 김성우 씨가 아니라 시미즈 씨 이야기하는 거지만 말을 하자면 그렇다는 거야. 김성우 씨는 아직 류큐나 홋카이도 문제같이 깊은 문제에는 관여를 안 한 것으로 알고 있어. 이번에도 대마도에 관한 새로운 문서가 나왔다고 해서 그것에 모든 신경을 곤두세우고 있었는데, 다나까와 핫도리가 죽자 신변의 위협을 느낀 시미즈가 모종의 결정을 하고, 갑자기 한국으로 오겠다고 하는 바람에 깊이 휘말리게 된 거라고 하더라고. 그네들끼리는 사전에 일이 어떻게 전개되면 어떻게 대처할지까지 준비한 것 같아."

"그렇다면 일단은 다행이다. 하지만 구연회 씨가 희생되었으니 앞으로는 김성우 씨도 불안하기는 마찬가지겠네?"

"그거야 그렇겠지. 어쨌든 그건 나중 문제고 지금은 안가 하나가 필요해. 미국에서 연락이 올 때까지라니까 그렇게 부탁해줘."

한지수의 방을 향하면서 박종일은 혼자 중얼거렸다.

'세상은 참 모를 일이다.

5년 전 일본에서 태영광 사건이 일어났을 때, 어떻게든 태영광을 살려보려고 최기봉과 함께 귀빈용 의료 항공기까지 띄워 가면서 책임지기 힘든 일을 벌였다. 한지수 치안감은 그 당시 박종일을 아끼는 경무관으로 어떻게든 박종일의 책임을 면하게 하려고 안간힘을 썼을 뿐이지 영토나 역사왜곡 같은 일에는 신경도 안 쓰던 사람이다. 그러던 사람이 그 일을 계기로 영토문제에 관심을 갖게 되었고, 지금은 누구보다 앞장서서 우리나라의 잘못된 역사와 영토를 바로 잡아야 한다고 주창하고 있다. 모름지기 지금 가서 안가를 요구하면 자세한 이야기를 듣지 않고도 우선은 선 조치 후보고 하라고 할 것이다.

아마도 그게 피라는 것일 게다. 자신의 몸속에 흐르고 있는 피가 몸 전체를 돌지 못하고 일부만 도는 것을 알지 못할 때는 당연히 그러려니 하고 산다. 간혹 팔다리가 저리고 쑤셔도 '비가 오려나보다' 하면서 나이 탓하기 일쑤다. 그러나 그 원인이 피가 몸 전체를 돌지 않아서라는 것을 아는 순간 어떻게든 자신의 몸 전체로 피가 돌도록 수술도 마다하지 않는 것이 인간의 생리다.

마찬가지다. 내 나라 영토가 지금 보이는 것이 전부인 줄 알았는데 눈에 보이면서도 되찾지 못하는 영토, 남북으로 잃어버린 만주와 대마도가 무려 한반도의 여섯 배를 능가한다는데 마다할 사람이 누가 있겠는가? 그것도 정정당당하게 겨뤄서 빼앗긴 것도 아니고, 주인인 이 나라가 여기저기 병들어 제 정신이 아닐 때 제3자끼리 주인도 모르게 불법적으로 주고받은 사실을 알고야 강 건너 불구경하듯 할 수는 없는 노릇이다. 주인이 아파 누운 동안 머슴끼리 주고받아서 설정한 국경을 주인이 제 정신이 들어서 건강한데도 찾지 못한다면 그야말로 바보 멍청이를 넘어서서 후손들에게 얼굴을 들지 못하는 신세를 면할 수가 없는 것이다.

지금 우리는 우리 영토임이 분명한데도 우리 피가 도는 것을 막고 있다는 것을 알면서도 조치를 취하지 않고 있다. 내 영토가 정말 내 몸의 일부라고 생각한다면 이렇게 손 놓고 있을 수만은 없는 일이다. 한지수는 비록 늦게나마 그런 사실을 알았음에도 누구보다 더 열심히 영토 되찾기 운동에 동참하고 있다. 오늘도 태영광이 온다고 하니까 그 결과를 보겠다고 퇴근도 안 하고 기다리는 것이 보고를 받겠다는 이야기가 아니다. 자신이 무언가 도와줄 것이 있다면 도움이 되기 위해서 기다리고 있는 것이다.'

한지수 생각을 하면서 국장실을 향한 박종일이 국장실 앞에 도착하자 노크를 했다.

"그래? 안가가 필요하다면 급한 상황 아닌가?

우선 선 조치를 하자고. 박 총경이 하는 일이면 당연히 해야 할 일일 테니 하겠지. 실제로 내가 들어봐도 필요한 상황이고. 우선 사용가능한 안가를 알아보고 조치해. 나머지는 내가 알아서 조치할게."

박종일의 생각대로 한지수는 흔쾌히 승낙했다.

만일의 경우를 대비해서 안가로 향하는 인원은 승용차 한 대로 움직일 수 있도록 태영광과 김성우, 시미즈, 최기봉, 박종일 다섯 명으로 압축했다.

경찰청을 나서서 태영광이 시미즈와 김성우의 안전을 부탁한 성당의 신부님을 찾아가는 동안 태영광은 자신이 시미즈에게서 들은 사건의 정황을 이야기했다.

시미즈의 말에 의하면 그들은 대한민국의 독립투쟁사와 그 방법을 배워 자신들의 독립운동에 응용하고 싶어 했다.

홋카이도는 대마도가 판적봉환으로 일본에 강점되던 1869년에 같은 판적봉환에 의해 강점된 후 주민들이 몰살 일보직전까지 가는 수모를 당했고, 류큐왕국은 그보다 10년이 뒤인 1879년에 일본에 병탄되었다. 그런데도 아직 독립을 못하고 있다. 대한민국이 1905년에 을사늑약에 의해 외교권을 잃고 1910년에 병탄되었음에도 불구하고 비록 만주와 대마도가 제외되었다고는 하지만 1945년에 독립되었다는 사실과 비교하면 자신들은 부끄럽기 짝이 없는 짓이었다.

엄밀하게 말하자면 그들이 독립을 못한 것을 그들 민족만의 책임으로 돌리기보다는 국제사회 모두의 책임이라고 해야 옳은 일이지만, 일단은 당사자들의 책임부터 물어야 하는 것은 당연한 일이다. 물론 더 깊은 사정은 알아봐야겠지만 핫도리와 다나까 역시 자신들이 아이누족과 류큐족이라는 사실을 숨기고 철저한 일본인으로 살아가면서, 자신들의 종족에 대한 정체성을 회복하고 잃어버린 자신들의 영토를 수복하여 독립하기 위한 단체에 각각 속해 있다고 한다.

그것은 이율배반이다. 정체성을 찾는다고 하면서 자신이 그 종족임을 숨긴다는 것은 그만큼 의지가 없다는 것으로 해석될 수도 있다. 그러나 그들이 아이누족과 류큐족이라는 사실을 숨긴 것은 자신들의 책임이라기보다는, 그 부모의 부모들을 비롯한 선조들이 자식들의 안위를 위해서 숨겼던 것이라고 하는 편이 옳다. 특히 아이누족은 창씨개명 후에 창씨개명을 하지 않은 사람은 당연하고 창씨개명을 했다고 하더라도, 아이누족이라는 것이 밝혀지면 언제 어떻게 죽을지 모르니까 자식들에게는 자신들이 아이누족이라는 것을 철저하게 숨겼다. 그나마 요즈음에는 소수민족 보호정책이라는 국제적인 흐름에 의해 말살정책까지는 펴지 않지만 지금도 일본에서의 아이누인들은 멸시와 천대를 당하고 사는 민족이니, 자식들을 위해서 부모는 자신들의 근본을 숨길 수밖에 없었다.

일본인들에게 천대를 당한다는 점에 있어서는 류큐족도 마찬가지다. 말로는 류큐 역시 같은 일본이라고 하면서 병합과 동시에 창씨개명 등 온갖 민족말살 정책을 시행해 놓고도, 불과 10여 년 전만 해도 오키나와 사람들이 열도에 가기 위해서는 비자를 발급받아야 할 정도로 엄청난 차별대우를 받았다. 자연히 독립에 대한 염원이 일어났다. 하지만 그것은 단순히 자신들이 차별받는 것에 대한 반응이 아니었다.

류큐에는 유구한 역사와 문화가 자리하고 있었다. 그들에게는 고유한 언어와 문자가 존재했던 까닭에 자신들만의 역사와 문화가 있었던 것이다. 일본이 강점기에 아무리 말살하려 해도 말살할 수 없던 그들만의 민족적인 자산이다. 그 점에서는 같이 독립을 추구하는데, 언어만 있고 문자가 없던 아이누족에 비해서 상당한 이점을 보유할 수 있을 뿐만 아니라 백성들의 독립에 대한 열의도 고무시킬 수 있는 방편으로 작용했다.

일본은 두 민족 모두 독립할 의지가 없다고 하지만 그건 현재 홋카이도와 오키나와로 이주해 있는 열도 사람들의 의지일 뿐이다. 일본이 자신들의 입장에서 보고 자신들 편리한 대로 발표하는 것이고 절대 그렇지 않다. 그들은 열렬하게 독립을 원하며 자신들의 독립을 위해서는 일제의 병탄이라는 험악한 상황을 딛고 독립한 유일한 나라인 대한민국을 그 모델로 삼아야 한다는 것을 깨닫게 되었다. 그리고 대한민국의 독립을 배워서 응용하려면 그곳에 가서 실제 부딪히면서 더 많은 것을 연구해야 한다는 것이 주민들의 의지였다. 결국 아이누족은 핫도리를, 류큐족은 다나까와 그 뒤를 이어서 시미즈까지 유학을 보냈던 것이다. 그때 다나까가 만난 사람이 바로 대마도 수복을 위해 영토에 대해 열심히 연구하고 있던 구연회다. 구연회를 중심으로 이루어지고 있던 〈평화를 위한 영토연구회〉에 가입해서, 함께 연구하고 토론하는 중에 같은 멤버로 입회한 핫도리와도 인연을 맺었다. 핫도리 역시 이제 막 태동되어가기 시작하는 아이누족의 홋카이도 독립을 위해서 대한민국이 독립할 수 있던 비법을 배우려고 유학 왔다는 사실을 알게 되어 가까이 지내면서, 서로 정보도 공유하고 방법도 토론하며 모든 것을 영토문제와 독립할 수 있는 방법에 집중하여 연구하고 생활해 온 것이다.

아이누족의 에조치인 홋카이도는 이제 막 독립에 대한 열정이 태동되는 중이다. 비록 그들의 영토가 일본에게는 홋카이도를 점령당하고 쿠릴 열도와 사할린은 러시아에게 강점당해서 두 쪽이 나있지만, 일부 뜻있는 이들에 의해서 언젠가는 독립을 해야 한다는 염원이 일기 시작함으로써 서서히 준비를 하는 중이다. 비록 그 단계로 보면 아직 먼 훗날의 일 같아 보이지만 그 준비를 하는 과정에서 대한민국이 독립한 방법을 배워 응용하기 위해서 핫도리를 유학 보낼 정도로 열정은 대단하다.

그에 비하면 이미 말한 바와 같이 류큐는 독립에 관해 상당한 진척을 보이고 있었다. 그들은 대한민국이 일본으로부터 독립한 것이 카이로 선언과 포츠담 선언에 의해 이루어졌다는 것에 주목하던 중 다나까를 유학 보내 좀 더 구체적인 실전방안을 연구하도록 했다. 두 선언이 이루어질 당시에는 제2차 세계대전이라는 인류가 주목할 만한 사건이 있었지만 지금은 류큐라는 나라 하나를 가지고 전 세계가 주목해 줄 까닭이 없기에 뭔가 다른 방법을 연구하지 않으면 안 되었던 것이다. 국제관계를 교묘하게 이용하자는 것까지는 결론이 났지만 그 방법상의 문제를 만들어 내야 했던 것이다. 그 연구가 〈평화를 위한 영토연구회〉를 통해서 이루어진 관계로 자연히 구연회 씨가 개입되지 않을 수 없었다. 그러나 특별한 방법을 만들어 낼 수는 없었다. 다만 류큐국이 명나라를 거쳐 청나라와 조공무역을 했다는 점에 착안하여 중국이 적당하게 미국과 견제하는 세력으로 등장해 준다면 가능한 일이기도 했다. 미국과 중국 사이에서 교묘한 줄타기에 성공할 수만 있다면 독립을 이룰 수 있다는 결론을 내리게 된다. 그러나 당시 상황으로는 중국의 국력이 미국은커녕 일본에 비해서도 형편없는 관계로 당장 줄타기를 할 수는 없는 상황이었다. 다만 중국이라는 나라의 잠재력을 본다면 언젠가는 가능한 일로 보일 뿐이었다.

게다가 한 가지 더 마음에 걸리는 것이 있다면, 같은 자국의 영토이면서 아마미 제도는 이미 1609년 사쓰마 번의 침략에 의해서 사쓰마 번의 속령으로 사쓰마 번이 직접 다스렸다는 것이다. 그리고 현재 일본 행정구역으로도 오키나와는 오키나와 현이지만 아마미 제도는 가고시마 현에 속해 있기 때문에 동시에 독립하는

데 장애 요소가 될 수도 있다는 생각을 하지 않을 수 없었다. 그런 현실이 대한민국은 독립했음에도 불구하고 대마도는 물론 그 넓은 만주 땅을 수복하지 못한 꼴이 날까봐 두려웠다. 그렇다고 마냥 머물러서 기다리고 있을 수만은 없었다.

결국 다나까를 비롯해서 해외와 국내에서 독립에 관해 연구한 사람들은, 나날이 변하는 국제 관계를 이용하여 그때그때 방법을 바꾸는 한이 있더라도 일단 행동으로 옮기는 것으로 노선을 정했다. 독립을 위한 투쟁을 한다고 바로 독립이 되는 것도 아니기 때문이었다. 그리고 자신들이 정한대로 행동으로 옮길 수 있는 극적인 계기가 오기만을 벼르고 있었다. 그것은 대한민국이 고종황제 암살 사건으로 인하여 그 장례일에 맞춰 3·1 독립선언과 함께 만세운동을 일으켰던 것에서 착안한 것이다. 반드시 류큐 백성들이 동참할 수 있는 어떤 계기가 오면 그때는 행동으로 옮길 것을 벼르고 있었다.

그러던 중 그들에게는 일어나지 말아야 하면서도 일어나 주기를 바라고 있었는지도 모르는 사건이 일어나고 말았다. 그동안 미군이 범한 범죄가 근 5,000여 건에 달하고, 그중 민간인이 살해당한 것만 해도 12건이나 되었건만 그때그때의 상황을 아파만 하고 지내던 류큐 백성들이 울분을 참을 수 없는 사건이 일어났다.

1995년 오키나와 주둔 미 해병대원 3명이 겨우 피어나려고 봉우리를 맺은 초등학교 여학생을 집단 강간한 사건은 류큐 백성들의 울분을 일거에 폭발시키기에 충분했다. 자식을 가진 류큐인들은 그러지 않아도 내 자식들이 열도의 자식들에 비해서 차별대우

받는 것이 항상 울분의 중심에 있었는데, 아직 피지도 않은 자식을 세 놈의 미군이 짓눌러가며 능욕한 것에 분개하지 않을 수 없었다. 자발적으로 이루어진 시위에 8만 5천이 넘는 백성들이 일시에 참석하여 후텐마 기지를 둘러싸고 미군 철수를 외치기 시작했다. 비록 가슴 아픈 사건임에는 틀림없는 일이지만 기회를 놓칠 수는 없는 일이었다. 대한민국이 고종황제의 암살을 슬퍼하지 않아서 3·1 독립만세 운동을 일으킨 것이 아니다. 아픔이 클수록 한도 크기에 백성들을 집결하기도 그만큼 수월할 수 있다.

독립을 추구하기 위해서 비밀리에 모여 연구하던 〈국가독립연구회〉에서는 만일 일본에서 미군이 철수해서는 안 되는 것이라면 오키나와를 떠나 열도 어디론가 이전하라고 운동의 방향을 전개해 나가기 시작했다.

그들은 미군은 절대 오키나와를 떠나지 않을 것임을 이미 간파하고 있는 터였다. 미군이 노리는 것은 오키나와의 지리적인 위치가 아시아의 전략적 요충지라는 점이다. 중국은 물론 인도와 인도네시아, 욕심을 내면 오세아니아의 나라들까지 미국의 무기 그늘에 둘 수 있다는 것이다. 대한민국이 중국에서 너무 가까운 것이 전략적으로 장점이자 단점이라면 오키나와는 그 단점을 보완해 주고 있었다. 절대로 포기할 수 없는 곳이었다.

그런 약점을 아는 류큐 〈국가독립연구회〉는 자신들의 비밀 조직을 이용해서 미군과 일본이 오키나와를 희생 제물로 삼아서 저지른 실상을 백성들이 깨우치도록 지속적으로 여론을 조성하고 교육했다. 그러면서 일편으로는 만일 독립을 할 수 있도록 해 준다면 미군이 주둔하는 것을 계속 허락할 수 있다는 메시지도 담았다.

'우리 류큐인들은 제2차 세계대전 당시인 1945년 4월 1일 미군이 처음 이 섬에 상륙하여 그해 6월 점령할 때까지 미국과 일본의 전투가 치열했던 곳으로, 당시 이 지역 건물의 90% 이상이 파괴되었었다는 사실을 잊을 수 없다. 그러면서도 잃지 않았던 희망은 전쟁이 끝나면 우리 류큐는 당연히 독립을 할 수 있다는 것이었다. 그러나 미국과 일본은 강화조약을 맺고 류큐 제도는 미국이 지배했다. 1950년 미국은 류큐 제도에 자치권을 주고 1953년 류큐 제도 북부만을 일본에 반환하였다가 1972년 모두 반환하였다. 왜 미국은 류큐 제도의 원래 주인이 있음에도 불구하고 1950년에 부여했던 자치권을 회수하고 1953년에는 일부를, 그리고 1972년에는 류큐 제도 전체를 일본에 반환했는지 그 저의가 의심스럽다.

역사적으로 보나 문화적으로 보나 류큐 제도 전체가 류큐왕국의 후손들인 우리 류큐족의 영토이며 류큐국은 자주국가로서 일본의 속국이 아니다. 비록 일본의 무력에 의해 강제로 점령된 적이 있다 할지라도 그것은 이미 제2차 세계대전 이전의 일이기에 미국도 처음에는 류큐인에게 자치권을 주었던 것이다. 그런데 미국이 중간에 태도를 바꿨다. 열도에서는 류큐 백성을 오키나와 사람이라고 하면서 차별과 멸시를 멈추지 않는데 미국은 류큐 영토를 일본에 반환함으로써 류큐 백성들이 두 번이나 반복해서 일본의 지배를 받게 하고 있다. 그렇다면 미군은 열도 편이니 열도로 이사해서 열도국민들과 공조해라. 류큐는 류큐 백성들을 인정해 주는 이들과 함께 손잡고 안보를 해결해 나갈 것이다.'

그들이 공공연하게 이런 메시지를 전달하는 동안 오키나와에서 미군에 의한 사고는 멈추지 않았다. 심지어 2004년 8월에는 미 해병대 헬기가 오키나와국제대학교 교정에 추락하는 등 한참 꿈이 익어가는 젊은이들의 생명을 집단으로 위협하기도 했다. 이미 비밀 조직에 의해서 독립에 대한 열망을 세뇌 받고 있던 백성들은 어느 순간부터는 독립만이 그들의 살길로 여겨지기 시작했다. 거기다가 잊을 만하면 일어나는 미군의 류큐 여성에 대한 강간사건은 류큐 백성들로 하여금 언제라도 불만 붙이면 일어날 것처럼 부글부글 끓게 만들고 있었다. 그런데 한 가지 희한한 것은 〈국가독립연구회〉의 지속적인 비밀공작에 미국은 물론 일본조차 반응을 하지 않았다는 것이다. 오히려 하려면 하라는 투로 전혀 관심조차 보이지 않았다. 저러다가 언젠가는 멈추고 말 것이라고 생각을 했는지는 모르지만, 영토문제가 일어나면 항상 움직이던 겐요샤조차 움직이지 않았다.

그러나 상황은 반전할 수밖에 없이 전개되었다. 미국을 부러워하기는커녕 오히려 미국이 부러워할 정도의 경제대국임을 자부하던 일본 경제가 침몰하기 시작하더니 중국이 상대적으로 부상하고, 급기야는 미국과 소련이 주물럭거리던 세상이 중국에 의해 좌우될 날이 멀지 않아 찾아올 수도 있다는 위기에 처하게 된 것이다. 만일 류큐가 중국과 손을 잡고 본격적으로 한 판 벼르기를 작정하는 날에는, 미국은 아시아에서의 패권주의를 더 이상 마음대로 누릴 수 없는 위기에 봉착할 수밖에 없다는 것을 미국은 물론 일본도 자각하기 시작했다. 일본은 오키나와 주민에 대한 차별을 노골적으로 드러내던 제도를 개선하여 비자를 없애주는 등의 제스처와 함께 오키나와 주민들의 불만에도 귀를 기울이는 척하기 시작했다. 그러나 이미 류큐 〈국가독립연구회〉는 거기까지 계산에 넣고 행동한 터였다.

미국이나 일본 그 누구도 류큐에 대한 관계개선을 공식적으로 드러내지는 못할 것임을 잘 알고 있었다. 일본은 어떤 조건도 들고 나올 것이 없다. 그러나 미국은 다르다. 공식적으로는 못할지 몰라도 비공식적인 접촉은 시도해 올 수도 있다.

독립을 추구하는 〈국가독립연구회〉가 국제인권기구를 통하거나 아니면 발달한 매스컴을 통해서 독립을 선포하고 자신들은 러시아와 중국과 공식적으로 외교관계를 수립하기를 희망한다고 떠들어 대는 날에는 러시아와 중국은 때는 이때다 하고 오키나와의 류큐와 무슨 수를 써서라도 손을 잡으려고 할 것이다. 그렇게 되면 미국은 당연히 류큐를 두고 싸울 수밖에 없고 그 손실은 짐작할 수 없는 것이다. 미국에 대해서 쏟아지는 국제사회의 비난과 자칫 잘못하면 오키나와 내에서 미군 철수파와 주둔파로 나뉘어 내전으로 번질 수 있는 상황에 봉착할 수도 있다. 거기다가 일본 자위대까지 출동하는 날에는 일은 더 커진다. 그것은 곧 미국 대 중국이나 러시아, 최악의 경우에는 미국 대 중국과 러시아 연합군의 전쟁이 축소판으로 일어나는 꼴이 될 수도 있다.

그런 계산 하에 행동을 벌인 〈국가독립연구회〉의 생각은 적중했다. 급기야 미국이 〈국가독립연구회〉와 접촉을 시도하고 모종의 제안을 하면서, 그동안 비밀 조직으로 활동하던 그들은 2013년 류큐 자주독립을 위해서 N27이란 잡지를 창간한다는 것을 공표하고, 류큐의 독립을 염원하는 백성들과 힘을 합해서 류큐 독립을 이루기 위해서 〈국가독립연구회〉를 결성한다고 공식적인 선언을 하고 대대적인 활동에 돌입했다. 그렇지 않아도 중국이 류큐 제도와 인접한 센카쿠 열도를 댜오위다오라고 부르면서 자신들의 영토라고, 일본과의 충돌을 불사하고라도 수복하겠다고 덤비는데, 만일 류큐 제도까지 중국과 손을 잡는 날에는 미국은 아시아에서 거지가 되는 것이나 다름이 없다. 그렇기에 류큐와 모종의 협약을 하고 류큐는 나름대로 독립을 위해서 공식적이고 대외적인 활동에 돌입한 것이다.

반면에 일본의 입장은 미국과는 정 반대가 되었다. 오키나와를 포함한 류큐 제도를 잃는다면 센카쿠 열도는 타이완과 류큐 제도 사이에 끼게 되어 중국에게 되돌려 주어야하는 날이 머지않아 찾아 올 수도 있다. 어떻게든 류큐 제도를 사수해야 하는데, 정작 그 제도의 실질적인 지배자인 미국이 그들과 무슨 밀약을 했는지는 모르겠지만, 그들이 독립운동을 공식적으로 드러내 놓고 하는 꼴을 볼 수만은 없는 노릇이었다. 일본 정부는 이런 중대한 일은 반드시 왕실과 상의를 해야 한다는 전통을 지켰고, 왕실은 겐요샤를 투입시킨 것이다.

"내가 추측하기로는 미국이 얼마간의 시간이 지나고 난 후에 류큐 독립을 보장한다고 했을 수도 있어. 다만 일본과 조율할 시간을 달라고 제시했겠지. 물론 미국은 지속적으로 류큐 제도에 주둔한다는 조건에서 이루어졌겠지. 그런 아이디어를 내는 데는 우리 구연회 씨가 많은 도움을 주었을 것이고. 아니 어쩌면 그런 아이디어를 생각해 낸 것이 구연회 씨 일수도 있지 않겠어? 우리는 이미 일본에게 두 번이나 대대적인 침략을 당했지만 굴하지 않고 일어선 민족이잖아. 그만큼 노하우가 쌓인 거지. 그런 노하우 쌓여서 좋을 것도 없지만….”

태영광은 자신의 긴 설명이 류큐와 미국의 밀약을 전제로 한 추측이라는 여운을 남기며 마무리 했다. 그러나 그 말이 박종일과 최기봉에게는 추측처럼 들리지 않았다. 시미즈로부터 무슨 말인가를 듣고서 그렇다고 못 박는 기분이었다. 그러기에 시미즈가 미군기지에서 미군전용기를 타고 괌을 통해서 미국으로 가는 것이다. 적어도 미군의 고위급하고 이미 약조가 되어있던 사항이고 이런 상황이 벌어질 것까지 대비를 했을 수도 있다. 그리고 구연회 씨의 죽음 역시 그와 연관된 것이다. 다만 대마도에서 발견된 새로운 문서 때문에 장소를 대마도로 택한 것이다. 우리나라 서울에서 만났다면 이런 일은 없었을 수도 있다.

두 사람은 마음이 저려왔다.

정부는 신경도 안 쓰고 마치 잊어버린 양 상관도 안하는 영토인 대마도를 수복하리라고 목숨을 버린, 얼굴도 본 적 없는 사내에게 정말로 미안하고 안쓰러워서 절로 마음이 저려왔다. 뿐만 아니라 고구려의 왕족이라는 자부심을 갖겠노라고 목숨을 걸고 새롭게 발견한 문서를 전해주려 하다가 목숨을 잃은 아비류 씨에게는 더없이 미안하고 부끄러웠다. 막상 이 나라에 발붙이고 살고 있는 이 나라 백성들도 미처 할 수 없는 일을 어떻게든 이뤄보려고 동분서주 노력하다가 죽어가는 그 모습이 눈에 선한 것 같아서 몸 둘 바를 몰랐다.

태영광의 부탁을 받고 김성우와 시미즈를 보호해 주던 신부님께 감사의 인사를 드리고 안가에 도착해서 함께한 사람들을 소개하고 안가의 기능을 설명해 주자 시미즈는 그때서야 안심이 되는 듯이 굳은 얼굴이 풀어졌다. 김성우는 물론 최기봉과 태영광은 시미즈와의 직접 대화가 가능했고 박종일 역시 일본에 기거했던 덕분에 유창하지는 못해도 대화가 가능했지만 박종일의 일본어에 비하면 이미 한국유학을 마친 시미즈의 한국어가 더 편한 관계로 우리말로 대화하기로 했다.

"여기까지 오시느라고 고생 많으셨습니다. 우리나라에 도착해서도 선뜻 나서지 못하고 이틀 밤이나 PC방과 찜질방에서 고생하다가 오늘 아침에야 태 박사를 찾아가셨다는 말씀 들었습니다. 이제부터는 안심하십시오. 대한민국 경찰이 보증하는 안전가옥이니 이곳에서 생활하면 아무런 문제도 일어나지 않을 겁니다. 다만 한 가지 걱정되는 것이 있다면 내일부터는 우리가 이곳에 자주 들릴 수 없습니다. 막상 우리가 없다는 사실에 불편해 하실까봐 걱정인 거죠. 하지만 여기에는 주재원이 항상 대기하고 있으니까 언제든지 필요한 것이 있으면 말만 하면 됩니다. 김성우 씨가 함께 있을 거라는 얘기를 들어서 그래도 안심은 됩니다만, 주재원 역시 오래 전부터 알고 지내던 사람이라고 생각하고 편하게 대하십시오. 그리고 김성우 씨도 이틀 동안 몸도 몸이지만, 마음고생 많이 했을 텐데 이제 긴장 풀어도 됩니다."

최기봉이 시미즈와 김성우를 안심시켜 주었다.

"고맙습니다. 만일 대한민국에 오지 않았다면 오키나와로 가야 하는데 그곳으로 간다는 것은 섶을 지고 불길로 뛰어드는 거나 마찬가지라 차마 엄두를 내지 못했습니다. 막상 이렇게 환대를 받으니 오기를 잘했다는 생각입니다. 다나까 선배님께서 만일 당신에게 무슨 일이 생기면 김성우 씨를 찾아가라고 하셔서 그 말을 따른 것인데 정말 고맙습니다."

"저도 일이 이렇게까지 꼬일 줄은 몰랐습니다. 구연회 회장님께서도 자신에게 무슨 일이 생기면 시미즈 씨가 찾아올지도 모르고 만일 찾아오면 태 박사님께 부탁을 하라고 해서 그 지시를 따른 것뿐입니다. 처음에 시미즈 씨를 만나서 태 박사님께 가자고 했더니 아무도 못 믿겠다고 하면서 머뭇거리는 바람에 하루 반나절을 고생하기는 했지만 그래도 다행입니다.

대마도에서 새로운 문서가 나왔다고 카톡으로 전송이 오고 아비류 씨와 다나까 씨 연락이 왔을 때만 해도 저는 회장님께서 단순히 그 문서만 가지고 오시려고 대마도에 가시는 줄 알았습니다. 그런데 시미즈 씨 이야기를 들어보니 그런 것만도 아니었습니다. 회장님께서 떠나시면서 당신 노트북에 있는 파일을 모두 옮긴 외장하드를 주시면서 당신에게 무슨 일이 일어나면 열어 보라고 하셨는데 아직 경황이 없어서 열어보지는 못했습니다만, 왜 이렇게 일이 꼬였는지 정말 답답하기조차 합니다.

아무튼 이렇게 안전하게 조치해 주셔서 고맙습니다. 시미즈 씨를 안전하게 모시는 것이 회장님께서 제게 부여하신 마지막 임무인데, 제대로 수행할 수 있게 해 주셔서 정말 고맙습니다."

김성우는 눈물까지 보이며 고맙다고 인사를 했다. 일행은 김성우가 눈물을 보인 것이 단순히 안전해 졌다는 안도감이나 고마워서가 아니라는 것을 알고 있었다. 구연회의 이름이 입에 오를 때마다 자신도 주체하지 못하는 울분과 설움에 구연회에 대한 그리

움과 슬픔이 뒤엉킨 눈물이다. 그리고 그 눈물은 비록 이국인이라 지만 자신들의 나라가 독립하기 위해서 유학을 와서 공부하고 결국에는 목숨까지 바친 핫도리 씨와 다나까 씨에 대한 경의의 표현이기도 했다.

그때 최기봉의 휴대폰이 울렸다.

"알겠습니다. 내일 뵙겠습니다."

일본어로 통화하는 것을 보니 이번에도 도쿄에서 온 전화였다.

"하야시가 온다는데?"

"하야시라면 도쿄의 순사장?"

"응, 갑자기 자기 과장이 출장을 명령했다는데? 앉아서 기다릴 것이 아니라 한국에 가서 직접 정보이첩을 협조 받아 오라고 그랬다는 거야. 과장이 이상할 정도로 열의를 보인다고 하면서 내일 아침에 도착할 거라고 부탁한다는데? 그래서 늦은 시간에 실례를 무릅쓰고 전화를 했다고 하네?"

"그래? 자기들이 겐요샤가 저지른 짓이라고 정보를 주었는데 수사과장이 수사에 열을 올린다? 적어도 수사과장이면 겐요샤의 실체를 정확히는 몰라도 어느 정도는 알 텐데? 윗선에서 아직 압력이 없어서인가? 아니면 소신 있고 강단이 센 사람인가?"

전화를 마친 최기봉의 말에 의문이라는 투로 답하는 박종일의 말을 들으면서 태영광은 무언지 모를 찝찝한 생각이 들었다. 세 사람은 이미 겐요샤를 경험한 적이 있기에 수사과장이 수사에 열을 올린다는 자체가 더 이상하게 들렸다.

"아무튼 내일 첫 비행기로 온다니까 오면 어디까지 이야기를 해 주어야 하는지 그걸 정해. 나와 소통했던 사이라지만 이번 사건의 책임자는 박 총경이니 박 총경이 알아서 해야지."

최기봉은 박종일이 하야시에게 제공할 정보의 가이드라인을 제시해 줄 것을 요구했다.

"김성우 씨, 진정하세요. 지금 이 자리에서 시미즈 씨를 제외한다면 감히 누가 김성우 씨의 아픈 마음을 제대로 헤아릴 수 있다고 하겠습니까만, 고인들의 유업을 이어받아 당장 해결해야 할 일들이 많습니다. 슬퍼하기보다는 그것들을 논의하고 해결책을 찾는 것이 더 우선일 겁니다."

박종일은 김성우를 진정시키며 말을 이어갔다.

"먼저 상의드릴 것은 방금 들으신 바와 같이 도쿄 경시청에서 하야시라는 순사장이 이곳에서 수집한 정보를 협조 받기 위해서 내일 아침 첫 비행기로 온다고 합니다. 과연 우리가 알고 있는 것의 어디까지를 공개해 주어야 할지 그게 우선 문제입니다. 왜냐하면 사토라고 하는 그곳 수사과장의 반응이 의외로 수사에 적극적이다 보니 그게 더 마음에 걸려서입니다."

박종일은 자신들이 그동안 일본과 공조하면서 수사했던 일들을 자세하게 이야기해 주었다. 물론 이미 그들은 알고 있는 이야기일 수도 있겠지만, 겐요샤에 대한 이야기와 자신들이 5년 전에 겪은 사건까지 자세하게 이야기했다.

"맞습니다. 그게 바로 겐요샤입니다. 이미 겪으셨으니까 더 실감이 나고 자세히 아시겠습니다만 저 역시 그런 겐요샤의 실체가 믿어지지 않을 정도입니다. 그리고 이건 제 생각입니다만, 다른 것은 이곳 경찰에서 알아서 결정하셔도 좋지만 제 이야기만은 안해 주셨으면 좋겠습니다. 겐요샤의 발이 어디까지 뻗었는지 모르는 상황인데 사토 수사과장의 태도가 영 마음에 걸립니다. 박 총경님 말씀을 들어보니 나가사키 현의 무라다 형사는 물론, 그 과장이라는 사람도 사건을 축소하려는 것으로 봐서 겐요샤와 끈이 닿은 것 같다는 생각이 듭니다. 그런데 사토 수사과장이 대마도에서 아비류 씨 시신이 발견된 것을 미리 알아 낼 정도라면 그들과 교감을 하고 있을 수도 있다는 겁니다. 물론 내일 하야시 순사장에게 수사진행 상황을 자세하게 들어 보면 더 정확히 판단하시겠지만 제 생각은 그렇습니다. 저 하나 죽고 살고의 문제가 아니라 이건 우리 류큐 민족이 독립을 할 수 있느냐 마느냐와도 직결되는 겁니다. 아니, 언젠가는 독립을 하겠지요. 하지만 그 언제를 어느 시점으로 만드느냐가 중요한 것 아니겠습니까?"

시미즈는 경시청에서 직접 온다는 말을 듣자 불안해하는 기색을 여지없이 드러내며 말했다. 그 말을 들으면서 박종일은 자신이 찜찜했던 부분을 시미즈도 꺼림칙하게 생각하는 것을 보자 더 불안해지기 시작했다.

"알겠습니다. 일단은 시미즈 씨의 말씀을 우선적으로 참고하겠습니다. 다만 내일 이야기를 하면서 피치 못할 사정이 생기면 이곳 전화를 통해서라도 시미즈 씨와 상의를 한 뒤에 결정을 할 것이니 그건 안심하십시오.

다음은 이번 사건이 단순하게 대마도에서 발견된 문서 때문이 아니라 이것저것 얽혀서 말도 못할 정도로 복잡한 사건이라는 것은 알고 있습니다만, 당장 드러난 것은 대마도에서 새롭게 발견된 고문서입니다. 네 사람이나 희생되었는데 이것을 그냥 없던 일로 하기에는 너무나도 안타깝습니다. 지난번에 저도 당해 봤지만, 물증이 없는 관계로 자칫 잘못하면 망신만 당하고 또 일본과의 국제 관계 운운하는 세력으로부터 지탄을 받을 수도 있는 일이기는 하지만 그렇다고 그냥 사장시킬 수는 없잖습니까? 어떻게 하면 좋을까요?"

"제가 인터넷에 올리겠습니다. 믿거나 말거나가 아니라 이번 살인사건까지 담아서 올리겠습니다. 이렇게 험악한 현실도 모르고 안이하게만 대처하는 우리 정부는 물론 백성들 모두가 정신 차려야 합니다."

김성우가 구연회의 죽음이 안타까운 만큼 흥분한 채 자신이 나서겠다고 했다. 그러자 태영광이 손짓으로 김성우를 진정시키면서 입을 열었다.

"성우 씨는 아직 나이도 있고 한참 커 나가야 하는데 공연히 오점 남기지 말고 이런 일은 순리대로 풀어야 하는 겁니다. 나도 좋은 생각이 나지를 않았었는데 성우 씨가 살인사건과 연계를 한다니까 생각이 나네요.

제가 아는 대(大)기자 한 분이 있습니다. 5년 전에 아내가 도쿄 특파원으로 갈 때 그 신문사 편집국장 하시던 분입니다. 그 후 아내는 신문사를 그만 두었지만 그분은 지금 대기자로 대우받고 계십니다. 곧 은퇴하실 나이죠. 그런데 그분이라면 이 상황을 이해하시고 기사화해 주실 겁니다. 5년 전 내 사건을 누구보다 깊이 이해해 주고 공감하고 아파했으니까요. 내가 그분한테 부탁해 보겠습니다. 아무래도 일반인이 블로그나 홈피를 통해서 인터넷에 올리는 것보다는 신문이 효과적이지 않겠습니까? 살인사건과 연계를 하면 관심도도 높일 수 있고. 희한하게도 우리네 삶에서 활자화된 것은 더 신뢰가 가지 않습니까?"

누구도 이의를 다는 사람은 없었다.

당장 급한 문제에 대해 합의를 도출하고 그동안의 마음고생도 풀고 긴장도 늦출 겸 간단하게 술자리를 마련했다. 일행이 술잔을 부딪치고 각자 한 모금씩 한 후 잔을 내려놓으며 박종일이 먼저 입을 열었다.

"시미즈 씨나 류큐 백성들이 당하고 있는 아픔에 비하면 우리가 엄살을 부린다고 생각할지 모르지만 우리도 지금 많이 아픕니다. 독립이 되었다고는 하지만 남의 힘에 얹혀서 독립하는 바람에 반도의 북녘 반쪽을 잃은 것은 물론, 고조선과 그 대를 이어 고구려, 대진국이 지배하며 우리 문화의 꽃을 피웠던 저 광활한 북방영토, 쉽게 말하면 지금은 만주라고 불리는 고조선의 영토를 송두리째 잃어버리고 말았습니다. 그리고 이 모든 짓을 자행하고도 반성할 줄 모르는 일본으로부터는 아직도 대마도를 돌려받지 못하고 있습니다. 그뿐입니까? 불과 독립한 지 5년 만에 동족상잔의 비극을 맞아 국토는 핏빛으로 물들고 지금도 허리가 동강난 채 남북은 서로 으르렁거리기만 하고 있습니다. 우리 스스로의 힘에 의해서 독립하지 못한 우리 잘못이라고 해도 할 말이 없습니다만, 소위 강대국들의 힘의 논리에 놀아난 약소국의 설움이지요. 국제관계에서는 그 어느 누구도 동지도 적도 아니라는 겁니다. 그 상대가 미국이든 러시아든 중국이든 모두가 제 잇속이 우선이지 남의 나라 생각해 줄 것이라고 믿는 자체가 잘못이라는 거죠.

　제가 얼핏 듣기로는 미국에서 올 연락을 기다리신다면, 미국과 모종의 협약을 하신 것으로 알고 있는데, 물론 알아서 잘 해결하시리라 믿지만, 비록 제가 그 내용은 모르지만 미국이라고 믿을 것 하나도 없는 것 같아요. 자유와 민주주의를 신봉하고 그 선봉에 서겠다는 것은 미국 자신들의 자유와 민주주의를 위한 것이지 제3국을 위한 것은 아닌 것 같다는 판단이 들어서 드리는 말씀입니다.”

　“예. 저도 같은 생각입니다. 우리 류큐인들도 절대로 미국을 믿지는 않습니다. 다만 지금 우리가 독립하기 위해서는 미국이 필요한 겁니다. 그리고 우리는 그 대가로 미군이 오키나와에 계속 주둔할 수 있도록 허락해 주는 겁니다. 그렇지 않아도 중국이 밀고 올라오고 있는 판국에 만일 우리 류큐가 독립을 위해서 중국과 손을 잡는다면 어떻게 되겠습니까? 우리가 독립을 하겠다고 무력항쟁을 시작한다면 미군은 일본 내 문제이므로 개입하기가 쉽지 않습니다. 또한 일본자위대는 미군이 주둔해 있는 오키나와에 함부로 진입하기도 그럴 겁니다. 또 한편으로 우리가 일본인이 되어 오키나와에서의 미군 철수를 부르짖으면 어떻게 될까요? 미군은 우리를 공격할 수 없을 뿐만 아니라 일본자위대 역시 우리를 진압할 수 없습니다.

　그나마 지금까지 말씀드린 것은 이성적인 판단입니다. 류큐 백성들이 특공대를 조직하고 중국 등에게 위탁해서 정예병들을 훈련해서 미군 기지를 급습하고 주요시설을 점거한 후 그걸 기반으로 당장 미군이 철수하지 않으면 그 무기들의 포신을 일본은 물론 주변국으로 돌리면서 너 죽고 나 죽자고 나온다면 어떻게 될까요? 미군의 최첨단 무기와 시설들이 모여 있는 오키나와 기지입니다. 게다가 미군 기지를 점거한 이유가 독립이 아니라 미군 철수로 내걸면 일본자위대도 미군도 어쩔 수 없는 선택을 해야겠지요. 그리고 미군과는 독립에 대한 협상을 시작하는 겁니다. 물론 절대로 성공할 수 없다고 할 수도 있습니다. 하지만 그건 상상하기 나름입니다. 정말로 그런 일이 벌어지는 날에는 미국은 오키나와에서 알거지가 되어 나가야 합니다. 일본 역시 선택할 수 있는 것은 단 한 가지뿐입니다.

국제여론이 무섭지 않느냐고 할 수도 있습니다. 하지만 우리는 국제여론 같은 것에 신경 쓸 정도로 사치스럽지 못합니다. 여론에 신경 쓸 정신이 있는 사람은 그나마 가진 것이 있거나 추후에라도 얻을 것이 있는 사람입니다. 더 이상 잃을 것도 얻을 것도 없는데 무슨 국제여론입니까? 우리는 그 점을 노리고 독립을 추구할 때는 류큐인으로 투쟁하지만 미군 철수를 부르짖을 때는 일본인으로 부르짖는 겁니다. 그것은 〈평화를 위한 영토연구회〉의 핵심간부 모임에서 토론되었던 사항으로 고인이 되신 구연회 회장님께서 가장 먼저 아이디어를 내주셨고 그 아이디어를 발전시켜 미국과 협상을 한 것이 주효했던 겁니다.

저는 구 회장님께서 단순히 대마도 문서 문제로 돌아가신 것이 아니라는 것을 누구보다 잘 아는 사람입니다. 우리 류큐가 독립하면 반드시 국가유공자 이상으로 모시고 추모해야 할 분이라는 것도 이미 잘 알고 있습니다. 또 그렇게 할 것입니다."

"말씀이라도 고맙습니다. 그런데 만일 무력투쟁을 할 경우 소위 강대국이라는 자들이 연대해서 공격할 것이라는 생각은 안 해 보셨습니까? 일본은 말할 것도 없고, 지금 강대국이라고 불리는 미국과 러시아나 중국 그 어느 나라도 영토문제에 있어서 비난받을 짓을 하지 않은 나라가 없지 않습니까? 유유상종이라고 그네들끼리 뭉쳐서 연합군이라도 형성해서 밀고 들어오는데 계속 대항하다가는 꼼짝 없이 몰살당할 수도 있지 않습니까?"

"글쎄요? 그게 가능할까요? 그건 우리 류큐의 용사들이 오키나와 미군기지 점거하는 것보다 더 확률이 낮을 겁니다. 아니 확률 제로라고 해도 과언이 아닐 겁니다.

일단 미군 기지를 점거한다면 거기에서 쏟아져 나올 무기는 한계가 있으니까 시간 벌기 작전을 쓰면 된다고 할 수도 있죠. 하지만 그곳에 장착된 핵무기가 과연 어느 곳을 향하느냐는 강대국들에게 가장 관심거리가 될 것이고 스스로 그 표적이 되고 싶지 않겠지요. 그러나 사실은 그것도 강대국들이 동맹을 맺기 싫어서 내세우는 핑계에 불과한 겁니다. 오키나와에 기지를 두면 아시아 모두가 사정권에 들어 올 수 있는데 서로 차지하려고 난리를 칠겁니다. 일단 일만 벌이면 서로 우리 류큐를 돕겠다고 나서면서 동맹을 제안할 겁니다. 저는 그 점은 확신합니다. 돈 가진 놈이 돈 더 밝히고 고기도 먹어본 놈이 먹는다고 아마 강대국들은 지금이라도 우리 류큐가 그렇게 해 주기를 은근히 바라고 있을지도 모릅니다. 특히 중국은 더 그럴 겁니다.

이건 제 사담입니다만 제가 전임교수가 되기 전까지 온갖 수모를 다 당했습니다. 류큐인이라는 것을 밝히지 않았는데도 그들이 먼저 알고 있었습니다. 그러나 저는 끝까지 버텼습니다. 제가 그 자리에 있다는 것 하나만으로도 오키나와에서 고생하며 저를 바라보는 제 민족들이 저를 자랑스럽게 생각하고 류큐인임을 자랑스럽게 생각해 주기를 바랐던 겁니다.

하나 더 이야기하자면 저와 같이 근무하는 쓰기우라 역시 류큐인입니다. 그녀 역시 언제 전임이 될지도 모르는 캄캄한 앞날을 걸어가고 있습니다. 하지만 그녀도 꿋꿋이 버티고 있습니다. 저희 〈국가독립연구회〉에서는 열도의 곳곳에서 이렇다하게 자리 잡은 이들을 암암리에 소개함으로써 류큐인 모두에게 희망과 자부심을 불어넣어 주기 때문입니다. 물론 연구원으로 있으면서 시간강사 한다고 구체적으로 밝히지는 않고 도쿄대학 교수로 밝히는 약간의 편법을 써서 말입니다. 사실 저랑 쓰기우라는 오래전부터 사랑하는 사이였습니다. 그럼에도 불구하고 우리가 결혼을 안 한 이유는 단 한 가지입니다. 조국도 없는 부끄러운 현실을 후손에게 물려주고 싶지 않아서입니다. 그래서 우리 둘은 굳게 약속했습니다. 조국이 독립되는 그날이 바로 우리 결혼기념일이라고.

류큐는 독립해야 합니다. 아니 반드시 독립할 것입니다. 저는 확신합니다.”

김성우의 질문에 시미즈는 확신에 찬 얼굴로 대답했다. 저런 식으로 발전된다면 류큐의 독립이 눈에 보일 정도로 근접해 오는 것 같았다. 그런 느낌은 설령 실제로는 그렇지 않더라도 거기 있는 모든 이가 바라는 것이었다.

“아무튼 구체적인 내용까지는 묻지 않겠지만 부디 미국과의 약속을 잘 이행할 수 있도록 힘써서 부디 독립을 쟁취하시기를 성원하겠습니다. 홀아비 사정은 과부가 안다는 우리나라 속담처럼 우리가 일본이라는 나라로부터 독립을 한 전철이 있기에, 또 제가 직접 5년 전에 그 몹쓸 짓을 경험해 봤기에 지금 그 심정을 어느 정도는 헤아릴 것 같아서 드리는 말씀입니다. 부디 독립에 성공하십시오."

일행 모두의 마음을 담아 태영광이 마무리를 지었다.

안가의 첫날 밤은 시간이 한참 늦었음에도 평화롭게 흐르고 있었다.

9. 하고자 하는 해야 할 일

목요일 아침.

안가에서 함께 밤을 보낸 박종일과 최기봉이 출근해서 어제 오원규 부장이 퇴근한 후 벌어진 일들에 대해서 보고를 마치고 얼마 지나지도 않아서 하야시가 도착했다.

아침 첫 비행기로 온 것인지 아니면 어제 저녁 늦게 온 것인지 구분이 가지를 않았다.

"오랜만입니다. 이렇게 일찍 오실 줄은 몰랐습니다."

"그러게 말입니다. 우리 수사과장이 수사를 제대로 하기 위해서는 한국에서 파악한 정보를 입수해서 수사에 응용해야 한다고 어찌나 졸라대는지 결정이 나고 최대한 빨리 온 겁니다. 어제 저녁이면 대충 정리가 되실 것이라고 해서 그것에 맞춰 최대한 빨리 온 거죠."

최기봉이 반갑게 맞이하면서 악수를 건네자 하야시가 최기봉의 손을 맞잡으며 대답했다. 그러자 그 말을 최기봉이 간추려서 박종일에게 통역을 해 줬다. 사실 그 정도 말은 박종일도 다 알아 듣지만 혹시 대화중에 하야시 모르게 할 말이 있으면 우리나라 말로 해야 하는데, 어떤 때는 일본어를 할 줄 아는 것으로 하고 어떤 때는 한국어로 한다는 것은 상대방에 대한 예의가 아니기에 차라리 박종일은 일본어를 모르는 것으로 한 까닭이다.

"이렇게 아침 일찍 달려와서 묻기에는 염치없는 일이지만 한국 쪽에서는 무슨 정보가 나왔는지요?"

하야시는 진심으로 미안한 표정을 지으면서 묻자, 최기봉은 그동안 자신들이 입수한 정보를 말해 주었다.

핫도리가 아이누족이라는 사실과 다나까가 류큐족이라는 사실은 물론 구연회와 함께 그들이 〈평화를 위한 영토연구회〉라는 모임을 통해서 일본이 불법 점유하고 있는 영토문제에 관해서 함께 연구 활동을 했던 사실을 말했다. 그리고 구연회 씨가 죽게 된 이유가 대마도에서 새로운 문서가 발견되어 그것을 가지러 갔던 사실도 이야기하면서 아비류 씨가 그 문서를 발견한 사람이라는 것 역시 말해 주었다. 다만 그 이야기를 하면서 김성우와 시미즈의 이야기는 언급하지 않고, 아비류 씨가 그 문서를 발견한 경로와 아비류 가문에서는 지금도 대마도 역사를 파헤치고 싶어 한다는 사실 및 잃어버린 문서 파일이 자신들에게 있다는 것은 말하지 않았다. 당연히 문서 내용도 이야기하지 않았다.

"그러나 저러나 수사에는 진척이 있습니까? 아비류 씨가 가지고 있던 그 문서가 분명히 아비류 씨 시신 어딘가에 있든지, 아니면 범인이 그걸 탈취하기 위해서 죽인 것 같은데요? 어쩌면 그 문서가 이 모든 사건의 열쇠가 될 수도 있지 않겠습니까? 그 문서에 대한 어떤 정보라도 얻으셨어요? 예를 들면 문서가 어디에 있다든가, 아니면 경찰이 시신을 발견했을 때는 문서 같은 것은 어디에도 존재하지 않았다든가 하는 정보라도?"

최기봉은 단순히 그 문서가 이번 사건의 주체가 아니라는 것을 이미 알고 있으면서도 슬그머니 하야시를 떠보았다.

"그렇겠죠! 하지만 저희 쪽에서도 아비류 씨의 죽음에 대한 것은 전혀 아는 바가 없습니다. 아비류 씨가 죽었다는 소식을 듣고 그 사람의 신상조사와 평소의 행태를 조사한 정도가 전부입니다. 더더욱 문서 얘기는 여기서 지금 처음 듣는 소리입니다. 나가사키 쪽에서 철저하게 비밀을 지키거든요.

어제 제가 겐요샤가 개입되었다는 것을 알고 최 총경님께 연락을 드리는 순간부터 저도 뭔가 그 방면과 연관이 있는 사건일 것이라고 짐작은 했습니다. 저희들이 이미 5년 전에 같이 겪은 사실이잖습니까? 하지만 어제 제가 알게 된 겐요샤는 지금까지 제가 알던 겐요샤에 비하면 너무 어마어마했습니다. 물론 좋은 의미가 아니라 상상을 초월하게 잔인하고 야비하다는 겁니다.

이번에도 〈평화를 위한 영토연구회〉의 실체는 알지 못했지만 저희가 신상조사를 통해서 핫도리 씨가 아이누족이고 다나카 씨가 류큐족이라는 것을 알게 되는 순간 이 사건 범인 잡기는 틀렸다고 단정했습니다. 더더욱 아비류 씨가 죽었다는 이야기를 듣는 순간 제 단정이 맞다고 생각했죠. 대마도 아비류 가문은 자신들의 선조가 고구려 왕실로부터 시작된다는 사실을 자부심으로 간직하고 있어서 대마도가 일본 영토라고 하는 것은 부당하다고 한다는 것을 저도 알고 있으니까요."

하야시는 일본 경찰에서 진행한 수사 상황을 하나도 빠짐없이 말해 주었다. 사건의 처음 목격자가 신고한 것부터 자신이 직접 뛰어다니면서 희생자의 지인들을 만난 일하며, 시미즈가 종적을 감춘 일과 대포폰 사용자가 아베였다는 사실까지 모조리 말했다. 하지만 그것은 도쿄 경시청의 이야기였다. 나가사키에서는 아직도 단순강도사건이라고 하면서 도쿄와 연계수사 하는 것을 거부하고 있을 뿐만 아니라 도쿄의 근접을 철저하게 차단한다고 했다. 그나마 아비류 씨의 죽음을 알게 된 것도 수사과장이 개인적으로 후배에게 들어서 알게 된 것이라는 이야기도 덧붙였다. 또한 모든 일을 진급과 연계하기 바쁜 수사과장이 이례적으로 이번에는 먼저 보고를 하지도 않은 채, 대포폰으로 핫도리와 연락한 겐요샤의 아베를 검거하라고 하면서 소신껏 수사를 하라고 지시했다는 말과 함께 자신의 의견 역시 빼지 않았다.

"아베가 겐요샤 요원이라는 것을 알면서도 체포를 하라고 했어요. 적어도 수사과장 정도면 겐요샤에 대해서 알고 있을 텐데 말이죠. 솔직히 의아했습니다.

아니나 다를까, 체포하면 뭐합니까? 이미 짐작했던 일이지만, 철저하게 알리바이를 만들어 놓고 나 잡아가라는 듯이 기다리고 있더라고요."

하야시는 어제 하야시가 출장 온다는 전화를 받고 세 사람이 느꼈던 찜찜한 감정처럼 하야시 역시 수사과장의 태도가 이상하기만 하다고 생각한다는 것을 역력히 드러내고 있었다.

"사건이 나던 날 밤, 아베는 사건 현장으로부터 자동차로 왕복

해도 무려 한 시간 이상을 가야 되는 곳에서 자신의 친구들과 초 저녁부터 새벽 3시 정도까지 술을 마시고 있었습니다. 술집도 아 베가 단골로 가는 곳이라 주인도 쉽게 증언해 주었습니다.

왜 대포폰으로 핫도리 씨와 통화를 했느냐는 질문에는 일시적 으로만 연락할 필요가 있는 사람에게는 자신의 전화번호를 노출 하기 싫어서 대포폰을 사용한다는 겁니다. 핫도리 씨가 시사와경 제 기자다 보니 자신이 회사를 홍보하는 기사를 부탁하려고 친분 을 맺고 싶어서 접근한 것은 사실이지만 일단 목적한 바를 달성하 고 나면 연락을 끊기 위한 방법이었다는 겁니다. 기자라는 것들은 한 번 물면 놓지 않아서 자신에게 지속적으로 달려들어 광고나 기타 귀찮은 주문을 자주 할 것에 대비한 것이라는데 할 말이 없 었습니다. 대포폰을 사용한 죄로 징역을 보낼 겁니까? 기껏해야 벌금 몇 푼 때리겠죠.

일본 경찰의 한 사람으로서 이렇게 테러가 난무하는 것에 대해 서 그 진원지가 어딘지 뻔히 알면서도 그 안으로 진입하지 못하고 주위만 빙빙 도는 모습을 보여드리자니 정말 죄송하기 그지없을 뿐입니다.”

하야시는 진심으로 미안한 표정으로 말했다. 그가 말하는 중에 아베를 체포했음에도 아무런 소득이 없던 장면에서는 아쉬운 표 정과 함께 묘한 허탈감까지 잔뜩 묻어나는 표정이었다.

“그리고 갑자기 저보고 출장을 다녀오라는 겁니다. 한국 경찰이 입수한 정보가 도움이 될 수도 있으니 가서 직접 듣고 오라고 했 습니다. 그러면서 시미즈 씨가 한국으로 떠난 출입국 사무소의 기 록을 확인했으니 그 사실에 대해서도 알아봐야 한다는 것을 강조하면서, 수사를 하려면 모든 가능성을 열어 두어야 하는 기본도 모르냐고 한마디 덧붙였습니다.

솔직히 부끄럽기도 하면서 한편으로는 어이가 없었습니다. 제 딴에는 열심히 수사를 한다고 했는데도 미처 시미즈의 출국에 대해서는 생각도 못한 것이 부끄러웠고, 갑자기 수사과장이 직접 피해자의 후배가 출국한 사실을 직접 확인했다는 것은 어이가 없었던 거죠. 제가 우리 계장님에게 수사에 관해서 보고한 모든 사항이 과장에게 보고된 것은 당연한 일이고 그중에서 시미즈라는 사람이 자취를 감춘 것이 분명히 중요할 수는 있겠지만, 그 사람을 찍어서 출국조회를 한다? 솔직히 부끄럽고 어이가 없던 것 이상으로 뭔가 엄습해 오는 묘한 기분을 벗어날 수가 없었습니다. 우리끼리니까 이야기지만 5년 전 사건이 떠오르면서 당시 계장이 수사를 덮으라는 그 말이 곧 다시 들릴 것 같았습니다. 같은 일본 경찰이면서 이런 이야기를 하는 것이 부끄럽기 그지없는 일이지만 그보다 더 부끄러운 것은, 이런 일이 벌어지는 것 자체가 부끄러운 것임을 모르는 이들이 제 주변에 산적해 있다는 것입니다.

솔직히 저는 대마도 영토문제나 류큐든 아이누든 그런 것에는 관심도 없고 아는 것도 없을 뿐만 아니라, 그런 일은 정치하는 사람들이나 그 방면의 학문을 연구하는 사람들이 알아서 할 일이지 저 같은 말단 경찰이 할 일도 아니라고 생각합니다. 다만, 그래도 경찰이라면 명색이 내 나라 안에서 일어난 테러사건을 조사도 안 하고 덮어버리는 그런 일만은 없어야 하는 것 아닌가 하는 생각입니다. 미안한 말이지만 최악의 경우 5년 전 사건도 그렇고, 이번 사건에서도 구연회 씨는 한국인이고 아비류 씨는 스스로 고구려의 후손임을 자부하는 사람이라고 하니 그렇다고 칩시다. 아무리 독립을 원했던 어쨌든 간에 핫도리 씨와 다나까 씨는 일본 사람입니다. 자국 경찰이 자국 국민을 테러로부터 보호하지 못한 것도 부족해서 그 범인이 손 안에 들어오는데도 수사를 접어야 하는 이런 경찰이 전 세계 그 어디에 있겠습니까? 아무리 후진국의 부패한 경찰이라도 이런 일은 없을 것입니다. 아직 접지는 않았지만 제가 돌아가면 곧바로 이렇다 할 증거도 단서도 나오지 않는다고 하면서 장기간 수사를 요하는 사건으로 분류해서 처리한 후 다시는 파일을 열어보지 못하게 조치할 겁니다. 솔직히 부끄러울 뿐입니다.

저야 이제 몇 달 후면 입고 싶어도 벗어야 할 제복입니다만, 말년을 앞두고 정말 보지 않아야 될 사건을 보게 되었습니다. 5년 전에도 그렇고 이번에도 그렇고 두 사건만 안 봤다면, 비록 부패한 상관도 경험하고 타락한 후배도 경험하면서 온갖 비위짱 틀리는 일도 많았지만 일생을 경찰에 투신했던 것은 후회하지 않았을 겁니다."

하야시는 '후회'라는 단어가 나오는 순간에는 눈물이 글썽였다. 그러나 곧 진정하고 다시 말을 이었다.

"제가 공연한 말을 했나 봅니다. 빤히 내용을 다 아시는 분들이라 나라망신인 줄 알면서도 할 말 못할 말 다 한 것 같습니다.

그건 그렇고, 정말로 시미즈 씨가 월요일 오후에 한국행 비행기를 타기는 했던데 혹시 무슨 정보 없습니까?"

순간 박종일은 물론 최기봉도 한 대 얻어맞은 것 같았다. 전혀 짐작도 못했던 질문이 터져 나온 것이다. 마치 자신이 처한 처지와 일본 경찰이 겐요샤 앞에서 맥도 못 추는 상황에 대해서 푸념을 하며 부끄럽고 안타까워서 눈물까지 글썽이는 것 같더니 갑자기 한 방을 날리는데 미처 대비하지 못한 두 사람은 솔직히 당황하지 않을 수가 없었다. 그러나 당황하는 기색을 나타낼 수도 없는 처지다 보니 아주 짧은 순간이나마 경직되는 것을 본인들이 느낄 수 있었다.

"정보요? 없습니다. 순사장께서는 시미즈 씨가 다나까 씨의 절친한 후배이니 사건 해결을 위해서 그 행적이 궁금하시겠지만, 시미즈 씨가 무슨 범죄자도 아니고, 또 국제적으로 감시하는 단체의 회원도 아닌데 입국하는 사람에 대해서 일일이 정보를 알 수는 없죠."

다행히 최기봉이 아주 짧은 당황을 끝내고 똑바르게 대답했다.

"그래요? 저도 그럴 거라고 짐작은 했습니다만, 수사과장의 지시이니 일단 여쭤는 봐야 할 것 같아서 여쭤본 겁니다."

수사에 관한 이야기는 거기에서 일단락을 맺었다. 그리고 최기봉과 하야시가 서로 헤어져 있던 동안의 이야기를 조금 더 나눈 후 하야시가 가보겠다고 하면서 일어섰다.

"오랜만에 만났는데, 그것도 한국까지 와서 만났는데 같이 점심 식사라도 하고 가야지요."

"아닙니다. 오후에 돌아가기 전에 핫도리 씨와 다나까 씨가 유학을 했던 학교에 들려 봐야 합니다. 두 사람의 유학 중 행적에 대해서 알아오라고 했는데 다행히 〈평화를 위한 영토연구회〉를 했다는 것은 알게 되었으니 이제 학교에 가서 학적부만 하나씩 발급받아서 가지고 가면 되겠지요. 만약을 대비해서 일본 도쿄 경시청이 공식적으로 요구하는 공문을 어제 팩스로 보낸 후에 원본을 가지고 오면 내주겠다는 통보를 받았고, 원본은 제가 가져 왔으니까 학교에 가면 됩니다. 기왕에 왔으니까 학교에 가서 혹시 더 얻을 수 있는 정보라도 있으면 좋고요."

"그럼 우리 직원이라도 한 명 대동시켜 드리겠습니다."

"아닙니다. 더 이상 신세질 일이 아닙니다. 저 혼자 가도 충분히 해결될 일이니 심려 마시고 바쁜데 일 보십시오."

최기봉의 호의를 거절하기 위해서 하야시는 이미 오후에 돌아가기로 예약된 비행기 표까지 보여주면서 자리를 떠났다.

"저 양반 보통이 아니던데 눈치 챈 건 아니겠지?"

예의를 지키기 위해서 하야시를 정문까지 배웅하고 들어오는 길에 박종일이 최기봉에게 물었다.

"그건 나도 모르겠어. 순간적으로 팍 치고 나오는데 찔끔하더라니까? 자기 과장을 의심하면서 일본 경찰이 부끄러우니 어쩌니 하다가 갑자기 시미즈 얘기를 묻는데, 난 그럴 줄은 꿈에도 몰랐거든? 나도 모르게 움찔한 것을 만회하려고 태연히 말하느라고 했는데 그걸 어떻게 받아 들였는지는 모르겠지만, 설령 우리가 시미즈 얘기를 알면서도 말 안 하는 것을 알더라도 저 사람이 무슨 짓을 할 사람은 아니야. 실제로 시미즈의 행방이 궁금하기도 하던 차에, 우리와의 대화중에 몸에 밴 수사기법이 나왔을 뿐일 거야."

"그랬으면 좋겠는데 자꾸 마음에 걸려. 아까 최 총경이 분명히 아비류 씨의 문서 이야기를 하면서 파일 소지 여부나 내용은 모르는 것처럼 했잖아. 그러면서 문서에 대한 정보를 물었는데 전혀 아는 바가 없다고 했어. 이상하지 않아?"

"뭐가?"

"아니, 최 총경이 의도적으로 그 질문을 한 거 아냐?"

"그래. 일본에서는 어떤 방향으로 수사방향을 잡고 있나 알아보고 싶어서 그랬지? 이번 사건이 벌어진 이유가 단순히 문서 때문이 아니라는 것을 알고 있는지 떠보려고. 나중에 하야시가 하는 말에서 그 대답이 나오더구먼. 독립을 하려고 해도 아직은 일본국민이라고. 그런데 자국민의 테러를 못 막은 경찰이라고."

"그래? 나는 최 총경이 그 문서에 대한 내용도 얘기하지 않고 우리가 파일을 확보하고 있다는 얘기도 안 하기에 하야시의 진실성을 떠보는 줄 알았는데?"

"문서는 자기도 모른다잖아. 처음 듣는다고 했잖아. 나가사키 경시청에서 철저하게 접근을 금지시킨다고."

"그게 이상하다는 거야. 분명히 하야시가 핫도리의 휴대폰을 입수했다고 했어. 그러면 핫도리의 휴대폰에 대해서 상세하게 분석했을 거야. 단순한 통화내역은 물론이고 문자나 메신저 등 모든 것을 분석해서 이상한 점이 눈에 띄면 집어냈을 거야. 핫도리 자신이 중요하게 생각하는 그 문서를 지우지는 않았을 것이고. 메신저에서는 지웠더라도 어딘가에는 다운을 받아 놨을 것 아냐? 핫도리의 가택까지 뒤졌다니 PC든 어디든 있었다면 알아냈을 것 아냐? 설령 그 문서가 아비류 씨가 가지고 있었던 것인지는 몰랐다고 치자. 그러나 대마도에 대한 새로운 문서라고 말하는 순간 대마도에 대한 문서를 본적이 있으면 그게 그것인지 정도는 물었어야 하는 것 아닌가? 그런데 전혀 모른다고 했어. 그게 진실일까?"

"그러게? 듣고 보니 그러네? 나는 다만 그들이 류큐와 아이누의 독립과 함께 복잡하게 얽힌 이 사건을 그들은 어떤 방향에서 풀어 나가고 있나 궁금하기도 했지만, 정말 본심은 아비류 씨가 가지고 있던 그 문서의 행방을 알 수 있을까 하는 마음에서 물어본 건데? 박 총경 말을 들어보니 그게 아니네?"

"아무튼 시미즈와 안가 이야기를 안 한 것이 정말 천만다행인 것 같기는 해."

"그런데 하야시는 5년 전에도 내게 겐요샤가 개입되면 사건을 닫는다는 이야기를 해 준 사람이야. 그리고 나와 함께 겐요샤의 실체에 대해서 그 설립부터 지금까지의 온갖 추악한 역사를 함께 공부한 사람이거든? 물론 나도 최근에 겐요샤를 더 깊게 알 수 있었고 하야시 본인도 그렇다고 했지만, 어쨌든 우리 둘이 함께 조사하며 겐요샤의 추악하고 잔인함에 공감했던 것이 사실이거든. 그런데도 그렇게 깊이 의심할 필요가 있을까? 정말 몰랐거나 아니면 자신이 별 관심이 없다보니까 대마도에 관한 문서를 봤으면서도 그게 이 사건과 연관이 있는 게 아니라 전부터 핫도리가 연구하던 거라고 생각한 거 아닐까? 핫도리는 아이누족 독립을 추진하기 위해서 열심히 노력하는 사람이라는 것을 하야시도 알고 있었잖아."

"글쎄? 그렇다면 정말 다행인데 내 생각은 아무래도 찜찜해. 하야시 스스로 대마도는 물론 류큐나 아이누에는 관심도 없고 그 일은 할 사람이 따로 있다고 했어. 그러면서 아비류 가문이 고구려의 후예임을 자부심으로 삼고 있다는 것은 자신도 안다고 했어. 그것도 고구려 왕실의 후손이라는 자부심이라고 구체적으로 이야기했거든? 이게 의미하는 것은 어떻게 받아들여야 하지? 정말 대마도에 관심이 없는 사람이 아비류 가문에 대해서 그렇게 잘 알아? 그 정도로 대마도를 잘 아는 사람이라면 그 문서를 보는 순간 이건 전에 발견된 문서가 아니라는 것 정도는 알고도 남아. 대마도 판적 봉환이 부당하다는 것을 다 알면서도 강압에 의한 것이라는 직접적인 증거가 나오지 않았다는 맹점이 있다는 것은 대마도에 대해서 어느 정도 아는 사람이면 다 아는 일이거든. 그저 대마도 관광이나 한 번 갔다 오는 수준이 아니라면 말이야. 아무래도 우리가 순간적으로 당황한 것이 잘못인 거 같아. 하야시가 전화로 해도 될 일을 굳이 비행기를 타고 출장을 온 이유가 바로 얼굴을 마주하고 이야기를 하기 위한 것이 아닌가 하는 생각이 자꾸 들어."

"자꾸 그쪽으로만 생각하지 마. 하야시는 그렇지 않을 거야. 박 총경 말 들으면 솔직히 나도 찜찜하기는 한데 수사과장이 가라고 했다고 그랬잖아. 그냥 믿어보자. 우리가 하도 당하다 보니 공연한 과민반응일 수도 있잖아?"

"그러게. 차라리 과민 반응이면 좋겠다."

두 사람은 개운하게 풀리지 않은 마음으로 식당을 향했다. 이런 기분으로는 식사를 하고 싶은 마음도 없었지만 식사를 하고 오후에는 조원익 대기자를 만나야 한다. 어제 내린 결론이 신문을 이용하는 거였다. 하지만 그 기사를 내는 것은 시미즈가 한국을 떠나는 다음날 조간에 실려야 한다. 시미즈가 떠나기 전에 알려져서 좋을 것이 없다.

조원익 대기자가 서울 경찰청에 도착했을 때는 태영광 박사도 함께 자리하고 있었다. 회의실로 들어서는 순간 태영광을 본 조원익은 누구보다 반갑게 태영광의 손을 잡았다.

"오랜만입니다. 장 기자도 잘 지내죠?"

"예. 잘 지냅니다. 요즈음에는 애 둘하고 식 싸우면서도 5년 전 그 일을 생각하면 자신이 부끄럽다고 하면서 공부에 열중하고 있습니다. 대한민국의 기자라는 자신이 대한민국의 영토도 제대로 모르고 살아온 것이 부끄럽다나요? 지금이라도 늦지 않았으니 영토문제 연구해서 박사학위까지 받겠노라고 하면서, 지금은 석사과정에 다니고 있습니다."

"장 기자다운 생각이네요. 항상 도전하는 정신에다가 옳지 않다고 생각하는 일은 끝까지 추적해서 밝혀내고야 마는 성격은 여전하군요? 얼마나 좋습니까! 솔직히 5년 전에 그 일을 겪고 나서 나도 부끄러웠습니다. 장 기자는 여성의 몸으로 일본 특파원을 자원해서 내 나라 역사와 영토의 진실을 밝히는 일에 도움을 주려고 갔지, 태 박사는 창창한 개원의가 자신의 꿈도 뒤로 한 채 일본으로 갔지, 솔직히 나는 뭐하는 사람인가 하는 생각도 해 봤습니다. 그러더니 태 박사는 죽었다가 다시 살아나다시피 하고도 또 일본으로 가겠다고 나서고 박 총경님은 옷 벗을 각오를 하면서 태영광 박사와 함께 일본으로 가겠다고 해서 결국은 두 사람이 신원까지 위조하면서 위험을 무릅쓰고 일본에 갔을 때는, 정말로 같은 대한민국 백성으로서 나는 아무런 보탬이 되지 못한다는 것이 부끄럽더라니까요?"

"무슨 말씀을 그렇게 하세요? 그래서 장 기자 특파원으로 보내주시는 바람에 많은 도움도 받았고, 제 목숨도 구했고, 또 결혼해서 아이 둘 낳고 잘 살고 있잖습니까? 그게 대기자님이 하실 일이었겠죠. 대한민국 백성 모두가 역사와 영토문제에만 매달리면 기사는 누가 쓰고 편집은 누가 합니까? 각자 자신이 할 일이 있는 것 아니겠습니까? 다만 자신이 할 일을 하는 자리에서도 대한민국의 백성이라면 대한민국의 역사와 영토에 관해서 관심을 가지느냐 관심도 없이 모르는 척 하느냐가 중요한 것 아니겠습니까? 그 점에서라면 대기자님처럼 관심은 물론 적극적으로 응원해 주시는 분도 흔치 않잖아요."

"그렇게 생각해 주시니 고맙습니다. 그건 그렇고, 갑자기 왜 보자고 했는지 궁금했는데 막상 와 보니 태 박사도 와 있고, 대충 냄새가 나는 것 같기는 한데, 무슨 일입니까?"

태영광과 반갑게 인사를 나눈 조원익이 박종일과 최기봉을 번갈아 쳐다보면서 물었다.

"부탁드릴 일이 있어서요."

"부탁이요? 아니, 대한민국 경찰이 기자에게 무슨 부탁을? 기사거리 안겨 주면 나같이 퇴직할 날 대기하는 대기자는 오히려 고맙지!"

조원익은 대기자라는 칭호가 퇴직을 대기하는 것이라고 농담을 섞어서 상대방의 마음을 편하게 해 주려고 했다.

"농담이 아닙니다. 자칫 잘못하면 해코지를 당할 수도 있는 일이라서…"

"해코지요? 좋습니다. 들어나 봅시다. 해코지를 당할 일인지 칭찬을 받을 일인지는 들어 봐야 알겠지만 기자 생활이라면 산전수전 공중전에 게릴라전까지 다 겪고 이제는 누가 시비 거는 사람이 없어서 심심한 참인데 옳은 일이면 해야지요. 하고 나서 후회하는 것이 하지 않고 후회하는 것보다 나은 것이 반드시 결혼만은 아니거든요. 인생사 살면서 옳다고 생각하면서도 하지 않으면 두고두고 후회가 돼요. 옳은 일을 하고 어쩌다가 오해를 사는 바람에 욕을 먹을 때는 잠깐 후회를 하다가도 곧바로 언젠가는 알아줄 것이라고 위로가 되어 곧바로 평정을 되찾지만, 하지 않고 했어야 한다고 하는 후회는 정말 평정을 찾기가 힘들더라고. 지금까지 기자밥 먹으며 얻은 교훈이 그거 하나라니까요? 그러니 너무 어려워 말고 말해 봐요. 대충 누가 욕하고 누가 해코지할 것인지도 짐작은 가는데, 내용을 모르니 들어는 봐야 할 것 아니겠소?"

조원익은 긴 세월의 풍상을 겪은 기자답게 조금도 거리낌 없이 말했다. 조원익의 말이 너무나도 옳은 소리인지라 박종일은 대마도의 살인사건에 대한 전말을 하나도 숨기지 않고 말했다. 심지어는 오늘 오전에 하야시가 다녀간 사실도 이야기하면서, 자신과 최기봉이 찜찜해 한 이야기까지 했다.

"그래? 또 그놈들인가? 그런데 누가 해코지를 해? 그놈들이? 하려면 하라지. 아무리 내 이름 밝히고 기사를 써도 해코지 못해. 내가 그 기사 쓰고 해코지 당하면 제 놈들이 모든 사실을 인정하면서 나를 해코지한 것이 만천하에 드러나는데 해코지를 한다? 걱정 말고 그 사건을 어떻게 다뤄달라는 건지나 말해 봐요. 설령 해코지를 당하는 한이 있어도 두려워할 짬밥은 지나도 한참 지났어요! 무조건 실어야지! 바로 이런 경우가 안 하고 나면 두고두고 후회하는 경우라니까요!"

조원익의 단호한 결정에 박종일이 세부적인 이야기를 하려다가 머뭇거리며 입을 열었다.

"그 전에 경험이 많으시니까 한 가지 여쭙겠습니다. 제 이야기 들으시고 혹시 하야시가 어떤 거 같다고 판단이 드시는지요?"

"그거야 마주 앉아서 이야기한 사람들이 더 잘 알지 않겠어요? 게다가 두 사람 다 촉각 좋은 경찰 간부겠다. 나보다 감이 더 확실하지 않나? 다만 내가 들은 바가 전부라는 것을 전제로 생각을 굳이 말하자면 기분은 덜 좋네요. 말끔한 맛이 사라져요. 뭔가 여운이 남아. 그런 일에서 여운이 남는 것은 안 좋은 거거든. 저 사람은 확실하다고 똑 떨어져도 문제가 생길 수 있는데 여운이 남는다는 것은 문제의 소지가 더 많다는 거지. 게다가 상대는 일본 경찰이잖소. 아무리 두 사람 앞에서 부끄럽다느니 어쩌느니 주접을 떨어도 왜놈은 왜놈이요. 빤쓰 벗고 줄 것처럼 덤벼들다가도 일단 상대방 목줄만 잡았다 싶으면 내가 언제 그랬냐는 식으로 걸어 잠그고 상대 목줄 잡아 챙기는 그 근성이 가겠소? 하지만 지금까지 들은 바에 의하면 하야시는 우리가 생각하고 있는 일본인들과는 뭔가 다른 것 같기는 하네요. 아무튼 시미즈 씨 이야기를 하지 않았다고 하니까 그나마 다행이라고 생각하자고. 이 시점에서 어쩔 수 없는 거잖소. 그건 지난 거니 그만 하고 기사 얘기나 해봐요."

조원익의 말을 들으니 어쩔 수는 없는 일이지만 더 찜찜했다. 하지만 할 일은 해야 하기에 방향을 이야기하기 시작했다.

"일단 기사가 나가는 시점은 시미즈 씨가 우리나라를 떠난 다음날 아침이 좋겠습니다. 시미즈 씨가 아무리 안가에 있다지만 아무래도 우리나라를 떠난 후가 더 좋겠지요?"

"그야 그렇겠지. 그런데 내가 알기로는 미군 기지에서 미군 병력 이송하는 비행기는 해가 진후에 떠나는 걸로 알고 있거든요? 군대 작전이라는 것이, 특히 병력이나 부대가 이동하는 작전은 야간을 이용하게 되어 있다는 거 알잖아요. 바로 그 작전 원리거든. 그러니까 떠나고 다음날 아침에 나오려면 미리 알려줘야 된다는 이야기지. 비행기 떠나고 나면 마감이 모두 끝나고 다음날 아침 신문은 이미 인쇄를 마치고 배달을 위해서 각 지국으로 출발한 뒤가 될 수도 있다는 거지.

이렇게 하면 어떨까? 일단 미군 기지로 들어가고 나면 안전한 것 아닌가? 그러니까 미군 기지로 들어가고 난 후에 기사를 올리면 되잖아. 인터넷 판에는 올리자마자 뜨니까 인터넷 판에는 활자본 나와서 배부될 때까지 엠바고 걸어놓고 올리면 되거든. 그러면 떠난 다음날 아침에 보도 되는 것이 확실한 거지."

"좋습니다. 시점은 그게 더 극적이겠네요."

"내용은 어디까지 다룰까?"

"시미즈가 우리나라를 떠난 것까지요. 대마도에서 판적봉환이 부당하다는 새로운 문서가 발견되어 구연회 씨가 가지러 갔다가 살해당한 것과 핫도리와 다나까의 홋카이도와 류큐의 설움과 독립에 대한 열망도 이야기해주고, 시미즈가 조국의 독립을 위해 자신의 목숨을 보존하려고 우리나라를 거쳐서 미국으로 떠난 것까지 이야기하면 극적이면서 감동적이고 또 대마도에 관한 관심도 극대화할 수 있지 않겠어요? 물론 그 문서의 내용과 사진도 함께 넣어서 말입니다."

"좋아. 그거야 어려울 것 없지. 거기다가 아비류 씨 이야기를 얹는 거지. 대마도에서 일본 사람들과 부대끼면서도 그렇게 자부심을 갖고 대마도가 대한민국 영토가 되기를 고대하다가 목숨까지 잃었는데 우리는 무얼 하느냐고 자책하는 거야. 그럴듯하겠어. 해코지 당해도 억울하지 않겠어."

그때 태영광의 전화가 벨을 울렸다. 태영광이 전화를 보더니 잠시 말을 멈추라는 시늉을 했다. 모두 입을 닫았다.

"그래. 알았어."

간단하게 전화를 끊은 태영광이 좌중을 보며 말했다.

"시미즈가 미군 기지로 가야 한데. 오늘 떠난다고 다섯 시에서 여섯 시 사이에 기지로 들어오라고 방금 연락이 왔다는 거야. 안전을 위해서 최대한 늦춰서 연락을 한 거라고 하면서 시간에 맞춰 달라고 했대."

"그래? 그럼 시간이 얼마 안 남았네? 지금이 두 시 조금 지났으니까?"

"시미즈 씨가 안가에 있다며? 그럼 가서 데려다 줘야 할 것 아닌가? 나는 어서 가서 기사 써야 하고. 진작 서둘러서 오기를 잘했네. 어차피 내일 아침에 나갈 기사잖아?

자, 나도 갈 테니 어서들 움직이자고."

서울 경찰청에서 안가까지 30분이면 충분하고 안가에서 기지까지는 한 시간 정도의 거리다. 아직 여유가 있지만 세 사람은 서둘러서 경찰청을 나섰다. 비록 하루지만 동병상련이라 그런지 시미즈와 정이 많이 들었다. 막상 떠난다고 하니 섭섭하기도 했지만 무언가 용기를 북돋아 줄만한 말이라도 나누고 싶었다.

어제 밤 이야기를 나누면서 『대마도의 영토권』이라는 책이 출간되었다는 소식을 듣고 다나까와 핫도리가 마냥 부러워했다고 하면서, 자신들은 언제 그런 책을 쓸 수 있을지 그게 궁금하다고 하면서 눈물까지 글썽이던 모습이 떠올랐다. 일제로부터 본토가 독립되었기에 부속 섬 찾기에 나설 수 있다는 그 사실이 너무나도 부럽다고 하면서, 가슴에서 끓어오르는 분노를 이기지 못해 입술이 파르르 떨리는 모습은 너무나도 애처로워서 마주 바라보기가 안쓰러웠었다. 그런 그에게 무언가 용기를 줄 수 있는 말이라도 해 주고 보내야 조금이라도 마음이 편할 것 같았다.

그러나 막상 안가에 도착해서 그를 만났을 때는 아무 말도 할 수가 없었다. 그냥 가슴만 아프고 말도 제대로 할 수가 없었다. 그것은 비단 박종일만이 아니었다. 최기봉도 태영광도 마찬가지였다. 심지어는 김성우마저 건강 잘 챙기라는 말뿐 더 이상은 말을 못했다. 시미즈 본인도 자신이 미국에 안착하면 연락할 테니 부디 건강하라고 거기에 있는 사람들에게 일일이 인사를 할 뿐 더 이상의 말은 못했다.

여행이 아니라 망명이다. 그것도 비공식적으로 몰래 숨어들어가서 자신의 생의 모든 것을 건 조국 독립을 위해서 앞으로 어떤 어려운 일들이 벌어질 줄 모르는 험한 길을 가기 위한 출발이다. 그것을 아는 본인은 물론 주변에서도 할 말이 없는 것은 당연한지도 모른다.

침묵으로 일관하던 일행이 안가를 나와 미군기지에 도착한 것은 오후 5시 30분경이다. 총으로 중무장을 한 미군 병사 둘을 인솔하고 미군 대위가 나와서 기다리고 있었다. 차에서 내리는 것을 보더니 이내 다가왔다. 박종일과 최기봉이 계급장이 달린 근무복을 입어서인지 아니면 시미즈의 얼굴을 이미 숙지하고 있어서인지는 모르겠지만, 단번에 시미즈를 알아본 덕분에 게이트를 통과하는 수속은 금방 끝났다. 시미즈는 일행을 다시 한 번 둘러보면서 깊은 인사를 하고 게이트 안으로 발을 내딛었다.

그런데 이상했다.

시미즈가 미군기지 문 안으로 들어가는 것을 보는데 박종일의 눈에는 그 안이 너무 캄캄해 보였다. 자신이 서 있는 이쪽은 아직 어둡지 않은데도 불구하고 문 하나를 사이에 둔 저쪽은 너무 캄캄해 보였다. 무언가 착각을 한다고 생각해도 손을 흔드는 시미즈의 모습만 보일 뿐 그 주변은 캄캄해서 시미즈를 제외하고는 아무것도 보이지를 않았다.

떠나보내면 홀가분할 줄 알았던 일행은 너나 할 것 없이 시미즈의 모습이 보이지 않는데도 문을 바라보면서 움직일 줄을 몰랐다.

비슷한 시각.

조원익은 기사를 마무리 했다. 자신의 이름을 밝히며 신문 반면을 특별기고로 난을 잡고 '반드시 믿고 대응해야 할 소설 같은 이야기'라는 제목을 달았다.

〈반드시 믿고 대응해야 할 소설 같은 이야기〉

어제 밤.

미군 기지에서 출발해서 미국으로 향하는 미군 전용 비행기에 일본 국적의 민간인이 한 사람 탔다. 그 이름을 밝힐 수도 없고, 그의 국적은 비록 일본이지만 그는 일본인이 아니다.

그는 잃어버린 자신의 조국 류큐국의 독립을 위해서 목숨을 걸고 투쟁해 왔던 사내다. 우리가 흔히 오키나와라고 하면 쉽게 알아듣는 그 섬은 바로 류큐 제도의 섬들 중 하나로써, 류큐 제도 전체에 류큐 왕국이 1879년까지 존속하다가 일제의 병탄에 의해 지금은 일본 영토가 된 곳이다. 마치 우리나라의 1910년을 떠올리게 하는 일이다.

여기에서 우리는 월요일 국내의 모든 아침 신문이 보도했던, 대마도에서 살해당한 구연회 씨의 기사를 기억할 필요가 있다. 그리고 구연회 씨와 같이 희생당한 다나까 씨라는 사람도 기억해야 한다. 다나까 씨 역시 류큐인이기 때문이다. 그리고 복잡하지만 핫도리라는 이름도 기억하자. 왜냐하면 핫도리 씨는 구연회 씨와 다나까 씨가 대마도에서 살해당하는 비슷한 시각에 도쿄 한가운데에서 같은 수법으로 살해당한 사람이기 때문이다. 참고로 핫도리 씨는 아이누족이라는 것도 기억해 주면 고맙겠다.

아이누족은 지금은 일본이 홋카이도라고 부르는 땅과 러시아가 지배하고 있는 사할린은 물론 쿠릴 열도를 자신들의 영토로 자유와 평화를 만끽하며 살던 민족이다. 그런데 그 민족은 1869년 일본의 메이지 유신에 의한 판적봉환이라는 희한한 법령에 희생된 민족이다. 인류의 시작과 함께 소유욕도 없고 남을 해할 줄도 전혀 모르는 아이누족이 지배하고 있던 영토에 일본이 교역을 한다는 명목으로 남쪽 귀퉁이 오시마 반도에 빌붙어 있다가 야금야금 영역을 넓히더니 급기야는 아이누의 땅을 피로 적시면서 벌인 행각이다. 우리 영토 대마도가 같은 해에 같은 법령에 의해서 일본에게 강점된 것과 맥을 같이 하는 일이다.

그렇다면 그들은 왜 죽어야만 했을까? 겉으로 보기에는 그저 강도 사건이라고 치부하기 딱 좋게 꾸며진 일이다. 그러나 그 진실은 너무나도 무섭고 치를 떨게 하는, 우리로서는 상상도 못할 음모가 도사리고 있다는 사실이다. 이 사실을 제대로 알기 위해서는 아래의 사진과 그 내용에 주목할 필요가 있다. 아래 사진은 대마도에 가장 많은 성씨로 분포하고 있는 아비류 가문의 종손이 대마도에서 이름만 대면 알 수 있는 고택을 수리하던 중에 그 서까래에서 나온 고문서의 사진이다. 문서는 대마도주가 조선의 경상도관찰사와 임금에게 직접 보내려고 작성한 서찰로써 그 내용을 요약하면 아래와 같다.

"일본이 쌀을 준다는 회유와 함께 관리들을 무사와 함께 보내서 죽이겠다고, 대마도민 모두를 몰살시키겠다고 협박하며 대마도를 일본에 바치겠다는 봉답서를 쓰라고 하는데 조선인으로서 차마 봉답서를 쓸 수도 없고, 그에 맞서 대항할 힘도 없으니 조선에서는 군사를 보내서 조선의 영토인 대마도를 지켜주기 바란다. 감시가 심해서 이 문서를 전달할 수나 있을지 모르겠다."

대마도가 불법으로 일본에 강점되었다는 사실이 담긴 이 문서를 전해주기 위해서 아비류 씨는 구연회 씨와 다나까 씨를 함께 만나기로 했고, 그 역시 같은 날 두 사람이 희생당한 곳에서 불과 500미터 떨어진 곳에서 싸늘하게 시신으로 변하고 말았다.

만천하가 공노할 일이다.

남의 나라 땅에 무뢰배들을 보내서 칼로 위협해서 봉답서를 쓰라고 하고 그것 한 장 받았다고 제 놈들 땅이라고 우기는 이 파렴치한

들을 그대로 보고만 있을 수가 없어서, 분연히 일어서서 진실을 밝히려고 하는 사람들을 기어이 죽이고야 마는 일본 같은 나라가 지구 그 어느 곳에 또 있다는 말인가?

비록 지금은 일본 국적을 가지고 대마도에 살고 있지만 자자손손 고구려의 후손임을 자부하며 살아가던 아비류 씨가 죽어야 할 이유가 대마도가 대한민국의 영토라는 진실을 밝히기 위한 것이었다면 우리는 지금 무엇을 하고 있는 것인가? 그 죽음의 진실을 알면서도 이렇게 침묵하고 있어도 좋을 일인가?

그러나 진실은 여기서 멈추지 않는다는 것이 우리를 더 경악하게 하는 것이다.

아비류 씨와 구연회 씨의 사인은 대마도 때문이라고 하자. 그렇다면 다나까 씨와 핫도리 씨는 왜 죽어야 했는가?

대답은 그들이 수년 전에 우리나라의 독립에 대해서 배우기 위해서 우리나라로 유학을 와서 연일대학교에서 문화인류학을 전공하고 석사학위까지 받은 사람들이라는 것이다. 결국 다나까 씨와 핫도리 씨는 자신들의 나라와 민족을 일본의 손아귀에서 벗어나게 하려고 몸부림치다가 숨진 것이다. 일본은 자국의 핏빛 탄압을 벗어나려는 나라와 그 나라의 백성들에게, 메이지 유신 이래로 일본왕실의 철저한 비호를 받으며, 일본 우익기업들이 쏟아 붓는 돈의 융단폭격으로 무장하고 살인과 테러를 거침없이 저지르는 '겐요샤'를 지금도 낯 뜨거운 줄 모르고 투입하고 있다.

'겐요샤'와 우리나라의 악연도 질기기 그지없다.

우리나라 국모인 명성황후를 시해할 목적으로 경복궁에 투입되었으나 실패한 경험이 있고, 청일전쟁의 도화선에 불을 붙여 이 나라 강토를 왜놈과 떼놈들의 군홧발 아래 신음하게 했으며, 대마도에서 봉답서를 쓰라고 도주의 목에 칼을 들이댔던 놈들이다. 비단 우리나라뿐만 아니라 오키나와를 피로 물들이며 일왕의 발아래 무릎을 꿇게 만든 것 역시 '겐요샤'다.

여기서 주지해야 할 사항 하나는 '겐요샤'는 일본왕실의 허락 없이는 그 어떤 행동도 하지 않는다는 것이다. 그들이 행동하고 움직일 수 있는 돈줄을 움켜쥐고 있는 것이 일본왕실이기 때문이다. 그들이 나서서 진실을 밝히고자 하는 네 사람을 죽였으니 이것은 일본왕실의 지시에 의해서 저지른 명백한 국제 테러다. 국제사회를 살아가는 기본이 전혀 갖춰지지 않은 그들에게, 아랍 극단주의자들의 테러에는 분개하면서 일본 '겐요샤'의 테러에는 침묵하고 있는 국제사회의 현실 앞에서, 우리는 무엇을 함으로써 그 진실을 알릴 수 있을까?

어제 밤 미군기지에서 군용기를 탄 류큐국의 그 사내는 앞서 열거한, 의문의 살해를 당한 네 사람과 함께 〈평화를 위한 영토 연구회〉라는 모임에서 각각의 잃어버린 영토수복과 독립을 위해서 연구하고 토론하던 사람이다. 〈평연연〉 사람들은 폭력을 쓴 사람들도 아니고, 영토의 진실을 밝혀 그 진실에 의해서 민족 자주권을 찾거나 혹은 자신들의 영토를 수복하려고 노력한 사람들일 뿐이다. 일본은 진실이 드러나는 것이 두렵다는 이유로, 독립할 나라가 독립운동을 하고 자신들의 잃어버린 영토를 수복하겠다는 국제사회의 정의를 막으려고 '겐요샤'라는 테러집단을 양성해서 투입함으로써 그들을 죽음으로 몰아넣은 것이다. 그런 일본의 허망한 망상을 전 세계에 폭로하고 조국의 독립을 위해서 사랑하는 조국과 온 가족은 물론 연인마저 뒤로 한 채 그 마지막 얼굴도 보지 못하고, 그 사내는 미국 망명을 결심하게 된 것이다.

우리는 여기서 한 번쯤은 숙연하게 생각해 볼 것이 있지 않을까?

나는 과연 잃어버린 우리 영토를 수복하는 데 조금이라도 관심을 기울여 보았나를 반성해 볼 필요가 있을 것 같다. 일제가 대한제국을 병탄했던 시기에, 수많은 지식인들이 조국의 독립은 가능성이 없다고 변절할 때도 보이지 않는 조국의 독립을 쟁취해야 한다는 목적 하나로 의연하게 목숨을 내던지며 싸웠던 우리 선조들을 기억해야 한다. 그분들의 목숨 값으로 얻은 것이 조국의 독립이건만 우리는 그 목숨의 값을 제대로 치르고 있는가? 이 시대에조차 조국의 영토를 수복하기 위해서 목숨을 잃어야 하는 이 사실 앞에서 과연 나는 무엇을 하고 있는지 생각이라도 해 본 적이 있는가? 선조들만큼은 못할 지라도, 아니 당장 대마도에서 죽어간 열사처럼 목숨을 내던지는 못할지라도 적어도 우리 영토가 어디부터 어디까지인지에 대해서 한 번쯤은 생각해봐야 이 나라 백성된 도리가 아닐까?

정치하는 이들의 의지를 묻기 전에 백성된 나의 의지부터 스스로에게 묻고 대답할 시간을 가져야 한다.

사실 일본은 대마도뿐만 아니라 전 세계 곳곳에 반납해야 할 영토가 수두룩한 나라다. 그런 사실을 알면서도 전 세계의 평화를 책임지고 수호자인양 행세하는 미국은 자신들도 류큐 제도를 오키나와라고 부르면서 그곳에 미군을 주둔하고 있다. 남의 나라 영토를 무단으로,

그리고 무력으로 강제 병합한 일본과 공범이다. 만일 자신들이 철수하면 중국이 그곳을 접수할 수도 있다는 생각을 하는 것도 사실이다. 하지만 미국이 류큐에서 철수하지 않는 진정한 속내는 중국을 비롯한 아시아 모두를 손바닥 안에서 견제하겠다는 속셈이다.

그런 것을 알면서도 중국은 류큐에 관한한 왜 조용하기만 할까? 그것은 두말할 것도 없이 영토문제에 관한 한 중국도 자치구 문제로 떳떳할 수 없기 때문이다. 중국은 동서남북으로 영토를 불법강점하고 있는 나라다. 티베트와 위구르와 내몽골은 물론 우리의 고조선과 대를 이어 고구려와 대진국이 지배하던 땅을, 그들은 만주라고 부르며 강점하고 있다. 대한민국의 영토임에 분명한 그 땅을 그들은 소위 통일 헌법이라는 것을 선포해 가면서 강점하고 있는 것이다.

그렇다면 러시아는 왜 조용할까? 러시아 역시 자유로울 수 없는 약점을 수두룩하게 지녔다. 류큐 제도 문제에 관해서는 발뺌을 할 수 있을 수도 있지만, 러시아는 아이누족의 영토인 에조치를 일본과 나눠먹기 하고 있다. 일본이 홋카이도를 피로 물들인 대신 러시아는 사할린과 쿠릴 열도를 강점하고 있으니 일본이 강점하고 있는 류큐 제도의 오키나와 문제를 거론할 자격도 없기 때문이다.

결국 일본의 악행을 알면서도 그들을 질책할 그 누구도 없는 것이 바로 국제사회다. 힘이 있으면 동지가 되고 힘을 잃으면 적이 되어 잡아먹히고 마는 것이 국제 관계의 해답이다.

우리가 이 험악한 국제사회에서 살아남을 길은 하나다.

힘을 길러야 한다.

한반도는, 그것도 반쪽 난 지금 우리의 영토는 너무나도 옹색하다.

강대국들을 보자. 어떤 강대국이 좁은 영토에서 강대국을 건설할 수 있었나? 어느 정도까지는 성장할 수 있을지 모르지만 전 세계를 움직이는 나라들은 하나같이 넓은 영토를 점유하고 있다는 사실을 이 시점에서 반드시 상기해야 한다. 잃어버린 우리의 북방영토인 만주와 대마도를 반드시 수복해야 한다. 그 꿈을 이루는 날이 오면 대한민국은 전 세계 정상에 우뚝 설 것이다. 정말 꿈같은 이야기라고 웃어넘길 수도 있는 일이다. 하지만 이건 꿈이 아니다. 우리 모두가 힘을 합쳐서 반드시 이루어야 할 과제다. 그렇다면 지금 우리가 무슨 힘이 있어서 그 영토들을 수복할 것이냐고 되물을 수도 있다. 하지만 지금 시작도 안 하면 영원히 기회도 오지 않는다는 것을 잊어서는 안 된다.

우리는 흔히 계란으로 바위를 쳐봐야 계란만 깨지지 아무런 득도 없다고 말한다. 그러나 계란으로 바위를 치는 순간 계란은 깨져 없어지지만 그 흔적은 남는다. 비록 비가 와서 씻겨 나간다고 할지라도 완전히 제거되지 않는다. 그리고 흔적을 남기는 행위가 지속적으로 반복되다 보면 절대 씻기지 않는 흔적이 남을 것이고, 그 흔적은 어디를 공격해야 하는지를 알려 주는 목표점이 될 것이다. 비록 지금 우리가 힘이 없어서 수복할 수 없다면 계란으로 바위를 치는 꼴이 될지라도 공격의 목표점을 남기기 위한 노력이라도 해야 한다.

우리가 당면한 이 숙제를 풀지 못하면 유구한 역사와 광활한 영토인 만주 땅과 대마도를 물려주신 선조께는 물려주신 영토를 지키지 못하고 잃어버렸으니 무조건 죄를 짓는 것이지만, 그보다 더 큰 죄는 조상들이 물려주신 영토를 제대로 지키지 못해서 이 옹색한 한반도에, 그것도 반쪽에 가둬두어야만 하는 우리 후손들에게 더 큰 죄를 짓는 것임을 명심해야 한다. 아울러 대마도를 수복하지 못하는 것은 자나 깨나 대륙진출을 꿈꾸면서 지금도 호시탐탐 침략의 기회만 노리는 일본의 침략 야욕을 잠재울 수 없다는 것을 명심해야 한다. 일본은 임진왜란은 물론 경술국치를 준비하기 위해서 정한론을 내세우며 대마도를 강점했다는 사실을 잊지 말아야 한다.

멀리 오키나와와 홋카이도에서 아직도 일본의 지배를 받으며 살면서 온갖 설움을 겪는 민족보다는 그래도 낫지 않느냐는 생각은 하지 말자. 하나를 얻으면 둘을 얻기 쉽지만, 하나를 잃으면 모두 잃게 되는 것이 바로 국제사회라는 거다.

대마도를 수복하지 못하면, 대마도는 부산에서 49.5Km의 지근거리에 있는 까닭에, 일본 병력은 그 중간 지점인 24.75Km밖에 떨어지지 않은 곳에 도사리고 있다는 사실을 잊어서는 안 된다. 대마도에서 일본은 최단 직선거리가 무려 138Km이고 대마도의 폭이 18Km이니, 적은 우리를 24.75Km인 지척에서 들여다보고 있는데, 우리는 180.75Km라는 먼 거리까지 찾아가야 섬멸할 수 있다는 사실을 명심해야 한다.

지금도 자신들은 고구려의 후손임을 자랑스럽게 생각하면서 목숨을 던져서라도 대마도가 대한민국의 영토로 수복되기를 고대하는 아비류 씨를 잊지 말자.

지금쯤 미국으로 가는 비행기 안에서 조국 류큐 제도 쪽을 보면서 눈물을 흘리고 있을 그 사내의 모습이 우리 후손들에게 투영되게 만들지 않기 위해서라도 우리는 반드시 북방영토인 만주와 대마도를 수복해야 한다는 절대사명을 수행해야 한다는 것을 잊어서는 안 된다.

해야 하는 일과 하고자 하는 일은 다르다고 한다. 그러나 영토수복에 관한 문제는 반드시 해야 할 일인 동시에 하고자 하는 일로 우리 모두의 마음속에 깊숙이 자리 잡도록 마음가짐을 고쳐야 한다는 것을 잊지 말자.

내 나라 영토를 올바로 정립하는 일은 반드시 내가 하고자 하는 해야 할 일이다.

- 조원익 기자

금요일.

출근을 한 박종일은 ≪세상일보≫의 기사를 보면서 커피를 마시고 있었다.

입가에 미소가 떠올랐다.

어제 밤 시미즈와의 이별이 공연히 가슴을 아프게 했는데, 아침에 출근해서 신문에 실린 조원익의 기사를 보니 속이 다 시원해지는 것 같았다.

최기봉이 손에 커피잔을 들고 나타났다.

"이제 겨우 마무리가 돼 가는 것 같기는 한데…."

"그러게 말이다. 늦어도 오늘 밤이면 미국에 도착하겠지? 어제 여기서 밤에 출발했다고 하면 군용기종이 뭔지는 몰라도 괌까지 보통 여객기가 몇 시간 걸리니까 새벽 전에 도착했을 것이고, 얼마나 머무는지는 모르겠지만 오늘 밤 중에는 도착해서 내일 이맘때면 잘 도착했다는 연락이 오려나?"

"모르지. 나도 미 군용전용기에 대해서는 아는 바가 없으니까.

기지 내에서 출발하고 도착하는 군용기는 우리나라에서는 접근도 검색도 할 수 없잖아. 치외법권 영역이다 보니 미군 이등병도 마음만 먹으면 밀수가 가능한 곳 아냐? 뭔가 잘못되기는 했지만 힘이 없으니 잘못된 것을 알면서도 해결할 방법도 없는 거지.”

“그래. 그건 네 말이 맞지만…”

말을 하다가 도중에 휴대폰이 울리자 박종일은 휴대폰을 받았다.

“아, 태 박사…”

“박 총경, 빨리 내 병원으로 와봐. 뭐가 잘못된 거 같은데 전화로 할 이야기는 아냐.”

목소리가 다급했다.

“그게 무슨 소리야? 알아야…”

“글쎄, 전화로 할 이야기가 아니라니까. 최 총경도 같이 오면 좋고.”

목소리에서 다급한 것을 지나서 불안함까지 느껴졌다.

“알았어.”

두 사람의 통화를 귀 기울여 듣던 최기봉도 서둘러 따라 나섰다.

두 사람이 태영광의 병원에 들어서자 간호사가 진료실로 안내했다. 진료실에는 태영광과 함께 김성우가 와 있었다. 김성우는 고개를 푹 숙이고 있다가 두 사람이 들어서자 인사를 하는데 울고 있는 것 같았다.

순간 박종일과 최기봉에게는 무언가 잘못되어도 한참 잘못되었다는 감이 엄습해왔다.

“김성우 말에 의하면 시미즈가 죽었다는 거야.”

얼마나 다급했는지 태영광은 인사 한마디도 없이 두 사람을 보자 황급히 입을 열었다.

"죽다니? 군용기가 추락이라도 했다는 거야?"

"아니, 비행기 안에서 살해당했대."

"비행기 안에서 살해를 당해? 미군전용기 탄다며? 미군만 타는 비행기 안에서 시미즈가 왜 살해를 당했는데?"

"김성우 씨, 차근차근 얘기해봐. 두 사람이 들으면 확실하게 확인할 수 있는 방법이 나올 수도 있어."

태영광의 말을 들은 김성우는 고개를 들고 눈물을 훔치며 이야기를 시작했다.

김성우는 월요일에 집을 나가서 목요일에 들어왔다.

몸도 마음도 피곤했던 덕도 있지만 역시 집이라는 편안함에 깊은 잠을 잤다.

상쾌한 기분으로 7시가 조금 넘은 시각에 눈을 뜨자, 김성우는 제일 먼저 시미즈가 괌에 잘 도착했는지 궁금한 생각이 들었다. 그러나 확인할 방법도 없으니 그저 잘 도착하기만 바라면서 자리에서 일어났다.

연구원으로 연구실에 있으면서 시간 강의하는 주제에 휴가 가서 며칠을 보내느냐는 소리 듣지 않으려면 오늘이라도 학교에 나가야 할 것 같았다. 일주일을 꼬박 휴가로 채우기에는 아직 엄청나게 눈치가 보이는 자리다.

샤워를 마치고 간단한 아침 식사를 준비하려는데 룸메이트인 유영철이 나왔다.

"휴가 간다더니 어제 들어올 때 보니까 '나 고생을 달고 산다오.' 하고 얼굴에 써 붙였더라. 안되겠다 싶어서 너 위해서 내가 국 끓이려고 소고기 사다가 놨으니까 끓여서 같이 먹자. 이거 한우다? 다른 때 같으면 수입, 한우 가릴 것 없이 형편에 맞는 것 먹겠지만 그래도 내 짝인데 어쩌겠냐? 무리 좀 했지. 자, 들어가서 학교 갈 준비해 놓고 나와. 그동안 오늘 만큼은 특별히 내가 조건 없이 요리도 하고 상도 차리고 밥도 퍼 줄게. 같이 먹고 같이 가면 되지 뭐."

유영철의 밝은 미소를 보며 자기 방으로 준비를 하러 들어간 김성우에게 전화가 한 통 걸려왔다.

"김성우 씨죠? 아침 일찍 죄송하지만 시각을 다투는 일이라 전화 드렸습니다."

"예. 맞습니다만 어디신지요?"

"예. 여기는 CIA 한국지사입니다. 어제 일본인 시미즈 씨를 배웅하셨죠?"

"그렇습니다만, 무슨 일로⋯."

"실례지만 시미즈 씨가 무슨 일로 미국에 간 것인지 아십니까?"

순간 성우는 이상한 예감이 들었다. 말로 표현하기 어렵지만 이건 뭔가 정말 이상했다.

"아뇨? 모르는데요."

"그런데 왜 시미즈 씨가 한국에 체류하는 동안 김성우 씨와 함께했나요?"

"그건 왜 물으십니까? 그리고 댁들이 CIA라는 것은 어떻게 믿습니까?"

"그렇군요. 죄송합니다. 저희가 너무 급한 나머지 저희 신분을 확실하게 밝히는 데 소홀했던 점 사과드립니다. 저희가 CIA라는 것을 못 믿으시더라도 우선 사진 2장을 발송해 드리겠습니다. 그 사진을 보시고 원하시면 이 번호로 전화를 주시면 됩니다. 그리고 정 못 믿겠으면 한국 정보기관이나 경찰청에 사실을 말씀하시고 경찰이나 정보기관 요원을 대동하고 출석해 주셔도 좋습니다. 참고로 말씀드리자면 시간이 너무 없다는 겁니다. 시미즈 씨가 사망하셨거든요."

김성우는 시미즈가 죽었다는 마지막 말에 신경은 물론 머리털이 곤두섰다. 자신이 잘못 들은 것이 아닌가 할 정도로 귀를 의심했다.

"시미즈가 죽다니요? 왜 죽습니까? 어제 미국 간다고 비행기 타러 간 사람이?"

"그래서 저희가 이렇게 전화를 드린 것입니다. 일단은 사진을 보고 결정하세요."

상대방이 전화를 끊자마자 사진 두 장이 전송되어 왔다. 한 장은 시미즈가 분명한데 목 부분에 피가 낭자하고 눈을 감고 있었다. 그리고 한 장은 전혀 모르는 미군복 차림의 사내였다. 김성우는 그 사진을 보는 순간 휴대폰을 떨어트릴 정도로 놀랐다. 온몸이 떨려오면서 경련으로 사지가 마비될 것 같았다.

얼른 의자에 앉았다. 이래야만 버틸 수 있을 것 같았다.

사진에 의하면 시미즈는 분명히 죽었다. 김성우는 자신에게 왔던 번호로 전화를 했다.

"이 사진 합성된 거 아네요? 이럴 리가 없어요."

"저희도 차라리 합성된 것이면 좋겠습니다. 김성우 씨, 부탁인데 협조해 주십시오."

"좋습니다. 협조하는 것은 좋은데 도대체 언제 죽었다는 겁니까?"

"보안상 정확히는 말씀드릴 수 없고 몇 시간 전에 변을 당하셨습니다."

"어디서요?"

"괌을 향하는 군용기 안이라고 하면 믿으시겠습니까?"

성우는 미국 가는 비행기라고 했는데, 상대가 괌을 향하던 군용기라고 하는 것을 보면 사건의 실체를 알기는 아는 사람이다. 성우는 더 심하게 떨렸다. 무서울 것은 하나도 없는데 온 몸이 사시나무 떨리듯 떨렸다. 휴대폰을 귀에 대고 전화하기도 힘들 정도였다.

잠시 숨을 고르느라고 책상 위에 있는 물병을 들어서 물 한 모금을 마셨다.

"김성우 씨, 충격이 크시겠지만 우선 급한 대로 두 가지만 확실하게 대답해 주십시오. 시미즈 씨가 왜 미국으로 갔는지 아십니까?"

순간 자기도 모르게 여기서 안다고 대답하면 안 될 것 같았다.

"아뇨. 모릅니다."

"그럼 다른 사진의 남자는 아십니까?"

"아뇨. 전혀 처음 보는 얼굴입니다."

"좋습니다. 일단 김성우 씨는 사건 전말은 모르시는 것 같은데 그렇다면 왜 시미즈 씨가 한국에서 체류하는 동안 같이 계셨습니까?"

"지난 월요일에 시미즈 씨가 한국에 오겠다고 전화가 왔습니다. 우리 둘이는 나이 차이는 많이 나지만 대학원에 같이 다닌 동기입니다. 나는 한국 사람이라 읽고, 쓰고, 말하는데 아무런 불편이 없었지만 시미즈 씨는 말하는 데에는 큰 불편이 없었지만 전문 서적을 읽고 이해하거나 논문 등을 쓸 때는 불편해 했습니다. 저와 가깝게 지낸 관계로 제가 그런 작업을 도와주면서 우리는 많이 가깝게 지냈습니다. 시미즈 씨가 4년 만에 석사 학위를 받고 자기 나라로 돌아갔는데 그동안 제가 그런 작업들을 도와주다 보니 정이 많이 들어서 그런지 그 뒤에도 한국에 오면 꼭 저를 찾아서 함께 지내기도 했습니다.

이번 월요일에 전화가 왔을 때도 저는 그저 한국에 오는 거라고 생각했는데, 자기가 미국에 가는 길에 들린 거라고 하면서 비행기 시간이 정해질 때까지만 자기랑 같이 있자고 해서 그렇게 했던 것뿐입니다. 그게 전부입니다."

"그럼, 시미즈 씨랑 무얼 하셨죠?"

"조사해보면 알게 되겠지만 언제 비행기가 될지 모른다고 먼 거리에 가면 안 된다고 해서 PC방, 찜질방 등을 돌아다니며 함께 지낸 것뿐입니다."

"그래요? 일단은 수고하셨습니다. 강제 구속력은 없지만 아까 말씀드린 바와 같이 저희 사무실을 한 번 방문해 주시면 더 고맙겠습니다. 시간은 빠를수록 좋습니다. 그게 시미즈 씨 죽음의 원인을 밝히는 길도 될 테니까, 시미즈 씨를 생각해서라도 꼭 방문해 주시면 고맙겠습니다."

"좋아요. 내가 방문하리다. 다만 그 전에 궁금해서 그런데 왜 죽었습니까? 누가 죽인 거냐고요?"

성우의 목소리는 흐느끼고 있었다. 통화를 하던 상대방이 조금은 당황했는지 차근차근 말을 이어 나갔다.

"좋습니다. 원래 전화상으로는 이런 내용은 말하지 못하게 되어 있지만 김성우 씨가 저희에게 협조해 주신 것은 물론, 지금 엄청나게 슬퍼하시는 것을 감안해서 말씀드리겠습니다.

범인은 아까 동봉된 사진 속의 남자입니다. 일본계 미국인 3세입니다. 비행기가 괌에 거의 도착할 무렵, 대부분의 탑승객이 잠들어 있을 때 그 사람이 갑자기 시미즈 씨를 기습한 것입니다. 다행히 기내에 있던 미군들이 단숨에 범인을 제압했지만, 단 한칼의 기습에 시미즈 씨는 그만 변을 당하고 마셨습니다."

"그 일본계 미국인인지 일본 놈인지는 무슨 미군 특공대라도 됩니까? 아니면 일본의 닌자랍니까? 단 한칼에 목숨을 앗아가게?"

"아닙니다. 그저 평범한 미군일 뿐입니다. 한국에 주둔해 있다가 괌으로 전보 발령이 난 병사라서 동승한 것뿐입니다."

"평범한 미군이 왜 시미즈 씨를 죽이냐는 말입니다."

"저희도 그걸 풀기 위해서 김성우 씨에게 급히 전화를 드린 겁니다. 시미즈 씨가 사망한 후 괌에서 시미즈 씨의 휴대폰을 다각도로 분석한 결과 김성우 씨와의 통화가 마지막이었고, 그게 월요일이라서 김성우 씨는 뭔가를 알 수도 있다는 생각이든 겁니다. 그런데 김성우 씨도 전혀 아는 바가 없다고 하니 다시 시작해야지요. 범인은 시미즈 씨가 자신을 쳐다보고 기분 나쁘게 웃어서 홧김에 칼을 휘두르게 됐다고 줄곧 같은 주장만 되풀이하고 있으니 저희도 난감합니다."

"알겠습니다. 이제 그만 끊읍시다. 되도록 빠른 시간 내에 가도록 할게요."

전화를 끊고 나자 움직일 수도 없이 맥이 빠졌다. 어떻게 이런 일이 일어날 수 있는 것인지 도저히 이해가 되지 않았지만 머리에는 '겐요샤'라는 세 글자만 각인되고 있었다.

성우는 갑자기 밥도 안 먹고 어디 가느냐는 친구의 질문에 아주 급한 일이 생겼다는 한마디만 남기고 태영광의 병원을 향하면서 태영광에게 전화를 했던 것이다.

"이게 운다고 될 일도 아니고 분노한다고 될 일도 아니다. 우선 가보자. 정말인지 아닌지 사실 확인부터 해야지."

최기봉 자신도 억장이 무너지는 표정이건만 경찰답게 이성적인 판단을 하고 있었다.

"그래, 가보자. 최 총경이 외사과라 다행히 그쪽에 아는 사람도 있으니 가보자."

네 사람은 말없이 나와서 차에 올랐다.

CIA 한국지사에는 최기봉과 김성우 둘만 들어가기로 했다. 공연히 우르르 들어가면 더 많이 들을 수 있는 이야기도 기밀사항이라고 덜 할 수도 있다. 그리고 최기봉과 김성우는 오늘 처음 만난 사이다. CIA 직원의 말을 따라서 김성우가 경찰청에 연락을 했고 외사팀장인 최기봉이 대동한 것이다. 서로 아는 사이라고 해봐야 득 될 것 하나도 없다.

두 사람이 들어서자 최기봉과 알고 지내는 요원이 맞이했다. 서로 정보교환을 위해서 자주 통화하고 만난 적도 몇 차례 있는 요원이다. 먼저 두 사람이 왜 함께 왔는지를 물었지만 그것은 이미 준비한 그대로 대답하고 자리에 앉았다.

"다행인 것은 김성우 씨가 시미즈 씨가 왜 미국으로 갔는지를 모른다는 것입니다. 아까 경황이 없을 때 질문했는데도 모른다고 하시는 것을 보면 정말 모르는 것 같아서 다행이라고 했습니다만, 범인은 계속 같은 주장만 하니 보통 일이 아닙니다."

요원은 김성우가 만일 사건의 내막을 알고 있다면 어쩔 수 없이 감시의 대상이 될 뿐만 아니라 조사를 피할 수 없다는 것을 암시했다. 김성우가 알고 있다면 자기들도 그만큼 피곤해 지는 것이다. 그러니까 앞으로 누가 묻더라도 그렇게 대답해 달라는 암시를 해 주는 것이다. 자기들이 생각해도 제3국인 김성우가 알아봤자고 시미즈의 죽음을 안 마당에 설령 김성우가 사실을 알아도 입을 안 열 것이니 짐 하나 덜겠다는 것이다.

"정말 모르시는 거 맞습니까?"

"예. 정말 모릅니다."

"그럼, 시미즈 씨가 서울에 있을 때 떨어져서 행동했던 적이 있습니까? 적어도 몇 시간 정도? 아니면 한두 시간이라도?"

김성우의 옆에 앉은 최기봉이 자신의 무릎으로 김성우의 무릎을 쳤다. 이것도 사전에 준비한 것이다.

"예. 시미즈 씨가 개인적인 볼일이 있다고 해서 두 번 떨어졌었는데 한 번은 몇 시간 정도로 시간이 길었고 한 번은 그렇게 길지 않았습니다."

"그래요? 혹시 두 분 중 조원익이라는 기자 아시는 분 있습니까?"

"아뇨. 저는 기자 아는 사람 없습니다."

"최 총경님도 모르세요?"

"기자야 아는 사람이 있지만 조원익이라는 이름은 처음 듣습니다. 왜요? 무슨 일이 있어요?"

"아닙니다. 오늘 아침에 기사가 났던데 그분이 이 사건을 이야기한 것 같던데 감이 안 와서요? 최 총경님, 혹시 지금 서울 경찰청에서 시미즈 씨 사건과 연관이 있는 사건 수사하는 것 있나요?"

"글쎄요? 수사야 수사과에서 하는 거지만 일본 사람에 관한 거라면 외사과랑 협조가 필요할 텐데 아직 그럴 단계가 아니라서 그런지 전혀 보고받은 바 없습니다. 시미즈 씨가 서울청에서 조사받을 일이 있습니까?"

"아, 아닙니다. 이번 일이 간단한 일이 아니라 이것저것 얽히고 설킨 것 같아서요. 원래 살인사건이라는 게 온갖 자질구레한 것도 다 챙겨야 그나마 해결될지 말지 하는 것 아닙니까? 혹시 제가 수사상 더 필요한 것이 있으면 최 총경님께 별도로 연락드리겠습니다. 협조 부탁드립니다."

나머지 대화는 이미 김성우와 전화통화로 했던 말을 확인하는 정도를 벗어나지 못했다.

김성우와 최기봉이 CIA를 나와서 박종일과 태영광이 기다리기로 했던 커피숍을 향했다.

"뭐래?"

"별 얘기 없어. 다만 조원익 기자가 쓴 기사의 출처가 궁금한가 본데 모른다고 딱 잡아떼었지. 조 기자님에게 연락해서라도 밝힐 기세던데?"

"하라고 그래. 왼쪽 눈 하나 깜빡 안 하실 분이니까. 그나저나 겐요샤 얘기는 안 해?"

태영광이 혹시나 하는 마음에 최기봉에게 물었다.

"할 놈들이야? 이미 모든 것을 다 알고 있으면서 모르는 척 능청떠는 건데. 이미 네 사람이 죽은 것도 다 알면서 모르는 척 하는 건데! 저네들이 별도로 조사 안 했다고 해도 조원익 대기자 기사에도 나와 있어. 조원익 기자는 아느냐고 물으면서 왜 이 사건의 전말을 모르겠어? 다 아는 얘기야. 그런데 지들이 먼저 겐요샤를 꺼내겠어? 이미 겐요샤 짓인 것도 알고, 어떤 놈이 겐요샤에게 시미즈가 그 비행기를 탄다는 정보를 팔아먹었는지까지 알고 있을지도 몰라. 아니, 알고 있다고 보는 편이 옳겠지. 시미즈의 행방을 알아낸 것이 겐요샤 자체 정보망일 수도 있지만, 막말로 수사과장 같은 일본 경찰일 수도 있고, 아니면 시미즈를 팔아먹어야 자신에게 유리한 조건이 떨어지는 세력일 수도 있겠지. 그러나 그런 얘기는 오히려 묻어 두고 싶기에 성우 씨에게조차 사실을 아는지의 여부에 대해서 물은 것이고, 지금부터는 어떻게 요리를 해야 류큐를 독립시키면서도 자기들의 입맛에 맞을까 궁리를 하겠지.

그나저나 겐요샤 놈들 정말 더럽지만 대단하긴 한 놈들이다. 그 범인이라는 놈도 겐요샤 조직원 아니겠어? 언제 그렇게 심어 놓았는지 더럽게도 질긴 놈들이야.

어쨌든 억울한 건 힘없는 나라의 힘없는 백성들이야. 그들이 죽어 나가도 세상은 눈 하나 깜짝이지 않고 제 갈 길로 가거든. 만약 류큐 백성이 일본 놈을 죽인 거라고 생각해봐? 이렇게 조용하겠어?"

박종일이 분한 마음에 최기봉을 대신해서 허탈하게 말하자 김성우는 구연회와 시미즈의 죽음이 헛되게 끝나고 말 것만 같아 안타까운지 걱정스럽게 물었다.

"그럼 지금부터 류큐 독립은 어찌 되는 거며, 구 회장님께서 건네받으러 가셨다가 변을 당하신 그 문서는 어찌 되는 겁니까?"

"걱정 마. 미국 애들이 어떤 애들인데? 이제 새 테이블을 마련하겠지. 아까 성우보고 어디 가서도 전혀 모르는 것으로 하라고 왜 암시를 줬겠어? 새 테이블을 마련하겠다는 거야. 이제까지 했던 모종의 협약을 류큐에서 모를 리가 없겠지만, 이미 핵심이 되는 두 사람이 가슴에 묻고 간 것으로 하고 지금보다 먹기 손쉬운 밥상을 차리겠다는 거지."

김성우의 마음을 눈치 챈 최기봉이 류큐 얘기로 질문에 대한 답변을 얼버무리려고 간단하게 대답하자 태영광이 더 보탰다.

"그렇다면 이번에는 정치인이 파트너가 되겠네. 항상 순수한 이들이 시작한 운동이라는 것이 어느 정도 무르익으면 정치하는 인간들이 꿰차는 것 아냐? 순수하게 독립운동 하는 사람들은 미국과의 협상이 바로 내 삶과 직결되는 것이니 자기 개인의 이해득실 없이 정말 백성들을 위해서 협상하려고 노력하겠지. 하지만 정치인들이 어디 그런가? 자기에게 권력을 쥐어 준다는 보장만 있으면 적당한 선에서 타협하고 말잖아. 일단 권력을 잡은 후에 어찌 어찌 해서 넘겨 볼 속셈이겠지만 상대도 그렇게 녹녹하지 않을뿐

더러 백성들은 녹녹한가? 그들의 속내를 훤히 꿰뚫어 보고 있는 데도 백성들을 우매하게 취급하는 그네들을 언젠가는 반드시 응징하고 말지. 독립운동이든 민주화 운동이든 다 그래. 순수하게 운동한 사람들이 그 숭고한 뜻을 펼 수 있는 환경이 조성된다면 좋은 세상이 오련만. 그렇다고 운동한 사람이 권력을 잡아야 한다는 뜻은 아니지만 일반적으로 세상 돌아가는 모습이 그렇다는 거야. 우리나라 독립도 그랬고 여타 다른 나라들도 하나도 다를 것 없잖아? 천둥 번개 치는 위험한 순간에는 숨었다가 소낙비가 지나고 나면 나서는 이들. 부슬비만 긴 시간 맞고도 비 맞은 양은 마찬가지라고 우겨대면서, 백성들이 피 흘려 차려진 밥상에 수저 먼저 들이미는 것은 동서고금을 막론하고 정치인들의 기본 행태 아냐?"

"그럼 구 회장님은요? 아비류 씨는요? 구 회장님께서는 아비류 씨가 발견하신 고문서를 가지러 갔다가 변을 당하셨는데 그 두 분은 그냥 저렇게 억울하게 돌아가신 그대로 끝나는 건가요? 신문 반면을 덮는 기사가 나고 나면 모든 것이 끝인가요? 두 사람의 목숨 값이 겨우 그건가요? 정부가 공식적으로 나서서 우리가 가지고 있는 이 문서 파일을 가지고 일본에 항의해서 찾아 올 수는 없는 거예요? 땅을 못 찾으면 그 문서 때문에 두 사람이나 목숨까지 잃었는데 문서라도 찾아와야 되는 거 아닌가요?"

그러나 누구도 김성우의 질문에 답을 할 수 없었다. 아니, 성우 역시 누구의 답도 기다리지 않고 한 말이다. 여기 있는 누구인들 그 말을 하고 싶지 않은 사람이 있었을 리가 없다. 그 말을 하지 않으려고 일부러 시미즈 사건에 빗대서 말했을 뿐이다.

애꿎은 시간만 흐르고 있었다.

얼마나 지났을까?

"자, 이제 우리 몫은 여기까지인 것 같으니 그만 가자고!"

아무 말도 못하고 있던 일행 중에서, 비록 결과물은 없지만, 그래도 나름대로는 잃어버린 역사서를 찾아내서 대한민국의 역사와 영토를 바르게 정립하려고 목숨까지 걸었던 태영광이 용기를 내서 말했다.

네 사람은 아무 말 없이 일어섰다.

자리에서 일어서는 순간이었다.

모든 것이 있는 그대로 보이는 환한 대낮이다.

그런데 박종일의 눈에는 커피숍 차창너머에 아무것도 보이지 않고 밝은 광채를 띠면서 하얗게만 보였다. 주변이 온통 백지장처럼 하얗고 광채를 내는 한가운데 미군기지 게이트처럼 문이 있고, 그 문을 넘어가는 시미즈가 손을 흔들고 있었다. 시미즈가 미군기지 게이트를 넘어설 때 낮임에도 불구하고 주변이 새까만 밤처럼 보이고, 시미즈가 문 사이에서 손을 흔들던 그 모습에서 주변이 하얗게 광채가 나는 것만 달라진 것 같았다.

그런데 이번에는 손만 흔드는 것이 아니라 분명히 입으로 말을 하고 있었다. 그것도 박종일 자신을 뚫어져라 쳐다보면서 말하고 있었다.

"대………, 류………."

무슨 말인지를 하고는 있는데 아무리 귀를 기울여도 들리지는 않았다.

　귀가 열리지 않아 듣고 싶은 말을 못 들어서인지, 두 눈에서 눈물이 한 줄기 흘러내렸다. 〈끝〉